青木川

叶广芩——著

陕西新华出版传媒集团
太 白 文 艺 出 版 社

图书在版编目（CIP）数据

青木川 / 叶广芩著．—3 版（修订本）.—西安：太白文艺出版社，2021.1

ISBN 978-7-5513-1832-7

Ⅰ．①青… Ⅱ．①叶… Ⅲ．①长篇小说—中国—当代 Ⅳ．①I247.5

中国版本图书馆 CIP 数据核字（2020）第 119425 号

青木川

QINGMUCHUAN

作　　者　叶广芩
责任编辑　韩霁虹　马凤霞
整体设计　卿　松
出版发行　陕西新华出版传媒集团
　　　　　太白文艺出版社
经　　销　新华书店
印　　刷　西安市建明工贸有限责任公司
开　　本　880mm×1230mm　1/32
字　　数　330 千字
印　　张　14.625
版　　次　2007 年 1 月第 1 版
　　　　　2011 年 12 月第 2 版
　　　　　2021 年 1 月第 3 版
印　　次　2021 年 1 月第 1 次印刷
书　　号　ISBN 978-7-5513-1832-7
定　　价　52.00 元

出版社地址：西安市曲江新区登高路 1388 号（邮编：710061）
营销中心电话：029-87277748　029-87217872

序

说不尽的青木川

《青木川》自2007年出版至今已经有十几个年头了。这期间青木川地区发生了很大变化。首先是青木川的人发生了很大变化，人们的生存理念变了，对世界的认知变了，生存的方式也变了。一切变得越来越好。

青木川今天的繁荣热闹是我没有想到的。我在古镇的发展潮流中被裹挟着向前，有随波逐流的被动，也有对古镇富裕繁华、声名大振的欣慰和自豪。总之心态有点儿复杂。

初进青木川，并没有写作计划，只是去“看看”，了个心愿，正是没有写作目的的先入为主，所以一切便是自然随意，信马由缰，没有谁干预，也没有谁主导，这大概是文学写作的最佳状态。

知道青木川是在20世纪80年代初，那时我刚刚练习写作，发表了第一个中篇小说《洞阳人物录》，是以安康洞河为背景的小说。小说里提到了青木川，说青木川有土匪。青木川有土匪完全是我自己杜撰的，我在地图上看到这里是三省交界的一个小圆点，便想当然地认为三不管的地方情况一定很复杂，应该有匪。这种创作态度即便对于一个初学写作的工厂业余作者，也是不能得到原谅的，胡编滥造，无中生有，极不负责任。当了作家，调入作家协会，几十年中我为此心里一直忐忑，甚至不敢把这篇作品收入集子中，不敢拿出示人。20世纪80年代末，我在报社当记者，到宁强燕子砭铜矿采访。燕子砭离青木川不远，跟铜矿工会的同志谈起青木川，他们告诉我那里有个大土匪叫魏辅唐，娶了六房太太，盖了大宅院，修桥铺路办学校，杀人越货种大烟，好生了得……我想到青木川看看，但是交通不便，没有班车通达，只好搁置了，但是心里一直惦记着。以后十几年，一直想到青木川去，成了一个情结。汉中的文学朋友都知道我这个愿望，信件往来中谈的也多是青木川，其实他们也没到过那个带有传奇色彩的地方，大家就一次又一次地约，一次又一次地落空。

直到2000年我到周至县挂职县委副书记，硬着头皮跟县财政说想到汉中地区考察。县上给我特批了5000块钱，这笔钱包括我和司机老李以及秘书王安泉的住宿、资料、汽油等所有开销。周至县隶属于西安市，我去陕南考察，从哪方面说都跨了界，好在他们没计较，毕竟周至是个文学大县，文化底蕴深厚，主管文化的县委副书记张长怀是中国作协会员。周至的老县城村，本身就隶属于汉中，是研究陕南历史绕不过去的一笔。那时候各地都穷，周至县干部每月的工资都不能按时发出，我自然知道5000块钱的分量，心里颇为感动。汉中佛坪是国家级贫困县，我记得在佛坪简陋的档案馆查资料，查一本是要交一本费用的，没有白白使用人家资料的道理。资料最丰富的是镇巴，他们有一批文化人，唱民歌的，搞民俗的，搜集土匪资料编年谱的。在这里，我得到了陕南惯匪王三春的不少准确资料，十分宝贵。为了搜集宁陕县土匪彭源洲的资料，我在宁西林业局新场乡扎根，了解到彭源洲所娶的周至戏班花旦夫人，采访了他的丫鬟王彩玉，这其中就有《青木川》中青女和朱美人的影子。这些陕南土匪在解放前互相都有关联，钩心斗角，尔虞我诈，或联合，或翻脸，搅得陕南治安一塌糊涂。我把考察魏辅唐放在了最后，直觉告诉我，我写作的落脚点可能在这里，在青木川。

我并不是要写土匪，我对土匪不感兴趣，但是作为背景我得了解，不能再像《洞阳人物录》一样想当然，给作品制造纠结，给当地制造麻烦，误导读者。

2001 年 11 月我终于到了青木川，那是个阴冷的冬天，同行除了司机老李和王安泉外，还有新华社陕西分社驻汉中专职通讯员贾连友和汉中政协的黄建军。我们几个都是第一次到这里，大家都对这个古镇充满憧憬。车到广坪路就走不通了，不少路我们是沿着河边一步一步走过去的。天气阴冷，山道泥泞，情景之艰难，至今回想起来仍心有余悸。进镇已是傍晚，寂静破烂的镇内，街上无人。找到镇政府，政府里只有一个书记当值，其余都下乡了。书记叫李发裕，像个文化青年，年轻得让我怀疑他是假的，就如同后来我在《青木川》中写的镇长李天河。李书记年轻归年轻，做事却老练，尽管我的到来出乎他的预料，他所做一切却都在不动声色中。让人下到河里摸鱼，在街上唯一的小铺里准备晚饭，安排住宿，他和男同志都挤到办公楼的一间招待室住宿，把自己的宿办合一办公室让给我，铺了新床单，让干事换了被套……

在那天晚上的饭桌上，我认识了青木川的历史老人们，即《青木川》中坐在老宅台阶上的那些“众议院”老年文化精英。他们给我讲了不少魏辅唐的事情。席间，坐在我旁边的徐种德老汉滴酒不沾，谈吐儒雅，知识面十分宽广，这让我对山里的老人刮目相看。特别是分手时那句英语“Good night”彻底颠覆了我对山村文化的认知。

晚上躺在李发裕的办公室里，看着枕边堆积的文学杂志和窗台上的塑料花，我觉得青木川的一切都很有意思，值得住下来深入挖掘。夜里下了雨，雨水打在窗外芭蕉叶上，飘进一股潮湿的水汽。那一夜没睡好，尽是梦。我梦到了在一个昏暗的大厅里，许多人在议论事情，一个微胖、穿马褂的中年人在其中最为显眼。我站在人群外面看着他，直觉告诉我，这个人就是魏辅唐。应该说，这是我进入青木川第一天与魏辅唐的见面，想来彼此是有感应的，或许是一种托付，或许是一种责任。

青木川当时是个古朴安静的小镇，木房、泥路、廊桥、清流，桥是石墩、灰瓦，铺着厚重木板，不假任何修饰，朴素得像当地山民，行走在上边木板嘭嘭作响，很是结实。桥两边靠木栏摆着农人自家产品，腊肉、腌菜、香菇、木耳，还有成捆木柴。走进古街，让人称奇的是这里竟然有西洋式的楼房，洋房里空旷荒败，室内地上长着青苔；也有豪华的美宅，宅大院深，磨砖对缝，院内住户众多，违章建筑搭建得迷魂阵一样繁杂；大宅门外养着肥猪，仔细辨认方知那猪圈是雕栏精致的荷花池；那座台前有巴洛克式浮雕立柱的学校礼堂，顶棚已经塌陷，描金也已脱落。学校教师两层办公楼已经成危房，周校长正在为修缮资金一筹莫展，拿不定主意是修还是拆。这一切，都曾与当地民团司令魏辅唐有关系。说起魏老爷，镇上人人都像谈论自家大爷一样熟稔。魏辅唐在1952年被政府作为土匪恶霸镇压，枪毙在他亲自盖起的中学操场旁边，埋葬在自家的坟茔里。他的六任妻子除了一个瞿瑶璋还在老宅的小屋住着，其余作鸟兽散。书记李发裕的想法很直接："你是作家，你给我们写个电影（剧本），让青木川也像《芙蓉镇》一样火一把，最好也由姜文和刘晓庆来演。"

拍影视谈何容易，我哪儿有那本事？连写什么、怎么写尚未知，这样的事不能轻易答应。

在青木川做了一段时间的采访，回西安后我写了一个中篇《响马传》，把魏辅唐作为响马来处理，自认为把握准确。我们对中国近代史的了解过于简单匮乏，依着传统习惯喜欢将人分成好人坏人。土匪恶霸当然不是好人，可是有些人的政治立场实在难以界定，他们的面目又是那样模糊不清。青木川百姓、干部们对这部作品不予认可，他们说魏辅唐不是土匪，是开明乡绅，是青木川人引以为豪的人。

这时候我认识了太白文艺出版社的编辑韩霁虹，她以一个编辑的敏锐和文化人的思考，认定青木川是一个深厚的值得挖掘的文学富矿，是陕西难得的文学好题材。

编辑咬定青山不放松，她鼓励我从多个角度，从人性，从文化，从教育来重新审视青木川，一个响马不足以涵盖这里的博大精深，几座宅院也不足以烘托出当地文化的精彩纷呈。民俗文化、红色文化、响马文化、生态文化、历史文化，应该交织成一部多主题的文学大作。于是，我们俩一次、两次、三次……n次去青木川。编辑和作者一同扎根采访，这在出版社的出书程序中大概是绝无仅有。在这里，我们结识了许多共同的朋友：魏辅唐的少校参谋主任徐种德，魏辅唐最后一任妻子瞿瑶璋，魏辅唐儿子魏树武、魏树凯，青木川的第一任文书魏元霖，广坪第一任乡长曹红孝，魏辅唐的女儿魏金玉。至于干部们就更多了，镇人大主席张正富开着那辆破旧的北京 212 吉普，上山过河，带着我们采访，以当地子弟身份提供了许多方便和鲜活素材。

在写《青木川》这部小说时，我努力地将现实与历史糅合在一起，尽量在作品里塑造出一个个立体的、活生生的人，将每个人都当作一个世界、一个故事来处理，不但是魏辅唐，也包括老干部冯明、她的女儿冯小羽，甚至是老年婆婆青女、赵大庆的孙子赵人民……

在小说结构上我使用了跳跃穿插的手法，而没有依照时间顺序平铺直叙，毕竟我们是站在今人的立场上来追寻古镇的曾经。结构的改变让我吃尽了苦头，几度想要放弃。我知道，在长篇小说结构安排上，我的水平至今不过关。

《青木川》毕竟是小说，不是历史的照搬，历史往往走着大螺旋式和无数小螺旋式的发展路线，过去的岁月里暗含着今天的特色，在今天的现实中又能窥出逝去年月的痕迹。走进青木川，站在那座焕然一新的廊桥上，我感到了过去和今天的衔接，感到了我们对祖先的理解和对生命的尊重。

《青木川》出版以后，中国作协和太白文艺出版社在北京现代文学馆召开研讨会。所请的与会人员有各级领导，专家、评论家，看了那个长长的名单，我提议请徐种德参加。于是徐老汉在儿子的陪伴下到了北京，出现在研讨会现场。徐种德的到来，是整个会议的亮点，他的儒雅大气、不凡谈吐，为青木川争了光。在会上，徐种德说他是第一次到北京，第二天要到天安门广场去，要向人民英雄纪念碑深深鞠一躬。我坐在徐老汉对面，望着清癯的老人想，从大学回到青木川辅佐魏辅唐，他是魏辅唐资助的学生中唯一一个。那些没有回来的学子后来都当了专家、学者，却有谁说过自己当年是土匪资助的？我私下跟徐种德说过，你完全也可以不回来，回来了，一辈子不得伸展，何苦！徐种德回复了我四个字——知恩图报。

这也应该是我牢记的。青木川给我的认知、给我的教益、给我的热情和抬爱，岂止是一本《青木川》所能报答！

书出版了，并不是终结，这几年我一直没有停止对青木川文化的采访追寻，包括前年对黎坪安汉资料的挖掘，对甘肃康县、文县与魏辅唐有关人物资料的挖掘。特别感谢万邦书城老总魏红建，他出于对青木川文化的喜爱和对《青木川》修订的支持，陪着我一起去追访青木川的发展历程。那是带有抢救性质的采访挖掘，细致而艰苦。几个人背着摄像机等各种器材，跋山涉水，深入汉中、镇巴、宁强、甘肃康县、四川广元等地，找到了魏辅唐在甘肃活动的资料以及他入赘唐家、改名魏辅唐的缘由。现实远比小说精彩和丰富，基层的素材给了我们一个又一个惊喜。文化财富的积累，成为大家的追求与共识，在我的周围，聚集了一群热爱传统文化、热心地域文化的朋友，我们因青木川而走到了一起。

2008 年汶川地震，我和韩霁虹随中国作家采访团在青木川采访，看到了地震中的青木川，体味到了古镇人民不屈的心劲儿和韧劲儿。我们住在广坪镇政府在院落中搭起的帐篷里，大门的头顶是一块连着一根钢筋的风筝一样吊着的水泥板，随时可能砸下来。望着震中的广坪政府大门，我知道，这里曾经是李树敏的旧居，是当年反革命暴乱的发生地，有多少共产党人在这里牺牲，他们就安葬在百米之外的山坡上。第二天，我和韩霁虹去了烈士陵园。地震中，陵园没有破损，我们放心了。

2013 年，根据《青木川》改编的电视连续剧《一代枭雄》在全国热播，掀起了读《青木川》、游青木川的热潮。

李发裕当年的期盼成了现实。

这和我其实没什么关系。

《一代枭雄》播出后，大批人拥入青木川，让小小古镇招架不及，连过年的腊肉都拿出来给游客吃了。2013 年仅清明节假期三天，到青木川镇游览的游客就有 15 万之多，汽车排队十几公里不能进镇，当然，青木川的人也美美挣了一笔。

人们到青木川镇寻找故事的原型，探访旧时的宅院，寻找历史的一个个遗存。大家之所以来青木川，是因为电视剧故事的好看和情节的出奇，也因为它体现了对生命的理解和尊重以及个性的张扬。视觉的冲击，纸质的书籍是不能企及的。

电视剧热播时，我恰好去了青木川。走在街上，有人知道我是原著作者，将我围住，问我：“你见过孙红雷吗？”孙红雷是电视剧《一代枭雄》的主演，魏辅唐是他饰演的何辅堂的原型，游客对明星的追逐远远超过了对古镇文化本身，这真是件让人哭笑不得的事情。

命运将我和青木川连在了一起，也让我对青木川未来的发展思考更多。深厚的历史底蕴、好听的故事、淳朴的民风以及精美的民国建筑得到了广大游客的喜爱，但是在当前各地旅游齐上的严酷环境下，在文化传承与商业博弈的两难中，青木川古镇处于一种艰难的发展中。今天的青木川必须来一场文化突围，而不能简单计算旅游旺季游客人数的多寡，收入的多少。川北、陕南古镇越来越多，越来越趋同，卖的商品都一样，豆豉、腊肉、竹编、山货，满街的灯笼。所谓千镇一面，青木川的发展遇到了一个死结。

网络时代，作家不能掉以轻心，青木川同样不能掉以轻心。我们必须守住自己的文化存在，不能把古镇当成古董，把青木川的崇文、守信、公平、自律外化成一种表象，更不能让浓重的商业色彩冲淡、侵蚀文化气息。要走出追随，树立青木川自己的文化自尊和自信。青木川人有底气，这种底气不仅来自当地历史、民风和传统，更来自文化的传播。我们有长篇小说《青木川》《青泥何盘盘》，有电视剧《一代枭雄》，有瞿家大院、魏氏老宅，还有青木川中学，有烈士陵园。名人、名事、名居、名街、名演员，对于提升青木川文化品位有着至关重要的作用。

青木川不光要展现热闹、轰轰烈烈，更要体现出儒雅平和、低调内敛。这才是魏辅唐追求的，要不他娶瞿瑶璋干吗！

我们有钱了，得知道自己是谁，要不卑不亢，保持着古镇人的厚道、矜持。

《青木川》出版后，关于魏辅唐和青木川，这些年我先后又采访了近百人。这次修订《青木川》，添加了几年来采访所得资料，有许多章节几乎是重写的。在修订中，我感到记忆的筛选是不以人的意志为转移的，就像我们根本无法挽留那随着清溪河流逝的浪花。小说中的原型人物——魏辅唐的妻子瞿瑶璋、少校参谋主任徐种德都已相继离去，可是他们的后代还在，青木川的历史仍旧在延续。

希望《青木川》修订版能得到读者的喜爱，这本书承载了一个多方视角的故事。读罢小说，没有喝彩和掌声，只有一声叹息和久久的思索，想到那个地方走走，看看那些山水和人物……

这就够了。

叶广芩

2019 年 10 月 4 日

一

魏富堂是在 1952 年春天被人民政府枪毙的。

枪毙他的时候油菜花正开，山里山外明黄一片，蜜蜂嗡嗡地飞舞，太阳暖暖地照耀。这样的季节是分田分地真忙的季节，是农民翻身解放的季节，是欢欣鼓舞的季节。

枪毙魏富堂的地点在镇中学操场。

这所中学叫辅仁中学，是魏富堂创办的一所私立学校，位于镇东南高高的坡上，可以俯瞰整个青木川镇，作为公审会的会场和枪毙人的刑场，是再合适不过了。

镇上的老人们还记得，开公审会的头天下午魏富堂由宁羌县被押回青木川镇。当然不可能让他回家，直接将他关在镇街的“斗南山庄”里。斗南山庄是一幢中式楼房，四川旱船式建筑格局，除了宽大厅堂外，周围有一圈带木廊的房间，像轮船的仓房一样，两层，间量小而紧密，结构严谨而规范。这样的地方用来关押犯人极为合适。

斗南山庄屋后有园子，直通到山上。这幢房子一度为妓院，是供商业女人们居住、待客的。青木川是商业要地，人来人往，买卖人很多，不少人喜欢住这儿。山庄的老鸨是上海人，不惟饭菜精致有特色，娘儿们也温柔，穿戴打扮更是时尚。走南闯北的生意人一进门，一头扎进了温柔乡，骨头便被揉酥了。斗南山庄是魏富堂外甥李树敏的产业。李树敏是十五里外的广坪人，常在舅舅家闲住，喜欢青木川的景致，就在镇南头盖了一幢楼房，取了个奇怪的名字斗南山庄，袭的是“北斗以南，一人而已”的典故，没有打斗的意思却有着狂傲不羁，这是文人们常犯的毛病。李树敏是个追求风雅的人，面皮白净，穿着一身西装，这在青木川深山老林显得特别独特。无论穷人富人，李树敏见了都笑眯眯的，人们称呼他“李先生”。乡下人对斗南山庄多不理解，嫌它拗口，大家不叫它斗南山庄，叫“花房子”。因为楼房从建成那天起就住进了一群花枝招展的外地娘儿们，娘儿们操着南方口音，花蝴蝶一样在镇街上溜达，搔首弄姿，扭腰送胯，甚是轻浮。镇上的男人、女人一见都躲得远远的。当地人除了送米送菜送炭，一般不进这所房子，镇上男人甚至忌讳走近它。他们说，屋里的气味污龊难闻，催得人想吐。所谓的污浊是指女人的脂粉香气掺杂着男人精液的腥气，闻惯了柴火、牛粪的乡里棒对这种气息不能接受。

魏富堂被押回来的时候，花房子里的女人们早已作鸟兽散，只一个叫黄花的李家侍女因即将临盆，无处投靠，在二楼的一间小房里等待生产。偌大的花房子人去楼空，不见一个人影，黄花挺着大肚子靠在睡过无数男人女人的牙床上，忍受着一阵阵疼痛的煎熬。没有谁来看她，也没有任何一个女人来帮忙，青木川的人将她彻底忘却了。黄花明白，一切全得靠她自己，是死是活全凭老天安排，说不定她明天就和楼里关押的那两个人一起走上黄泉之路。

其中一个竟然还是肚里孩子的父亲。

官方将即将临刑的犯人安置在花房子，认为考虑很周全，却没想到楼里还有一个即将临盆的妇人。原以为是青楼留下的妓女，一问才知是地主家的使唤丫头，也是穷苦出身，属于被剥削被压迫阶级的，临时无处安置，只好将她挪至西北角的灶房，把楼门关了，让她去那里自己生养。

明天将是青木川的重要日子，在这关键时刻不能出任何差错。罪犯已经验明正身，出现一丝一毫差错都是大事故。

军人们占据了古镇的角角落落，荷枪实弹，严阵以待。青木川是魏富堂的老巢，镇上他的爪牙甚多，旁支亲戚也多，明里暗里，盘根错节，让人不敢掉以轻心。花房子离执行死刑的刑场不远，沿着山道登上几级宽展的台阶便是辅仁中学的操场，公审会会场就在学校，很近，不到一百米。

老乡们远远看着警备森严的花房子说，魏老爷的路这回走到头了，再没了回头的余地。

花房子里，魏富堂和他的外甥李树敏被关押在两个单间里，自始至终无从见面，自然也没有交谈。几十年后有人说，若是将这对临死的甥舅关在一处，一准会有一场精彩的对话。也有人说，他们什么也不会说，说什么也是白搭。

在那座旱船式房子的底楼，两个人在各自房间靠墙坐着。魏家的亲属很知趣，没有谁提出送饭探望的请求；李家的人也四分五裂，李树敏几个兄弟更是全无踪影。所以魏富堂和他的外甥在斗南山庄度过的最后一夜就非常清冷寂寞，连惯常在屋内钻进钻出的老鼠那天也不见了踪影。

有人说这是因为临死之人煞气太重，动物是有感应的，早早地避了。除了解放军外，作为地方政权代表，直接看守他们的是张文鹤。张文鹤是新政权刚选出的贫协主席，他搬了个凳子坐在门外边，没有说一句话，就枯坐着。

屋外，风声飒飒，泉水淙淙，张文鹤一袋接一袋地抽烟。

夜深了，斗南山庄后院传来撕心裂肺的喊叫，是黄花临产，孩子横在产门，死活下不来，叫唤一天了。黄花发育不良，细胳膊细腿儿，一脑袋稀疏的头发，像个没长开的孩子，没人喊她黄花，都叫她黄毛。黄毛的爹领着她从外地来到广坪，租了李家几亩山地耕种，那年竟是颗粒无收，便将黄花送来抵租。黄花不知怎的竟怀了李树敏的孩子，如今到日子该生养了，李树敏却该上路了……镇上人说这孩子是催命鬼托生，是李大少爷自己给自己种下的克星。

在外面看守的张文鹤感觉到，两个死刑犯在花房子的最后一夜谁都没有睡觉，可能是觉得将人生最后几个小时稀里糊涂在睡梦中度过有些糟践了。他看到魏富堂有一阵戴着手铐脚镣站在小窗前使劲儿地朝外望，外头金溪河水、风雨廊桥、迤逦的镇街石板路，在月光下泛着幽幽的光。河对岸他的两座大宅院在夜色中沉静黑暗，无声无息，没有一点儿光亮。魏富堂久久地站着，一动不动。

隔壁他的外甥李树敏似乎比他轻松。李树敏隔着门跟张文鹤索要纸和笔，张文鹤以为他是有什么重要的话要说，细问却说要写诗。张文鹤没把纸笔给他，告诉他，写什么诗也无济于事了。

半夜时分，门锁打开，部队的刘排长进来了，身后跟着一个叫何顺的剃头匠。何顺五十多岁，是青木川人，在镇街上开着一个小理发铺子。

对窗而立的魏富堂转过身，见是熟人何顺，嘴角微微动了一下。何顺说，魏老爷，我来给您剃头。

何顺从门外拉进张文鹤坐的椅子，让魏富堂坐了，抖开个单子，罩在魏富堂脖子上。刘排长说，还罩什么单子，这对他没多大意思了。

何顺没有说话，他的顾客剃头刮脸都要罩单子，防备头发楂掉脖颈里难受。他手里这条深蓝的理发单子不知罩过多少人了。不管什么条件，什么环境，理发的程序不能变，剃头匠的规矩不能变，每一行有每一行的操守，不能偷工减料。

何顺熟练地操持着手里的家伙，他对手底下这颗圆圆的脑袋太熟悉了，每个凸起、每处褶皱他心里都有数。镇街上男人们的脑袋，他不用看，只需用手一摸，便能摸出是谁的。

魏富堂一向是短短的“板寸”，他认为板寸一来方便，二来显精神，跟隔壁他的外甥——那个长发大中分的李树敏完全是两种风格。

何顺依旧按板寸收拾。

魏富堂想了想却说，刮光了吧。

何顺听了手一抖，在青色的头皮上划出了一条不长不短的口子，血瞬间冒了出来。

这在他几十年剃头生涯中还是第一次，他懊恼地对魏富堂说，破了，对不起了，魏老爷。

魏富堂再没有说话，一句简短的“刮光了吧”是他留给青木川的最后一句话。

何顺知道，魏富堂心里完全明白，明天一早，是要在脑袋上做活的。

给隔壁李树敏剃头有些麻烦。李树敏捂着他的头发死活不让剃，说他从来都是中分，只能修整，不能剃光，他不能光着脑袋去九泉之下见娘，让娘认不出。

刘排长不管这些，让张文鹤按着，只几下，李树敏满头乌发齐齐落地，转瞬间也成了光脑袋。张文鹤没见过光头的李树敏，他觉得很新奇，甚至不确定这还是不是整日在青木川镇上晃荡的李大少爷。

丑末寅初，天色将明，东方泛出了鱼肚白，花房子外头传来了一阵轻微的争执声，是街上饭馆“青川楼”的老板张海泉提着一个圆食盒来给魏富堂送红烧肘子。张海泉主动打开食盒让军人查看，星光下一个油亮红润的肘子发出弱弱的光，旁边是两块本地特产核桃馍，一壶当地土酒包谷烧。军人粗暴地呵斥张海泉走得远些，把枪栓拨拉得哗哗响。

饭馆老板是见过各种场面的，和颜悦色地对军人说，无论哪个朝代，犯人在上路之前都有一顿酒饭，作为本地厨子他得关照着魏老爷吃饱喝足再起身。

刘排长听见这边的声音过来说，大半夜不在家里睡觉，跑这儿来搅事，不看看眼前形势，还一口一个魏老爷。搞不好，连你一块儿捎上走！

张海泉说，哪儿能够，共产党的政策明白着呢。我一个开饭馆的，开门待客，还能干什么！

刘排长大概觉着多一事不如少一事，让张海泉速进速出，除了送饭，不许再说别的。

张文鹤让张海泉把饭搁下，别说那么多废话，少惹事。

张海泉对张文鹤说，部队的人都同意让犯人吃饭了，你难道比部队还部队？

张海泉隔着窗户将食盒递进去，对魏富堂说，魏老爷，我给您做了个肘子，真正的青川冰糖。您吃得好了，记着我厨子老张，到了那边保佑着我……

话没说完，他被张文鹤拉开了。张海泉回头说，拉我干啥子，魏老爷以往没少关照青川楼，哪回来了人，都要点我做的肘子。没有魏老爷就没有青川楼。人不能没有良心。

明摆着，厨子的话是说给魏富堂听的，用几句感激话来做最后告别。

张文鹤怕厨子再说出更不贴切的话，连推带搡，把张海泉弄出去了。张海泉边走边回过头冲里边嚷，那酒可是好酒，我刚从老郑家讨来的头道苞谷烧！

魏富堂闭着眼睛没有回应。

窗台上的红烧肘子随着黎明的到来溢出阵阵香味，头道苞谷烧散发着青木川酒特有的香醇，酒肉的气息在微明的氤氲中流动。张文鹤看哨兵离得远了些，低声说，吃几口吧，不能空着肚子走。那边的路是长是短，谁也不知道……

魏富堂将额头抵在膝盖上，一动不动地坐在那里，好像睡着了。

天亮的时候魏富堂要求喝水，张文鹤端了一碗水给他。喝完水魏富堂说，文鹤，你是个好人，你屋前那十亩田就是你的了，以后再不要往我家里交租了。

张文鹤说，十亩田土改已经分给我了。

魏富堂哦了一声再没说什么。

事后张文鹤一直暗自庆幸，魏富堂这句要命的话如果提早说一个月，他张文鹤就不是今天的张文鹤了。十亩上好水田，凭这，在山多地少的青木川将他划个富农是绰绰有余的！真摊上个富农的名分还能有他张文鹤的锦绣前程吗？他的儿女们以后还能一个个当兵上学，成为国家栋梁吗？真是老天爷保佑啊！

魏富堂说的那十亩田本是河滩一片荒地。有一天魏富堂从地边经过，看见张文鹤在侍弄自家那棵花椒树，就让张文鹤把这片地开出来，说开出地来三年不收他的租子。张文鹤是个勤快人，只两年就让荒地变成了水田，长出了沉甸甸的稻米。张文鹤到街上卖柴，路过魏富堂家门口，魏富堂正摆弄他那辆美国福特，刚上高小的郑培然在车子旁边给魏富堂打下手。福特的引擎盖被魏富堂掀开来，里面的“肠子肚子”在阳光下闪闪发光。在魏富堂的指点下，郑培然拿着个长嘴油壶，往窟窿里灌油。张文鹤那天才知道，原来汽车也和马一样，是要吃饭的，马吃草，汽车要喝油。十斤大米才抵得上一斤油，而且这油只有汉中才有，连宁羌县也买不到，养辆汽车比养匹骡子还难。那天魏富堂擦着手上的机油对他说，我站在家门口朝南望，看见你田里长得沉甸甸的庄稼就很高兴。你是个种田的好把式，我就看重你的踏实本分。明年你就得给我交租了，好田，租子不能低于十五担，你想好了，成就接着种，不成就把田还我。

十五担租是一年收成的多一半，张文鹤心里清楚，魏富堂的账算得多么精！他成了魏富堂不花本钱的新雇农。

现在大势已去，死到临头，魏富堂竟然还能想起那十亩水田……

冯明过来的时候，张文鹤将犯人喝水和厨子张海泉送肉的事汇报了，十亩水田的话题他没说，魏富堂说他是好人的话也没有提起，大概是忘了。

将两个人押赴会场之前，冯明问他们还有什么要说。

魏富堂说，没有。

李树敏说，再过三十年我还是李树敏。

冯明说，可惜你的一肚子文化。你就不会说点儿新鲜的?

李树敏说，你们放了我舅，我一人顶两命!

冯明说，他是他，你是你，各算各的账！到了会场不许胡喊叫，不许东张西望，老老实实接受革命群众的审判。

本来冯明还要习惯地说坦白从宽，抗拒从严，顽抗到底，死路一条。一想，没必要说了，从宽从严待会儿一枪了断，便说，你们剩的时间不多了，规规矩矩走好最后的路。

李树敏问，一会儿是朝哪里开枪，脑袋还是心脏?

冯明说，我们想朝哪里开枪就朝哪里开枪。

魏富堂狠狠地瞪了李树敏一眼，嫌他多嘴。

李树敏说，我要死个明白。

冯明说，我最后说一遍，只许老老实实，不许乱说乱动。

早晨，天空晴朗，阳光明媚，青木川、广坪两镇的群众聚集在中学操场，早早地等着。会场上有红绿标语，有红旗和背枪的民兵、解放军。有人带着喊“打倒地主恶霸”“枪毙反革命魏富堂”的口号，大伙儿都高高举起拳头，表现出了报仇雪恨、扬眉吐气的兴奋。

太阳从东面山头露出半张脸，照得学校操场半边是阳光，半边是山影。突然人群中一阵骚动，有人大声地喊起了口号，有人张开了嘴巴没有发出声音。

解放军押着魏富堂、李树敏进入了会场。

两个犯人都穿着不灰不黄的裤褂，都是光光的脑袋，背上高高地插着死刑犯的镖子，让人们一时分不清哪个是曾经长袍马褂的魏老爷，哪个是西装革履的李先生。但是大家明白，无论是谁，只要背上画着红圈的镖子，就是死期已定立即执行的了。

先开诉苦会，控诉土匪恶霸罪行。然后公开审判，之后在众目睽睽之下，将魏富堂、李树敏拉到操场边沿，面对着脚下的青木川镇，毙了。

有些老人还记得，公审会结束了，宣布了死刑命令，两个人同时被押到操场边沿，面对着青木川跪下，背上的镖子被抽掉了。规矩上说，死刑犯是不能带着镖子上路的。但枪毙李树敏却比魏富堂晚了那么几分钟，这主要是因为李树敏的挣扎，他使劲儿把脑袋往起抬，还要让人给他把掉在地上的眼镜戴上，让押解他的军人费了些周折。那边枪都响过了，魏富堂的身子已经扑在草地上，脑袋成了一朵花，这边李树敏还在踢腾。有人说，李树敏是有意拖延，为的就是要看到魏富堂死后的场面，看到这个场面就是看到了他自己死后的场面。一个人想看到自己死后的情景并不容易，李树敏看到了，所以李树敏这个人很不一般。

甥舅俩是一先一后走的，差这一会儿，在黄泉路上就差着好几步，差着好多行路人，没走到一块儿。

青木川镇的魏漱孝给李树敏家当过长工，他说李树敏之所以拖延是在等他孩子降生。开公审会的时候他的收房丫头黄花正在花房子屋里生产，他是听到孩子第一声啼哭后上路的。毕竟他有了后人，甭管是男是女，反正他不再是绝户了。

关于“收房”一说，十几年后黄花本人和她的儿子一直有不同看法。他们说那是土匪的霸占，是强奸，不是收房。这样一来，性质就有了区别，李树敏的儿子成了受迫害者，怎么想怎么觉得有点儿别扭，可事实就是这样。李树敏没有娶妻，没有后代，对丫头强奸也罢收房也罢，丫头终是给他生了孩子，也是临终的安慰了。

对六十多年前的公审大会，青木川的人一直记忆犹新，喜欢谈论。就是当着魏家的本家，当着魏富堂的两个儿子，人们谈的时候也是“毙魏老爷的时候”怎么怎么的，“枪毙你爸的时候”怎么怎么的，并不避讳。本家们的诠释往往也比一般人更具体，更细致，更到位，魏富堂的两个儿子听了也只是把头低了，再不言语。

那个不到一个小时的公审大会成了青木川永久的话题。虽然以后也开过许多会，大的小的，远比1952年的那个会辉煌重要，但是让青木川人记忆深刻的，还是魏、李两个人一前一后上路的那个会。半个多世纪过去，镇上有资格参与谈论的人逐渐稀少，话题便显得越发珍贵，越发不清晰。演绎的版本越来越多，甚至同一个经历者，上午和下午的叙述就不一样，一小时前和一小时后的叙述就不一样，刚才和现在的叙述就不一样。

青木川的后生们喜欢听故事，这是因为青木川有故事。只要老汉们在魏家大院台阶上坐着，总会看到几个年轻人挤在当间，竖着耳朵听老汉们有一搭没一搭的逻辑有些混乱的讲述。在老辈人的讲述中，小镇的旧事比任何武侠、警匪片都精彩真实，电视里的飞镖暗器、剑影刀光、生死恩怨、英雄美人，敢情都在自己生长的地方演绎过，在日日走过的石板路上滚动过。先人们留下的气息还没有散尽，时而会在墙根砖缝、影壁背后传出一声惊恐的呐喊，几句模糊的话语。不是刻意的存留，就是无意的丢失，祖先还没有走远。

魏富堂老宅外宽展的台阶上，温暖的阳光下，无冬历夏，永远聚集着青木川镇上的老年精英，负曝闲谈，恬淡悠然。他们是青木川的政治家和新闻诠释者，是本翻不烂的活字典。外面来了什么人，到青木川有何公干，待多长时间，说了什么话，他们全一清二楚。有时，他们会向镇长、书记什么的提点儿建议，百分之八十会被采纳，但是他们轻易不提，他们的建议都是经过深思熟虑，让人无懈可击的，书记就是想反驳也没那么容易。有人就说，大宅院门口的台阶上是青木川的众议院，是领导们也不敢小看、不敢得罪的地方。

有时候，老汉们很沉默地靠墙坐着，晒着太阳，各自微闭着眼，谁也不理谁。金溪河沿着镇边缓缓地流淌，碧绿深沉，碰到河心那两条青石桥桩，偶尔翻出几朵浪花，旋出几个漩涡，又很快地趋于平静，洋洋洒洒地向前流去。风悠然地掠过水面，吹起微微一阵细波，夹起一股湿润水汽，撩在老汉们的身上，几个老汉同时打了喷嚏。这时只要谁扯起一个话题，他们每个人都会迫不及待地接下去，谁都认为自己知道得最准确，记得最深刻，是百分之百的当事者。

三老汉揉了揉鼻子说，魏老爷的脑袋碎了，像敲开了的瓜，红的白的飞了一大片，一股腥气。

魏漱孝说，没有碎，打了个窟窿。你哪里有我看得准？我就在他的近前，相隔不到十步，人家押着他从我身边过的时候他还看了我一眼，跟我说让我替他收尸。

郑培然说，魏老爷的脖子让绳子勒得连气也喘不出，怎能说收尸的话。

魏漱孝说，我是从他眼神里看出来的。人到了那个时候，眼睛也是会说话的。

魏元林说，没错，魏老爷的脑袋是炸开了的。当兵的一抬手，魏老爷的身子就扑出去了，脑袋哗啦散了，不光是我，许多人都看见了。50年代解放军用的枪都是炸子儿，哪里像现在，美国到伊朗抓拉登，突突突十几个洞洞，血都不出。

郑培然说，我记得，给魏老爷收尸的是中学的谢校长。

几个老人突然都不说话了，周围死一般寂静。一只蜜蜂嗡嗡地飞，绕过这个老汉的头，又飞向另一个的脖项，停在某人的夹袄上，被轰起，惊恐地飞走了。

魏漱孝说，收尸的的确是谢校长。校长拿了一沓绵纸，等在旁边，枪毙完了，她就把捆魏富堂的绳子解开，把脑袋用纸包了，包了有二十几层，那血还往外渗。后来是我和中学王建英王老师一块儿搭手把魏老爷抬到棺材里去的，当时魏老爷的手还是暖的，软软的。

郑培然说，解绳子、包脑袋都是谢校长做的。装殓完魏老爷，她提着箱子就走了，跟镇上人连招呼也没打。在镇东头青木树底下，青女的妈还见到了她，青女妈说，校长走啊？谢校长点点头，话也没说就走过去了。

魏漱孝说，谢校长走的时候几个女生去送，依依不舍的，在青木树底下遇到了青女的妈。青女妈说，校长走啊？谢校长点点头，就坐上了一头等在那里的青骡子，跟大家挥手告别。她说，I will be with you forever（我永远和你们在一起）！

郑培然说，不是谢校长说 I will be with you forever ，是你现在想说 I will be with you forever。你的英语课什么也没记住，就会这一句，老想找机会表现一下，上次跟县里来检查退耕还林的干部座谈，你说的也是 I will……

魏漱孝说，校长就是说了英文，不信你问黄金义去，当时他也在树底下！

郑培然说，黄金义死了三年了，我问鬼哟。

三老汉说，你们都记错了，谢校长哪里走了，谢校长一直都在青木川。

几个老汉用异样的眼光看着三老汉，把三老汉看得有些发毛。魏元林说，你说没走，谁个见她了？你敢说没走！

三老汉看了一眼周围人说，这个不好说……

老汉们回忆，是校长料理的魏老爷后事。魏家出了大事，除了谢校长，当时没人敢出头。魏老爷前后娶了七个老婆，到最后只剩了瞿焕贞。开会的时候，瞿焕贞被要求必须到会，结果瞿焕贞走到风雨桥上就走不动了，领着她的儿子坐在桥上，面色苍白，浑身发抖。枪响了，她那个小娃儿屁事不懂，还缠着娘要吃奶。

谢校长一直不动声色地在操场后边远远站着。

许忠德纠正说，老婆不是七个是六个，谢校长不是魏老爷的老婆，你们不要胡安。

许忠德把目光转向了郑培然，郑培然点头说，对，谢校长不是魏老爷的老婆，但是谢校长在魏家大院住过，他和同学们到那儿唱过英文歌曲。

魏漱孝却说魏老爷和谢校长的确结了婚，还有人送了匾，那匾是他和二等传令兵沈良佐从汉中拉过来的，沉得要命，香樟木的，大金字，系着红绸子。

许忠德说，系着红绸的匾不错，那是甘肃武都魏富堂把兄弟周富尹送来祝贺学校开办的大匾，上头写了四个字“蔽厦群英”。学校开学的时候，礼堂里的匾都挂满了，不止这一块。

郑培然说没错，魏老爷一死匾就被摘下来了，一直扔在学校库房里，“文革”时候周校长拿它当铺板，大小长短正合适。

魏元林还是说，魏富堂和女校长是有关系的，即便没结婚他们也在一起睡过。老爷不是圣人，校长也不是天上仙女。就算是仙女，也还下嫁了地上的牛郎，难道谢静仪比仙女还仙女？

许忠德说，要是这样就好了，可惜不是。三老汉也说魏元林在胡说八道，郑培然干脆咕哝了一句英文，Absurdity。

在旁边听摆龙门阵的后生们瞪大了眼睛，Absurdity 是什么意思？怎的从老头子们嘴里出得那样顺溜？如今的后辈们不要说 Absurdity，连汉语拼音字母也认不全，那些个元音、辅音，有几个能全念下来？同样是青木川的人，过去有人竟然娶过六个老婆。六个女人，花朵一样，乖乖，怎么消受！后生们说，六个老婆准是魏富堂强取豪夺，武力霸占，用非法手段弄来的，那些可怜的女人们在深宅大院里终日以泪洗面。

老汉们说，魏老爷的老婆个个都是大家闺秀。头一个是本镇大户刘家二小姐刘二泉，虽说没过一天日子也是拜堂成了亲的。末一个也是本地女子，是瞿家大院的瞿焕贞。瞿焕贞可是个识文断字、娇生惯养的大家千金。镇东的瞿家大院，那是比魏老爷家还要讲究的，瞿家的院里满是文化，满是典故和讲究，只看那些雕梁画栋就知是有根基、有来头的，不是一日的积攒。魏家有什么，魏老爷家的院子是暴发户的东施效颦，进了大门，一眼就望穿了。

后生们问，什么是东施效颦？

郑培然说，西施漂亮，东施就学她，结果学走了样。

魏元林说，我看好的还是西安进士府第的姊妹俩，那是真正的大学问，“四书”“五经”无所不通，古琴弹得行云流水，整个陕南再加上四川怕也找不到这样精致的女人！可惜，两个人走了，没留住。

后生们问，走哪儿去了？

魏元林说，回西安老家了。

三老汉说，真正般配的还是朱美人，朱美人称得上魏老爷的得力臂膀，豪爽仗义，会使双枪……给魏老爷生了个闺女，闺女是个美籍华人。

后生们怎么也不能相信，魏富堂，一个曾经和他们一样土生土长、老实得近乎笨拙的山里人，一个穷得叮当响的倒插门，竟然能混成如此精湛的人物，不但把西安的金枝玉叶拐带来了，连校长也死心塌地地为他收尸，这得有多大魅力啊！可是现在，他们连广坪的女子都娶不到手。广坪是离青木川最近的一个镇，青木川离县城一百三十公里，广坪离县城一百二十公里。因为比青木川离县城近十公里，就高傲了一大截子，广坪女子都往县城嫁，不往青木川方向来，使青木川后生们的自信很是受到打击。同样是青木川的男人，魏富堂娶媳妇动辄便是西安的，还一下娶进士的两个闺女，如今谁要是能将西安哪个当官人家的姑娘娶到青木川来，别说两个，就是一个也是做梦！后生们一想这事，便气短。

年轻人咽了咽口水不再说话，他们向往着进士的闺女，向往着白皙的香水一般的女戏子。那样的女子，压在身底下，一定比豆腐还要柔软，比鲇鱼还要光滑，不用使劲儿捣就化了，化成了一摊水。他们极清楚，这样的女子绝对不是他们这些土豹子所能享用的，这样的女子是为城里那些大官们、那些有钱的老板预备的。居住在深山，他们觉得自己从起跑线上就逊了一等，尽管在自家屋里，在方圆几十里山林之内，他们豹子一样勇猛，所向披靡地活跃在林莽之中，但土豹子那个“土”字是绝难去掉的。即使走出大山，那见识、做派跟城里人比也常常落伍，常常走样，让人一眼便能望出来，关键是生根的土不一样，没办法的！

这天，在魏富堂话题谈论结束时，许忠德老汉向大家提供了一个重要信息——在青木川工作过的解放军三营教导员冯明要回来访旧。1950年，为歼灭胡宗南在陕南的残余部队，人民解放军十九军一七一团抽调三营部分官兵开进了青木川地区，接收投诚的地方武装，开展了剿匪保卫新政权工作。后来一部分干部留下参加了土改，负责人就是冯明。应该说冯明跟青木川人是相当熟稔的。

听到这个消息，后生们很兴奋。他们对当年的解放军教导员很向往，说听名字很像个有文化的军官，一定像电影里的人物，腰里别着小手枪，穿着黄军装，打着绑腿，浓眉大眼，英俊潇洒，站在大石头上，背靠青山，胳膊一挥，同志们……

魏元林说，那不是冯明，那是《沙家浜》里的郭建光。

老精英们你看看我，我看看你，似乎被这突兀的“回来访旧”搞蒙了。半天魏漱孝说，谁负责接待？

三老汉说，这还用问，肯定是镇上出面。人家冯教导员是离休了的大干部，规格不能低，县上、地区得派专干陪着，司机、厨子、秘书、大夫后头跟着，保不住还得派一个班的警卫。

魏元林说，国家二级警卫是一定得有的，到时山路各岔口都得派上警察，公安局得提前派警犬到青木川来闻，看有没有炸弹藏着。

许忠德说，现在青木川没有土匪了，派啥子警卫？冯明这次来青木川，打了招呼说是私人性质，不带随员，不惊动地方，就让他的女儿陪着，下来走走看看。

魏漱孝说，冯的岁数可不小了。

许忠德说，跟我同岁，七十八。

……城里人经不住老，走道怕是要打晃了。

……走了几十年，他还想着青木川……

……他怎能忘记这儿？他忘了哪儿也忘不了这儿。他的对象林岚，就是在这儿死的！

……那是个漂亮女人，可惜命短。她下巴太尖，红颜薄命就是说的这样的下巴。

郑培然说，林岚的死跟长相没关系，她是为革命牺牲的，刘胡兰一样的烈女，万人敬仰。如果毛主席也给她题了“生的伟大，死的光荣”，那全国都得知道林岚这个名字。

许忠德说，“为革命牺牲”，好久没人说这个话了，听起来耳生得很。

魏漱孝说，陪着来的女子一定是冯明后来的女人生的，大半也是个官。

许忠德说，这女子叫冯小羽，是个学历史的，也写小说，作家。

老的少的一齐摇头，都说没听过这个名字，至少这个名字没弄出《水浒传》《西游记》那些个让人记得住的东西。魏漱孝说，作家就是一个吃饱了撑的工作，大官的女儿当作家是理所当然，就像青木川的女孩嫁人种地烧火养娃娃一样自然。

精英们对冯明没有过多谈论，不是不想谈，是没什么可谈。几十年的距离太遥远，他们一时还没有找到衔接的点，不像日日议论的魏老爷，谁起个头大伙儿就能接下去，越扯越多，能拉扯出很实在的内容。他们对冯明的了解就是那么一段，冯明如一颗明亮的星，照亮了青木川的山山水水，在青木川掀起了很大波澜，却又很快平息了，把漫长的日子留给了他们。

1952年，枪毙了魏富堂后半个月，冯明就离开了。这个使青木川改天换地的重要人物在青木川人的印象中竟然是连缀不起来的，飘荡在半空的。不是青木川的人忘恩负义，是有种说不清道不明的情愫夹裹其中，让人不知如何提起。

冯明到青木川来是既定的事，许忠德的孙子是地区的新闻专干，消息绝对准确。老汉们开始咳嗽、抽烟，开始闭着眼睛想心事。湿润的风从桥那边一阵阵吹过来，把老汉们的鼻子弄得都有点儿痒痒。

镇政协主席张保国低着头匆匆从宅院门口经过，许忠德咳嗽了一声，张保国立刻打转身，赔着笑脸走过来。张保国是当地人，住在镇南头，父亲张文鹤是个本分的种田人，在世的时候和台阶上的精英们一样，也是“众议院”的“议员”，所以在精英们面前张保国只有恭敬听命的份儿，不敢有一点儿造次。张保国过来跟每一位“议员”都打了招呼，掏出烟给“议员”们一一散发。

许忠德看了看手里的烟，慢悠悠地说，软中华……

张保国赶紧说昨日在县上开会，是人家的招待烟，会完了，他就把烟顺兜里了。不抽白不抽，剩在桌上还不知便宜了哪个小子。许忠德问县上开的什么会，用这样的高档烟。张保国说是旅游推介会，有日本外商参加，日本人对青木川挺感兴趣，要来考察。

魏漱孝说，日本鬼子要进青木川？1939年他们沿汉江往上打了几回，都没打进来。这回倒好，我们敲锣打鼓地欢迎，还给预备了软中华。

张保国说，敲锣打鼓倒不必要，考察就是看看，转一圈，事情成不成两说。改革开放，首先咱们的头脑得开放，无论哪国人来了，千万不敢鬼子鬼子地叫，关系着国际影响呢。人家要是反映到外交部去，两国为这个翻脸，打起仗来，咱们青木川闹的乱子就大了。

郑培然说，你龟儿子倒会说笑话，哪个肯为我们青木川打仗哟。

魏漱孝问鬼子什么时候进村，张保国说就这一两天。

后生们对外国人更感兴趣。他们从来没见过外国人，想不到老外自己送上家门来了。有谁说看过一场电影，姜文演的，叫《鬼子来了》，鬼子骑着高头大马，吹打着洋号洋鼓，东张西望，不可一世。这回，鬼子真来了，到深山老林来了。

三老汉说，日本人没什么好看，跟咱们长得一样，爱说“死啦死啦”和“咪西咪西”。不似欧洲人，头发是金色的，眼睛一只绿一只蓝。

年轻人说，波斯猫的眼睛也是蓝或绿。

魏漱孝说，鬼子拉的屎比咱的还臭，因为他们爱吃奶油。

后生们问奶油是什么东西，三老汉让后生们回去问他们的妈，他们的妈奶水里都有油。

二

公共汽车一路颠簸，沿着山道大喘气地爬行，沉重缓慢，随时有停下的可能。头顶是阴霾的天，灰暗厚重；脚下是翻卷的云，同样灰暗厚重。偶尔，灰暗厚重里冒出几根树的枝丫，一丛黑绿的叶子，带着阴湿的水汽，老到而狰狞，是青冈木，一种秦巴山中太常见的树木。

车厢里弥漫着浓烈的柴油、旱烟、臭脚、柴火和鸡屎的气味。前排的司机叼着烟卷，粘着一眼眵目糊，一只手搭在车窗上，一只手拢着方向盘，漫不经心地抡着。有孩子在哭，没完没了，母亲便训，孩子哭得更甚，后来索性号啕。一车人大半在睡觉，身体随着车的摇晃而摇晃，有的头碰在玻璃上，嘭的一声，也并不醒来，似乎缺觉缺得厉害。

离休老干部冯明许久没坐过这样破烂肮脏的车了。他奇怪，这样烂脏的车竟然还能载着人响着音乐欢快而肆无忌惮地在山间窄路上飞奔，好像大家的命都很不值钱，大家早将生死置之度外了。跟女儿冯小羽到青木川，对他来说，多少有些冒失。但是他知道，如果不抓住这个机会，今后恐怕更难来了。他的心脏做过搭桥手术，再支撑不了多久。

青木川通汽车是近来的事。小镇在中国地图上找不到标志，在陕西的地图上它也不过是个小圆点，位置在四川、甘肃、陕西交界处，是个一脚踏三省的偏僻乡镇。该地盛产香菇、木耳和天麻，也出熊猫、羚牛、金丝猴，以前还有罂粟、刁民和土匪。解放前，这里地僻人杂，盗匪渊薮，国民政府鞭长莫及，地方武装自成一统，民团的势力强大而无人制辖。这些解放后给巩固革命政权、推进土地改革带来极大困难……

冯明将脸紧紧贴在玻璃窗上，盯着外面的山道看。雾气将山体遮严，什么也看不清，但是冯明还是看，他不愿错过山中任何一个能看到的细节。那些一闪而过的景致，可能是个不起眼的沟岔，在他眼里，分明是当年的生死之场。石头水溪，老树弯道，保不齐哪里就上演过旧日故事，抛洒过战友的鲜血，不能疏漏了。这次下乡原本地区给他派了专车，他回绝了，他要一个人走走看看，看看留在这片山地上的脚印究竟还能寻回多少，看看铭刻在脑海中的激情是否还能得到印证。他过去是步行走进青木川的，现在能坐公共汽车已经很奢侈了，再要坐小车就更找不到当年的感觉了。冯明硬让司机把车开了回去，把派来的秘书也打发了，他说要在青木川多待些日子，这些人跟他耗不起，只能给他添乱。

跟冯明同行的还有钟一山。钟一山是冯小羽的大学同学，留日博士，历史地理专业毕业，研究蜀道的，更确切地说是研究蜀道之一的傥骆道。傥骆道起于西安周至县骆峪口，翻越秦岭大梁，擦三千七百米的太白山主峰而过，经过华阳镇，从洋县傥峪河谷穿出，到达汉中。傥骆道是至今仍以原始风貌横陈于秦岭山中的唯一古道。别的古道迤逦于河谷间，多被现代公路重复，只有傥骆道，遇山翻山，遇水过河，上至积雪山顶，下至幽深河谷，从北至南，几乎是一条直线，乃至今天从西安飞往汉中的飞机，仍是沿着傥骆道在飞行。这条道路兴盛于唐代，那时候官员升迁赴职，商贾往返川陕，军人进退征讨，为便捷多走此路。明代以后终因道路难走而被放弃衰废，一条三百多里的线路上，留下无数遗址典故，有极高的研究价值。

冯小羽认为，宁羌在汉中的西南，已经超出了傥骆的范畴而进入了奔四川蜀道金牛、米仓的延伸，钟一山的研究路线偏了。但钟一山不以为然，说历史的本身是一首长诗，道路是纵横交错的蛛网，没有诗人的情怀就不能研究历史，没有举一反三的精神便不能研究古道。他认为，这次到青木川来，肯定会有无限的惊喜在等着他。

汽车嗡嗡地爬行。

冯小羽和钟一山隔过道而坐，他们之间夹了个鹅笼。白胖的鹅，不知怎的从竹笼里钻出了脖子，阴鸷的小眼，恶狠狠地盯着旁边留小胡子的钟一山。钟一山窥出鹅并不友善的态度，将身子使劲儿往里缩，两手紧紧地护住怀里的数码摄像机。那鹅盯了一会儿，瞅准机会，头一低，脖子一拧，在钟一山大腿上狠狠鸽了一口。钟一山嘶着声儿大喊，咬人哪！后边鹅的主人伸手给了鹅脑袋一巴掌，鹅缩回笼子里去。钟一山的喊叫如一剂提神灵药，使得周围人立刻清醒，纷纷向他注目，那目光带着惊奇与不屑。钟一山赶紧把头埋下去，这样一来，脸便和鹅笼贴得近了，鹅立刻钻出来，摆出了继续进攻的架势，钟一山吓得用衣服挡住了头。他手里那件黄绿的衣服是临上车前冯小羽花十块钱从地摊上买的，很常见的那种公安淘汰下来的黄色民工服。她用这件很“普罗”的衣裳换下了钟一山那件白色的“圣保罗”隐条外套。钟一山不喜欢这件不灰不黄的衣裳，不穿，道具一样，老在手里攥着。现在用它来挡鹅，倒也物尽其用。

冯小羽的邻座是个小青年，头发染成棕红的颜色，头发的根部露出深深的黑，泛出了片片油光。他不停地抖动着一条腿，没有一刻停止，因车椅子是连着的，就带着别人跟他一块儿哆嗦。这种被动的哆嗦并不舒服，冯小羽只好忍着。青年跟着车上播放的音乐呜呜啦啦地哼唱着，听不清歌词，像是病中的呻吟。现今的音乐都是这股劲头，无非是爱谁爱得要死，爱得咬牙切齿之类。冯小羽瞪了青年一眼，对方没有反应，她真想照着那张扁脸狠狠地扇一巴掌，扇他个鼻子蹿血，看他还敢这般穷哆嗦不！脚下有东西，冯小羽朝邻座踢了踢，硬扎扎的，不甚清爽。一会儿，那东西随着山路的颠簸又滚了过来。低头看，是个尼龙蛇皮口袋，她问邻座口袋里头装的是什么，这样扎人。邻座说东西。

等于没说，明显的是不愿说，冯小羽也不再理他。

车过阳平关。左边是繁忙的宝成铁路，右侧是翻滚的嘉陵江，汽车在江水和铁路间行驶。路边有古老的木板房，也有贴了瓷片的两层小楼。有小饭铺也有修车行，几个穿着松松垮垮校服的孩子沿着公路在奔跑，大概是要迟到了。

很快，长途车离开了嘉陵江，开始往高处爬行。海拔高了，云雾更浓，车外白茫茫一片，云气一团又一团，在车周围滚过来滚过去，连路也看不见了。

冯小羽从包里掏出电话簿，给青木川的张保国打电话。上周他们在县上见过面，她说要陪国际蜀道研究会的专家来考察青木川，张保国很热情地说欢迎专家学者来青木川，特别欢迎有国际背景的人来这里考察。深山小镇，能力有限，必须借助外来力量才能发展。湘西猛洞河一条不出名的小街，因为拍了电影《芙蓉镇》而真成了芙蓉镇，成了当地旅游热点。青木川是货真价实的古镇，人文环境、自然环境不比芙蓉镇差，应该是很有发展潜力的！

冯小羽感觉张保国可能把钟一山来青木川的动机搞错了，便说这个专家虽然有在日本留学的经历，但不是投资的，是研究历史的。张保国更热情地说，研究历史也欢迎，文化是一切经济发展的奠基石，建设社会主义新农村，第一要紧的就是文化！

……

冯明看着窗外说，快到梁顶了，翻过大梁就是回龙驿了。

钟一山立刻低头掏出手头资料，在资料里寻找回龙驿，嘴里念叨着，唐玄宗、唐德宗、唐僖宗……

冯小羽说，甭找了，这个“回龙”不是那个“回龙”，虽然都在川陕路上，相差却很远。唐玄宗逃难四川那个叫回龙场，在金牛道的终点，靠近成都，李隆基结束“安史之乱”到此回銮。马上到的回龙驿是山里河道的一个普通迂回，跟那些“宗”没关系。

两个搞历史地理的人开始谈论德宗、僖宗曾经奔逃于傥骆道……

钟一山问回龙驿离青木川还有多远，冯明说走路得大半天，早晨出发过晌午饭才能到。红头发青年插嘴说，现在回龙驿往青木川通了沙石路，要是赶上班车，半个小时就到。坐在冯明旁边一个头上缠黑帕子的汉子问冯明到青木川找谁，冯明说，找……哦，谁也不找，看看……

冯明实在想不出他到青木川应该找谁。

汉子嘟哝了句什么，再不言语。冯明问汉子姓什么，汉子说姓许，问是谁家的后生，汉子警惕地说，许家的后生！

汉子态度生硬，不甚友好。冯明想，这般的生楞蹭倔，不知他父亲是青木川的哪个。可能汉子也觉着有些过分，过了一会儿，口气缓和了些问冯明，你是谁？

冯明说，我是冯明。

汉子说，冯明是谁？

冯明说，冯明就是我。

冯明的口气充满了自信，就好像跟人说，我是刘德华，刘德华就是我一样。说出名字之后，冯明有些期待地等着，等待着一声惊雷的爆发，大名鼎鼎的冯教导员，青木川谁能不认识呢！

汉子在仔细回忆，终于摇摇头，再次表示不知道这个名字。

冯明问汉子多大了，说是四十六。冯明想，四十六岁该是土改以后出生的，便问他的父亲说没说过冯明这个人。这回汉子想也没想，说没有。冯明问汉子的父亲是谁，说是许忠德，冯明想了半天，硬是想不起来。他有些失落，心情如同窗外缓慢流过的浓雾，浓稠得有些排解不开。

人是个健忘的动物，不能怪青木川的人早早把他忘了，怪他自己，也将过去的许多事、许多人忘了。

那年有个农民老汉上访，被门卫拦在政府外头。上访老汉私下对门卫说他当年救过冯明的命，他也是个老革命呢，还把他的“荣军证”拿给门卫看，说在鲁坝，要不是他将冯队长藏到洋芋窖里，冯队长早让敌人抓去了！门卫给秘书打了电话，秘书对“救过冯明命”的事情处理得很谨慎，到首长跟前落实有无此事。可是冯明确实想不起来了，他连自己到没到过鲁坝都不能肯定，更想不起洋芋窖……多年后，他看到一本陕南战事回忆录，证实他们那时候的确在鲁坝一带打过游击，但是他还是想不起被人救过的事。他钻过竹林，宿过山洞，趴过熊窝，睡过山崖，什么时候藏过洋芋窖呢……没印象了。

想必那个自称救过他的老汉是很失望很没面子地回转乡间了。这对他是件小事，微不足道的小事，转脸就忘了，可是那个回去的老汉却会遗憾一辈子，至死大概也不会忘记在政府门口这丢人、难堪的一幕。当然这不能怪他冯明，在领导岗位上，日理万机的他，对一个乡间洋芋窖的忘却是再正常不过的了。

还有一次，在某个剪彩仪式上，端盘子递剪刀的礼仪小姐将剪刀递给他的时候跟他说，她的叔父是刘志飞。他当时的表情很冷淡，只是轻轻地哦了一声，没表示记得也没表示不记得。刘志飞是三营副营长，是跟他一块儿参加青木川剿匪战斗的战友。他是教导员，教导员怎么会忘记营长呢？但是在那种场合，他不可能对那个礼仪小姐表现出太多的热情，一是小姐提出刘志飞的时机太不合适，二是刘志飞以后参加抗美援朝，被美国军队俘虏，放回来后一蹶不振，先在国有农场机械科当股长，后来在菜场卖菜。20 世纪 80 年代刘志飞关于离休待遇问题给他写过信，他记不得自己是如何回复的，后来再没了消息……

总之，很多的“记不清楚”，都忘了。

活着的可以忘掉，可是死了的呢？也忘掉了吗？

林岚是死在了青木川的。几十年了，他没有回来关照过她，并不是不惦记她，是他不愿意再触动心里这块最软弱的地方。戎马半生，官场沉浮，他经历得太多，改变得太多，可不变的只有这里。青木川南坡一片青翠的竹林，一座简单的墓碑，长眠着他的情人。黄土将他们隔开，死亡替林岚保留住了青春，保留住了姣好的容貌。二十二岁，永不会增长的二十二岁，那是一个多么鲜活、多么美好的年龄，被动地停滞，被动的美好却是那么残酷……如果她还活着，应该是个幸福的老祖母了……

他问汉子知不知道林岚这个名字，汉子说他没听说过林岚，他听说过林彪。

缠黑帕的汉子再没有继续说话的意思，风马牛不相及的回答让冯明扫兴。他知道，他们那轰轰烈烈的一页已经被历史轻轻地翻过去了，如同墙上的挂历，没有谁还有兴趣将那已经翻过去的再翻回来欣赏，翻过的画页再精彩，也是过去了。他不再是指挥部队穿越山林的年轻教导员，不再是在反霸动员会上叱咤风云的工作队长，现在他是青木川一个普通的、陌生的来访者，一个年逾古稀的老人。

冯明轻轻地叹了口气，这声叹息只有他自己听得见。

在汽车的颠簸中，冯小羽的手机拨了一遍又一遍，信号一片茫然。邻座停止了哆嗦，饶有兴致地看着冯小羽拨电话。冯小羽拨不通似乎早已在他的预料之中，他嘴角不动声色地咧了咧，继续他的哆嗦。冯小羽无可奈何地将电话收回去。

在防备肥鹅进攻的同时，钟一山仔细研究着手里的地图资料。在汽车的颠簸中，他艰难地沿着地图上那条纤细的紫色乡镇道路前进。他不明白，为什么有时候地图上的紫线是断开的，而汽车竟然在继续行进；也不明白，脚下这条道路，是从什么时候才开始走汽车的。

汽车停在回龙驿终点。

回龙驿是古道的驿站，如今已变成一个荒凉的小居民点。房子大多是土坯茅草，低矮潮湿，偶有两三间新房，也是红砖水泥，粗俗难耐。两个脏得分不出眉眼的孩子，三条瘦骨嶙峋的狗，挤在车门底下，莫名其妙地兴奋着。汽车腾起的灰土将他们深深地盖过，他们好像也不在乎，仍旧欢快跳跃。

汽车一停冯明就要下车，坐在前边的汉子说，没车。

冯明问他怎知道没车，汉子说他一看便知道没车。

红头发背起口袋，急匆匆地往门口挤，口袋里发出稀里哗啦的声响，碰了这个，撞了那个，惹得人们纷纷抱怨。钟一山抄起了他的大背包，拎着工作服，精心设计着路线，巧妙而安全地绕过过道里那只虎视眈眈的鹅。

下了车，冯小羽问父亲回龙驿跟过去比有没有变化，冯明说变多了，他都快认不出来了。冯小羽不能想象这个小小的居民点能有怎样的改变，那茅草房，那灌木，那河水，那狗，那孩子，几百年前或许就这样存在着，在父亲眼里居然“变多了”。

下车一打听，发往青木川的班车今天就没有开出，说是跑运输的司机，因老丈人胸口让羚牛戳了个血窟窿，司机拉着老丈人上县城了。一车人，大部分到回龙驿就不走了，真正去青木川的只有冯明一行和那位爱哆嗦的邻座以及青木川的汉子。冯小羽问父亲要不要给青木川镇政府打个电话，让他们派车来接。冯明说不用，说这些山路他熟，时间还早，在回龙驿转一转再走不迟。

钟一山更不急，拿了摄像机在土街上东照西照，引得一帮孩子争着抢着对着他的镜头做鬼脸。

青木川的汉子守着从车顶上卸下的一捆树苗，坐在小卖部的台阶上不紧不慢地抽着烟。小卖部里实在没什么货色，假模假式的橘子汁、看不出生产年月的火腿肠、五颜六色的塑料拖鞋、堆在木头箱子里的大粒青盐……一只猫卧在货架上睡觉，小卖部的主人枕着胳膊趴在柜台上也睡觉，人和猫一高一低，各抱地势，都睡得深入酣畅。冯小羽在小卖部里转了一圈，店主没有醒，猫抬头看了她一眼，喵呜一声，算是打了招呼，换个姿势又睡去了。汉子还在台阶上抽烟，烟是当地出产的大叶子旱烟，燃得很快，烟呼呼地冒，辛辣呛人。汉子是陕南山中太普通的农民，精瘦的身材，粗壮的手，脚上蹬着一双烂解放鞋，脚指头小老鼠一样，在窟窿里进进出出。

冯小羽对前面的道路心里没底。她怕父亲累着，担心父亲在这荒凉之地出什么意外。她不能催促父亲，父亲不说走，她不能走。她问抽烟的汉子什么时候走，汉子说再等等。冯小羽说怕是等不来车，司机老丈人胸口的血窟窿不是一时半会儿能堵上的。汉子说他不是等车，是等太阳，太阳高了满山的雾气就散了，没有雾的山才好走路。冯小羽说沿着沙石路慢慢往前走，比坐这儿等太阳强。汉子说，雾大，前途莫测，遭遇了大家伙可是不得了的事。

汉子说的大家伙，指的是老虎、狗熊、豹子什么的，当然也包括羚牛。自从 1964 年一只华南虎被打死在附近，老虎再不见了踪迹，但老百姓还是说有。有人说听到过嚎叫，有人说看到过粪便。在老百姓心目中，一片大山若是没了山大王，那就不叫山。冯小羽倒不是怕和老虎遭遇，主要是怕羚牛，单个的羚牛脾气孤傲暴戾，常常主动攻击人，遇上者，十有八九不能逃脱。这样的报道，她在报纸上见过不少。

红头发小伙子独自顺着沙石路往前走了二三百米，见大伙儿不动弹，又折回来，径直蹲在汉子对面。汉子却有点儿爱搭不理。

汉子远远地指着冯明对冯小羽说，那个人，他是你父亲？

冯小羽说是。汉子说，他是个官。

冯小羽问为什么看她父亲是个官，汉子说凭感觉。直觉告诉他，这老头是个大得不得了的官。

冯小羽问汉子买的是什么树。汉子说是山外杨凌农科城新培育出的山茱萸苗子。冯小羽想，山萸肉鲜艳甜润，是名贵中药，却没料到山萸苗子竟这般丑陋。问树苗何时才能挂果，汉子说三年。冯小羽就想，三年是很遥远的事情。

停了一会儿，红头发指着钟一山说，那个照相的，他会不会是个特务？

汉子回应说，你当特务比他当还合适。

红头发不理会汉子的揶揄，开始逗弄旁边的狗，从兜里摸出一块干馍，想给不给的，引得那狗使劲儿地摇尾巴，使劲儿地转圈。大家都不说话，在台阶上坐着，等着雾散。

冯明在小街上不紧不慢地转悠，不到五十米的街，从这头一眼望到那头，没有任何遮拦。

回龙驿北面是山，南面也是山，中间是河谷，河水湍急凶猛，声如擂鼓，咆哮翻滚着向东流去。东面是嘉陵江，是入川的水路。小卖部旁边有个卖凉皮的摊子，凉皮用玻璃罩子罩着，那些酸辣蒜水面目有些混浊不清。卖凉皮的女人一边做买卖一边哄孩子。孩子鼻子下面的鼻涕抹成了花蝴蝶，开裆的牛仔裤上满是泥污，脚上一边是袜子，一边是旅游鞋……

冯明过来跟卖凉皮的女人搭讪，女人见他没有买的意思，问三句不回一句。后来冯明夸她的孩子长得虎头虎脑，将来一定有出息，她才有了点儿笑脸，问冯明从哪里来。冯明说省城，女人说从省城来一定是美术家了。冯明问为什么，女人说只有美术家才到这儿来，这儿景致好，能入画。红头发凑过来插嘴，说冯明是省城大官。

女人乐了，说大官哪有坐公共汽车来的。凡是坐这趟车到回龙驿的，品级最大的大不过干事。冯明说女人很有眼光，女人说她每天在街上卖凉皮，谁是干什么的，一搭眼，就能猜个八九不离十。冯明让女人猜他是干什么的，女人说顶多是个退休兽医，给猪看病的，其实就是个四处游走的劁猪匠。冯明说女人猜得不错，他还真有这门手艺。冯明说回龙驿街面比以前宽了不少，以前人们张开胳膊就能把街道堵严，两匹马不能并排在街上走，石板小路高低不平，檐下的流水能溅到对面屋里，现在改变很大，都能走汽车了。女人说回龙驿从她嫁到这儿就这样，没有改变。问她是哪年嫁过来的，说是五年前。冯明说他说的要早，至少是五十几年前了。女人说那就是旧社会了，旧社会她压根儿没见过，她是70年代生的。冯明问回龙驿有没有发展规划，女人说回龙驿发展不发展不关她的事，世事无论变得怎样花哨，她照样得卖凉皮，这里照旧早晨是大雾，羚牛照旧会在人的胸口戳血窟窿，改变不了的。冯明说，回龙驿应该盖几栋正儿八经的房子，至少要盖个有棚子的车站，有个能处理伤病的小医院，往后到这儿来旅游的人肯定不会少。

女人说，有什么好游的，来看这满山的雾吗？看这放屁能臭一条街的短巷子吗？又说，头头们赶时髦，回龙驿巴掌大个地方还要修建广场，说要种草，栽会放光的塑料树。山上那么多草，还非要在这儿种草；周围那么多树，还要弄塑料的。吃饱了撑的呢……建了广场还要塑雕像，纪念红军。

冯明说，纪念红军？不是解放军吗？女人说不是，说前不久几个人拿着图样来回龙驿比比画画，征求意见，卖杂货的老赵瞄了一眼，认准是红军，不是解放军。

冯明说，老赵怎知道那是红军不是解放军？

女人说，红军穿背心，戴八角帽，面黄肌瘦，这谁都知道，那个《闪闪的红星》电影就是这么演的。

冯明说，1935年红二十五军在程子华和徐海东的带领下，穿越秦岭北上，兵分两支，一队是从华阳镇、老县城那边走的，一队走的是留坝的江口，没路过这里，干吗在这儿建雕塑？

卖凉皮的说，老辈说在前头谷里曾经打过一仗，红军在这儿被打得落花流水。我家爷爷是亲自参加了那场战斗的。

冯明问她家爷爷是哪边的，她说是这边的。那时候人的心很齐，说打就拼了命地打，没有人退缩。问上边是谁，说是魏司令，说她家爷爷在魏司令手下当排长，把快枪使得跟烧火棍一样顺手。冯明特别注意到了她用的是“这”，而不是“那”，在情感上还保留着对红军对立面的认同，话说得就有点儿乱，立场显得跟她那些酱油醋、辣子蒜水水一样混沌不清。

钟一山端着机子过来了，先瞄凉皮后瞄女人，最后定格在那张银盘似的大脸上。钟一山隔着摄像机问卖凉皮的知不知道附近唐朝公主的事，胖女人眼睛翻了半天，问公主是哪个村的。

冯明说现在可以上路了。

汉子说，是的，可以走了。

冯小羽抬头看，一山的雾气像被谁揪走了一样，翻着滚着，急速向东北的山口撤退，将一抹青山推到众人面前，金灿灿的太阳，高高挂在头顶，好一个艳丽明朗的大晴天！冯明问汉子，回龙驿通青木川的小路还能不能走？汉子说，你怎的也知道这条路？

冯明说，我怎的不知道？走过上百遍的。

汉子说冯明一定是测绘队老宋的部下，当年的老宋带着一些人把周围这山山岭岭都踏遍了。冯明说他也把周围这山山岭岭都走遍了，他还在山上的松树岭蹲过几个晚上，偏偏他就不是老宋的部下。汉子说，不是老宋的部下是啥子？

冯明说，我是解放军。

冯小羽担心父亲的身体，冯明说没事，总共半天的路程，现在太阳还在头顶，慢慢地走，穿过石门栈道就到青木川了，年轻的时候他一天能打两个来回，路上的每块石头他都熟悉。冯小羽说，过去是过去，现在是现在，年龄不饶人啦！

冯明说，你以为我是纸糊的吗？我能围着莲湖公园转三圈，不用歇脚。

冯小羽说，年前是哪个犯心脏病住院来着？害得一家大小不得安生。

汉子说，青木川的老汉们八九十了还走这条路呢。路就是让人走的，去年在松树岭架了座索桥，往来的人再不用下沟上沟了，又近便了不少，半天的路一两个小时就到了。

汉子这么一说，更坚定了冯明要走石门栈道的决心。冯小羽说还是沿着沙石公路走，舒缓平展，万无一失。汉子说沙石路是给车走的，在山谷间盘来绕去，五个钟头也走不到青木川。

钟一山也要走小路，说他是来考察古道的，不是来考察沙石公路的。

冯小羽不再坚持，跑到小卖部给青木川镇打了电话，说了一行人走石门栈道的事。她得对父亲的安全负责。

跟着汉子，大家依次从凉皮摊子旁边拐进树林。

一条小径幽幽荡开，石头上有绿绿的苔藓，阴湿溜滑，很不好走。汉子扛着树苗走在前头，速度很快，没有十分钟，就将冯小羽们甩下一大截子。

冯明走在汉子后面，很快也不见了踪影。

冯小羽走在最后，没走出两个弯道便开始气喘吁吁，汗流浃背。往上看，山峰环耸，磴路盘曲，不知还有多高；往下看，树木将来路遮掩，不知走出多远。

一声鸟鸣，啼出满山的幽静。

冯小羽大声地喊“爸”，满山立刻响彻“爸”的回声。听到冯明在前面的回应，冯小羽才放下心来，让父亲悠着走，不要把劲儿使猛了。她奇怪父亲哪儿来的这么大精神头，家里那座小二层楼，父亲连楼梯也懒得上，成天跟家里人商量安电梯，现在登起山来又不管不顾……想到这儿，冯小羽赶紧从背包里找出速效救心丸，装在上衣口袋里，以备父亲急用。

道路变得陡峭，红头发热得红头涨脸，坐在路边的树桩上歇着，揪了片大树叶子使劲儿地扇。钟一山掏出放大镜对着草丛里的一块石头使劲儿看，他说那块石头是个路碑，上边刻着“广坪界”几个字。冯小羽却怎么也看不出来。钟一山就一笔一笔地给她描，她看出很多笔画是钟一山在那儿想当然……

若真进入了广坪地界，就说明离青木川不远了。

冯明在上头招呼，说再不加紧走天就晚了，钟一山磨磨蹭蹭不想动弹，还要沿着山道细细地搜索历史遗迹，说说不定能找到与米仓道关联的蛛丝马迹。

红头发歇够了跳起来追那汉子去了。

后头的跟不上来，冯明只好在高处坐下来等。

松树岭海拔已接近两千米，灌木竹林被落叶松的针叶林替代，这里那里，裸露出一块块大石头，是第四纪冰川的遗迹。松树岭上的树很齐整，左右成行，哨兵般站立，是这几年实行天然林保护工程新种的。冯明的记忆中，这里应该是一片原始森林，树木粗壮高大，两人难以合抱，有的上面还钉了铁牌子，是明朝建紫禁城，为京城皇家选定的上好材料，只等上峰命令，便行砍伐。汉人皇上倒了又换了满人皇上，这些树还站在山巅等待召唤，平民百姓无人敢问津，树就挂了免死牌般肆无忌惮地长，黑压压地伫立在山顶。路人行到此处，多快快通过，不敢长时间停留，林幽山险，伏蟒易生，是奸匪出没之地，也是兵家小心防范的所在。

现在，五十年前的景致已然不再，光秃秃的山顶树木矮小，阳光灿烂，那些惊心动魄，那些刀光剑影都成了久远的故事，再难寻觅，连戒备的感觉也找不到了。冯明有些失望。他知道，到青木川以后失望的事情一定还会有很多，他必须有足够的思想准备，接受记忆和现实的挑战。他朝青木川方向望，发现姓许的汉子和红头发早已穿过石门走得远了，红头发的头发在山道上时隐时现，火焰一样跳跃，山鬼一样飘逸，让人生出许多虚幻感。

群山在脚下奔涌，远处有岚气在蒸腾。冯明坐在石头上，从近处往天边数那一层层的山峦，数来数去，竟有九层，可见这山是深得很了。风送来暖意，送来松木的清香，他深深吸了口气，还是五十年前的味道……

林岚从山路上快步走来，褪色了的黄军装，齐耳的短发，英姿飒爽，朝气蓬勃，胸口戴着的大红花红得晃眼。那把装在布套子里的二胡，斜挎在肩上，随着她的身体一晃一晃。林岚笑着，看得出她很快乐，她的心情就像她的脸色一样明媚，在下午的阳光下爽朗而清澈。林岚越走越近，冯明激动地从石头上站起来，迎着林岚走过去。五十年了，他盼的就是这一天。五十年，他们隔山隔水地思念着，那思念烘烤得他的灵魂时时处于不安之中。他知道，必须到青木川，他才能见到林岚，林岚是绝不会走过这道山岭的。如今，才迈进广坪地界，林岚就来接他了。林岚想念他就如同他想念林岚，可见，他们的心气儿从来没有间断过。

近了，近了，林岚朝他跑来，不，林岚不是在跑，林岚在飘，林岚的双脚是虚幻的，并没有挨到地面的青草，不管是跑还是飘，总是向他而来。

走近看，他发现林岚的军装已经糟朽，脸色也变得如死灰般苍白，胸前艳丽的花洇成一片，分明是汩汩的鲜血……她冲他而来，他向她伸出手臂，她却没有停下来。在擦肩而过的刹那，他嗅到了血的味道，看到了林岚那飘散的目光正注视着遥远的天边。

他轻轻地喊了一声，林岚！

林岚如同节日夜空银色的礼花，在阳光下迸散，顷刻间变作无数闪烁的星星，发出金属撞击般的声响。冯明力图抓住那些星星，抓在手里的却是空空的风。

山谷无言，风在吟唱。

向四方寻找，周围空空荡荡。前头的汉子和红头发已不知去向，后头的钟一山和冯小羽还不见踪影，冯明感到一种从内向外的虚脱。这种虚脱是从后脊梁骨开始的，先是发酸，后来发飘，继而扩散到全身，让他的身体升腾起来。他仿佛又看到了林岚，林岚站在山谷的岚气中，向他挥手。

他们是在这儿分手的。

他记得很清楚，他现在坐的石头旁边，那时有棵大松树，树干狰狞若盘龙，茂盛如巨伞，远望则如同一只凌空欲飞的鹰。那天，他要到县里汇报工作，林岚要到广坪镇组织群众开会，他们在松树下分手。冯明要沿着官道下山向东，过回龙驿去县城；林岚要顺着小路往北，再走十里到广坪。冯明的警卫员小赵拉着马知趣地到前面等待，来接林岚的广坪乡乡长曹红萧和武工队的同志们也紧走两步拐上了通往广坪的小路，松树岭上就剩下冯明和林岚。两人不自觉地放慢了脚步，要说什么，都没有说。走到了大松树底下，必须要分手了。冯明停了下来，林岚也停了下来，两人的目光碰撞了一下，很快又分开了。冯明很做作地咳了一声，将手里的马鞭弯成一个圆，以掩饰自己的尴尬和不安。年轻的教导员从什么时候开始喜欢上了林岚是件说不清楚的事。参加革命以来，冯明一直在部队，走南闯北，几乎没和女同志打过交道，也极少考虑男女之间的事情。这次到青木川和林岚接触，纯粹是偶然。也就是这偶然，让冯明的心里装下了这个快乐美丽的女孩子，有事没事地总要想起她，想起她无拘无束的笑，想起她悠扬动人的歌，想起她明亮闪烁的眸子，甚至想起她衣服上散发出的皂荚气味。其实林岚就在他的对面，随时可以见的，不知怎的还是想。

对这一变化看得最清楚的是刘志飞。刘志飞老婆在河南，有两个儿子。刘志飞说，冯明这副样子，绝对是爱情在作怪。他是过来人，看得出姑娘眼神里的内容。刘志飞帮冯明出主意，说不要等青木川的工作结束，要赶紧明确和林岚的关系，这样的好姑娘稍稍一松手就成了别人的老婆，部队里等着结婚的干部多的是，得抓紧。冯明在谈恋爱上是一片空白，他不知两人之间的这层窗户纸该怎样捅破，拉住人家直接说“给我当老婆吧”，也未尝不可，可总是缺少铺垫，缺少浪漫。人家毕竟是学生出身，讲的是情致，直奔主题地让人家“当老婆”，怕是唐突。刘志飞出主意说，先拍拍她的肩，再拉拉她的手，瞅准机会就亲她一口。下来的事情，女的比男的更知道该怎么办，到时候一切都是水到渠成，简单极了。

松树岭上，浓密的树荫下，冯明和林岚面对面地站立着，天气并不热，冯明的汗却出来了。他看到林岚的手，那双手无所适从地翻弄着衣襟，不由得想拉过来拿在手里握着，但是他觉得不合适。他突然感到刘志飞教的恋爱招数并不管用，很没有水平。

明显地，林岚在等着他说些什么，那双眸子闪闪发亮，带有鼓励成分。冯明克制着心的狂跳，告诉林岚县上的会议只是一天，如若没什么耽搁，他后天下午就能回到青木川。连冯明自己也奇怪，在这激情难耐的时刻，他的语调竟然会如此平静，所说的话语竟然如此离“题”万里。

林岚竟然也是公事公办，说她后天也从广坪回来，要是回来得早，就在松树岭这儿等他。

本应是很平常的离别，那一刻冯明的心情却有些沉重，一瞬间他在林岚的眼光中读出了期待、爱慕、无奈、留恋……一种离别的愁闷极不合时宜地在松树岭上生成，使他竟然有些儿女情长，向林岚伸过手去。没容他想什么，林岚将他的手一把抓住，想是临别的一握，却不，林岚将他的手拿到唇边，用尖利的牙齿在他的手背上一下一下咬着，竟咬出了血。

林岚问，疼吗？

他笑笑说，不疼。

林岚说，你的手不疼，可是我的心疼。

林岚那样做，说那样的话，其实是命运的一种警示，他不明白，她当然也不明白。他只是想刘志飞的话，果真的，这种事情女的比男的更知道该怎么办。倘若他知道以后发生的事，那天他一定给林岚一个漫长深沉的吻，漫长得充盈彼此的一生，那才叫刻骨铭心。不光要吻，他应该阻止林岚前往广坪。假若林岚改变了主意，历史将是另一种写法。可惜，当时他既没有给林岚一个吻，也没有阻止她的行动，他和她就那么分手了，轻而易举地分手了，在那棵险恶的松树下……林岚是看着他走的，他即将转过山头时，最后回望，看见林岚还向他挥手，样子安详自在，就像站在自家的门口。那棵松树，的确像一只张开翅膀的鹰……

手上被林岚咬过的地方丝丝拉拉地疼，疼到心里。

冯小羽赶上来，看到父亲的脸色已经不大对头，浑身冒虚汗，软弱无力，问哪里不舒服，只说是手疼。冯小羽让父亲赶紧吃了药，招呼着在石头旁躺下。

冯明说，没事，是刚才走得有点儿猛了。

冯小羽说，叫您不要逞能，偏不听。瞧瞧，躺在山顶上了。这都是自找！

冯明说，我看见你林阿姨了，她来接我啦！穿着黄军装，那军装旧了……五十多年了，还穿在身上……

冯小羽说，大白天见鬼啦！您别吓我，我可不是无神论者！

冯明说，还那么年轻漂亮……

冯小羽说，这话要是早几年让我妈听见，又该醋意大发了。我妈吃了一辈子林岚阿姨的醋，一直到死。她动辄便问我，是她的气质好还是那个姓林的气质好，好像我见过林岚似的。

冯明说，她这辈子吃死人的醋，没名堂。

冯小羽说，您不懂女人！岂止死人，我们连古人的醋都吃！

钟一山背着背包寻寻觅觅也上来了，站在高处深深地吸了口气，说山顶上有股浓重的历史气息。冯小羽说钟一山是狗，考察古道用鼻子嗅。冯明说，历史有时候是要靠鼻子嗅的，不知什么时候风就悄悄把历史的味道传送过来了。

冯小羽说这话太浪漫，不像她爸爸说的。

冯明缓过劲儿来开始慢慢往下走，穿过石门栈道，过了新修的铁索桥，道路平整舒缓，果然没费什么力气。他告诉冯小羽，没铁索桥的时候下沟上沟，得折腾一个多钟头。修桥这件事，宁羌县做得实惠又漂亮！

钟一山边走边在路边石壁上寻找摩崖石刻，看到有“王道荡荡，王道平平，永垂万吉”几个字，说可能是唐代遗留。冯小羽说明明后头有“道光十二年十月二十，保宁府人”的落款，怎说是唐代的。钟一山说是道光年重修，不是开凿。冯小羽不再与他争辩。

就这样走走停停，走进青木川镇时天已经黑尽。过河时钟一山又掉进溪水里，浑身弄得精湿。

张保国和文化干事张宾打着灯笼站在路口等着，见了他们，远远地喊，是首长吗?

冯小羽说是，他们就匆匆地赶过来，那灯一晃一晃的，照出了路上一团柔柔的橘红。钟一山倏地停住脚步，呆呆地看着渐渐走近的灯笼，大概又联系上了唐朝。

张保国过来，朝冯明点点头，说，今天电业局检修线路，镇上停电，黑灯瞎火的，没摸着手电，把孩子正月十五玩儿的灯笼挑出来了，站在这儿给个亮儿，怕你们过了河摸不着进镇的道儿。说着，吹熄了灯，周围立即一团漆黑。

天上有星光，隐隐闪烁，漆黑中大家分辨出，山是黑的，水是亮的，路是灰的。下山后的土路变得平坦松软，一直向镇街延伸过去。

大家你一言我一语地寒暄，冯明走在旁边一直不说话。张保国到底是在基层干惯了的，径直走过来拉住冯明的手说，不用介绍我也知道您是谁，我们盼望您好久了，您真的早该回来看看，看看您战斗过的青木川，检查督促一下我们的工作……青木川的人民想念您哪！

一句“青木川人民想念您”，说得冯明差点儿掉下眼泪来，他的嗓子热辣辣的，哑哑地说，我也想青木川啊！

张保国问冯明一路可还顺利，冯明说还好，修了铁索桥，不用下山谷了，少走不少路。冯明夸县里这件事干得漂亮，深得民心。张保国说，不是县里出资，是私人老板余鸿雁修的。

冯明问余老板是哪里人，张保国说，余老板出生在青木川，就是本地人。来年还要修钢筋水泥桥呢，不过那是新开的路，从广坪直通青木川，沿河走，不翻山，老路就废弃不用了。那时您再来，汽车直达。

冯明说，我猜你是张文鹤的儿子。

张保国惊奇地说，首长是怎么知道的？您在这儿闹革命的时候还没有我呢。

冯明说，你说话的声音跟你老子一模一样，脸庞也像。我那老伙计张文鹤还硬朗着吧？

张保国说他父亲二十多年前就故去了，癌症。

冯明说，可惜了，你父亲年纪不大，比我还小三岁。他是个坚定的无产阶级革命战士，是青木川发展的第一批共产党员，身体结实得像头牛，工作精神也像头牛。

本来冯明想说张保国的父亲是青木川发展的第一批党员，话一出口，又在党员前头加上了“共产”两个字。以前填表在政治面貌一栏写上“党员”，不用说，准是共产党员，没有疑义的。现在不行了，现在太宽泛，什么党的党员啊？会造成误会，张保国又是管政协的，他得强调一下，张文鹤是共产党员，不是民进、民盟一类的民主党派。他和张保国的父亲当年是一个战壕的战友，不是一般关系。问到张文鹤临终时的情景，张保国说他父亲去世的时候头脑很清醒，也没受什么大罪，躺在自家床上很安详地过去了。他谢谢首长还能记得他的父亲。冯明有些伤感地说，改天一定到老战友的坟上去看看。

青木川干事张宾明白，政协主席在首长跟前没说实话，什么“安详”，什么“没受罪”，张保国的父亲死时被疾病折磨得已经脱了人形，连口水也咽不下去。小镇上没有止痛的针药，张文鹤疼了就喊，喊声半个镇都能听见。张文鹤查出病时还不太严重，张保国陪着父亲跋山涉水从青木川到大城市看病，想的是大地方比小乡镇有办法，也说不定有奇迹发生。乡下人进城从来都是投亲靠友，他们自然找的是冯明。父子俩走的时候镇上的人都来送，说这也是张家几代人忠厚传家积的阴德，庆幸张文鹤在上头还有个当大官的战友。张文鹤很自豪地说，什么叫战友啊，关键时候使得上劲儿才叫战友。我张文鹤跟着冯明出生入死，我们是有着牢不可破的友谊的。冯教导走时留下话说，有什么事尽管去找他！冯教导是一个讲情义的人！

农民都知道，作为领导，“有事尽管来找”这样的话是不会轻易给谁说的，给谁说了就说明关系已经铁到了无可分割的份儿上，就承担了责任，承担了义务，跟松树岭上那些钉了铁牌子的树一样，是上了保险的。张文鹤深知这句承诺的分量。为了这句承诺，张文鹤几十年没上门找过冯明，几十年没张嘴，就是“文革”时把他定成“投机分子”，上县游街，打折了骨头他也挺着，不去给老战友添麻烦。现在，在生命受到威胁、自己已无力回天的情况下去寻找老战友，老战友自然会给予关照，至少会介绍个像样的大夫吧。

爷儿俩满怀希望地走了，走的时候还带了青木川的土鸡、香菇、茶叶什么的。知道战友对这些东西看不上眼，还是得带，礼轻情意重，山里人这点儿规矩还是懂的。可走了一个礼拜就回来了，镇上人问病治得怎样，说是老样子；问见到“战友”没有，说是首长很忙，不愿给首长添麻烦。山里人不傻，他们知道张家父子上省城其实是白跑一趟。如果他们还知道这对父子进城连“战友”的门也没进就被人给挡回来了，知道父子俩在“战友”的大门口近乎要下跪的苦苦哀求和在火车站缺少盘缠的一筹莫展，知道张保国和他病重的父亲是通过收容渠道被遣送回青木川的，一定要狠狠地骂了。但是，张家父子对这些守口如瓶。一趟远行，他们知道了什么是侯门似海，知道了什么是高低贵贱。尽管他们脸上很平静，那痛是痛到心里的。所谓“战友”啊，即兴说说而已，万万不可当真的。分不清应酬和搪塞，把客气当义务，实在是傻得可以。山里人一根筋，缺少场面上人情世故的点拨，他们再不会奢望走进城，走进不属于自己的范畴。在这一点上，他们不如魏富堂，人家魏老爷在几十年前就看懂了这一层。魏老爷一辈子坐守青木川，把外头的东西朝里头引，自己绝不出去。外头的世界很精彩，外头的世界同样也很无奈。经这一通折腾，张文鹤躺下了，再也没起来，他是受不了这份寒碜，脸面上下不来。老了老了，到城里去丢人现眼，非但没见着“战友”，还让那些不认识的人当着面指指点点，特别是在城里的收容所，他们对他就像对犯人，辱骂吆喝，全不听他和儿子的解释，不在乎他的年纪和身份。再怎么说他也是早期参加革命的农村干部，在那些人的眼里，他是个又穷又脏的老盲流，是个在车站椅子上躺着的流浪汉。张文鹤咽气的时候嘱咐儿子，老实种田，不要求人，更不要做官。除非万不得已，不要走出青木川。张保国含着眼泪答应了他父亲。父亲死后他当了兵，转业回来还是做了官，没听他老子的话。但是当了官的张保国却没出青木川。以他的资历，到县上当个局长什么的绰绰有余，但他不，他愿意在青木川当个不拿实事的政协主席，守着自家的小楼，守着老婆、孩子和小黄狗……

这些事张保国当然不能在冯明面前说。首长就是首长，草民就是草民，首长冲你微笑，拍拍你的肩膀那是亲民。但是你得牢牢记住，无论首长怎么拍你，你千万不能拍首长的肩膀。拍了，你就是傻 ×。

父亲到死才明白的事，张保国早早就明白了，现在的张保国对于官场的进退分寸拿捏得准确而游刃有余。

镇长李天河派人来叫了，说那边酒筵摆好了，让赶快过去。冯明说他不想吃酒，天晚了，他想早点儿休息。张保国说，那怎行，首长知道青木川的规矩，甭管多晚，下马酒是一定要喝的。再说了，镇上首长的故旧们从下午就在等着了，总不能让大家失望吧。

张保国这么一说，冯明立刻听出是礼节客套，更坚定了不吃酒的决心。冯小羽说父亲身体不好，在山顶上心脏还出了毛病，在饭桌上见了故人，难免激动。不如今天晚上让父亲好好歇歇，明天再和大伙儿见面，下马的酒饭由她和钟一山去应酬。张保国果然没再坚持，说，也行！就让张宾领着冯明先到青女家歇息，特别嘱咐说，让青女煮碗豆浆稀饭给冯明，洗澡水要烧得热热的。

张宾搀着冯明往新街那边走了，这边钟一山坚持要张保国把灯笼再点起来。张保国不知钟一山怎么想的，只好点了，提着灯笼走在前头。一盏带穗的小红灯笼引导着三个人在石板路上穿行，走过雕着花的扇扇木窗，排排木门，走进了青木川的深沉。

街窗内映出黄色的光，门后飘出淡淡的炊烟。钟一山跟在灯笼后，鹅行鸭步，竟走出了宫人的风采，回身对冯小羽说，他想唐代古道肯定就是这个样子。

冯小羽觉得这个老同学不像学地理的更像学文学的。

镇长李天河在青川楼饭馆门口迎接他们。

青川楼估计是镇上名气最大的饭馆了，在老街上占了三间门面。因为停电，因为今天要欢迎重要客人，门口吊了个大汽灯，光线直照青川楼几个字，台阶上铺着猩红的塑料毡子，一台柴油发电机，嘟嘟嘟，崩豆似的在吼。钟一山见状，低声说，完了，完了，杨贵妃变成了安禄山，胡儿子进了青木川……

李天河跟冯小羽们热情握手，挑起塑料门帘把他们往屋里让，礼数周到。李天河穿件灰夹克，一张稚气未脱的娃娃脸，两片薄薄的唇，唇上细细的绒毛大概还没经过刮胡刀的洗礼，说是镇长倒更像个高中生。冯小羽想，这个镇长跟张保国比，可是嫩多了。

饭馆的厅堂里，一桌饭菜热腾腾地摆着。桌边围着几个老汉，还夹杂着一个女青年。老汉们见冯小羽进来，惶惶地站起来，把主座让出来，不住地朝门外张望。女青年却是没站，朝冯小羽点点头，算是打了招呼。三老汉问冯教导怎么没来，张保国说首长身体不好，到住处去歇了。大家显得有些失望。冯小羽说了父亲在松树岭的情况，大家说要这样明天再见也好，首长的健康是第一位的。

张保国向冯小羽介绍说，今天来赴宴的有许忠德、魏漱孝、郑培然、三老汉，都是青木川镇上的老人，人称青木川四大贤人，有关这一地区的历史，上下千年，没有他们不知道的。坐在冯小羽旁边的女青年提醒张保国说，还有我呢！

张保国说，对，还有王晓妮老师。王老师是大城市来的志愿者，大学毕业，学英语的，支援山区教育，来了有三个月了吧？

王晓妮说，三个月零七天。

张保国给大家介绍冯小羽和钟一山，钟一山站起来给大贤们鞠躬，大贤们有的点头，有的拱手，一个个都很矜持。

没说什么客气话就开席，主要是大贤们跟来客没什么共同语言，听说钟一山又是个研究历史地理的博士，从日本留学回来的，就显得更拘谨，生怕说错了，说多了。倒显得王晓妮的话最多，非让钟一山回答日本新干线一钟头跑多少里，是北京大还是东京大，日本首相安倍是不是唐朝和尚阿倍仲麻吕的后代，日本人在钓鱼岛上设了什么标志，日本政府为什么不认错。问题越问越多，大贤们越坐越木然，根本插不上嘴。

李天河一个眼色，张保国巧妙地将话题引向了冯明。大贤们问了首长最近的情况，冯小羽说父亲离休了，没闲着，开始动笔写些个回忆录什么的。也在攻研书法，学的是黄庭坚的行书，主要是喜爱黄庭坚书法中的英气和舒朗，参加了一届展出，颇得好评。大贤们问首长夫人姓甚名谁，做何工作，说姓夏名飞羽，在工会工作，五年前去世了。魏漱孝说冯明的条件好，后娶的这位夏姓夫人一定能干漂亮。冯小羽说她父亲只娶过她母亲一个人，没有什么先后。魏漱孝说他把林岚当成第一个了，虽然没结婚，但青木川人都认定林岚就是首长的夫人。问冯小羽知不知道林岚这个人。冯小羽说知道，是在青木川地区牺牲了的女英雄，她爸爸当年的战友，可惜没有照片留下来。大家就争着给冯小羽描绘林岚的模样，你一言他一语。在老汉们嘴里，林岚绝对是个顶极美女。他们一致认为，林岚是他们见过的女子当中最美的。魏老爷的老婆大赵小赵就已经美得让人无法形容了，林岚比两个赵还美。王晓妮问林岚和大小赵有没有她漂亮，郑培然说，她们比你漂亮一万倍，你这模样给她们当丫鬟也不配。

李天河端起酒杯让大家喝酒，说改日再谈论闺秀美人和女英雄的问题，大家也跟着端起杯来。张保国觉察出，大贤们是有意在冯小羽跟前大谈林岚。他们故意地张扬，故意地毫无避讳、毫无遮拦地谈论冯明的昔日情人，无疑是想给首长一个难堪，给他的女儿一个下马威。这其中充满了复杂的情绪，是为死了五十年的女子责难首长事后的无情还是对首长以后飞黄腾达、高高在上的愤懑，都说不清楚。冯小羽一说到她父亲生活的幸福，大贤们便议论林岚身后的凄凉寂寞，谈论她的诸多事迹和出色的美貌，以致让张保国不解。林岚在青木川的知者已不多，几十年来极少引起人们的关注，何以今日在欢迎冯家人的饭桌上成了谈论中心。

李天河早就看透了大贤们的心思，他不动声色地把目标对准钟一山，往他碗里夹菜。钟一山对别人往自己碗里不住地添菜这种形式已经很不习惯，在国外吃饭都是一人一份，各吃各的，不打乱仗，没有把筷子伸到别人碗里的规矩。在北京等大城市，纵然是大家共夹一盘菜，也有很强的自主性，谁也不代替谁。山里的吃法仍是这样，一切由主家操纵，各样的菜肴爱吃不爱吃，尽往跟前堆就是了。很快，钟一山就不拒绝这样的吃法了，因为桌上内容多是他没见过的当地土产，菜是山野菜，肉是土腊肉，鱼是河里网的麦穗鱼，酒是自酿的苞谷烧，这些于他都是新奇，每吃一样他都要惊呼“大自然的馈赠”，没心没肺地把大家的注意力全夺了过去。于是一桌人在李天河的带领下，给远道而来的客人先是敬酒，后是传杯。每位大贤嘴里都有一套劝酒的套话，角度新颖，绝不重样，气氛立刻活跃起来。到这时，冯小羽才窥出镇长的能量和水平，绝非一日之功。钟一山初时还拿着劲儿，几圈轮过开始大口喝酒，大块吃肉，嘴里含着肥肉片子不停地说，说在灯光下，美酒中，他仿佛来到了唐朝古道驿站，皇帝逃难队伍中，幽怨哀婉的公主唐安就徘徊于门外的月光下，把一桌人听得后脊梁冒凉气。大家便夸他的历史知识丰富，钟一山便越发得意，卖弄地吟起了“莫笑农家腊酒浑”，后边却怎的也记不起来了。不想，许忠德老汉却一口气将诗接了下去：

莫笑农家腊酒浑，丰年留客足鸡豚。

山重水复疑无路，柳暗花明又一村。

箫鼓追随春社近，衣冠简朴古风存。

从今若许闲乘月，拄杖无时夜叩门。

钟一山说许老汉是隐居于山间的文学家。许老汉说，啥子文学家哟，小时候在文昌宫跟着私塾施喜儒先生学的几句罢了。

冯小羽知道，乡间常有这样的大学问，上知天文，下知地理，赵匡胤哪年哪月黄袍加身，萨达姆几月几号被逮捕都记得一清二楚，眼前的许老汉大概属于这类人。

冯小羽问许忠德青木川土匪恶霸魏富堂的事。许忠德说，这事该问你父亲，他比我们清楚。

冯小羽说，父亲太正统，父亲那一套套革命理论常常让现在的人无法理解。许忠德说，我们都能理解，你们怎的就不能理解？

两人的话语有些接不上茬，有点儿尴尬。李天河指着老汉们说他们都是见过魏富堂的人，魏富堂最后一个老婆瞿焕贞还在魏家的宅子里住着，冯小羽要是有兴趣，明天让许忠德带她去看，许老汉跟瞿焕贞熟得很。许忠德立刻说他明天有事，儿子从山外背来的山萸苗子得赶雨前栽上。

李天河说，你甭拿山萸苗说事，你是咱镇上的活历史，作家来了，你不接待谁接待？你那几棵树，我明天让四兔帮你儿子栽。

许忠德说，兔崽子们靠不住。

李天河说，你也不要推，你是政协的，有这方面的义务，你得带着作家把各个点走到，把该访问的人访问到。

许忠德说，还是让她爸爸领她去吧。魏富堂是她爸爸挖出来的，她写出个《青木川剿匪记》不是也很好，让全国各地都来看咱们青木川的“土匪”，让咱们靠土匪出大名。

李天河说许老汉说的是气话，不管怎么的，这个任务是交给他了。许老汉说看历史可以，看瞿焕贞不去。瞿焕贞是个人，不是个景点。李天河说，瞿焕贞已经成了青木川历史的一部分，谁能把她跟青木川、跟魏富堂分开？趁她还在，让作家多了解一些情况，弄出个电影什么的，让全国人民都上咱们这儿来旅游，这绝对不是坏事。到那时候乡亲们还用得着结伴出去打工？你老汉还用得着撅着屁股在地里栽苗子，腰杆疼得让儿子抬着上医院？那时候你就成了咱青木川的活历史，导游总代理，拿着手机站在魏家大宅子前指挥小的们干事就是了。

许忠德说，别以为那是好事！

冯小羽问瞿焕贞有多大年纪了，李天河说快八十了，属鸡的，思维已经不太清晰。他跟县上建议了几回，让上边尽快派人来挖掘历史资料，再过些日子怕就赶不上趟了，可是上边一直没派人来。现在人们对经济比较感兴趣，对文化历史的重要性认识还不到位。

张宾不知什么时候回来了，插进了饭桌，说瞿焕贞是大家闺秀，大美人。

许忠德说，美啥呀，牙都没了。

张宾说，周围十里八乡你去找，哪个八十的婆婆比得上她？

王晓妮也说瞿焕贞漂亮。鸭蛋脸，皮肤很白皙，像达·芬奇著名的油画《带婴孩的圣母》上的人物。

没人知道圣母的皮肤什么样，所以就没人接王晓妮的话茬。

正说着，许忠德的儿子进来了，就是冯小羽在汽车上见过的汉子。原来儿子见父亲这么晚不归，给父亲送来了棉大衣和手电。钟一山说，现在在城里，大概再不会有任何一个儿子深夜为外出的父亲送衣裳、送灯了，这样孝顺的儿子他竟然在偏僻山村碰到了，太让人感动了。他给许家儿子敬酒，那儿子不敢接。钟一山就看许忠德。许忠德说，犬子无能。又对儿子说，喝一杯，回家去吧！

许忠德的儿子双手接过钟一山的酒杯，恭恭敬敬满饮一杯，走出门去。

冯小羽觉着这儿子在他父亲面前和白天在公共汽车里如同两个人。她偷偷观察许忠德，才发现，饭桌上，许忠德滴酒不沾，对满桌丰盛菜肴也是点点而已，谈吐言语、举止做派透出了一种见过世面的模样。她问许忠德怎么不喝酒，老汉说从年轻时就不喝，因为司令不允许喝。问是哪个司令，说是魏司令。

那边，大贤们在镇长带领下又向钟一山发起了一轮新的劝酒运动，理由是文化专家到青木川来，对古道的研究准定大有收获，那个遇难的唐代公主没从此处过也得从此处过，公主能在他们这儿住个一年半载是最好不过的事，给青木川历史添上一笔美好的颜色。李天河说他衷心希望钟一山在考察报告里把唐代公主和他们联系在一起，传说有时候也不会是空穴来风，搞得扑朔迷离一点儿，到时候，青木川的名声将借着专家的考察报告，飞向全国，飞向全世界，那是多好的事儿。

都喝得有点儿高了。

青川楼的掌柜张百顺出来给大家敬酒，端出最后一道看家菜，红烧肘子。看那肘子，分明火候过了，颜色发黑。出于礼貌，冯小羽恭维了几句，张百顺便来了精神，说他的红烧肘子远不如他爹做得地道，他爹做肘子要用四川青川的冰糖、甘肃康县的豆蔻、陕西紫阳的桂叶，用青木川的木炭文火煨大半天，让肉从里往外烂，让味道从外往里渗……想吃这道菜得提前打招呼预订，现点现做是来不及的。当年魏老爷最爱吃的就是青川楼的红烧肘子，他老子在世时每天要给魏老爷做，魏老爷一顿要吃三个，最后还要用肘子汤拌饭……张百顺说，魏老爷上路时，别人不敢靠前，我老子不怕，我老子送了碗肘子过去。啥子叫仗义，我老子这就叫仗义。好人有好报，魏老爷吃了青川楼的肘子自然记得青川楼。托魏老爷的阴福，蒙李镇长的支持，停业了几十年的青川楼最近又开起来了。

李天河说，一个地方，得有一两家拿得出来的像样馆子，尽管到这儿来的人一个月也没有几个，但是保不齐偶尔来个像冯教导员这样的大首长，也不至于让镇上抓瞎。

三老汉说，张百顺的菜没一样做得地道，空袭了青川楼的名号。以前他爹的肘子之所以做得好，是青木川的猪长得好。那时候青木川的猪是用泔水喂养的，猪们年少的时候满山跑着长架子，肉都是锻炼出来的好肉，肥是肥，瘦是瘦。不似现在，专业化养猪，喂的是满含激素的饲料，把那些猪弄得一身虚肉，几个月就出栏，吃在嘴里腥臊无比，满嘴猪饲料味儿。

郑培然说，那不是吃肉，是在吃饲料。猪吃了那种饲料不发情光长膘，人吃了那种猪肉阳痿长恶性肿瘤。

李天河赶紧把话题往回拉，说有朝一日青木川发展了，这个肘子都不能再叫“红烧肘子”，得叫“富堂肘子”。青川楼的富堂肘子将成为青木川旅游文化产业开发的一部分。

许忠德在一边嘀咕说富堂肘子让人想到魏老爷的胳膊。王晓妮说胳膊太笼统，准确点儿说，肘子应该是手腕以上，肘关节以下。张宾说是手腕部分。三老汉说，“富堂肘子”不好，有把人大卸八块的嫌疑！

冯小羽吃了一口红烧肘子，不过如此，有些失望。张百顺解释说，现在的作料大不如前了，尽是假货，从外头买来的猪肉，一炖半锅臊汤。张百顺一想不对劲儿，赶紧改口说，今天来的是贵客，当然，得用本地家养土猪招待，不能用流水线上下来的。

张保国说张百顺的嘴得装上个把门的，将来游客进山，不能由着他胡说。张宾说，根本就不能让他和客人见面。在城里的饭店，哪儿见过穿围裙的大师傅满堂跑，站在顾客旁边神聊的……

山乡的酒让人不知深浅。散席时，冯小羽和钟一山都喝得有些头重脚轻。大家在饭馆门口告别，钟一山说他的目的很直接，就是考察通蜀古道。李镇长让张宾明天做钟一山的向导，张宾说明天他领着从日本回来的人满山转，搁过去百分之百是汉奸，现在却成了向导，这事怎么想也有点儿怪。李天河说，任务是交给你了，必须完成。他走两步回过头大声说，钟先生是中国人！

钟一山的特点是酒一喝过量，说话便爱夹杂外语，他跟大贤们告别，说，おやすみなさい（晚安）！大贤们懵懵懂懂反应不过来，倒是许忠德回了他一句 Good night。

魏漱孝们都跟着说 Good night。

青木川的老农民说 Good night，冯小羽想大概是她喝晕了。

青女家房屋有限，冯小羽被安排在老街的老施家。老施家办农家乐没几天，没有什么经验，但是两口子很热情。老施家是一个极普通的陕南院落，冯小羽被领进一间不大的旧屋，屋里有张老式的床，挂着蓝白花的幔帐，地上墁着普通青砖。施嫂夹着一床新被子随着冯小羽进了房门，将被子铺在床上说，房子旧了点儿，但是冬暖夏凉，按官家的话说，这间屋还算是青木川的物质文化遗产呢，曾经是刘家二小姐刘二泉的闺房。

冯小羽说，老房子了，一股中药味儿。

施嫂说，是啊，刚进来的人都说有药味，待惯了就什么也闻不出来了。

冯小羽举着蜡烛照了照头顶的房梁问，这上头不会掉下蛇吧？我就怕那东西。

老施提着暖水瓶进来说，让你说着了，这屋的主人走了以后没几天，还真从房梁上掉下过一条乌梢蛇，原因是屋主人刘二泉抽大烟，每天躺在床上吞云吐雾，房梁上的长虫也沾了烟瘾，刘二泉一走，长虫烟瘾犯了，从上头掉下来。

施嫂说都是几十年前老辈子的事儿了，回头嗔怪老施讲这件事，让人住着心里别扭。

老施嘿嘿一笑。

男女主人退出，冯小羽观察这间老屋，缺损的窗棂是雕花的，斑驳的木床是描过金的，黑漆木头小桌上铺着塑料布，摆放着假模假式的塑料牡丹花，墙上镜框里是一些发黄的旧照片……

躺下来，浑身有些燥热。

冯小羽这一夜没有睡好，施家崭新的被褥、陌生的床铺让她很不习惯，快天亮时才睡着，却是一个接一个的梦：她梦见在一个大厅里，许多人聚集着，听一个穿着长袍马褂的人在说话，大家好像在商量什么事情，气氛有些严肃。直觉告诉她，这个人就是魏富堂。想看清模样，烟气缭绕，光线昏暗，却不能够。

三

人往往有这样的时候，心里被一个意念左右，下意识地走进死胡同，不能自拔。在医学上，这叫精神强迫综合征，是种轻微的精神障碍。比如明明锁了门，却老怀疑没有锁，非得回去看一眼才放心；比如嘴里经常下意识地哼一句歌词，这句词老往外冒，而且冒得毫无来由，让人恼火得不行。其实就是精神紧张，一种神经质的表现，或多或少谁都有点儿，眼耳鼻舌身意，色声香味触法，餐食人间烟火，各类压力和烦恼就会无声地侵入人的心田，不为人的意志所左右。

现在冯明嘴里哼的是当年的流行歌曲《洗衣歌》，唱的是一群藏族姑娘在河边边跳边唱，歌颂亲人解放军。词大部分忘了，翻来覆去也就这么两句：

感谢你们砸烂了铁锁链，

人民翻身当家做主人。

翻身当家做主人……冯明从起床就哼哼，整整一个早晨，一直沉浸在“翻身”之中。冯明性情冷峻，在文艺上没有什么特长，唱歌跑调，有时跑得逮不回来，别人笑疼了肚子自己还浑然不觉。所以，冯明从来不唱卡拉OK，那是在大庭广众之下显示自己短处的得不偿失之举！林岚倒是有副好嗓子，歌唱得好，小戏编得更好，什么故事到她手里，捏咕捏咕马上就能上台演出……林岚那个宣传队在青木川演过不少自编的小歌剧，《青女拥军》《一架犁》《刘小猪翻身》《雇农叹十二月》等。那时候的青木川，因有了宣传队和辅仁中学的学生剧团，日日有歌唱，月月有戏演，宣传工作是地区的先进。

“人民翻身当家做主人”他唱了几十遍，还是不能止住。

昨天他住在青女家，换地方睡不着，在床上辗转反侧，一夜上了七八次厕所，每回都觉得尿不干净，躺下没一会儿，又憋得慌。后半夜，窗外淅淅沥沥地下起了雨，听着房檐滴水声，更觉得膀胱胀满，折腾到鸡叫头遍，才迷迷糊糊睡去。

一觉醒来，东方日已红。青女家宽大的床和安静的环境在青木川是首屈一指的。能提供二十四小时的热水是因为主人烧了个小锅炉。青女的女儿女婿是镇医院的大夫，在讲究卫生、居住舒适方面意识超前。

为冯明的到来，镇领导们开过会议，决定将冯明安置在青女家住。首长来了，在招待方面不能马虎。主要接待工作由张保国负责，从镇财政有限的资金里拨出首长一行在青木川的所用，原则是一定要让首长在青木川吃好、住好、转好，不能留下遗憾。冯明在青女家的一切开销，包括洗澡都是镇上给拨了钱的。这些是属于镇政府和青女家的交易，冯明本人并不知晓，冯明只是沉浸在革命友谊当中。

到达青木川的当天晚上，青女特意为冯明烧了一池子热水。冯教导有每日洗澡的习惯，这一点不用干部们交代，她早就知道。那时候教导员住在文昌宫，日日要在她家屋后的滴水泉洗澡，一边洗还要一边跑着调地唱：

> 三头黄牛，一呀么一匹马，
> 不由得我赶车的人儿笑呀么笑哈哈。
> 往年，这个车呀，咱穷人哪配用？
> 今年咿呀嗨，
> 大轱辘车呀，轱辘轱辘转哪，
> 大轱辘车呀，轱辘轱辘转哪，
> 转呀，转呀，喔！驾！
> 转回咱们的家——

这是解放初期很著名的一支翻身歌曲，当年青木川的男女老少都会唱，是林岚给大家教的。每逢开会，林岚都要指挥大伙儿唱《三头黄牛》。陕南人用当地土话唱“大轱辘车”，常常咬不清字，一唱到这儿就轱辘轱辘地转乱了。那时候青木川的农民很不理解，怎的一下就能分三头牛一匹马，还有大轱辘车，地主得有多大的家当呀！在当地人眼里，魏老爷就已经阔得没边了，大伙儿一起分魏老爷的田地浮财，田是家家都分到了，手使东西也分到了，有用的没用的，各家都堆了不少。魏老爷有钱，大院子里金库、烟库、武器库、瓷器库、海鲜库、粮食库、绸缎库……使用穿戴应有尽有，几辈子用不完。魏老爷家一捆捆四大银行的钞票全发了霉，库里的海参、燕窝都长满了绿毛……魏老爷那么大的家当，解放军一来，还不是哗啦啦垮了！那个能给农民一下分三头黄牛一匹马的地主想必比魏老爷还有钱。

土改时冯明他们住在文昌宫。现在的文昌宫已经塌成了一片废墟，滴水泉的水也干了。青女想，滴水泉就是没干，年老的冯教导也不能站在凉水下头硬冲了。冯明是大领导，大领导在城里的生活应当和电视上的有钱人一样，有小车，有地毯，有用人，有永不沾泥的皮鞋，日子过得极度的阔气，极度的讲究，极度的细致，极度的干净。听张保国说高级首长们坐的便池可以用温水清洗屁股，有热风吹拂，香水喷洒，那不是拉屎，是在享受。首长们洗澡的浴盆又大又白，能装下四五个人，盆子里能制造出波浪。还有蒸笼一样的洗澡房，人在里面蒸馍馍一样地蒸。首长们睡的床也不是一般的双人床，是特大号有记忆的软床，那床还能像她孙女的摇篮一样摇晃，还能放音乐。首长们也是人，没人在他们旁边“摇啊摇”地哄睡觉，就用机器哄……这些条件她当然没有。昨天晚上冯明住进来的时候，她很是诚惶诚恐，她羞愧地告诉冯明，家里没有喷香水的坐便器，也没有可以记忆的床铺，洗澡池子是瓷砖砌就的，只安装了水龙头和下水孔，热水是她一桶桶接了倒进去的，翻不起波浪。但是她保证首长使用的器皿绝对干净，仅洗澡的池子她就用 84 消毒液刷了四遍，请首长放心使用。

冯明对青女说的“喷香水”和“有记忆”根本就没听懂，毕竟是当年的老房东，他到了青女家有种到家了的随意，从心里感激张保国没让他住到单调清冷的招待所去。

洗澡池子是可以放心地泡了，可是厕所还是不能舒心。青女家的厕所是那种很普通的抽水马桶，桶沿的塑料垫质量低劣，一坐上去，嘎巴嘎巴地响，拉屎时有水往屁股上溅，还有味道往上泛……以往下乡，冯明一般不在乡镇留宿，不怕别的，就怕基层的厕所，屁股蹲在肮脏的茅坑上，下面大尾巴蛆爬着，上面绿头苍蝇飞着，再遇上大便干燥，简直是受罪。随着生活习惯的改变，他早已不适应蹲坑的方式，不是蹲不住，是压根儿就蹲不下去。他家的抽水马桶的确如张保国猜测的，温水冲洗加热吹风，坐垫也是自动加温，永远保持着 35 摄氏度。他对坐便器的挑剔几乎到了苛刻程度，一个小小坐便器直接影响到了他的排泄。在外头出差，卫生间不对劲儿他能一周不拉屎。秘书跟着他，别的药可以不带，治疗便秘的药是必需的。每到一地，秘书的第一任务是检验住地的厕所，厕所不达标，下一步的工作便会受到影响。冯明出差回到家第一件事就是冲进厕所，也不知怎的，小车一停到楼底下，他的大肠就开始蠕动了，条件反射比巴甫洛夫的狗实验还准确。冯小羽说父亲的屁股认坑……

这都是后来添的毛病。

到青木川的第一天早晨，冯明拉开窗帘，阳光从窗户洒进来，照得屋里亮堂堂的，照得人身上暖洋洋的，于是他就开始了“翻身当家做主人……”

在“做主人”的歌声中，他看到了窗外横在河水上的风雨桥。那桥经过一夜雨水的冲刷现在还湿漉漉的。山水下来了，桥下河水高涨，流得急而猛，发出吓人的巨响。水流受到石头阻隔，激起团团白浪花，好像翻滚奔腾的小野兽，往前直扑。他看那桥，好像比记忆中的大了许多，也光鲜了许多，桥上的廊也变得高大了。是那座老桥吗？应该是的，青木川除此以外再没有其他廊桥。他想，闲暇了应该给这座桥题写块匾，还是叫“解放桥”，名字是不能更改的，字当然由他来写。这些年他的书法已经很有名气了，不少楼堂馆所的匾额都是他的手笔，来求字的大有人在，他也很愿意应酬这样的事。官嘛，当过就当过了，将来谁也不会记得你，字可是留下了，书法家的名声远比某某长要响亮长久。

冯明还记得他刚来青木川时，桥上有魏富堂写的“风雨桥”三个大字，后来他让人铲掉，让中学的黄金义老师写了“解放桥”换上去。黄金义写“解放桥”时有些犹豫，说他在黑板上写字，都是哄孩子的，论书法还是得许忠德写，许是从小练过字的，有童子功。他说，桥上陇川陕三省的人来来往往，写上的字需经得住人看，不能让人笑话。冯明当时很严厉地批评了黄金义，说亏他还是个党员，怎说这样的话。土匪恶霸都敢往桥上写字，劳苦大众为什么就不敢写？人民翻身解放求的是实质，不是形式，字写得好不好是次要的，关键是由谁来写。许忠德虽然对魏富堂投诚起了些好作用，但自己的问题还没有交代清楚，怎能让他来题写“解放桥”？从根上论，许忠德是魏富堂的人，他解放了，劳苦大众的命不是白革了！黄金义在冯明的鞭策下，提起笔写了“解放桥”。

字的确写得很臭，三个字一个比一个大，一个比一个往上斜，刻在桥上，给人一种桥基一头下沉的错觉。

冯明隔着窗户看不见桥上的字，却看见桥上有人在占地摆摊，有人赶着猪羊往桥下河滩里走，一算，今天是农历初七，青木川赶集的日子。老规矩竟然还没有变。一、四、七是集，逢集的时候，十里八乡的百姓都背着山货土产，从四川的青川、甘肃的郭家坝赶来。日中为市，集有大小，小市开在镇街道路两侧，叫“市场”，卖衣物吃食，甜香细软；大市开在桥下河滩人稀之处，叫“荒场”，出售牲畜、木板、药材。因为地域特殊，青木川的集场从来都是热闹红火的，即便在战乱时期，这里也是熙熙攘攘的人、琳琅满目的货，各样商品在阳光下排开，衬托着周围的绿水青山，构成一幅繁荣富足的山林赶场图。旧时青木川地域经济的活跃，远远超过百里之外的宁羌县城。

青女的小外孙女九菊上楼来，叫冯爷爷下去吃早点。九菊是阴历九月初九出生的，九月是菊花的季节，青女就给孩子叫了九菊。昨天一见冯明，青女就让冯明给孩子取个正式响亮的名字，以便将来上学用。冯明想了半天说孩子还是叫九菊好，叫什么都盖不过这个。冯明跟着九菊下了楼，看见青女早把饭做好了，炒腊肉、焖干豆角、米饭和笋汤。冯明说太丰盛了，他平时早晨喝杯牛奶，吃片面包，煎个蛋就可以了。青女说青木川的早饭从来都是这样，不是给他特做的，女儿女婿早已吃过，上班走了。冯明才想起，青木川的早饭确实是很正式的，早晨认认真真一顿饭，吃饱了，上山下田，各干各的。下午的饭要到天黑，一天两顿，吃得都很实在。青女说冯明如果要喝牛奶，她可以到北头魏漱孝家买。

魏漱孝养了两头黑白花大奶牛，常为奶卖不出去而发愁。至于面包，青木川不出产，但是有核桃馍，街上张家小二的核桃馍烙得还可以，若需要可以买几块过来。冯明说算了，牛奶就米饭炒菜，不对味儿。冯明听魏漱孝这个名字挺熟，青女告诉他说魏漱孝是魏老爷的远房本家，是侄子辈的人，当年他爹魏富明让魏老爷关过牢房，冯明应该记得。冯明见青女将魏富堂仍旧称作“魏老爷”，想纠正她的用词又懒得费口舌，只好重复了一遍，我不喝牛奶。

青女说，刚才您说早晨要喝牛奶吃面包，怎的又变了？我到魏漱孝那儿去，让他明天送奶来，不费什么事。

冯明说入乡随俗，还是吃米饭。说城里的牛奶是经过高温消毒的，乡下的奶挤下来就喝，里头难免有病毒。青女说，青木川的碎娃儿都喝魏漱孝家的牛奶，也没见哪个中了毒。

说着，一大碗和着酸菜的热腾腾的米饭就端上来了，酸香酸香的。冯明说太多了，这些饭够他们一家人吃一天的。青女说，这还多，那时候你在我们家得吃三碗呢，现在怎变得这样秀气。

冯明说，老了，血脂血糖都高，胆固醇也超了标。

青女说她都这岁数了，还什么病没有，虽说姑爷是大夫，可从来没用过他。

冯明问冯小羽住在哪里，青女说住在老街施家。问是哪个施家，说是青木川私塾先生施喜儒的孙子家。冯明问是不是一直跟魏富堂站在一边的那个老顽固，青女笑了笑说，难得的好人！

青女说跟冯明一块儿来的那个姓钟的后生很勤快，天还没亮就跟张宾到一脚踏三省的姚渡那边去了，早饭也没吃。冯明说，现在的年轻人，不是事儿逼着不会早起，晚上不睡，早晨不起，生活跟别人老反着。青女说林岚就起得很早，晚上熬到半夜，写戏，天一亮还是早早就起来，叫醒宣传队的人在屋后头练功，弯腰踢腿，折腾得浑身冒汗。那些人，快快乐乐的，至今让人很想他们。青女说，这些人从青木川撤走以后，几十年竟然没有一个回来看看，只把个林岚留下了，扔在这儿……

冯明停了筷子。

青女觉出说错了话，心里直后悔。她其实挺为难，除了林岚，她还能跟冯明说什么呢？

青女问冯明今天是怎么安排的，冯明说上午想召集镇上的老人儿开个座谈会，下午各处转转。青女说，座谈会怕是开不起来，今天青木川逢集，大家都忙。

冯明问怎的忙，青女说，许忠德得照看他的小药铺；三老汉得支应他的杂货店；魏漱孝得帮老太婆带孙子，还要操心他的奶牛；郑培然要上电脑班……

青女一连说了好几个人的名字，这些人冯明大部分没有印象了。冯明想，改革开放了呢，现在镇上的人都很忙，可是再忙他们也应该来。五十多年不见了，有多少话要说啊，岂能因带孙子、上电脑班耽搁了？他想象不来这些故旧五十年的变化，老态龙钟了吧，还能认得出吗？可是眼前的青女，冯明昨晚一见就认出她来了。他初来青木川时，她才十几岁，这么多年过去，还是那张圆圆的脸，圆圆的眼，一笑两个不对称的酒窝，两颗虎牙……

很早冯小羽就醒了，不想起来。昨天喝多了酒，头疼。

夜里外头下了雨，叮叮咚咚，将窗外的芭蕉敲打出无数乐章。“隔窗知夜雨，芭蕉先有声。”这山乡，这古旧小院竟然不缺诗里的意境，加之那渐渐轰鸣起来的川溪，使她的心情大好。她想，孤灯夜雨，坐穷泉壑，在青木川听这韵律、有这心境的城市女子她不是第一个，那个同样能欣赏青木川夜雨的女子，应该在这里留下些许痕迹，应该能够找寻得到……天刚亮，听到街上有人唱流行歌曲《两只蝴蝶》，野调无腔，直门大嗓，歌词很熟悉，调门却是全变了。

亲爱的，你慢慢飞，

小心前面带刺的玫瑰。

亲爱的，你张张嘴，

风中花香会让你沉醉。

……

腻腻歪歪，黏黏糊糊的词，在青木川竟被唱成了土匪喊山的腔调。山里人不敢小瞧，有 Good night，也有《两只蝴蝶》，十分丰富多彩。

冯小羽翻了个身，把被子掖了掖，想再躺会儿，木床花幔帐外的光线还很曚昽。

昨晚饭桌上大家提到了瞿焕贞，魏富堂的夫人，是第几个？第六还是第五？记不清楚了，这位夫人让冯小羽内心产生了一种企盼，一种印证的冲动。她的直觉告诉她，这次到青木川不会没有收获，瞿焕贞是一个很好的线索。

到青木川的原因是冯小羽注意到了一个叫程立雪的人。通过六十年前的报纸，这个女人闯进了冯小羽的视野。寻找这个人成了她搁不下、推不开的牵挂。冯小羽到青木川的目的和她的父亲回来访旧没有关系，父亲是父亲，她是她，父女俩共同将目光投向青木川是一种巧合。

两年前为了撰写秦岭地域生态环境的文章，她在查阅陕南历史资料时发现了这样一段文字：

> 1945 年 1 月 2 日，陕南教育督察主任霍大成在赴宁羌视察途中遭遇土匪袭击，司机当场毙命，督察本人趁乱钻入树丛，顺坡而下，逃得性命。督察夫人程立雪及行李财物俱被匪徒掳去，下落不明。当地官方透露，此次肇事，系曾为故川陕惯匪王三春旧部下所为，该股土匪势力残忍强悍，时常滋扰乡间，官方几次清剿、收编，均不能奏效……

资料说被掳去的程立雪系北平辅仁大学西语系毕业生，才学超群，此番落入匪徒之手，怕是凶多吉少。

陈腐黄旧的资料在汉中档案馆的资料库底不知被积压了多少年，这次被冯小羽翻出，在 21 世纪的阳光下，有种招架不住的惊愕和难堪，好像一个尘封的妇人，数十年后被拉到大庭广众之下，强光的照射让她难以自持，惶然不知所措。

六十年前的气息使冯小羽怦然心动，她当即把这则消息复印了，拿回家来问父亲在青木川工作期间见没见过一个叫程立雪的女子。父亲说他从没听人提起过这个名字，也没见有哪个女子向他们控诉被魏富堂抢掳的事情。这样的消息被压在库底，没有下文，无人追究，本身说明来源不一定可靠，是哪个好事者杜撰的也未可知。冯小羽说魏富堂既然当过土匪，肯定抢过女人。父亲说这个问题太复杂，魏富堂的罪状很多，有关女人的也不少……青木川有过一个女知识分子，就是中学校长，但校长不可能是魏富堂的俘虏。冯小羽问父亲见没见过女校长，父亲说大概见过，没有深刻印象，他们离开青木川时听说那个校长也走了。

冯小羽说，校长走了，您当时没调查一下，这个人在那样关键的时刻，去了哪里？

冯明说，那时候又要收编，又要剿匪，还要土改，保卫胜利果实还忙不过来，学校的老师你走他来，都是外地人，哪里顾得上？

冯小羽说，魏富堂瓜蔓所及，牵引甚多，谁都有可能是藤上的瓜。女校长的离开实在不太正常，您怎的就轻易地让一个面目不清的人走了？

冯明说，你这话让人听着不顺耳，为了国家，我们流血流汗，抛头颅洒热血，多么的艰难，多么的不容易，让你一句话就否定了。什么叫"反动势力"，什么叫"地下十万救国军"，什么叫"魏富堂反动民团"，谁是好人谁是坏人我心里清楚极了，革命与反革命的界限在我们这一代永远抹杀不了。不像你们现在，干什么都没有名堂，把电影编得好人坏人都分不清，一个个人物都是灰头灰脑的，八路跟汉奸坐在一条板凳上喝酒，警察和小偷在一间屋里睡觉。

冯小羽说，那是八路在做策反工作，是警察在执行卧底任务。女校长在青木川是个很重要的人物，从某种角度讲，是她改变了青木川。

冯明说，一个人怎能改变青木川？能改变青木川的只有共产党。夺取政权、土地革命是翻天覆地的变革，是无产阶级革命进程的必然。现在的作家是太没良心了，对历史想当然，胡解释，荒诞离谱，越写离群众越远，越写越自我，越写圈子越小。

冯小羽说，世间人情，如风吹水，万态皆有，皆成文章，作家捕捉的就是这微妙。个人的感觉无可替代，读者想看什么，想知道什么，我们心里清楚极了。

冯明说，同是搞文艺的，你和林岚的差距不是一点半点。

冯小羽说，我们是两代人哪，两个时代您不能混为一谈。

冯明说，革命的思想应该是一脉传承的！

冯小羽为发现程立雪而激动，可悲的是，这个女人的下落再没有后续。她如同一片雪花，被时光悄无声息地化掉了，蒸发了，无踪无影了，就连在那里战斗过的父亲也不知其下落。

总之，信息完全断了。

程立雪，名字想必出自“程门立雪”的典故：宋朝杨时去洛阳拜见大贤程颐，程颐在睡觉，杨时就立在门外等候。天下了雪，待程颐醒来，见外面雪深一尺，杨时已在深雪中站立多时，足见求教之虔诚。冯小羽想象有如此谦和名字的女子，必定有一种超然脱俗的清丽气质，这样的女子落入匪窟，悲剧结局是注定的。一个不用讲述、结局便已注定的故事让她浮想联翩。她料定这个程立雪即便以后有机会脱离虎口，对那个“大难来时独自飞”的丈夫霍大成也再难热爱得起来。

敏锐的艺术感觉、爱刨根问底的性情注定了冯小羽不能释怀这件事情。六十年前的人物，大多已不存在，但是青木川的名字是没有改变的，历史是没有改变的，这里应该有六十年前的印记、六十年前的话语，有程立雪留下的信息和程立雪的知情者……

程立雪吸引着冯小羽，使她久久地想着。

四

搞清程立雪首先要搞清楚魏富堂是个怎么样的人。好在地区的敌伪档案里有关他的资料不少，冯小羽寻找起来并不费力。即便国民政府收集的魏富堂历史资料，也多是贬词，就是说国民党、共产党对他的评价都不佳。魏富堂我行我素，对谁都不认可，他的政治轴心是自己，围着自己转，围着青木川转。

颇具传奇色彩的魏富堂，他的经历完全可以拍电视剧了。

论初始，魏富堂不过是青木川一个赤贫的穷小子，家住镇西山洼里，种着两亩山地，地斜得站不住脚，产些个没有巴掌大的苞谷穗，填不饱一家老小的肚子。姐姐叫魏富英，早早给了广坪李姓人家做童养媳，挨打受气，不受婆家待见，养出一个豆芽菜一样的儿子李树敏，小名叫树。

魏富堂跟爹娘挤在一间破草房里，没有院墙，敞亮得山有多大院有多大。没有邻居，空旷寂静，狐狸也来，豺狗也来，花豹在屋后灌木丛里溜达，山猫在墙洞里钻进钻出。他自小跟山上的动物打交道，跟畜生一块儿在坡上翻滚，追得野猪满山跑，跟狗熊争抢树上的橡子，比镇上其他孩子多了些机警与野性。

魏富堂的爹在镇上卖油，胆小怕事，又是个结巴，常受人欺负，关键时刻顶不上话，受了气回来就在老婆跟前呜呜地哭。家里常常是吃了上顿没下顿，魏富堂空有一身力气，有一帮贴心的穷哥们，却走不出穷的困境，年龄大了，还娶不上媳妇，心里总是憋了一口闷气，日子过得窝囊。

民国六年（1917 年）四月，陕南下了一场反时令的大雪，报上登载，汉中街上积雪七寸，牡丹在雪中枯萎，槐花在雪中凋零。有人说社会上发生了窦娥冤的事情，是老天在示警。当局解释说是秦岭没有阻挡住北边来的干冷空气，却留住了南边过来的暖湿气流，冷暖在此交汇，酿成了汉中百年不遇的春雪。虽然那场雪在陕南只下了一天就化为了春水，却让当年的油菜减收四成，一时油价飞涨。老魏的生意做不来了，到广坪去趸油，是空着桶去空着桶回来的，连个油星也没整来。日子没法过下去，老魏回来咧着大嘴哭，没哭完却想起了一条出路，让儿子魏富堂给镇上富裕大户刘庆福当上门女婿。

这个主意最早还是刘家两年前提出的，魏家没答应，事情就一直搁着。刘庆福家是青木川首富，虽然有钱，人丁却不旺，老两口带着一个病闺女，没有儿子。闺女日渐地大，老两口日渐地老，招上门女婿成了迫在眉睫的要紧事情。刘庆福有上百亩水田山场，都是靠放高利贷赚来的，他借出的钱，年利百分之一百二十，借时先扣两成砍头利，到时还不上钱，本利加翻，谓之利滚利，还有三天加一次的场场利……青木川穷人多，几乎人人都借过刘庆富的钱，大家对这个老债主恨之入骨。

刘家两个姑娘，大姑娘大泉嫁给了民团头目魏正先，过了门没半年得急病死了。只这个二泉麻烦，咳嗽吐血，不说话也是呼呼地喘。这也罢了，二泉长得还丑，高颧骨，金鱼眼，平时看人直直地盯着死看，白眼珠多，黑眼珠少，让人不敢与之对视。俗话说，女大十八变，越变越好看，刘二泉却是另类，越变越丑，越长越劣。随着年龄增长，刘二泉脾气乖戾，性格刁钻，不出房门，不下炕，动辄骂人摔东西，每日披头散发活似女鬼。刘家女佣刘芳给出了个主意，弄了一个傩戏面具，见了外人就替二泉把面具罩上，人们所见的是一张笑眯眯的涂了两坨红胭脂的木头白脸，至于木脸后边的脸是什么表情、什么模样便不为人所知道了。所以，到后来除了贴身伺候她的俩小丫头和女佣刘芳以外，连二泉的父母也很难看到她的真面目了。

谈亲说了不少人家，男方一见刘二泉这副妖里妖气的傩戏模样，一见她爹这禀性，十个有十个打了退堂鼓，上门不上门是次要的，关键是这个媳妇无法使用，整个儿一废物，根本无法相处。

入赘刘家话题的再度提起是借了魏家大姑娘魏富英回娘家的机会。一听爹妈征求兄弟入赘的意见，魏富英眼圈红了。家里穷，走投无路，自己从小给人当童养媳，兄弟又沦到倒插门……

魏富堂年纪也不小了，应该有自己的主意了，他仰着脑袋看着天，一言不发。

爹妈认为，儿子没有表示反对就是同意。在这种遭受天灾的危难时刻，活下去是最主要的，老魏说是征求儿子意见，其实没有一点儿商量余地。

魏家儿子魏富堂的命运就由民国六年（1917 年）陕南这场大雪决定了。

自始至终魏富堂没有说一句话。倒是他的外甥，魏富英那个细弱的叫树的儿子拽着他的衣襟说，舅，你真愿意上刘家呀？

魏富堂说，树，你不懂。

树说，听人说，刘二泉浑身都是臭的……

老魏跟刘家谈妥，刘家很快送来了一身蓝靛染的土布裤褂，两斗白米，两口袋苞谷，一罐土酒，十块大洋。议定，三日后便要上门，上门后魏富堂改姓刘，从此与魏家再无干系。

这是魏富堂的身价。

上门之日，魏富英给兄弟做了一锅纯米的饭，不让儿子树吃，就让魏富堂一个吃。魏富堂也不推让，满满地舀了一大碗，压瓷实了，蹲在灶边大口大口地吃，头也不抬。吃完了一碗又盛了一碗，将锅刮得沙沙地响，连底下的锅巴也毫不含糊地搜进碗里。魏富堂吃的时候他的爹妈、姐姐和外甥站在旁边看，谁也不说话，草房里充满了米饭的香味。他们知道，这喷香的米饭只属于魏富堂一个人。

母亲拿着新衣裳等在旁边，吃了米饭穿了新衣裳，魏富堂就要住到刘家去，成为人家的人了，墙根那两口袋苞谷和十块大洋将代替儿子留下来，被家人一口一口吃掉、一点一点花光。魏家二十几年的生养到此告一段落，一顿白米饭，把魏富堂的根从家里拔走了，像田里的秧苗一样，拔下来再接是接不上了。

魏富英将吃饱了肚子的兄弟拉到房后，悄悄地问，你真要给那个痨病鬼当男人？

魏富堂不言语。

魏富英说，那两口袋苞谷还没有动，钱也还在，你要是不愿意现在还来得及。苞谷和钱姐去退，大米姐去借，只要你说句话，一切还来得及。

魏富堂说，姐，我能熬。谁也改变不了我，我知道自己姓什么。

这回轮到魏富英不说话了，她觉得这个兄弟长大了，有了心计，不敢小瞧了。

魏富堂说，姐，两口袋苞谷算什么，将来我娶媳妇要用金子做聘礼，货真价实的两口袋金子。

事实证明魏富堂没有说大话。二十多年后，他到西安迎娶大小赵的时候，的确是用骡子驮了金子去的。

姐弟俩在山坡上隐隐地听到了从刘家传来的唢呐声。按规矩，上门女婿不能女家来迎，得女婿自己走过去，女婿一进门，就要将大门插起，以示女婿是岳家的人了。插门是一种仪式，别的宾客照样可以出入，唯独女婿，在成亲的当天是不能走出岳家半步的，这就是所谓的“倒插门”。

刘庆福为这场迎娶准备得很充足，将喜事办得风光无限。他要让青木川所有的人都知道，魏家身强力壮的儿子魏富堂现在叫刘富堂了，是他们刘家不折不扣的女婿了。这个女婿是他精心挑选的，花钱不多，却是货真价实。他图的就是魏家穷，没志气，图的就是老魏的老实窝囊，没有后患。谈亲事的时候刘庆福甚至像买牲口一样，在魏家儿子身上捏捏揣揣，还让他张开嘴看了看牙。他不能弄一个残次品进门。当他看到魏富堂嘴里那一口齐整整的白牙，不知怎的倒吸了一口凉气，有种不舒服的感觉。

成亲当天早晨，刘二泉歪在木床上闹了一通气，摔了两个茶碗。二泉妈过来看过女儿，站在床边劝了半天……一碗一碗地给女儿灌人参汤。这根人参是刘庆福收藏了十三年的长白山高丽参，好钢用在刀刃上，只要魏家的小子进了门，刘家就有了新的活力，就有了一个健壮的丁。

女佣刘芳说，这是二小姐一辈子的大事，过了今天，就有了男人，就是做了鬼也有人打幡送殡了。

臭烘烘的闺房里，刘二泉被女人们从床上扶起，点唇红，着绣裙，闭着眼睛木头人一样任人摆弄着。刘二泉嘴里呼出的恶臭气息让女人们屏气不敢呼吸。穿戴停当，刘芳熟练地将白木头脸扣在刘二泉脸上。刘二泉用手抓面具，两脚踢腾，不戴。二泉妈心疼女儿说，她不愿意戴就不戴了吧，大喜的日子，不人不鬼的！

刘芳按住刘二泉的手说，这叫“冲喜”！闹不清她是人是鬼就对了，能哄过人去也能哄过鬼去。小姐只要喘着气挣扎过拜堂，就算完事。

二泉妈说，莫非我闺女今天就要完？

刘芳对两个丫头说，你们要架着小姐，她昏死过去也得架着，别让人看出来。懂了没有？

丫头们说，知道了，死了也架着。

人们焦虑地盼着新郎快些到来。

时已过午，还没见新姑爷踪影，刘家人如同热锅上的蚂蚁，几次派人去催，说是姑爷马上就到。新郎迟迟没来，刘庆福气得团团转，闺房里新娘子支撑不住，晕厥过去，众人又是掐又是摇，乱作一团。

厨房里，飘出浓浓香气，从五十里外水陆大码头阳平关请来的厨子在大显身手，大块肉在锅中翻滚，鲜鱼刺啦滚进油锅，笼屉掀开，热气中是丸子、条子肉、肘子、排骨等诱人的八大碗菜肴……刘庆福家的庭院里，一桌桌酒宴已经摆好。

喜庆的酒席空无一人。

刘庆福和大女婿魏正先，落寞地站在街门口，抻着脖子向街上眺望，鞭炮静静地摊在地上，没有点响。

青木川镇街上不见人影，一只狗在街上游逛，整个青木川一片死寂。

刘家门口临时搭了戏台，戏台上唱着《穆桂英招亲》，上边吱吱呀呀很是热闹欢快，下边却没有观众。演穆桂英的女演员叫朱彩铃，是陕西周至人，自小跟着叔叔学戏跑江湖，以演刀马旦见长。依着班主朱老板的意思，今天的正戏是《鸿鸾喜》，是女方招亲的戏，图个喜庆。刘庆福不干，说《鸿鸾喜》里金玉奴她爹招赘了一个酸秀才，也还罢了，再加上金玉奴她爹是叫花子头儿，说白了就是个要饭的，这不是寒碜刘家嘛，不行！挑来挑去，就唱《穆桂英招亲》。

刘庆福事无巨细，较真较得厉害。

刘家的账房先生摊开账本，备好笔墨、算盘，坐在门口小桌上静等贺喜者上门，不时拿眼睛瞄一眼焦躁的刘庆福。

刘庆福看了看清冷的街道，冷笑一声说，我就不信，我在青木川混得没一点儿人缘儿！

大女婿魏正先说，你平时少放点儿印子钱，多积点儿德，人就来了。

刘庆福说他招赘魏富堂就是积德，他不送过去彩礼，那一家子立马就得饿死。魏正先说，你花十块大洋、二尺半蓝布，入赘个壮劳力，还得让人家改姓。嘁！这账你里外占便宜，雇个短工一天工钱还得半斗米呢。你不细想想，他魏富堂凭什么轻易答应入赘刘家？跟你说过多少回了，怎么着我也是你大女婿，大泉虽然不在了，女婿的名分还在，你老把我当外人。

刘庆福说，我信不过你！大泉是怎么死的，到现在你也没给我说清楚，一碗汤喝下去就翻了白眼，这里头没鬼才怪。

魏正先说，你要那么想我也没办法，我对你可是一百个孝敬，一百个忠心。

刘庆福说魏正先是惦记刘家的家产，看上了他的钱！魏正先认为他和刘庆福是一条绳上的蚂蚱，他知道刘庆福不光放高利贷还偷偷摸摸倒腾烟土，只要他上汉中一举报，刘庆福吃不了兜着走……刘庆福说，我借你俩胆子！我进去你也跑不了！

两个人站在门口你一句我一句，直截了当，互相揭短，不像是翁婿倒像是对手。魏正先认为招赘魏富堂未必是好事，这小子不是省油的灯。刘庆福说，省不省油我自己拾掇他，没见过钱的穷小子一下掉钱眼儿里，会比我还爱钱，他越穷我越高兴。

魏正先说，你高兴？以后别哭就行。

施秀才和镇上一老婆婆来了。施秀才夹着一卷红纸，老婆婆兜着几个鸡蛋。他们来给刘家贺喜。秀才一进门便说，恭喜刘老爷，给您道喜了。魏富堂是个善良后生，刘老爷有眼光。

施秀才说着递上红纸卷，魏正先用嘴努努账房先生。施秀才知趣地来到账房先生桌前，展开纸卷，是副对联，秀才得意地念道：看此日桃花灼灼，宜室宜家；卜他年瓜瓞绵绵，尔昌尔炽。

账房一脸茫然。刘庆福面色相当难看。魏正先几声讥笑。

施秀才有些尴尬。

刘庆福问秀才，这张纸多少钱买的？施秀才吭吭哧哧不好回答，半天说，秀才人情纸半张……半张纸……

老婆婆递上布包说，这几个鸡蛋是刚下的，新鲜……给小姐补补身子……

魏正先不客气地揶揄，这蛋是你下的还是你们家鸡下的啊？

老婆婆脸通红，这话儿怎么说？

刘庆福说，何老婆子，我不缺你这几个蛋，缺的是你们家这半年的利息。

老婆婆直往施秀才身后躲，后悔不该来凑这个热闹。

继施秀才之后，来的是一个陌生的中年人，背着帆布挎包，挂着望远镜，吊带西服短裤，长筒袜子黄皮鞋，一看打扮便知是外来者。对这个不请自来的客人刘庆福和魏正先都充满了警觉，同时对这身装束又不敢怠慢。刘庆福是土财主，瞪着眼看着来人想不出说什么，倒是魏正先抢先一步很西式地朝来人伸过手去，跟来客握手。来人大大方方介绍自己，说自己叫陈汉，西北垦殖区管理局的局长，到陕甘山区来考察地质和水利，今日从康县五马乡翻山过来，路过青木川，恰逢镇上办喜事，过来沾些喜气。说着递上两块大洋。

魏正先对刘庆福说，贵人到了，绝对的大贵人，咱们刘家蓬荜生辉啦！

来了这么一个人物，刘庆福很意外，让魏正先专门陪着陈局长，嘱咐不要怠慢了。随着陈局长进来了几个人，刘庆福以为都是随从，赶紧安排着大伙儿坐了。闲聊中魏正先得知，这个叫陈汉的局长来头不小，是在法国喝过洋墨水的，学农业出身，还认识于右任、邵力子、蒋鼎国等国内许多大官。这样的人能走到青木川来简直是太阳打西边出来了。魏正先便越发尊敬，不敢有丝毫怠慢。倒是陈汉显得很随和，没有架子，喝茶聊天，一副入乡随俗的自在。

太阳将金溪河水染成了金黄色，魏富堂才在镇口出现，骑了头借来的大青骡，光着脊梁，穿一条破裤露着腚，被一帮穷哥们儿簇拥着走过街道。天气还凉，新郎官壮硕的肌肉，矫健的身材，在人群中分外显眼。人们看到健壮的魏家儿子，感叹刘庆福挑“牲口”没有走眼，挑来了一个身板健壮、绝对正宗的男子汉。骑在骡子上的魏富堂一边驱着牲口小跑一边热情地招呼众人，走哇！吃席去——

后头哥们儿跟着起哄，吃席喽，吃席喽！刘庆福请客，不吃白不吃……

在这群小子的策动下，人们三三两两跟在后头，朝刘家大院走去，队伍越走越大，后头跟着几只摇摇晃晃的鹅。

人们笑归笑，看到如此装扮的新郎官，心里却揣着疑惑。此刻，乡亲们从魏富堂脸上看到了一种不曾见过的刚硬冷狠，一种破釜沉舟的决绝。有人甚至怀疑，这真是窝囊魏老汉的儿子？

刘家的威严，债主的冷酷，在这个光脊梁的后生这儿被颠覆了。人人心里升腾起一种快感，一种压抑不住的冲动，这就是起哄架秧子。

新郎到了，刘家门口鞭炮锣鼓齐响，吓得骡子仰着大脑袋呜哇乱叫。魏富堂也不急着下骡，任着青骡在刘家院门口跑了个圆场，扬蹄尥蹶，引得贺喜的人哈哈大笑，连台上的戏也停了。谁也没见过这样的娶亲场面。

在戏台前，魏富堂下了骡子，没进大院却钻进后台，对戏班老板说，给老子把脸也画上！

朱老板看着魏富堂问，怎么画？

魏富堂说，怎么没脸怎么画。

扮作穆桂英的朱彩铃在旁边饶有兴致地观望。戏班老板有点儿为难。朱彩铃说，叔，我来！

朱彩铃用油彩在魏富堂脸上描绘，穷哥们儿围在旁边看得入神。画好之后一片喝彩之声。

朱彩铃给魏富堂画了一张楚霸王的脸谱。

树看得入神，乞求朱彩铃也给他画一个，朱彩铃顺手拿起粉盒，给他扑了一张白脸……

众人，我也画……我也画……

终于，新姑爷领着一群人进了刘家，如同洪水涌进，冲倒了账房先生的小桌，扑向宴席，明摆着是吃大户来了。人群中夹杂着不知从哪儿冒出的蹭客，大大咧咧也坐了，一脸没把自己当外人的坦然。

刘庆福从人群里挤过来对魏富堂说，给我把脸洗了，穿上衣裳！我们刘家是要脸面的，由不得你胡闹！

魏富堂说他入赘不假，但入赘的是身子，没说入赘衣裳，今天人来了，脸没来，脸搁家了。说他从娘胎出来就是光着的，现在到刘家来自己还贴赔了一条裤子，亏了。刘庆福沉着脸问，那身蓝布衣裳呢？

魏富堂指着外甥说，给了树了。

刘庆福说，你就这么白扔了？

魏富堂说，你这个家白扔给我了你都不心疼，我还为一件衣裳心疼？

噎得刘庆福说不出话来。

穷秀才施喜儒过来替魏富堂辩护，说女婿越无形越是贵人。王羲之在丈人家东床袒腹，酣然大睡，人家老丈人大喜，成就了东床快婿的佳话。魏家儿子这副打扮说明女婿没把自己当外人。

魏富堂说秀才说得有理，也不管刘庆福愿不愿意，硬是将施秀才拉到上席，大声对众人说他最敬重的就是文化人，他的儿子将来不做大官，要当秀才，当施喜儒这样的秀才。刘庆福一听气得差点儿骂街，要不是他闺女在屋里翻了白眼儿，他手里那碗酒非得飞到新姑爷的脑门儿上不可。施秀才自然十分高兴，摇头晃脑向新郎抱拳作揖，之乎者也酸气大发，那磨得锃亮的袖口，补丁摞补丁的长衫，连同脑后那根猪尾巴一样的小辫成为婚礼上又一道景致。

贵客陈汉也笑得前仰后合。

魏富堂的伙伴们进入酒席，席面上场景大变。穷哥们儿大吃大喝，酣畅自在，没有丝毫忸怩。魏富堂对大伙儿说，今天是刘家大喜的日子，咱们放开了肚子使劲儿装！我马上要跟刘家闺女拜堂成亲了，拜了堂，她就是我老婆，我就是她男人了，这绝对是算数的！

众人说那是当然。魏富堂说，依着青木川的规矩，成了亲谁当家？

大伙儿说，自然是男人当家！魏富堂说既然是男人当家，那就是他说了算。刘庆福气急败坏地说，我还没死！轮不到你！

魏富堂看也不看刘庆福，大声宣布，打明天起，大伙儿欠刘家的利息一笔勾销！

席面上一时鸦雀无声，半天，施秀才激动地站起来说，听新姑老爷的！

人们叽叽喳喳议论开了，不相信青木川还有这等好事。魏富堂补充说，利息全免，本金还得慢慢还，借账还钱，天经地义。

刘庆福气得一跳多高，脸色惨白，对众人喊道，他的话不算数，你们借的是刘庆福的钱！

人们私下议论，老魏家的儿子从山上下到镇街刘家，走了不到二里地，突然从青年变成了爷们儿，性情也是大变，很可能是在路上撞了山间的精灵，被调换了魂魄。

台上的穆桂英对杨宗保赞道，呜咿呀呀，好一个绝妙的人儿呀！

局面无法控制了，刘庆福气得跺脚，嘶声儿喊着，刘富堂！刘富堂——

树提醒魏富堂，舅，叫你呢！

魏富堂说，叫我？

大山说，不是你是谁？刘富堂是你呀，你入赘了。

司仪高喊拜堂——

刘二泉蒙着盖头由两个丫头架出来，晃晃悠悠，歪歪斜斜，两条腿在地上拖着。

刘庆福喊道，这个堂不拜了！不拜了！

哪里还有人听他的。现在昏厥的已经不是刘二泉，而是刘庆福了。

月上树梢，乱哄哄的刘家大院，乱哄哄的人。陈汉被挤到靠墙一张桌子上，紧挨着施秀才和几个年轻汉子。施秀才主动跟陈汉打招呼，先生是远道来的？

陈汉说，不远，从黎坪来，在那儿办了个农场，手底下有百十号人。施秀才不明白什么是农场，陈汉说他们招工人也招学生，拿工资吃饭，搞试验种田，也搞畜牧养殖，秀才有兴趣可以过去看看。施秀才说，黎坪在南郑县，离这二三百里地，隔着几十道山岭，远得很呢。

魏富堂走过院中的宴席，见到陈汉和几个陌生人，有些犹豫。陌生人主动介绍，我们是白龙江木鱼镇的，来青木川赶场，赶上办喜事，凑个热闹。给大爷贺喜喽！

一直跟在魏富堂身边的一个青脸男人，附在魏富堂耳边说，来了好些陌生的客，还有当官的陈汉局长……

魏富堂问青脸男人是谁，对方说他姓乌，人称老乌，是刘家长工，在这儿有些年头了。

鼓乐声中，魏正先不动声色地从席面上撤了出去，躲在了花窗背后，将手枪掏了出来。枪口准星先瞄准了刘庆福，又瞄向了刘二泉，最终瞄向了魏富堂的脑袋。

几乎就在同时，花窗后几杆枪伸出来。房上有人影闪烁。

啪，一声枪响，被架着的刘二泉首先应声而倒，紧接着身上又连中数枪，两个丫头也倒在血泊中。

饭桌上几个陌生人一跃而起，掏出枪来，一场枪战在婚宴上展开。杯盘碎片与热血飞溅，刘庆福中枪毙命，众多无辜倒下，无数把火炬旋转着从房上抛下。

人群中有人嘶声喊，王三春来啦！

王三春是陕南杀人不眨眼的大土匪，连蒋介石也奈何不了他。

魏正先在窗后自言自语道，早不来晚不来，偏偏跟咱们搅和。撤！

土匪的洗劫是无情的。

被洗劫后的刘家大院燃烧殆尽，一片狼藉。青木川古镇一片火海，一片哭声。

硝烟中穿着大红绣裙的刘二泉趴在大堂中央，有一双纤细的手将刘二泉的尸体翻转过来，却是一个正在燃烧的戴着面具的假人。

那双奇妙的手将面具摘下。

天明，一座古镇变为废墟。

历史资料上记载：民国六年（1917 年）五月二十三日，陕南恶匪王三春袭击广坪、青木川两地，杀人一百一十九口，焚毁房屋一千四百余间。

清晨的青木川镇街笼罩在早饭的炊烟中。

冯小羽起床后，洗漱完毕走出住室，站在房门外仔细打量施家的小院。晨光下的院落与昨晚又有很大不同，东西房是主人新盖的贴了白瓷砖的平房，靠墙种了一溜鸡冠花，院里光溜溜抹了水泥地面，已经看不出一丝一毫昔日富贵宅门迹象。回望自己的住室，除了陈旧便是普通。按施家人的说法，这里原本是刘二泉的闺房。大火中残存的唯一建筑，竟是窗户低矮，光线昏暗，像一个潦倒的婆婆。民国年间那场激烈的绞杀就发生在脚下这片不大的地界上，火焰蒸腾，刀光剑影，想想真是不可思议。

施家饭桌上，摆着热气腾腾的米皮、菜豆腐、黄黄的核桃馍，典型的青木川早饭。冯小羽咬了一口松软的核桃馍，问老施是不是施喜儒施秀才的后人。老施说施喜儒是他爷爷，死了有些年头了，死在广坪反革命暴乱中。那一夜青木川死了不少青壮，年年这个时候有上坟烧纸的。青木川遭过两次劫，一回是王三春血洗，一回是解放后国民党特务的暴乱，这是青木川人逃不过的劫数。冯小羽说，王三春的一把火，把刘家大宅院烧得就剩下了刘二泉这间房？

老施说，可不，烧了个精光，就剩下这间小屋。土改时，我爷爷算是牺牲的烈士，这间相对还精致的房子就分给了我爹。

冯小羽问老施还知道多少青木川的旧事，老施拿来一本《青木川纪事》油印小册子，说是镇上许忠德写的。许家爹爹喜欢舞文弄墨，对青木川老事知道得最多。这本册子是留给后生们看的，政协的人要了去，说是宝贵的历史资料，专门给出了一本专集。老施说，其实过去的事他爹也知道不少，谢校长要是在，保准会送他爹到成都念大学，回来当县长什么的。可惜，魏老爷死了，校长不在了，他爹到了没出青木川，就是个种田的，没什么大发展。

冯小羽让老施说说谢校长。施嫂从墙上摘下一个镜框，指着一张老照片给冯小羽看。照片是老施父亲高小毕业时的合影，中间坐着的就是谢校长，旁边这人是他们家老祖父，前清秀才施喜儒。

发黄的老照片，辅仁中学大礼堂前面的学生毕业照，中间的女校长眉清目秀，短发，着深色旗袍。旁边的秀才长袍马褂，花白头发，前清剪了辫子的发式，前排还坐了几个年轻教师。冯小羽问里边有没有魏富堂，老施说没有，说魏富堂从来不照相，青木川压根儿找不到他一张照片。

五

许忠德的《青木川纪事》是本宝贵的资料，将魏富堂和王三春的关系交代得清楚又详细。魏富堂领着本地一帮后生投靠了王三春，他本人成为王三春铁血营的营长，是不折不扣的土匪。这是魏富堂的一段抹不去的黑历史，尤其是他的铁血营，在回龙驿伏击北上的红二十五军，让一个连的红军没有走出那道山谷。这是一笔实实在在的血债。

王三春在民国史上是有名的惯匪，冯小羽在查找他的资料时几乎没费什么力气，地区档案馆里有关王三春的材料有几个大卷宗，镇巴县政协还编撰了王三春的年谱，记录的全是他杀人放火的恶行。

王三春是四川平昌县人，农民出身，读过书，好斗性狠，在乡里打架，因杀人放火而拉杆子造反。他带着人来到了陕西镇巴渔渡镇，先杀了镇巴南区区长王应钦，第二天又抢了集市，从此就在陕南落脚。他受过国民政府招安，当过“川陕边游击司令”，却一直坚持自己的原则“受招不受编”“受调不受编”。这种思想多少也影响了后来的魏富堂，使魏富堂与国民政府一直呈对立状态。王三春是个典型的职业土匪，他提出“活捉国贼蒋介石”的口号，自命“陕南剿匪总司令”，曾计擒大土匪罗玉成，跟红四军打过仗，跟国民党顽强对抗。这是个什么样的人物，有着怎样的一副脸谱，实在是花哨得难以描画。王三春活动范围扩展到陕西二十多个县，武装力量有四个团，五千余人。他的权力大到自己委任县长，设立税收局，收来的钱全部是自己的开销。在他的老巢镇巴县，他有一套完整的设施，成立了八大处：军需处、服管处、医务处、军械处……有造币厂、边棚营、儿童连、铁血营，成立了“中华救民镇槐党”，请来了南京武术学校的教练，教他和他的老婆们练武术，俨然是个独立王国的建制。剿匪司令本人就是个恶贯满盈、臭名昭著的大土匪，这也堪称民国的笑话。民不堪其扰，蒋介石下令，川陕甘军事饧，边境驻军切实严防，以免窜扰。针对的就是王三春。抗战爆发后，蒋介石派代表来收编王三春，王三春对代表说，蒋介石没资格管我。我不愿意享他的福，他那个青天白日底下有个鬼，我要捉他的鬼……

青木川被洗劫，魏富堂和镇上的一帮后生被押到了王三春的大营。押魏富堂的土匪，竟然就是在刘家大院自称是去青木川赶场的汉子。他们将几个人推到王三春跟前说，司令，这几个是在刘家大院弄来的，都画着脸儿。这个是新郎官，这个是前清秀才，这个是黎坪的局长，还有广坪跟阳平关两批人在山下酒坊里关着，总共百十个。

王三春说，把这些废物弄来有什么用？都砍了！一个不留！

土匪推着几个人往门外走，王三春说，慢着，让我再挑挑！说着走近魏富堂等人，细细审视。

王三春说，我刚开了两个膛，让厨子炒了一盘熘心尖，肥了点儿，吃着腻，换俩瘦的，蘸醋生吃，改改口味。

王三春手下拿着尖刀在魏富堂等人中挑选。树最瘦小，匪徒在他身上捏来捏去，树吓哭了，说，舅，我不想死。

魏富堂说，树，别㞞。谁也不想死。

老乌从后头揽住了树的肩膀。王三春说，你们自己站出来俩。瘦的！

众人面面相觑，谁也不往前站。

陈汉大声说，岂有此理——

施秀才赶紧抓住了陈汉的胳膊，怕他再说出什么。王三春阴鸷的眼盯住陈汉说，你倒是细皮嫩肉，肥瘦相当，算一个吧！

两个匪徒将陈汉拉出来，往厅柱跟前拖，这时魏富堂往前跨一步，站在了陈汉前面。老乌也站了出来，慢慢地，大山、二壮等人也站了出来，树想了想也站了出来。王三春看了大伙儿的架势说，还真有不怕死的啊，我成全你们！说着点着魏富堂和陈汉说，你，还有你！

匪徒将两人绑在柱子上，用尖刀在胸口划出痕迹。王三春从匪徒手里拿过刀说，费那事儿干吗，还画印儿，看老子给你们演一出。拿盘来接着——记着，横竖两刀，背后一踹，那玩意儿它自己就会掉出来。

说罢，王三春将一碗凉水泼在魏富堂胸口上，举刀要划。

魏富堂绝望地闭上了眼。

耳边传来一声缓缓的“慢着”，王三春停手回头，身后是女匪首，他的夫人邓芝芳。邓芝芳曾经是汉中汉南书院的学生，不知怎的，心甘情愿地跟了土匪，成了王三春的主要智囊，也是个杀人不眨眼的主儿。邓芝芳对王三春说，谁是魏富堂？表姐有话要说。

于是，魏富堂等人被带进一间房内，让人惊异的是刘二泉戴着面具端坐在太师椅上，威严肃穆，煞气四射。邓芝芳说，表姐，人给你带来了，差点儿就成了下酒的菜。

刘二泉问魏富堂，知道我是谁吗？

魏富堂惊愕得说不出话。邓芝芳说，不认识了？刚跟你拜过堂的人。

魏富堂实在想不出刘二泉怎么会出现在这儿，他过去要掀刘二泉的面具，被邓芝芳一把挡住说，别以为拜过堂你就是她男人。我在表姐跟前还得敬着三分，这儿岂容你放肆！

刘二泉说她料到刘家会有这一天。她爹积攒了那么多钱财，积攒了那么多民愤，她爹的产业多少人惦记着，她今日不做了断，今日她便成了刘家大院的冤魂，与其让别人来占，不如自己早做处理……

魏富堂觉得自己真是小瞧了病病歪歪的刘二泉，莫非她那病是装的？

刘二泉问魏富堂要死还是要活。

魏富堂看了一眼身后的弟兄。大伙儿都说，要活。

魏富堂回话，我们要活。

刘二泉说要活就得听她的。魏富堂说，听你的我不改姓。

刘二泉说，想得美，我也不会嫁给你。你们留下，那个法国立朗西农学院回来的陈汉不能留，让他上路。

这回轮到陈汉惊奇了，他惊奇于偏僻山乡的病人刘二泉竟然还知道法国立朗西农学院。他指着刘二泉说，你，你是谁？

邓芝芳说陈汉问得太多了，逼近陈汉说，陈同学，你忘了，在你考取法国立朗西农学院之前咱们在汉南书院同过窗，你是学理工的，我是学外语的……咱们俩都算不上好学生。

邓芝芳这一点拨陈汉想起来了，这个邓芝芳曾是书院里一个很活跃的女学生。书院里女学生不多，邓芝芳是其中的凤毛麟角，家里趁钱，本人结交广泛，背景复杂。

施秀才对邓芝芳说，老朽也不能留，老朽年龄大了，屋里老妻病在床上，三个娃儿还小。

刘二泉问施秀才是谁，施秀才说，二姑娘怎会不认识我，在下前清秀才施喜儒，教过你三年私塾。你是个聪明过人的学生。

刘二泉说，既是这样，让这个秀才跟着姓陈的一块儿走。

邓芝芳说，正好，做个伴儿。

王三春站在黑虎堂给新入伙的魏富堂们训话。王三春说，我的镇槐党是中国第一大党，我是咱们镇槐军的总司令，我是家长，你们都是我的儿，我疼你们，你们也得孝敬我，谁要是跟爹有二心，爹可是翻脸不认人！前几天，共产党红军过鱼渡，被我打了个稀里哗啦，整个一个排都死在了河里。有一个私通红军的，被我屁眼插捻儿点了天灯，现在刚烧了半截，还燃着呢。昨天，国民党派巴专员来镇巴收编我，想得美，我让老巴那颗脑袋挂在了镇巴城门上……

魏富堂警觉地看看四周，轻声问身边的老乌，秀才他们走了没有？老乌说刚走。魏富堂使了个眼色，两人出来了。

施秀才和陈汉在土匪的押解下走在荒凉的小路上，秀才不住地让土匪回去，说不必送了，他们可以自己走。陈汉则沉着脸一言不发。

越走路越窄，最终来到一荒草坡上，一座断崖，崖下是翻滚的江水。

施秀才站在崖边对陈汉说，局长，我觉着不太对劲儿……前头没路了……

陈汉说，秀才，咱们的路到头了。正说着，后边的土匪拨弄枪栓，瞄准了两个人。施秀才说，连累你了，陈局长。

陈汉说，甭喊我局长，喊我老陈就行了。

施秀才说，我的学生送我上路，上黄泉之路。这算是怎么回事儿？我到底也想不明白。

陈汉闭着眼睛静等身后枪响，等了一会儿不见动静，回头看，是魏富堂和老乌用石头砸碎了两个土匪的脑袋。魏富堂将土匪尸体掀下悬崖，让秀才和陈汉趁着天黑，沿着江快走，赶天亮能走到西乡，那儿是回族人的地界儿，回族人跟王三春是死对头。到了西乡，奔西北就是汉中，就安全了。

就这样，魏富堂跟着王三春干了大半年。魏富堂的干练果断、机警沉稳赢得了王三春的信任，他把铁血营交给了魏富堂，由魏富堂统领。王三春的铁血营是匪帮中最凶残的一股势力，铁血营内每个匪兵的待遇都是排级，是王三春祸害老百姓的得力快枪。这样一来，铁血营自然就和魏富堂连在了一起。这个职务让他在以后跟政府交代时有着诸多不能推卸的血案，成为他重要的罪证之一。

其实也有些事情和魏富堂没有关系，但是账却直接记在了他的头上，让他有口难辩，也就不辩了。比如镇巴街上佘家媳妇说，明天打春了，要给女儿黄花买个饼吃呢，孩子馋饼馋得不是一天了。“打春”这样的话被王三春听到，心内别扭，他忌讳“打春”这个说法。第二天，佘家媳妇在街上刚买了饼，还没交到女儿手里，就有铁血营的人从后头捅了她一刀，手里的饼滚了很远，一直滚到坡底下。小姑娘黄花只顾追那饼，赶回来时娘已倒在血泊里。饼还是热的，她让娘趁热吃，娘已经不会说话了。光天化日下，众目睽睽中的杀戮，没有任何理由，也没有任何避讳，铁血营的人杀人就是这般直截了当。女孩的爹赶来，大骂王三春，大骂铁血营的魏富堂，被周围人制止，于是老佘带着小女儿隐姓埋名，逃往他乡。解放以后的揭发控诉中，这个叫黄花的女子指名道姓提的是铁血营的魏富堂……

慢慢地，魏富堂周围有了一帮肯死心塌地跟着他的弟兄，老乌自然是其中之一。

一天，王三春的一只八哥被猫吃了，他派铁血营在镇巴全城房顶屋脊上逮猫，见猫就剖腹，扬言剖出鸟来将猫主全家杀光，闹得全县城老百姓跪下请愿。魏富堂和他的弟兄们也觉得这差事干得窝囊，为头领满城逮猫，哪还有半点儿男人的威风。

寨里的旗杆让风刮倒了，按王三春的规矩，旗倒了就要杀人祭旗，于是王三春到街上抓来一个老乡杀了，然后才把旗升起来。抓去的老乡是魏富堂的厨子，那天正好回家探亲……

王三春的祸害是放射性的，秦巴山区没有哪个地方他没有骚扰过。魏富堂从南郑县给王三春绑来了财主陈百万的女儿，王三春要陈百万拿五百杆枪、三千块银圆、一千五百套军服来赎。等陈百万凑齐了东西来赎人时，王三春已将陈家女儿活埋很久了。为此魏富堂和王三春闹得很不愉快。魏富堂嫌王三春言而无信，王三春说自己是土匪，不是君子，土匪从来是率性而为，没有信义。魏富堂说盗亦有道，无论干什么，信誉是第一的，首领这样做无疑是毁了他铁血营的名声，以这样的行径，日后无法在江湖上混了。王三春说他就是江湖，谁不听他的，才是一天也混不下去了。

秋天，王三春再次窜到西乡县，杀死妇孺四五百名，烧毁民房数百间，又进入紫阳境内，烧房数百，杀人无数。

日本人占领黄河北岸风陵渡，炮轰陇海线，西安随时有被日本人攻占的可能。抗日战争最激烈的时候，也是王三春在山里闹腾得最热闹的时候。陕西省主席兼西安行营主任蒋鼎文让师长谢辅三进山剿匪，消灭王三春和他的铁血营。

树一直跟着舅舅，自由自在地当着土匪，学会了打人，学会了耍刀子，学会了使枪，头脑比他舅舅灵活，嘴巴比他舅舅能说。魏富堂总觉着该让树到汉中去念书，学点儿本事，像陈汉先生那样干点儿实事。他总觉得树年纪还小，有自己的前程，在土匪窝子里生生把孩子毁了。

刘二泉在王三春的大营里时隐时现，很多时候，几个月也不见人影，有时候又突然出现在黑虎山的厅堂里。她的脸上，永远罩着那张丑陋的面具，一身黑衣，影子一样走动，偶尔被魏富堂撞见，也是直挺挺地走过去，如同没看见一般。倒是魏富堂有时候站住，冲着那个黑影子咳咳两声，影子并不理睬，像个幽灵。以致魏富堂经常怀疑，这个刘二泉是不是当年刘家大院里的病人刘二泉。

后来，魏富堂在洋县的华阳镇遇到了朱彩铃，两人一拍即合，魏富堂娶了他真正意义上的第二个老婆。

解放后，魏富堂的交代材料里没有朱美人的细节，有关朱美人的记录几乎是空白，但是民间口述内容颇多。在冯小羽的调查中，在华阳古镇，有关他们的传说至今还很鲜活，还颇具传奇色彩。

傥骆古道中的华阳是南行蜀道的重镇，镇中的戏楼是古镇的重要建筑。因为有过土匪、戏子的爱情演绎，有过小红军在此壮烈牺牲的事迹，有过红二十五军在台上宣传演讲的辉煌，戏楼成了今天镇上宝贵的文化遗产，得以完好保存。逢有集会，各地戏班仍旧在此展露才艺，锣鼓丝竹，汉调秦腔，声声不断。只是在那光彩热闹中，再不见了朱美人。

华阳镇旧有三台寺，极大，高低三层，占地数百亩，有打马关庙门的说法。20 世纪 30 年代在三台寺一次庙会上，魏富堂和朱彩铃在戏台上演了一出比戏文还好看的戏，为当地人津津乐道。

那天戏台前人山人海，因这是周至秦腔班子在华阳进行的最后一场演出。散戏之后，女主角朱彩铃将被驻防王总办收为第某房姨太太并留守华阳。王总办所驻地域都有夫人留守，人称这位总办为“三不知”总办，即不知自己的钱有多少，不知自己的兵有多少，不知自己的老婆有多少。总办说了，戏班的人要不答应亲事，谁也别想活着走出华阳。朱彩铃当然不干。彩铃的叔叔劝慰侄女说，戏子的命运就是如此，能给有钱人当妾就不错了。朱彩铃如果认命，戏班的人可以拿到三百块大洋，十几个人将这钱分了，保全性命各奔前程；朱彩铃要是不答应，戏班今天的演出就是他们人生的终场，十几颗人头当场落地……

那天，朱彩铃是哭着上场的。

锣鼓响起，台上穆桂英和杨宗保激战正酣，人们看得如醉如痴，魏富堂和王三春杀进城来，华阳镇内鸡飞狗跳，立刻乱了。看戏的王总办听到枪声，起身掏枪，指挥军队还击，还没闹清楚土匪从哪儿来，就被魏富堂一枪击毙在台脚。朱彩铃心内大快，不由得对开枪的人多瞄了几眼，竟是眼熟得很。台上的杨宗保、杨六郎、佘太君全跑得没影儿了，只一个美艳无比的穆桂英呆立台上。穆桂英的戏装在阳光下流光溢彩，头上的两根雉鸡翎使她那张粉脸俊秀英气，魅力无比。魏富堂一眼就看上了“穆桂英”，他觉得，他的女人就应该是这样，美丽英武，豪气干云。穆桂英见魏富堂看她，并不胆怯，花枪往身后一别，兰花指冲着魏富堂一点说，嘟！来将报上名来！

魏富堂一乐，双手抱拳说，末将魏富堂是也。

穆桂英将枪一端，横着走了三步说，呀呀呸，什么末将，我想起来了，原来是青木川光屁股骑骡子的儿郎……

“穆桂英”这一提醒，魏富堂也想起来了，说，我的脸还是你给画的！好看。

铁血营众弟兄看首领和台上的女戏子斗嘴，都来了兴致，嗷嗷起哄。

魏富堂看看周围，对穆桂英说，他们都跑了，你为啥子不跑？

穆桂英顿时泪光莹莹说，我没处跑。

魏富堂说，你就不怕我杀了你？

穆桂英说，你不会杀我。

魏富堂说，那不见得！

穆桂英说，同是天涯沦落人，相逢何必曾相识。

魏富堂说，那你跟我走。

穆桂英说，跟你走就跟你走。

于是魏富堂一伸胳膊，穆桂英顺势跳到他的马上，两个人骑着一匹马，穿街而去。那天华阳的人都看见了，土匪头子搂着穿锦甲、戴雉翎、满面粉彩的穆桂英风驰电掣地出了西门。

到了目的地魏富堂才知道，卸了妆的穆桂英比化了妆的还漂亮，不禁赞道，好个美人！

于是朱美人的称号立刻叫了开来。

朱美人刀马旦出身，一身武功，跟着魏富堂走南闯北，使双枪，勇猛不逊男子。

朱美人对魏富堂有着严格约束，不杀穷人，不杀无辜。她规定，铁血营的宗旨是杀富济贫，就跟《水浒传》里的英雄豪杰似的，替天行道。在她的建议下，魏富堂对部下做了明确规定，攻击单身行人、妇女、老人和孩子要受到处罚。但是攻击官员，不论是清官还是贪官，只要他们进入铁血营的眼界，都是合理的攻击目标。是贪官，财物一律没收，人杀死；是清官，财物发还一半，留下一只耳朵。每次得来的收入分为九份，两份是公积金，一份给提供情报的人，两份在成员中分配，两份上缴王三春，一份作为奖金奖给直接参战人员，剩下一份给过去死伤人员的家属……

具有高度的社会意识和组织才能的朱美人，在六十年前是个不可多得的人物。要是活在今天，应该是个好企业家。由此，魏富堂和王三春在组织观念和收益分配上有了严重分歧，有了难以弥合的裂痕。

一年后，朱美人为魏富堂生了个女儿，叫魏妞妞，大名魏金玉。魏金玉乖巧漂亮，两口子爱如掌上明珠，寄养在汉中米商孙泰增家中。朱美人对孩子心重，隔三岔五偷偷潜入汉中城，晚来晨去，怀里抱着孩子就不想撒手。米商说，既然这样不如金盆洗手，回来安安生生过日子，让孩子也有个家。朱美人说她还真有这想法，不光她要回来，那个树也应该回来，她要把小土匪送到汉中的学校正正经经地念书。

冯小羽在查阅档案资料时，魏富堂的一段口供引起了她的注意，那就是对葫芦坝教堂的洗劫。冯小羽以她的文化意识，敏感地觉出，这次普通的打劫，在魏富堂的心里留下了深刻的印记。魏富堂在这段交代中，用了几个“第一次”的字眼，不是第一次杀人、第一次抢掠，是第一次见到桌布、刀叉、风琴、电话等物件。就是说在那次打劫中，现代文明的冲击以及文化细节的魅力，使土匪魏富堂对自己的追求，甚至对自己的生存方式都产生了怀疑，可以说这次打劫对魏富堂的认知是颠覆性的，是他生命的一个重要拐点。

在魏富堂的土匪经历中，袭击教堂是一次普通的打劫，但是他却把它单独提了出来，作为一个事件交代，足见其重视。所提虽然比较简单，只有三言两语，但冯小羽却从简单中捕捉到了十分微妙的内容，“外语”“风琴”“电话”“汽车”，几个词清晰地勾勒出了当时的情景。

魏富堂带领着树冲进教堂的时候，意大利神父正在餐桌前优雅闲适地用餐。盘子里新烤的羊角面包、玉米奶油汤散发出阵阵甜香，阳光从高大的窗户洒进来，照在玻璃瓶内一束黄色的郁金香上。混血小修女艾米丽在餐桌旁边小心伺候着，把牛奶慢慢倒进杯子。

这个艾米丽的身世有些暧昧。葫芦坝教堂附近村庄常有长得很美丽的混血孩子出现，艾米丽是其中之一。艾米丽一出生便不被她的家庭接纳，被悄悄送到教堂钟楼的楼梯口。敲钟的解老汉发现了这个孩子，收养了她。解老汉的老伴说这是一棵串了秧的苗子，就苗子苗子地叫，神父给她取了个正式名字叫艾米丽。艾米丽有着东方人的身材气质，有着西方人轮廓分明的脸庞，黄头发，蓝眼睛。一双眼睛蓝得清澈纯洁，谁见了都忘不掉。

那天的阳光、鲜花、白桌布、闪亮刀叉和桌边站立的艾米丽构成了一幅静谧的图画。魏富堂进来的时候首先映入他眼帘的就是这样的情景。宽展的教堂里枪声不断，神职人员们四处逃窜，匪徒们将银制器皿和值钱东西往口袋里装，将神像打碎，扒女信徒的衣裳往柱子后头拖……神父无疑听到了外面的响动，知道发生了什么，但对着满面杀气的魏富堂，还是露出了微笑，站起来做出了拥抱的姿势。那一刻魏富堂有些失神，屋内的布置和陌生气氛令他惊异，神父的从容令他不解，他甚至忘了自己干什么来了，他面对的究竟是什么。魏富堂看到了神父的早饭，那绝不是简单的菜粑粑，不是一般的苞米糊糊，那形质气味于他都是陌生的。

神父的后背上洒满阳光，屋内的气氛与外面的纷乱完全是两个世界。神父亲切地对魏富堂说，我的孩子，坐下吧。

懵懂的魏富堂甚至不由自主也对神父点点头，在长桌尽头与神父相对而坐。小修女在他跟前的玻璃杯里也倒了牛奶，盘子里放了小面包，黄油罐、色彩鲜艳的沙拉出现在魏富堂面前。

周围的洁白色调与满身血污土灰的魏富堂形成鲜明对比。

树走到一架风琴边，好奇地点了一下琴键问，这是什么？

艾米丽回答，Organ（风琴）。

树模仿艾米丽的音调说，Organ（风琴）。

神父用指头灵活地弹出几个音符。恢宏而广远的声音，令魏富堂的神经一阵战栗，他有些难以控制自己的冲动。神父告诉他，这是天堂的声音，在遥远的高天之上。天堂的声音让魏富堂着迷，那是和锣鼓鞭炮完全不同的声响。魏富堂指着电话问神父，这个是干什么用的？神父说，说话用的，说着给魏富堂做了示范。神父拨通了他的军队朋友的电话，用英文说这边遭到土匪袭击，请求派军队来。

魏富堂微笑坦然地看着神父对着话筒不紧不慢地报警，倒是旁边的艾米丽显得十分不安。魏富堂走过去好奇地拿起电话，放在耳朵上，没声？又摇了摇，一听，还是没声，扔在桌子上。

神父端来一杯威士忌，放了一块冰。阳光下，威士忌在杯子里闪烁着诡异美妙的光。神父示意魏富堂喝。魏富堂说，你想毒死我。

神父端起来喝了一口，交给魏富堂。魏富堂迟疑地端起杯子端详酒杯，最终一饮而尽，惊呼，什么味道？

老乌领着弟兄们冲进来，让魏富堂赶紧撤离，说汉中守备队已经出发，向教堂方向来了。魏富堂奇怪，汉中守备队怎么知道我们在这儿？老乌说，有人用电话报了警！

魏富堂看着神父刚刚用过的机器不解，不相信用这个小东西能调来兵。老乌告诉他，这叫电话！

教堂外，从车上下来不少军人，他们将教堂团团围住，带队的是原青木川民团团长魏正先，现在是汉中守备司令。魏正先指挥军警，包围教堂，言明对匪徒一个不留，现场击毙。

教堂里，军警与魏富堂们交火。魏富堂明显处于劣势，手下死伤惨重。魏富堂与军警在神父屋内交火，双方在柱子、雕像后躲闪射击。王三春手下的一个匪徒将枪口瞄准了艾米丽，小姑娘睁着大大的蓝眼睛不知所措，惊恐后退。在匪徒扣动扳机的刹那，魏富堂一脚踢过去，从枪口下救出了小姑娘，艾米丽躲到了窗帘后面。神父从风琴后面向魏富堂方向扔出一个盘子，示意军警注意。魏富堂一分神，将自己暴露在魏正先的枪口下。魏正先从柱子后面瞄准了魏富堂，扣动扳机。树大叫一声，挡在魏富堂前面。

树胸部中弹，倒下。

老乌对着躲在风琴后面的神父，一梭子弹打过去，神父倒地。

又有几个魏富堂的手下被打死，守备军队完全占据了主动。魏富堂的几个铁杆弟兄撤到了一个角落里，教堂被严密包围，大家已经彻底绝望了。

这时窗帘后面的艾米丽跑出来，推开壁炉，露出了教堂的暗道。艾米丽告诉大家，从暗道出去能到达后山。

一行人从暗道上山，魏富堂背着流血不止的树，心里忐忑，想的是万一孩子有个三长两短，他实在无法向姐姐交代。对这种动荡险恶的土匪生涯他从心底生出一种反感。不能再这样下去了！

走出暗道是一片橘林，站在山岗上，可以看到魏正先的兵车离开了教堂，行驶在蜿蜒的公路上。老乌说，他们是坐汽车来的，怪道这么快！

魏富堂看着载满军警迅速远去的卡车心里百感交集。他明白，自己输就输在那架夺人心魄的风琴上，输在别人能听懂自己却一无所知的洋文上，输在那台小小的电话上，输在四个轮子飞转的汽车上。一句话，他魏富堂输在了见识上！

他是土匪，是土包子，他离真正的文明、真正的好日子还远！

老乌说，弟兄们都砸进去了，铁血营就剩了咱们几个。咱们还回镇巴黑虎山吗？

大家都看着魏富堂，等了半天，才听见他斩钉截铁地说，走水路，奔安康蜀河！躲开王三春。

去安康，就意味着和王三春分道扬镳，这对魏富堂和身边仅剩的几个人来说是一场危机四伏的挑战。以王三春狭隘的报复心和残忍冷酷的治人手段，决不会放过已无任何反击能力的魏富堂。

蜀河镇隶属安康旬阳县，是汉江边一个有名的大码头。沿江而下就到了湖北，到了武汉。往南是大巴山深处的紫阳、四川。旧时的蜀河，三教九流汇集，青、红帮，袍哥，甚至河南的红枪会在此都有出没，这里是土匪、滥兵的天下，明面是山货、木材的集散地，实则是出售大烟、枪支的地下市场。

蜀河镇石板路，木头房，沿江依山而建。镇上不光有江下上来的新奇百货，还有不少美妙吃食，新奇穿戴。镇街上有佛教庙院、清真古寺、天主教礼拜堂和道教宫观，都是香火鼎盛，人来人往。魏富堂们靠了袍哥的关系，蜷缩在船帮会馆护国宫的一间堆房里。船帮会馆后门直通汉江码头，江里有来来往往的船，逆水而上可直达他们的老家宁羌。回家对他们来说不难，但是他们不敢。繁华蜀河对魏富堂，对十几个山里后生是极大诱惑和吸引，但是魏富堂有话在先，不许他的弟兄们走出房门半步。这个命令是定死的，谁不听话，莫怪他手里的枪不认人。

角落里，树虚弱地躺在草铺上。偷偷请来中医郎中给他包扎过，却在高烧之中，气息在若有若无之间。

老乌从外面侦察回来，告诉大家，码头警戒很严，墙上贴着告示，抓魏富堂和王三春，抓着各赏大洋五百。

逃离是必须的，既要躲过官府的严密缉捕，又要避开王三春的复仇追杀，能藏匿容身的地方只有更深的秦岭深山，除此之外他们无处可去。魏富堂爱怜不舍地看着躺在草铺上的树，迟迟下不了决心。

还是老乌，通过船帮的袍哥弄了条船，托人将树由水路送到汉中黎坪。一个半大孩子并不引人注目，将他送到办农场的陈汉处也是条不错的出路。

送走树，魏富堂和其余弟兄分散离开蜀河，钻进了秦岭。

魏富堂一行人，躲藏在佛坪县都督门。这里是古傥骆道上一个荒废的驿站，周围都是原始森林，往南八十里是华阳古镇，往东八里是佛坪县城。

在荒僻简陋的驿站，吃着从老乡家搜刮来的煮苞谷豆，魏富堂总是不能忘怀葫芦坝教堂的早晨，不能忘怀那些从未见识过的新奇。那样的日子是人应该过的日子，这样一比，不光是他的现在，就连刘庆福那看起来阔绰的土鳖生活，王三春那恣意的匪徒日子也实在算不得美好。人世间有太多不可思议的事情，他不知道的东西太多。凭他的脑袋想都想不出来的好，才是真好。土匪抢钱算什么本事，将那电话、汽车、洋家伙都使唤了才是本事！

在都督门藏匿的日子是魏富堂们休养生息的日子。查点铁血营的剩余，多是跟他一块儿从青木川出来的弟兄，大家不愿意离开他，愿意生生死死与他捆在一块儿。危难时刻显真情，魏富堂当下就和大伙儿结拜了弟兄。没有血酒，十几个人对着吊沟沟口的大石头磕了头，磕过头就是门内弟兄了，有福同享，有难同当，谁也不许背弃谁。

老乌自豪地声称，他们这十几个人是魏富堂的铁杆亲兵。

魏富堂的反叛做法惹恼了王三春。王三春得到魏富堂有可能藏在佛坪的消息，派他的手下干将郧天禄领着一帮匪徒直插佛坪厅城，要挖出魏富堂，以解心头之恨。

佛坪是道光五年在傥骆道上建立起来的“城”，距青木川近二百里，人口最多时是光绪八年，城里有居民两三千。这里有官办的板号，私人经营的店铺，城东有木场、铁场、纸厂，城南有汉白玉矿。查溯山民们的来历，大多是逃难、避祸的外来流民。他们性冷多疑，根基不深，治理他们，成为当地政府一件很麻烦、很棘手的事情。杀人如麻的盗匪，在外边不能伏匿，多潜于周围深山，成为隐患，成为佛坪的威胁。秦岭山地有它自己独特的小气候，往往是山外大旱山内丰收，形成鲜明对比。所以一遇山外饥馑之年，逃难的人千百为群，扶老携幼，拖家带口，络绎不绝，顺着山道迤逦而来。他们夜宿祠庙山洞、荒野密林，取石支锅，拾柴造饭。遇到当地农户，便租赁土地，借粮作种，临时搭盖草棚，以蔽风雨。老林地僻潮湿，阴气过重，狐狸所居，豺狼所嗥，收获颇为不易。颗粒无收者，亦不悲，继续前行；数年有获者，典当山地，渐次筑屋，安顿下来，改流民而成土著。

秦岭山地，永远是流民多于土著，在佛坪出现个把陌生面孔不是新奇事。

这年冬春交接之时，佛坪县城发生了一件大事，这件事彻底改变了这座城池的命运。

三月，山里天气还很寒冷，坡上的积雪还没有全部融化，山阴的冰还坚挺地垂挂着，巴蜀的暖风为高耸的鲁班寨所阻挡，成为那边频繁的雨水，成为这边浓郁灰暗的阴云。男人们窝在火塘前烤火，商量着狩猎的事情，女人们用铁片刮削着长了芽的洋芋，准备天晴晒成洋芋片，以补充粮食的不足。东门内的“荣聚站”传出赌徒们忘情的吆喝声和叮当的掷骰子声，乌烟瘴气的客栈里塞满了佛坪的赌徒。参赌的有城内的闲人，有守城的兵丁，也有不知从哪儿来到哪儿去的“闲打浪”。面孔有的熟悉有的陌生，无论熟悉与陌生，只要在赌桌上相遇，用不着介绍，都会成为对手和知音。

聚赌的人中有魏富堂和他的几个弟兄。魏富堂没有参与赌博，他在角落里，不动声色地看着吆五喝六的人们，他的一双眼，闪烁如星，透出警觉与不安。

在这天的赌桌上，魏富堂发现了一个异常陌生的面孔。其实他对往来荣聚站的人都不熟识，但唯独这个人引起了他的注意。此人鞋上的残雪，说明他来自南部的鲁班寨。那是一处险峻的高山，即便到六月，那里的雪也是很难融化的。鲁班寨上没有住户，连猎户也极少闯入那个领地，来人脚上没化的雪说明他是以极快的速度下山，一刻不停直奔赌场的。

行动这样急迫，必定有明确的目的……

荣聚站西边隔着学署是县衙门，县衙的院子里却早早透出了春意。内院“恕德堂”窗前那株单薄的迎春花，羞怯怯地开了两三朵，在料峭的风中微微颤抖。县长车正轨站在花前有些时候了，东边赌局吆五喝六的喊叫和西边监狱撕心裂肺的惨叫几乎同时传入这寂寥的庭院。这些声音他已经听惯了，正如那潺潺的水声和鸟儿悠然的长啼。车正轨的心在他的花上，花是他上任的时候从东面财神岭的财神庙移来，亲手栽在这里的。迎春三年来一直没开花，半死不活的，现在他要走了，花竟开了。他认为是一种吉兆，明天他便可以名正言顺地逃离这寂寞荒蛮的老城了。迎春花，在佛坪人心目中不是吉祥的花，尽管它开在百花之首，尽管它的娇艳鲜嫩为严冬带来春的气息，但因为它常常生长在墓地坟前而为老百姓所厌恶。车正轨不在乎这些，他认为花就是花，不要添加任何附会，从给人带来愉悦这一点来说，迎春和牡丹的效果是一样的。

车县长在佛坪的任期已满，行装前日就打点好，单等新县长张治来接班，交接手续一办妥，他立即回汉中交差。之后回老家休整半月是必要的，看看妻儿，听听秦腔，会会朋友，充分地享受那种久违了的“文明”生活……一想到马上就要离去，他有种如释重负的解脱感，四周重叠的山岭，艰险的道路，单调清苦的物质生活，理不清的政务捐税，连年的自然灾害，日甚一日的种烟贩烟问题，侵扰不断的匪患，让他心神疲惫，尝够苦头。初来时还抓过几个贩烟的，在西门外的滚水坝砍了，不让收尸，暴晒三天，以儆众人，就这烟也没禁住，事情反而越搞越难，越扯越复杂，让人头疼，他也没了心劲儿。现在好了，终于熬到头了。

车县长抄着手，看着他的花，打发着他在佛坪的最后一天。

新县长张治是掌灯时候到的。张县长进门的时候脸色不那么好看，说翻越秦岭冰坎是爬着过来的，一包行李还滚到涧里去了。他从来没碰到过这样的事，从来没走过这样的道路，从来没有遇到过这样半死不活的天气。直到迈进恕德堂门槛，他的腿还在发软。看到车正轨，他绝对是见到了亲人一般，拉着车的手半天说不出一句话来。

当晚，新旧两个县长在幽暗的县衙里对饮，没有其他人相陪。张县长为车县长送行，车县长为张县长接风。菜是山菜，酒是浊酒，如豆的油灯，半熄的火盆，两个县长默默地喝着……也没有什么言语，彼此都显出了难言的疲惫，一个是心累，一个是身累。说好交接手续明天一大早进行，届时县书记长及各科科长都要参与。

早早地睡了，两个县长打对头睡在二堂的东间。秦岭以南没有睡火炕的习惯，唯一的一张带帐子的大木床是为县长准备的，他们就挤在一起，挤在县长级别的床上。他们盖的是公家招待来客的被子，因为旧县长的行李已经捆起，新县长的行李还没有展开。两套行李清楚地分作两堆，堆放在二堂的地上。月亮从云缝间露出，透过窗棂照在上面，反出了阴冷的光。

许是被子的缘故，两个县长都感到气味的陌生，睡得并不踏实。

那日半夜，佛坪的城门悄悄地开了一道缝，闪进一拨动作敏捷的人，这些人无声无息直奔县衙。老百姓听到几声狗叫，听到了一阵急促的脚步声和低声的呵斥，很快一切又归于平静。山民们对这些微小的响动没有在意，早晨醒来时，人们从县衙进出人物的异常神色上，从那些没头苍蝇一样的行政人员身上，从那些交头接耳的兵丁脸上，才知道本县发生了大事。一打听，是车正轨、张治两任县长被土匪劫走了。土匪留下话来，让佛坪的人拿魏富堂去财神岭换取两位县太爷。

一时，佛坪城内人心惶惶。人们都奇怪，一县的武装，竟然没保护住自己的首脑，由着县太爷被绑架。知情者说，守城官兵一共不到三十人。那晚来偷袭的土匪，有快枪，有短枪，装备十分精良。有内线，偷偷开了城门，一行人轻车熟路直奔县衙……

佛坪人上哪儿去找魏富堂？他们连魏富堂是谁、什么模样也说不清楚。早晨，荣聚站的掌柜到县衙来报告说，住在他那儿的十几个客人一夜间走得无影无踪。掌柜的说，怪呢，那么多人走了，竟没发出一点儿声响，神不知鬼不觉的，什么时候走的连他这个店主都闹不清楚！

于是众说纷纭，有说十几个人和昨晚来的土匪是一伙的，有说八成就是劫匪索要的魏富堂，得到信息早早跑了。

第四天早上，有从山上过来的人说，财神岭庙后面有两具尸体，从穿戴上看不像农民。县上马上派几个人赶到财神庙，看见石头旁窝着两具无头尸首，从衣服上认出是两个县长。县长们被砍了脑袋，头顺着山坡不知滚落到什么地方去了，脖腔子喷出的血把很远的草都染红了。于是大家分一拨人去找头，分一拨人回城打造棺材。第二天下午，两具尸体裹着席片由山上被抬下来，装在仓促而成的棺材里。两口棺材停在西门外的接官亭。血的腥味，一往棺材跟前走就闻得见，吊唁，上香，烧纸，人们表现得很有节制。谁也说不清周围的人众中还有没有土匪眼线，谁也不敢保证在看热闹的人群中没有魏富堂……

两口棺材被埋在西门外靠近河边的滩地里。这里是经常处决土匪的地方，被处决的土匪头颅挂在城门上，尸体任凭野兽撕扯，惨烈而恐怖。这是历来县长警示土匪的绝招。现在，处决土匪的地方埋葬着被土匪处决的县长，好像是开了一场玩笑。

两任县长被杀，再没人敢来上任，有钱有势的人怕土匪继续绑票索要魏富堂，收拾细软早早地躲了。转过年开春，车正轨的家属来了，哭哭啼啼将灵柩起出，搬回老家去了。张治的坟依旧在西门外，长出了一棵歪歪扭扭的小树，孤独又寂寞。人们将他的坟唤作“张公墓”，对这位没在任上待过一天的县长反而生出许多好感和依恋。过了许多年，张家才来人将张治的坟迁走。人们说，张县长做鬼也在县上干满了他的任期，是个负责任的父母官。在鬼县长任职期间，佛坪没有新县长来主持工作。不是怕被杀不敢来，就是来了不敢在县上待，背着大印四处流窜，使佛坪的政府成为流亡政府。坚守在此的“县长”，只有那个死鬼张治。

一座县城就此荒芜、报废。这一荒就是近百年，这期间，人退了，树长起来了，草长起来了，熊猫来了，金丝猴来了。20世纪90年代，这里建立了野生动物保护区，21 世纪这里成了生态旅游的中心地带。至今，张公墓那棵歪歪的小树还在，那些堆放得乱七八糟的石头还在，县衙、监狱、文庙还在，已成了断壁残垣，只有当年那玩忽职守的城墙和城门，还抱愧地站立在夕阳中……

都是后话了。

多少年来，对于两任县长的被杀，一直无法正确解释。很多来佛坪老城旅游的人对此做出了种种猜测，土匪既非为财，又非为仇，何以杀害两个无辜官员？

魏富堂以他的机警、果断，从王三春的眼皮底下再次逃走。他没有想到，他的这个举动，使一座城池永远地消亡了。

抗日战争日益艰巨。秦岭山地的川陕路是为连接重庆大后方与抗日前线而修的重要交通线，其间屡屡受到土匪滋扰。政府终于下了决心，清除秦岭匪患，刻不容缓！这次是国民政府蒋鼎文亲自操办，蒋介石下有密令，不惜一切代价，剿灭王三春和他的部下。蒋介石怕的是王三春在陕西南部成立新的根据地，那麻烦就大了。

国民党军队七十三师师长谢辅三在剿匪行动中动用了炮兵，对着王三春所在的营地猛轰，王三春只好将队伍拉入山林，与政府军周旋于草莽之间。平时，王三春屠杀无辜，作恶多端，群众基础极差，所到之处不但得不到支持，反而屡屡遭受告密，被追剿得无处藏身，有时一夜要挪动五六次之多。匪徒看王三春大势已去，无东山再起的希望，便纷纷逃跑。到了年底，王三春数千人的队伍只剩了百余众。王三春自认为在秦岭山地是散兵游勇，神不知鬼不觉，其实他的行踪国民党已通过内线牢牢掌控在手中。

王三春在严密庞大的陕南剿匪行动打击下，成了孤家寡人。在末日即将来临时，他还没忘了报复魏富堂。他着人潜入汉中，借朱美人去看护孩子的时机将她绑了，装在麻袋里，写了名姓，着人偷偷扔在汉中行营门口，以图讨好政府。

汉中军警魏正先白得了个土匪压寨夫人，高兴之余自然要严加审问，无奈朱美人是个刚烈角色，开口大骂王三春，但也绝不向官府低头。几番大刑过后，仍问不出魏富堂的下落，魏正先无奈，将朱美人关押近两年，后来在汉中西门银珠桥斩首示众。

王三春最终的结局是弹尽粮绝，只剩下了他和老婆邓芝芳。狡猾的王三春最终也搞不明白，为什么他的行踪总是被准确掌握在追剿者手中，直到在大雪封山之时他和老婆邓芝芳被困在秦岭太平峪的山洞里。邓芝芳在最后关头仍旧盼着“表姐”能出来救她，无奈“表姐”已经没有了音信，下落不明。

王三春让邓芝芳扮作民妇，下山找粮。不料，下了山的邓芝芳由于嘴里的金牙而暴露了身份，被驻守当地的武装逮住。次日，邓芝芳给王三春带信上山，王三春扛不住，下山就擒。至此，这个在秦巴山作恶了二十年的土匪终于落网，被押往西安。

王三春被擒，轰动了西安军政界。省保安司令徐经济和一些高级官员纷纷到留守处去看王三春，他们要看看这个杀人魔王到底是个什么模样。有消息说，重庆的蒋介石也要见王三春，谢辅三已经做好了护送王三春去重庆的准备。一时，大土匪身价百倍。蒋鼎文执意将王三春留下，认为万一时局有变，在秦岭山区坚持游击战争，这也算个有用的人才。但是监察院院长于右任不同意，他认为王三春扰乱后方，破坏抗日，使陕南多少人家破人亡，不杀不足以平民愤。

1939年12月31日，王三春、邓芝芳被枪毙于西安西华门外。

魏富堂一帮人离家日久，大伙儿都挂念宁羌的家乡，有回家的打算。魏富堂带领着十几个弟兄不敢直接回青木川，跟随队伍中一个叫魏成伯的迂回窜到紧邻青木川的甘肃康县太平镇。这里是魏成伯的老家，他的堂兄魏成狄是康县武都地区有武装实力的大户。魏成狄在镇上有自己的练兵场，半山上有两座宽大四合院，山顶有钢筋水泥的碉堡。这个老魏平时住半山，风声一紧马上进入礁堡，成为当地武装到牙齿的大土豪。太平离青木川实则只隔一座大山，走小路翻山只需大半日便可到达，也就是说，魏富堂已经回到了自己家门口。

魏富堂和魏成狄一见如故。魏富堂有当土匪的实战经验，魏成狄有打点里外的才能和实力，都姓魏，东扯西扯还能拉上点儿亲戚关系。加上附近五马乡的大土匪周富尹，物以类聚，人以群分，三人一拍即合，结拜为把兄弟。周富尹慷慨地在五马街上临河给魏富堂盖了一座三进宅院，堂舍倚着山势依次升高，很是壮观。魏富堂和十几个青木川出来的弟兄住进大宅，明里是延续他爹做油坊的生意，暗里和武都地区权势勾结一处，干些不明不白的勾当。魏富堂用手里的钱开始做买卖。跟他软弱的爹不同，他不在广坪趸油，而是直接上汉中，上四川，中间少经了一道手，就多赚一笔钱。不光做菜油生意，还做灯油买卖。吃油，点灯，家家必需，是个万年长的赚头。魏富堂做生意头脑灵活，胆子也大，加上老乌一帮弟兄帮衬，有在汉中、广元坐镇的，有专门搞运输的，有在康县、文县及青木川地区出售的，生意很快红火起来。没一年，魏富堂便成了真正的老爷。

生意顺畅，并不代表生活愉快。这期间，是魏富堂情绪最低落的时候。朱美人的死让他觉得空虚，觉得生活再无甚希望，尤其是更加思念寄养在汉中的女儿魏妞妞，小小的没了亲娘，寄人篱下，甚是可怜，便有了把她接回身边抚养的念头。孩子的妈被魏正先处死了，魏富堂一遍一遍地设想朱美人临终的情景，美人临终也没将自己的行踪供出，是个绝对对得起他的角色，她是他的至爱，是他永生永世不能忘却的人。他常常在睡梦中见到朱美人站在床前，满身血污，珠泪滚滚。

在周富尹和魏成狄的张罗下，他们给魏富堂在当地提了一门亲事，即离五马不远太平乡唐家的女儿唐颖。唐家是乡里的书香门第，日子平和简单，老两口携一儿一女过着平常日子。唐颖是乡里中学的学生，性格温顺恬静，相貌姣好，从不多言多语，闲暇时永远是举着书本倚在窗前观看，典型淑女做派。只这一点便让魏富堂听了满意。

提亲时轰烈而壮观。魏富堂、魏成狄、周富尹三大巨头赶着三驾装满彩礼的马车进入唐家的时候事先并没有打过招呼，唐家以为是土匪打劫、豪强勒索，一时惶惶不知往何处藏匿。全家只那个放假在家的女学生站在堂屋静静地看着三个进入院子的彪形汉子，低声问，列位大爷有何公干？

周富尹说出来意，口气全没有商量余地，说完将魏富堂推到唐颖跟前，让姑娘相看。魏富堂看着姑娘秀丽的面庞、清澈的眸子，突然想起了葫芦坝搭救他们性命的小修女，两个女孩子的气质还真的有那么一点儿近似。魏富堂有些窘，但最终还是坦然地说，我得跟你说实话，我有过两个老婆，一个久无音信，不知所终；一个死了，留下个女孩。孩子需要个妈，一个通情达理、能识文断字的妈。你要是不愿意，我不强迫你!

唐颖说，这样的事情得我爹妈拿主意，我做不得主。说着抬头看了魏富堂一眼，回到后房去了。

老唐夫妇见三位当地大神是来提亲，非来索命，心里多少平顺了一些，但是直接拒绝他们哪里敢，便说唐家是当地老户，也是有根基的人家，武都太平乡习俗，结亲必须男上女家，并且改随女姓。魏老爷若是不能应下这条，后面一切免谈。

老唐家想的是魏富堂一代强梁，决不肯随意更名改姓，若这条应不下，便有了拒绝的理由。

魏成狄和周富尹两人面面相觑，他们都是本地人，自然知道当地规矩，知道唐家提的要求并非无理，都看着魏富堂等他回话。魏富堂想了想回答了一个字，行。

娶唐家的姑娘唐颖，就意味着魏富堂是唐家顶门立户的人了。最终与唐家商定的结果是，魏富堂改名不改姓，魏富堂改为魏辅唐，意为辅佐唐家。并且写下字据，魏富堂作为唐家儿子将唐家二老养老送终，供给唐家儿子即唐颖弟弟上学读书，直到他成家立业。据说唐颖弟弟受魏富堂供给读书很好，一直读到大学毕业，后来成了当地拔尖的外语教师。当然这是后话了。

自此，魏富堂在五马乡的大宅院里有了位贤淑安静的女主人，接来了寄养在汉中的魏妞妞。魏妞妞的性情随她娘，喜欢舞枪弄棒，开朗爽快，不喜读书，对学习新知识尤其没兴趣。魏富堂盼着唐颖能生养，希望能有一个甚至几个儿子，儿子们有学识，有教养，有品味，有风度，改变魏家无知的野蛮的基因，像教堂早晨明媚的阳光一样，让他的生活变得舒适明亮，充盈着文明文化的气息。他把改变家庭命运的希望寄托在唐颖身上，盼着唐家这个细巧静默的高中女生使他的生活有奇迹发生。后来唐颖随着魏富堂回到了青木川，一直到她病逝，并未留下一男半女。而魏富堂的名字在有些场合便出现了“魏辅唐”的写法。

这期间魏富堂嫁往广坪的姐姐魏富英又连着添了两个儿子，她的男人李天炳是独子，毕业后在县城给县太爷做秘书，人很活络，也还仗义，后晋升为县警察局副局长。李天炳在城里纳了妾，陪在身边。那妾因出身青楼不太光彩，也不敢往家带，没有李家媳妇的名分。李天炳老家的母亲还在，魏富英是正儿八经娶的儿媳妇，是所谓的糟糠之妻，没有嫌弃的理由。再者，他也需要个明媒正娶的夫人主持家务，伺候老娘。魏富英被人正儿八经称作李门魏氏，也被官面上的人喊作“李夫人”。随着丈夫李天炳的官运亨通，权势炙手可热，魏富英的生活也有了很大转变。三个儿子中，她最疼爱的还是小名叫树的老大李树敏。李树敏从王三春手里死里逃生，在黎坪陈汉的农场养伤大半年，见识了不少国外回来的文化人。到底是年少聪颖，又有跟魏富堂闯荡陕南的经历，被陈汉推荐进入了宁羌县第一高等小学，后来考上了宁羌一中，学习优秀，毕业后当了一段时间小学校长。李树敏喜欢狩猎，常常在假期纠集些朋友回到青木川地区来，在山中围猎数日不归。警察局局长告诫儿子，川陕甘边境情况复杂，让儿子少进山，免遭不测。李树敏哪里肯听，自信地说他当土匪的时候他爹还是个小小的秘书，跟山里各类人和畜生打交道，他比他爹有经验。

李树敏一头扎进老山林，像是有什么勾着他的魂魄，把校长的差事压根儿没当回事。

通过与警察局长姐夫的私下疏通，魏富堂带领家小弟兄们堂而皇之地回到青木川。半日山路，魏富堂拖家带口走得很慢。他和弟兄们自从被王三春席卷离开家乡，有几年时间了，这几年家乡发生了太多变化。他被王三春掳走不久，父亲去世了，所幸老娘还在，姐姐还在，青木川还有他的老根。骑马走在崎岖的山道上，魏富堂回望身后，是陇陕绵延不断的山峦，是坐在滑竿上抱着魏妞妞的唐颖和跟在后面的十几个铁杆弟兄。魏成狄和周富尹将他们送到阳坝山顶，与他拱手告别，下边的路已经属于青木川地界了，该由魏富堂独自去走。

青木川的日子，魏富堂将重新开始。

时近中午，一行人在石门栈道附近林子里歇息，偏巧汉中军阀吴新田给西安军阀刘镇华送礼的马帮从山路走过。一队骡马丁零当啷地慢慢走过来，押运的人好像困得厉害，扛着枪边走边打瞌睡。

也没有谁招呼，没有周密设计，魏富堂也没说什么，门内的弟兄们很自然地进入了角色，似乎是多年形成的本能，他们想干，能干，而且也愿意干的就是这个，劫！马帮在明处，他们在暗处。吴新田的马帮无论如何也没有想到，为了安全他们选择了这条极少人知道的道路，偏偏就在险恶的石门栈道遭到了劫持。凭借几支枪十几个人，打了几枪，一阵呐喊，乌合之众的马帮竟然丢下东西落荒而逃。

轻而易举的收获让大家兴奋，王三春的精神又在众人心中复活。是哦，当强盗的确是很简单，痛快！

劫下的东西是十担大烟。

他们当下商定，十担大烟由老乌领着几个人直接到四川广元出售。大家都比较心安理得，认为这是军阀送来的回乡之礼。

回到青木川的魏富堂，在姐夫的护佑下，摇身一变，成了陕南九县联防办事处处长，成了与王三春对抗的英雄。他以维护青木川周边百十里的治安为幌子，以青木川十几个铁杆兄弟为基干，开始招兵买马，在家乡堂而皇之地大干起来。

老乌将十担大烟卖了上万块大洋，丰厚的利润出乎了大家的预料。老乌回来跟魏富堂交代说因为是陕南自产大烟，质量较云南烟土差，这十担若是云烟，价格还能成倍往上翻。这笔钱，魏富堂给弟兄们悄悄分了。用分得的钱，他在镇南端给自己盖了一所宅院，一切仿照康县五马乡的样式，两进院落，依次升高，石雕精致，木窗玲珑，在镇上属于首屈一指的建筑。他又从山洼将老母亲接了来，住在高台阶的正北房内，雇了丫鬟服侍，极尽孝心。

魏富堂明白了，大烟能变钱，变很多钱。

回到青木川的魏富堂深谙自己的实力，财不多，田不连，权不大，势不壮，关键的是手里钱少。闯荡几年，魏富堂得出的经验是，要牢牢占住青木川这块谁也管不着的风水宝地，必须努力发展经济，把青木川的经济和军事实力提高到谁也管不了的程度。

十担大烟的收益给了魏富堂一种暗示，要致富，只要开山辟岭种大烟就是了。更何况种大烟这条发财之路绝非由他而始，盘踞在各处的军阀都在勒令百姓种烟，以满足军饷之需。

种植大烟，在民国政府统辖下是犯法的行为，带有冒险性质。魏富堂为谨慎起见，亲赴南郑黎坪陈汉的垦殖农场向陈汉讨主意。毕竟人家有着法国农业硕士头衔，比他这个大字不识的土包子有远见。

凭着差点儿被王三春开膛破肚的共同经历，陈汉对魏富堂的接待诚挚又热情，放下手里的事情，陪着他在黎坪里里外外地转了两天。黎坪风景秀美，茂林修竹，山溪清澈。陈汉的现代化农场里，大量农业机械是魏富堂没见过的。在陈汉引领下，他参观了陈汉在黎坪荒无人烟的山沟里建起来的稻米试验田，饲养场的猪、马、牛、羊，平坝上的酒厂、木板厂、食品加工厂，以及兴办的幼儿园、小学和职业学校。当时川陕水患严重，三万难民流入黎坪，被陈汉妥善一一安置了，一时深山黎坪一派兴旺景象。

如同葫芦坝教堂的西方文明引起的震撼一样，陈汉的现代管理和致富思路给魏富堂再一次开拓了新的思路。

傍晚，魏富堂在陈汉的西洋式二层小楼里喝酒聊天。酒是农场自酿的红葡萄酒，那味道和教堂神父的威士忌又有所不同，更有别于乡间自酿的苞谷烧，细腻得不便大口吞咽，只能小口细抿。菜是陈汉亲自下厨做的奶油蘑菇汤和煎牛排。一通西洋料理让魏富堂真真开了顿洋荤。同桌还有位大员，鄂陕甘边区警备总司令祝少洲，他是来视察农场治安的。祝司令话语不多，端着架子，不拿正眼看魏富堂。在司令眼里，恐怕魏富堂仍旧算是土匪。陈汉书生气，跟警备司令没有多少共同语言，只一门心思教导魏富堂如何使用刀叉。

太阳的余晖穿过院外一片茂密的杉树林，将西式门楼的影子长长地拖在院内方砖地上。喷水池喷出水花，月季花在甬道两侧绽放，小楼周围是一排排高窗平房，是农场的管理部门，西侧是个开会用的小礼堂，一切都简单明快，赏心悦目。这种风格魏富堂很喜欢，他一边学着用刀子切着牛排，一边思考，自己在青木川盖的宅院是不是过于繁杂封闭了，多了严谨少了开放。

末了，魏富堂扔了那把闪亮的小刀，说这刀远不如他腰里别着的尖刀利索，洋人的东西并不一定都很好使用。

陈汉见了魏富堂那把寒光闪闪的尖刀哈哈大笑，一边的司令祝少洲却在暗暗皱眉。

席间，魏富堂问陈汉青木川的土质可不可以种大烟，陈汉说罂粟不挑土质，但是种植地气候不同品质差异很大。魏富堂问陈汉在黎坪做没做过这方面的试验，陈汉说他的试验田里有稻子，有小麦，有燕麦还有藜麦，偏偏没有罂粟。陈汉看着祝少洲说，罂粟太敏感了，搞种植的人不能碰它们，沾上了这种东西是要掉脑袋的。

祝少洲皮笑肉不笑地咧咧嘴。

魏富堂当晚就要回青木川了，走之前问陈汉有没有大烟种子，陈汉果断地摇头说没有。他再次奉劝魏富堂不要种植大烟，害人害己。魏富堂说，在我的青木川，谁抽大烟我毙了谁，我说话算话！

陈汉说，有这样的志气甚好。

魏富堂走后没有多久，陈汉被捕，理由是在黎坪私种大烟，暗通土匪。这一切都是祝少洲操纵，祝、陈关系一直不合，祝少洲除掉陈汉之心由来已久，得知庙坝保长廖大学种植大烟，偷偷着人私下拔了，背到黎坪，栽赃陈汉。陈汉被关押的时日不长，经过一通草率的秘密审判，同年冬月被杀害在汉中城西门。

魏富堂在青木川大设灵堂，祭奠陈汉。作为一种对政府杀害朋友的报复，他决定跟政府对着干，广种大烟，改变命运。

在魏富堂的号令下，很快，青木川山上山下，罂粟一片灿烂。罂粟是草本植物，成效快，跟谷子似的，当年种当年收。青木川第一年收获的烟浆是三千大石缸，利润相当丰厚。以后利润年年翻滚，没有多久，这个僻远山乡便成为西北首屈一指的大烟生产地。

秦岭大烟与云南烟土相比，价格低廉，产量巨大。此地交通较云南便捷，更增加了秦岭大烟的生产活力，促进了当地的经济发展。大烟的收益使青木川繁华起来，二里长的街镇上开了数家大烟馆，每到夜晚，红灯高挑，烟雾缭绕，生意十分红火。伴随烟馆而生的是饭馆、赌局、妓院、店铺，其中规模最大的是魏富堂和弟兄们合伙开办的“富友社百货店”“魏世盛绸布店”“同济堂中药铺”“魏富堂制革厂”等。到了大烟收获季节，国内山南海北的烟贩子都云集到了青木川。街上，人头攒动，比肩接踵，茶馆酒铺，通宵达旦。声势之浩大，颇似今日的商品交易会。魏富堂在老宅旁边，又给自己盖了一处新宅院，仿照陈汉办公院落，全是西洋风格，花砖墁地，门窗高大敞亮，安装着亮闪闪的玻璃，门口设置了岗哨，房角埋藏暗碉。他购置了大量枪支弹药，将青木川的青壮武装起来，千余人的队伍有枪七百杆，包括八支美式冲锋枪、十支卡宾枪、两挺马克沁式重机枪。这样精良的武器装备，在中国，任何一支地方势力都无法与之相比。有了枪就有了势，有了烟就有了钱。魏富堂自命人民自卫队总司令，以绅士自居，成为山区土皇帝。

魏富堂的心里有一种对陈汉深深的愧疚，他记着陈汉的话，大烟“谁沾上谁死”。他清醒地认识到，发展种烟是一种手段，不是目的，他本人不抽大烟，也不许他的家人和部下抽，谁抽枪毙谁！

盛产大烟的青木川，遍布烟馆的青木川，竟然没有一个本地烟民。

青木川的热闹大大地盖过了宁羌县城。县长李风文坐不住了，在他的辖区内，魏富堂这样明目张胆地搞大烟交易太离谱，有碍县长的面子，就派警察局局长李天炳去青木川禁烟。李天炳说自己和魏富堂是亲戚，他的老婆是魏家的姑奶奶，再怎么说魏富堂也是自己的妻弟，姐夫不能缴小舅子的烟，就像自己不能咬自己的鼻子。他到了青木川就像到了广坪，在公务上有诸多不便，让县长另派人选。县长又派保安大队队长周瑞生带了保安队到青木川查烟禁烟。周大队长下到青木川，看到魏富堂的队伍超过自己几倍，又有李天炳的私下关照，遂连一株烟苗也没敢动，在镇上吃喝了几日，腰里装满了大烟土和票子，返县去了。他回去对县长说魏富堂是棵长满刺的铁甲树，不是撼不动，是无处下手。

李风文是祝少洲的手下，深知上司对这个半匪半绅没有好感，也深知魏富堂因为陈汉被杀的缘故对祝少洲的记恨，他决定给魏富堂一些厉害瞧瞧，他不信宁羌县竟然制伏不了这个种大烟的土豹子，便带着警保大队长伍夺元来青木川查烟。李县长还没动身，查烟的消息就传过来了，有人跟魏富堂通报了伍队长和李风文的厉害，说这个队长是个谁见谁憷的青皮，软硬不吃；县长李风文更是个六亲不认、刀枪不入、心狠手辣的角色。施秀才特意提醒魏富堂，李风文来者不善，听说这个县长是个极难讲话的人。

魏富堂的手下大山说，咱们黄猴山上那上千亩大烟正在灌浆，要不我赶紧派人铲了，免得招麻烦！

老乌不赞成，说那样损失太大。

魏富堂胸有成竹地说一切他都安排好了。

县长来的前两天，魏富堂便通知镇上各大烟馆，最近不许点红灯卖烟棒子，不许外来的妓女满街流窜，招揽生意。在魏富堂的指挥下，青木川镇上的烟收拾得干干净净，街道拾掇得一尘不染。

隔天上午，有人骑马来报，查烟的过了凤凰岭碉楼。

魏富堂吩咐，各就各位，准备迎接。

青木川大石牌楼下，一条“欢迎李县长莅临视察”的横幅大标语高高地挂起来。标语下欢迎队伍已经做好充分准备，队伍中有锣鼓家伙，横笛唢呐，扭秧歌的、跑旱船的、踩高跷的，五光十色。魏富堂动员全镇百姓沿街列队，夹道欢迎。凡来欢迎的，一人给三斤谷米。在谷米的利诱下，青木川家家户户倾巢而出，连走不动的老汉老婆也被搀着去站队。魏司令还有话说，脸上表情喜悦者，口号喊得响亮者，多奖谷米一斤。有四斤谷米在后头撑着，那天欢迎县长的队伍便十分阳光灿烂，十分热烈欢实。街牌楼正下方，魏富堂领着他的弟兄及青木川头脑们，恭敬站立，气氛既热烈又庄重。

山道上，李县长西装革履，骑着高头大马，目空一切，严肃前行，他的身后紧跟着全身戎装的伍夺元。一队人，有军人，有文职人员，挑着几杆镶边的竖旗，旗子上写着“查烟禁烟”“就地正法”等文字。队伍的最前面有洋鼓洋号开路，吹鼓手们满脸油汗地吹奏着行进的曲子。这支光怪陆离的队伍行进在阳光下的山道上，向青木川方向而来。

吹奏乐的声响传过来，魏富堂抬起手，那边李县长的队伍刚一露头，魏富堂手势下压，这边鞭炮立即响起，随之欢迎队伍活跃起来，花枝招展海洋水一般弥散开来，很快将县长的队伍淹没冲散。

县长的吹鼓手被挤得帽歪领斜，文武职员踉跄狼狈，县长的马儿嘶鸣不前，在人堆中乱转。那些禁烟的旗子在人群中一会儿飘在东边，一会儿倒在西边，不能直立……

李县长铁青着脸，十分恼怒。

魏富堂凑过来，一把抓住马笼头说，县长，老百姓是真心欢迎您哪，您看，都出来了！

李县长说，你这不是欢迎，是下马威！

魏富堂说，老百姓都是自发的。

李县长带着人众好不容易冲过牌楼，站在两边的学生就开始往县长身上撒花花绿绿的碎纸屑。这一套是老乌从山外学来的，很是时髦。县长对那些飞散的花纸屑睬也不睬，扬鞭催马，直奔洋楼，将魏富堂远远地甩在后头。魏富堂也不在意，紧跟着，也不骑马，赔着笑一通小跑。

在魏富堂新盖的西式办公院里，李县长在招待大厅正襟危坐，脸上没有笑容。伍夺元作为陪同坐在旁边，魏富堂和青木川首脑人物陪坐对面。李县长毫不留情开门见山地说，魏富堂，有人举报你在黄猴山上种了大烟，出售烟土，牟取非法暴利。

魏富堂坦言说，禁烟是民国宗旨，在下哪里敢对抗。至于黄猴山能不能种大烟，伍队长是陕南人，您应该知道……

施秀才插嘴说，黄猴山海拔太高，人爬上去都喘不过气。

李县长说，废话少说，我带着执法队，明天亲自上山查烟。你随我一起上山，如若发现半株烟苗，执法队就地处置，绝不留情！

伍夺元说，李县长办事铁面无私，已经在镇巴、城固处死几个了，在烟地里当场就地正法。

魏富堂说他的确没有种烟，如有半句谎言，甘愿接受县长制裁。伍夺元强调魏富堂是个狡猾的人，跟研究种植大烟的陈汉有过交情。种烟贩烟对于青木川这三不管地界来说是小菜一碟。当年魏富堂跟着王三春打劫葫芦坝教堂，命案累累，后来在汉中军警眼皮底下在蜀河逃之夭夭，这些账政府是要一笔一笔清算的。

魏富堂说他的民团团总是行署任命的，名正言顺。伍夺元说，听说是花钱买的团总，两万大洋的价码。

魏富堂说，谁又不是花了钱的?

说着拿眼睛扫了一眼李县长。

李县长说，以前的事不许提，以后要团结一致，精诚合作，为党国服务。

老乌报告说，青川楼的酒席都备齐了，请县长过去吃个便饭。

李县长不去，说，本人两袖清风，廉洁自律，素来不吃宴请，不收礼物，你魏富堂的八大碗大宴留给自己吃吧。

魏富堂说县长总得吃饭。李县长说，两菜一汤。

魏富堂说怎么也得四个菜。李县长说，就俩菜！本人不吃肉、不吃鱼、不吃鸡，越简单越好，让厨子把饭端到我住处，我自个儿一人吃，不跟你们厮混。

魏富堂建议让前清秀才施喜儒相陪，李县长干脆说，不用。

青木川头脑们称赞县长是廉洁的楷模，让大伙儿十分钦佩。

大家都去吃饭了，县长独自回到住处。

旅社走廊上，厨子端着托盘将午饭送到县长的房间，托盘上盖碗扣着两菜一汤，一碗米饭。施秀才侧身让厨子走过，说，还真是两菜一汤。

厨子笑着说，葱爆海参、红焖熊掌、清蒸鱼翅。

施秀才笑笑说，没肉、没鱼、没鸡，领教了。

李县长指望着警保队长到青木川来能帮他一把，却做梦也没想到他带来的伍夺元是个大烟鬼，这一点恰恰被魏富堂利用了。酒席上，一路风尘的伍队长酒也没喝，饭也没吃，只是打喷嚏，流眼泪，说是身体不舒服。吃过饭大家各自进屋休息，伍夺元却在房间里转来转去，坐也不是，站也不是。魏富堂的二等传令兵沈良佐上楼来送茶，伍夺元一把拉住沈良佐说，兄弟，我感冒了，头疼得厉害……

沈良佐说，我给伍队长请个医生去。

伍夺元说，看兄弟你是个通情达理的人，不瞒你，哥哥我想……抽口烟。

沈良佐说，大烟治感冒倒是来得快，过去我们这儿有那种东西，现在都禁绝了。要不，我去跟魏司令说说，让他想想办法。

伍夺元说，使不得，使不得，真人面前不说假话，这事就烦兄弟帮忙，别让你家司令知道。

沈良佐把伍夺元领到街西“芙蓉烟馆”。烟馆老板初始面有难色，说虽然开了烟馆，货却早让魏司令收走了，大半年没有进项，他准备关了烟馆改茶馆了。沈良佐让老板不要说茶馆的话，给伍队长治病才是要紧，队长在青木川要真有个三长两短，谁也担待不起。老板说他不是大夫，没有治病的本事。沈良佐说，伍队长是汉中重要官员，伍队长想要谁怎么的，谁就得怎么的，关谁个一年半载是轻而易举的事。他劝老板不要在伍队长跟前找不痛快。老板一听这话，将伍队长领到后院南面一个精致小间里，很不情愿地从柜里拿出烟泡，边打烟泡边对伍夺元说，魏司令下令禁烟，我们这儿早就不卖这个了，这是我自己藏了私用的。不是伍队长，我也不敢拿出来，让魏司令知道了可不得了。

伍夺元说，你家司令有这么厉害？

老板说，青木川的规矩，谁抽大烟枪毙谁，哪个敢拿性命开玩笑！

不过，伍队长是司令的上峰，不在此列，魏司令压根儿是管不着的。

伍夺元说，不要叫你们的人撞上才好。

沈良佐说，伍队长放心，老板是我的堂舅，是信得过的人，我才敢将伍队长带过来。我看伍队长和气好说话，才管这样的事，要换了别个，我才懒得招呼。

老板说，伍队长在这儿尽管放心歇着，保证万无一失。真有什么也不必慌忙，这间房的外头有条暗道，掀开板顺暗道走了就是。

说着，老板将伍夺元领到房西侧的一个夹道跟前，揭起地上铺着的板子，下头是条石板铺的暗沟。一股溪水在沟内淙淙流淌，沿沟而上，就是半山，那里有一片茂密的杉树林子，的确是个绝好的隐藏所在。

禁烟的伍夺元在芙蓉烟馆放心大抽，过足了瘾，精神大振，在当晚的饭桌上也喝得很痛快，把青木川的腊肉吃了好几碗。酒足饭饱，才觉得青木川真是个妙不可言的绝好地方。半夜，沈良佐送来了上等好货南坪烟土五十两。第二天一早，伍夺元给县长打报告说感冒了，让他手底下的人帮着去查查就行了。

当天晚上，魏富堂在他的办公室和他的弟兄们在灯下商量事情，应对第二天李县长到黄猴山的查烟。

魏富堂抬脸问大伙儿，都备齐了？

二壮从门外提进一个竹篓子说，备齐了，都是厉害角色。

魏富堂问李县长在干什么，老乌说，县长在灯下读书。

李风文的一举一动全在老乌的监视之下，他的确是在读书。吃罢饭的县长插上卧室门，关严窗户，拉严窗帘，室内就他一个人的时候，县长一改白日的严肃，手舞足蹈地打开小箱子，拿出一本春宫图，蹦到床铺上细细看起来。

第二天是个大晴天，县长睡到日上三竿才起来，慢悠悠吃了早饭，打听伍夺元在干什么，怎么没出现。魏富堂说伍队长昨天感冒，夜里高烧不退，现在正捂着棉被发汗。队长不出勤务，他的兵们自然也放假了，这会儿都在街上逛呢。

县长哼了一声说，关键时刻掉链子，不中用的东西。

魏富堂陪着查烟的县长来到黄猴山下，一条小路迤逦向上，陡峭滑溜，路边没有一棵树，没有一处阴凉。阳光火辣辣地照射着，没有风，天气火热。

李县长身边只带来了三个文职随从，伍夺元的武行们一个没出现，谁也不愿意在这样酷热的天气登山暴晒。李县长的文职随从们夹着文件夹、背着水壶、挂着照相机，一个个弱不禁风的模样。老乌说，这天热得下火似的。

魏富堂说，黄猴岭上净是石头没有树，县长小心别中暑。说着把自己的草帽摘下，扣在县长脑袋上。草帽上浓重的油汗味让县长几乎窒息，想一把抓下草帽扔了，但是看了一眼头顶的红太阳，忍了。

县长问，这山多高?

老乌说，没量过，反正不低。

旁边文职随从翻开资料回答，两千八百米。

县长问，现在我们在哪儿?

文职随从说，五百米。

魏富堂说，县长事必躬亲，精神可嘉，其实也不必非要上到最高处，只需走到上头那块大石头处，就能看到南坡全貌，从下往上看和从上往下看效果是一样的。

李县长热得不住地扇风，没上山，脸已热得通红，朝后伸手喊，水！

背水壶的文职随从赶紧递上水壶，县长使劲儿喝水。背文件夹的建议，县长，要不咱们等太阳下山，天擦黑凉快了再上去？

背照相机的不干了，说，现在光线正好，天黑了上去照个鬼！

魏富堂告诉大伙儿，用不了多少时间就上去了。让当地老乡走，也就是一袋烟的工夫。

说罢带头往上走。

高陡的山路，一行人爬得艰苦卓绝。李风文汗流浃背，走几步便停下来，大口喘息。有几次脚下站不稳，往下出溜。县长赌气说，叫他妈什么黄猴山，我都快折腾成猴了！水！

随从摇摇水壶说，没了。

魏富堂训斥老乌，责备他想得不周，没把茶壶给县长背来。他凉了几壶上好的宁羌毛尖在办公室，竟然忘了让人带上来。一听到凉茶，县长显得更渴，索性站住不走了。老乌说眼下没有凉茶，沟底下有凉水，他可以下去灌一壶上来。李县长说算了。县长问前头还有多远，魏富堂说，快了，以您这速度到垭口那块石头还得半个钟头。

李县长向上望，一块大石在很高的地方，要爬上去，还得费大力。头顶的太阳猛晒着，四周白花花一片。县长心烦意乱地问，这片地界怎这么热？

魏富堂说，山洼窝风。

文职随从提醒，这样的环境最适合罂粟生长。

山垭口大石头背后，埋伏着大山和民团两个兵丁，他们居高临下地看着走在山路上的一行查烟的人。一个民团兵丁说，是时候了，这些人只要再往上走十几步，就能看见南坡的大烟了。

大山说，吓唬吓唬这龟孙子。

几个人噼里啪啦放了几枪。

听见枪响，李风文吓得一屁股坐在地上，惊恐四顾，哪儿打枪？哪儿打枪？

魏富堂和老乌也做出警戒备战状态，将县长护在中间。老乌说，准是刘豁子那帮人。

李风文问，刘豁子是谁？

魏富堂说，刘豁子是流窜在黄猴山的一股土匪，专在这一带杀人越货。几天前还绑了一个甘肃药商，让人拿钱去赎，钱没凑够，昨天在大石头那儿把药商削了脑袋。

李县长问刘豁子那帮土匪有多少人，老乌说大概有一两百。魏富堂纠正，没那么多，顶多七八十。李县长说，咱们只有六个！咱们在明处，他们在暗处……

魏富堂说，咱们尽量不让他们收拾。县长不必害怕，有我跟老乌在，保证专员安然无恙。

山垭石头后面，大山学了一声鸟鸣。

山道附近，躲在不远处的二壮把身边篓子掀开，将逮来的一篓子花蛇顺着草丛撒向山道。

蛇顺坡而下，扭曲着，翻滚着，塞满了狭窄的山道。

文职随从见了蛇，顾不得县长了，撒腿就往下跑，边跑边喊，蛇！蛇！

魏富堂说，眼下正是长虫找媳妇的时候，这些家伙脾气暴躁，几十条纠结在一起打架，见谁咬谁。

还没待魏富堂说完，李县长已经狂奔下山了。

魏富堂、老乌相视一笑。

魏富堂以他的狡诈，以他施展的一个个小手段，在青木川游刃有余地发展着他的烟土事业，腰包日渐饱满，势力日渐稳固，成了在三省交界处首屈一指的人物。

在家族中，女儿魏金玉是魏富堂的第一心肝。魏金玉之外，他喜爱的第二个人就是他的外甥李树敏了。

有校长身份的李树敏戴礼帽，穿皮鞋，温文尔雅，面目和蔼，全没了曾经跟着舅舅干过土匪的痕迹，在母亲和舅舅跟前，从来是低眉敛目，极尽孝顺。李树敏来魏家大院看舅舅，离院很远就下马，掸衣整冠，提着蒙有红纸的点心包，毕恭毕敬地走进舅舅家的大门。点心包里包的是核桃馍，是宁羌特有的吃食。宁羌北街一家不大的铺子，掌柜姓王，以专烙核桃馍而闻名。邵力子在陕南期间，点名要吃宁羌王家核桃馍，每每着人来买。李树敏知道舅舅爱吃核桃馍，每次从县城回来都要捎带一包，亲自给舅舅送来，以示孝心。

无形中，魏富堂把个外甥当了儿子，但又觉得这个“儿子”过于自我，已不是当年完全依赖他的树，和他的心总是隔着一层，让人有些摸不透了。

魏富堂和李树敏彻底分道扬镳是因为烟。那年，已经是校长的李树敏春节陪着母亲到青木川来看舅舅，其时李树敏在宁羌已经抽上了大烟，烟瘾犯了，偷偷摸摸溜进了烟馆。青木川是什么地方，青木川的一切都在魏富堂的掌控之下。李树敏前脚进了烟馆后脚魏富堂便怒气冲冲地追了进来，站在院里霹雳般一声大喊，李树敏！

烟馆老板赶紧上前周旋，阻挡魏富堂往里走。魏富堂推开老板问，他在哪儿？

李树敏躺在后院单间内，刚抽了一口，小伙计闪进来轻声说，树爷，您舅舅来了！

李树敏一翻身从烟榻上滚下来，慌乱说，倒霉，怎么撞他手里了！

小伙计说，树爷您赶紧从暗道走了吧，别磨蹭了。

小伙计引领着李树敏到暗道口，掀起盖子，李树敏低头往里钻。啪，一只脚将井盖踩住，是魏富堂。

魏富堂二话不说，将李树敏拉到烟馆大门口。小学校长在烟馆里抽大烟被舅舅抓了，这件事本身带有戏剧性。加之正月，大家都在闲暇中，烟馆门口很快围了不少人，有本地的，也有外地的。施秀才领着学馆的一群孩子路过，孩子们钻到众人前面，眼巴巴看着广坪小学狼狈的校长。

魏富堂对着台阶下的众人说，当初立下规矩，青木川种烟贩烟不许抽烟，谁抽枪毙谁，镇上每个人都是签字画押的，这个大伙儿都明白，李树敏更应该明白。

李树敏说，舅，我错了。下回改。

魏富堂说，没下回了。你知道该怎么处罚不？

李树敏说知道。魏富堂说知道就好。转身对老乌和大山说，拉到街口毙了！

老乌和大山没动。李树敏说，舅，你真毙我？

魏富堂说，我是当真的。

李树敏有些不以为然，看了看众人，调侃说，我舅要毙我……

围观者也权当看热闹，没有当真。有个老汉说，这是儿子脱了裤子被老子打？

李树敏一脸轻松，气氛总是严肃不起来。

突然，魏富堂掏出了枪，众人忽地惊呼后退，李树敏的脸色立刻变了说，舅……我真错了，看在我在葫芦坝给你挡枪的分儿上……

魏富堂吼道，这是两码事！青木川人抽大烟者，格杀勿论！乡约上写得明明白白，单此一条，没有任何附带条件。

魏富堂姐姐听说了这边的情况，奔了来，跌跌撞撞冲进人群，大声求情，富堂，树他知道错了。大过年的，看在姐姐的分儿上，你就饶了他吧。他是你外甥啊！

魏富堂摇头。魏富英深知兄弟的脾气，扑通一下跪在魏富堂脚下。哭泣着说，姐姐给你……跪下了……

魏富堂说，我饶了他，大伙儿立下的规矩饶不了他！

说着，魏富堂揪着李树敏的领子将他拖出人群。李树敏有些急了，大喊，施先生，你救救我……

施秀才说，富堂，你不能啊！

老乌、大山从魏富堂手里接过李树敏，果断说，交给我们了！

两个人如提小鸡一般，将李树敏提过街口门楼，接着传来啪的一声枪响。

魏富堂姐姐昏倒在地上。

事后人们知道，老乌并没有将李树敏击毙，放他一马，让他速速离开了青木川。老乌回来向魏富堂交代，李树敏是广坪人，虽是当地外甥，可并不属于青木川，魏富堂禁烟的公约适用于青木川却不适用于广坪。更何况，李树敏从来没有在青木川的禁烟公约上签字画押过，大家签字画押的时候李树敏在汉中上学，所以枪毙李树敏是绝对不正确的。

大家都觉得老乌说得在理。

几年的土匪生涯，使魏富堂变得谨慎而多疑，他用警惕的目光看着青木川以外的一切。

除了到西安迎娶赵氏姐妹，他再没有走出过青木川一步。

六

许忠德写的《青木川纪事》，让一个完整的魏富堂活灵活现地站在了冯小羽面前。这些素材几乎不用怎么润色就是一部完整的艺术作品，足见作者扎实的文字功底。在冯小羽的感觉里，魏富堂在青木川固然叱咤风云，但缺少的是彻底改变这一地域文化的具体实施者，而这个实施者就是她一心要找到的程立雪，可以说没有程立雪便没有青木川后来人心的改变，没有青木川不能拔除的文化内核。父亲对她的想法坚决不支持，父亲说与其捕风捉影猜测一个虚幻女子，不如将精力花在林岚这个革命女性身上，让后辈人从为新中国捐躯的烈士身上学到一种精神，也不枉烈士洒在青木川的一腔热血。冯小羽说林岚是林岚，程立雪是程立雪，一个是傲雪红梅，一个是空谷幽兰。相比较，她对幽兰更有兴趣。

对女儿，冯明一点儿办法也没有。现在的年轻人，想法怪得很，提到革命，反应极为平淡。他挂在嘴边常说的话是，没有革命能有今天的好生活吗？能有这红日高照的艳阳天吗？能有你冯小羽吗？把你踢到万恶的旧社会去受一受，过过吃不饱、穿不暖、当牛做马的日子，就知道什么是革命了。

冯小羽记得，按照安排，父亲今天要在青木川召开座谈会。她赶到当年魏富堂的西式办公院，看见父亲在院里阳光下坐着，背后是魏富堂当年的客厅，是人来人往的热闹地方，现在是镇武装和防汛部门办公的所在。张保国已经将茶几摆在院子里，摆上了应时的水果，玻璃茶壶里满满沏了一壶当地的老鹰茶。张保国在旁边尽职尽责地陪着，一脸的恭敬和小心。郑培然老汉也过来了，晃着满头白发坐在父亲对面大谈Microsoft Word软件多么好用，出现了死机的情况他是怎么处理的。父亲是一副心不在焉的样子。父亲来这里，不是来听电脑课的，Word那鬼东西是方的是圆的跟他没一点儿关系，父亲对电脑有着本能的恐惧和拒绝。冯小羽明白，必须截住郑老汉有关电脑的话题，否则父亲会不客气地下命令让对方闭嘴。年过古稀，父亲好像越活越贴近真性情，他什么也不怕了，什么话也敢说，什么人也敢骂，没有顾忌，不讲情面，常常让人难堪。

冯小羽搬了个小板凳坐在父亲旁边，说她昨晚做梦梦到了魏富堂，她问父亲真实的魏富堂长什么样子。

冯明巴不得话题有了转变，不假思索地说魏富堂五短身材，皮黑似漆，一脸络腮胡，两只突眼，为人既狠且愚，人称活阎王。郑培然说青木川的人从来没人叫魏富堂活阎王，说魏富堂有一米八几的个头，眼睛突，是瞪人的时候，平常也是双眼皮，大眼睛。他的女儿魏金玉是美人，女儿美丽，老子能错了？现在在后山种菜的魏富堂的儿子魏漱楷，那就是当年魏富堂的再现。魏漱楷皮肤白皙，浓眉大眼，举手投足跟他爹如同一个模子刻的。怎能说皮黑似漆，一脸络腮胡？

在冯明和郑培然的叙说中，魏富堂完全是两个人，一个是相貌丑陋，既狠且愚；一个是排场出色，浓眉大眼。郑培然说，原本也是有照片的，冯教导在的时候把魏富堂的一切铲除得干干净净，没有一点儿痕迹留下来，到今天，魏富堂的相貌就由着人去说去想了。

这话说得冯明很受用。他点点头说，革命必须要彻底，不留后患，后来很多地方的地、富、反、坏、右都搞过反攻倒算，记变天账，青木川就没有。我们把反动的势力彻底打烂了，人民翻身当家做主不是虚的！

冯小羽说她在地区资料室查出过当年公审魏富堂大会的照片。她这么一说，几个人都很兴奋，特别是张保国，问照片上都能看出谁，有没有他爹。冯小羽说年代太久，又是远距离，全景式，谁也看不清。既找不到他的父亲也找不到魏富堂，只看见一个小人在讲台后头站着，前面黑乎乎一片人。郑培然说那个小人定是赵家坝的三娃子，公审会上发言的就他一个，一件事来回地说，翻来覆去就是魏富堂怎么怎么杀了他爹。冯明说他还记得赵三娃，那是个苦大仇深的孩子，他的爹是让魏富堂枪毙了的，那是魏富堂的一桩重要血案。单是这，魏富堂就该杀。郑培然说魏富堂枪毙三娃子他爹是因为三娃子的爹抽大烟还偷了人。青木川的人不许抽烟，大家都在公约上按了手印画了押的，连女人也不例外。三娃子的爹按了手印画了押还要抽烟，还要偷人，全是自己找死。冯明说，他偷，是因为他穷，他不偷就要饿死，穷则思变！

郑培然说不是所有的穷人都偷人，三娃子的爹穷是因为抽，抽光了家产，抽没了人格……

冯明说，反正三娃子的爹是被魏富堂给杀了的，这笔血债我们会永远记着，我们的子子孙孙也会记着。

郑培然说，还说什么子子孙孙，到了三娃子这儿就已经忘得光光的了。三娃子的儿子跟他爷爷一样，也是抽，比他爷爷瘾还大，进了三回戒毒所毛病也没改掉。

青女说，三娃子的老子、儿子都有嗜好，也是遗传，他们家到现在还穷得常揭不开锅。

郑培然说，他那儿子的打扮就特别，青木川独一份儿，红头发，跟镇东的佘家成天混在一起，给佘家从外头往山里一趟一趟背东西。

冯小羽已经猜出，他们说的三娃子吸毒的后代肯定就是他们在公共汽车上遇见的那个红头发，不招人待见当时就显露出来了。

冯明说那天开公审会发言的不止赵三娃一个。他记得发言的人很多，很踊跃，人们争着抢着往台上跑，控诉恶霸魏富堂罪状，字字血声声泪，人人都有一本血泪账。那天的口号声在川道里久久回荡，震得林子里的鸟儿不敢下落。魏富堂跪在台子下面，脸色死灰，头上戴着纸糊的高帽子。

说到这儿，冯明突然住了嘴，噢，魏富堂当时没戴高帽子，戴高帽子的是他自己。那是“文革”的批斗会，他戴的纸帽子有二尺高，上头写着“顽固不化的走资派”，跟青木川的会是两码事。记忆在这儿有点儿乱。他想起来了，魏富堂的脑袋是光着的，头天夜里刚刚被剃了。魏富堂的旁边是他外甥李树敏，李树敏在地上半跪半趴，不时地被站在他后边的解放军提起来。他在台上感觉到，在无产阶级专政强大威力的震慑下，李树敏的灵魂已经出窍。他还记起来了，开公审会那天早晨，他遇到过眼前的郑培然。他遇到郑培然的时候，郑培然提着糨糊桶在刷标语。冯明把这记忆说给郑培然，郑培然惊奇地说，你还记得那天的我？

冯明说，记得，不但记得，而且记得一清二楚。

开公审会的时候，辅仁中学的学生们都规规整整在操场台子跟前坐了，唱着“解放区的天是明朗的天”。郑培然是个例外，他要在大会之前把手里的标语贴好，这是老师黄金义的安排。黄老师让郑培然在树上、墙上、石头上、篮球架上都贴上革命标语，能“武装”的地方都要“武装”起来，要显示出公审会的政治气氛，这是冯教导员的命令。

公审会那天的冯明，挺拔利落，英气逼人，换上了警卫员头天为他洗的军装，打上了新的绑腿，早早地往会场而来。这是一个重要的日子，分区首长要来，地区政府领导要来，报社记者要来，十里八乡的农民兄弟要来。将地主土匪恶霸魏富堂、李树敏绳之以法，为劳苦大众报仇雪恨，这是大事。1952 年春天的这个早晨将是一个让他和青木川所有百姓永远记住的早晨，是历史的转折。

在解放桥上，他遇到了郑培然。这个辅仁中学的应届毕业生原本要到县里读高中，冯明让他暂时留下来，说在革命的关键时刻，青木川需要他这样有文化有眼光的当地青年。郑培然说帮忙可以，不过他的志向是要考大学，学工业，将来要造魏富堂乘坐的那样的汽车。冯明纠正他说，这不是帮忙，这是党和人民的信任，是干革命的大事业，是时代赋予你们这一代年轻人的重要责任，一定要勇敢地承担起来。冯明的态度是诚挚的，绝不像以后说的那些空话套话，听着冠冕堂皇，其实屁事不顶。当时冯明的一席话说得中学毕业生郑培然满腔热血沸腾，心甘情愿地留在青木川刷标语了，把造汽车的事暂且搁置起来。让他没想到的是，这一搁就是一辈子，再也没有机会拾捡起来。当然，当时郑培然的留下也是发自内心的，没有一丝个人得失的计较在其中，他完全把自己交给了革命事业，交给了刚刚起步的共和国。那天两人在桥上相遇，冯明看到满身糨糊的知识青年郑培然，内心十分感动，他想起了郑培然要造汽车的志向，分手的时候拍了拍郑培然的肩说，好好干，革命成功了，国家会送你上北京读大学，学造汽车。

郑培然大声回答，绝不辜负党的期望，时刻准备着为共产主义而奋斗献身。

郑培然的心里确实是很激动的，说献身的话是想到了教导员才牺牲了的未婚妻，那个美丽的女子是被土匪用很残忍的手段杀害的。教导员能将巨大悲伤强压心底，仍然斗志昂扬、充满激情地干工作，让他这个中学生敬佩。什么是革命者啊，这就是革命者；什么是忘我啊，这就是忘我！所以，冯明在拍郑培然肩膀的时候，郑培然内心竟有一股隐隐的怜悯情绪在生成，这种怜悯情绪和时代的滚滚风雷有些格格不入，眼神就有些游离。

处置李树敏的当天，黄花在斗南山庄的灶屋生了一个男婴。土改时黄花本应该随着李家的人一起被扫地出门，那天是刚看完汉中文工团来青木川演出的歌剧《白毛女》，有谁议论大肚子的黄花是个“没逃进深山的喜儿”。说喜儿被杨白劳抵了债，黄花也是被她爸爸抵了债的；喜儿被黄世仁奸了，将孩子养在山洞里，黄花的肚子也凸起来了……工作组想树个青木川“喜儿”翻身解放的典型，把这个任务交给了张文鹤，让张文鹤去启发黄花的阶级觉悟。张文鹤是本地人，有些话“好张嘴”。

张文鹤去了，没有一袋烟工夫回来了，谈话的结果让大家失望。原来是“喜儿”自愿跑到少爷床上去的，理由很简单，她妈在镇巴让王三春的铁血营杀了，她跟着她爹从镇巴逃到广坪，她爹把她卖进李家当丫头，干粗话，吃黑馍，挨了不少打。自从跟少爷有了关系，肚子有了动静，她便能吃小灶了，有精白米还有新棉袄穿了。冯明对张文鹤的谈话结果不满意，把“喜儿”喊了来，亲自启发，是不是李树敏强迫？黄花老实说是和她父亲商量好了的，是父亲的主意，没人强迫。这样一来，跟歌剧《白毛女》唱的就不太一样了：“杨白劳”非但没喝盐卤自杀，反而鼓动“喜儿”上黄世仁的床，让喜儿争取当上黄太太，不说承袭家产，至少也要争取个衣食不愁的好日子……冯明不好再说什么，让黄花以后多参加学习，提高觉悟。从此再不提什么喜儿和杨白劳的话。

郑培然自己带着保温茶杯。他虽是本地人却喝不惯老鹰茶，嫌老鹰茶味冲刮油。他一向喝的是瞿家大院门口几十亩老茶地产的雀舌。这片茶园是后来瞿家后人操持的，产量有限，还能造出带茉莉花味儿的雀舌。他说瞿家人有文化，懂得茶，活得细发。郑培然把手里的保温杯举到冯小羽跟前让她闻，果然茶味很不一般。郑培然对冯小羽说，这回冯教导说的跟我记的还真是出入不大，因为我那天负责刷标语，所以有一个细节我看得最清楚。冯小羽鼓励他说，郑培然说那天在押着魏富堂从斗南山庄登上石板路的时候，短短的几步路，魏富堂还真是闹出了一点儿小风波。

问题出在去学校操场的石板路上，那条路有处宽有处窄，窄处只能容纳三两人并行，一行人上了石板路，几十双脚踏在青石板上，发出了噼啪的声响。魏富堂被人拽着，吭哧吭哧喘着气，明显地踏出了不和谐音。郑培然提着糨糊桶站在路边，因了郑培然和糨糊桶及那些红红绿绿的标语，那段拐弯的路就显得有些狭小，押解魏富堂的队伍不得不放慢了速度。有些群众为观望清楚，站在路边的山坡上。因为人多，让他们退后已经不可能，好在坡上的观望者以妇孺居多，对安全不会构成威胁。郑培然的身后站着一个穿着蓝旗袍的女子，女子齐耳短发，皮肤白皙，脚上穿着一双皮鞋，消瘦的面容显出勉为支撑的病态。她怀里抱着一叠厚厚的绵纸，沉静地看着迅速走近的队伍。人们认为，这个抱绵纸的女人应该是和郑培然一起张贴标语的，谁也没有在意她。随着队伍的行进，魏富堂出现，坡上观望者一阵骚动，纷纷后退躲闪。郑培然想往后闪却不可能，身后女子没动地方，好像那儿就是她的位置，她就应该站在那里。

魏富堂低头走过女子身边的时候，猛地一侧脸，目光越过郑培然，正好和女子相对。女子的目光是柔和平静的，没有愤怒，没有卑怯，没有哀怨，如同一尊雕像。女子清丽的脸庞和她身后的蓝天白云，应该是留在魏富堂人生道路上的最后画面，自此他的眼睛再没有睁开。郑培然说，这个细节就在他的跟前发生。魏富堂在拐角的侧目不是偶然，是看到了那双穿着皮鞋的脚。那双脚在魏富堂的视线中突现时，魏富堂立刻明白了，是谁在这里等待他，跟他做最后的告别。他不能不回应，冒着绝大的风险侧过脸来。只这一下，让他付出的是绳子更紧地勒进脖颈，几乎让他窒息晕厥。

冯明反驳说他不记得有这样的事情，枪毙土匪恶霸是件很严密的事情，绝不是“文革”走资派游街，谁都能往跟前凑，谁都能摸一把扇一巴掌。他记得清清楚楚，公审会前他亲自做了部署，提前两小时将道路警戒了，无关人等都坐在操场上，不能胡乱走动。

两人的回忆立刻有了分歧。郑培然说他没记错，他的记性是青木川最好的，到现在他还能背出辅仁中学的校训，这个校训除了他以外，青木川再没人记得了。冯小羽问辅仁中学校训是什么。郑培然说是“率性之谓道，修道之谓教”。冯明说这个校训不好，充满迷信色彩，修道修道的，像是老道似的。郑培然说校训是女校长谢静仪挑选的孟子的话，这个“道”是天下之道，自然之道，人生之道，跟道教没有关系，是说教育对人的重要性。

郑培然没有点破，冯小羽自然猜出穿蓝旗袍的是谁。冯小羽说她要到学校的坡上去看看，说不定蓝旗袍还在那儿站着。张保国说，作家说话就是艺术，让人浮想联翩。

看冯明的座谈会一时开不起来，冯小羽决定出去走走。她出了办公楼往学校方向走，迎面看见了那座带篷子的桥。昨天天黑，从河边路过时忽略了这座建筑。彩桥横跨两岸，在山水间显得突兀张扬，“飞凤桥”三个大字倒是刚健遒劲，气骨峥嵘。桥下川溪清澈见底，水汽氤氲，托出桥梁的斗拱飞檐，青瓦雕栏。冯小羽想起刚看过的美国电影《廊桥遗梦》，一个单调的木筒子桥，小题大做、大惊小怪地好啊好。要是把青木川的廊桥搬过去，那个爱情故事不知会怎样演绎哩！

桥下，两个女子蹲在溪水边洗菜，昨天同车来的那个红头发正倚在桥栏杆上往下丢石头，下边的骂，上边的嘻嘻笑……

许忠德老汉从桥那边走过来，赶着要参加冯明的座谈会。冯小羽先称赞了许忠德的《青木川纪事》写得生动真切，又说那边人不齐，座谈会暂时开不起来，有郑培然在那儿陪着说话呢。许忠德说，郑培然什么也说不出，郑培然患了老年痴呆症，早先的事情一大半记不清楚。有一回会上发言，控诉旧社会，又是浮肿又是要饭，把人听得泪水涟涟。一问是哪一年，1961年！冯小羽说，郑培然自称是青木川记性最好的，连学校的老校训也记得清清楚楚，还知道Microsoft Word。许忠德说那是郑培然通这路，郑培然要是不留在青木川，出去上学，他能当科学家，发明宇宙飞船，中国第一个上太空的就不会是杨利伟，得是郑培然。

冯小羽称赞“飞凤桥”三个字写得好，问是谁的书法，许忠德说，在下不才。

冯小羽说这桥红红绿绿，描绘得很花哨，跟凤凰的名字般配极了。许忠德说桥也改了许多回名字，各样的人在上头也题过许多回字，换来换去，桥换字换，前年才修了这座雕梁画栋的，外表看着是实木，其实内里都是水泥。还是过去那座木头的“风雨桥”贴切，人走在上头沉稳踏实。冯小羽问木头廊桥是什么时候修的，许忠德说是六十年前。那时他还是个少年，也是参加了修桥的。修廊桥是谢校长的请求，学校在镇南边山坡上，学生上学要过河，没桥不行，没有带篷的桥也不行，她说她的学生上学不能让水湿了，让雨淋了。

冯小羽说，校长说修桥就修桥，魏富堂听校长的?

许忠德说，校长提出什么要求魏富堂都答应，校长是为青木川的孩子们好，这一点魏富堂很清楚。

许忠德说，修桥时钱、料全由魏富堂出，青木川的青壮和学生家长出工，工具自备，为自己建桥，一律不计报酬，完全白干。魏富堂充任监工，全镇的人干了几个月，才把桥板铺上。有天早晨魏富堂到工地检查，桥下头的人在抹桥墩的缝子，上头的人在给桥面洒水。魏富堂刚从桥这头走到那头，桥就塌了，桥上的人受了重伤，桥底下的全砸死了。尸体打捞上来，齐刷刷摆了一河滩。青木川人说，若不修桥也死不了这些人，祖祖辈辈蹚水渡河也没见把哪个淹死。修桥做啥子么！一多半人不想干了。魏富堂说，青木川的爷们儿不能这样毋气，人死了桥还得修，人可以蹚水，货物进进出出难道也要下水？青木川要发展，道路是第一位的，修桥不能撂下。砖桥塌了再修一座石头的，搭上檐篷能遮风避雨，比塌了的更好。百姓还是不干。魏富堂动用了自卫队，武装押着大伙儿干。山里的百姓就是贱，枪一逼，谁也不说什么了。很快，河坝里响起了敲石声、吆喝声，凿好的石条都集中到桥跟前来。每天天一亮就出工，街上的人、四沟三坝的人都集中到工地。数丈长的木头拖架，拖上厚长的大石板，百多人分开左右拉着纤绳，前拽后推，喧声震天。魏漱孝的老子嗓门儿大，爬上树尖带着大伙儿喊号子：

大石头哟，小石头哟，

大家攒把劲儿哟。

滚起来哟，像豌豆哟，

修桥为子孙哟……

许忠德在诉说建桥过程时很投入，把号子喊得很有节奏，虽说当时是在魏富堂的枪口威逼下，但对那时的劳动场面还是充满向往。许忠德说这座两墩三孔的大石桥，桥基深入河床有一人多深，石头缝隙是灌了铅的，桥上的木头是整块三寸厚的柏木……六十年来，经了无数次洪水，桥的基座至今纹丝不动，毫无改变。

说着，许忠德把冯小羽领到河边，看那些被拆下横躺在岸边的石头桥墩。在一块大青石上清晰地刻着“子孙后代永享通畅”，字迹七扭八歪，没有章法。许忠德说这是魏富堂本人亲笔。一看题字后头的落款被凿掉了，冯小羽问谁把落款敲掉了，许忠德说除了你父亲还有谁！

冯小羽说她来之前看过青木川解放初期的上报材料，说魏富堂为了运输大烟，特地修了这座桥，说是为民其实是为己。修桥的时候他亲自监工，搬了太师椅打着遮阳伞坐在河边，饭也不回家吃，每天让厨子把饭送到工地。他一边吃一边不错眼珠地盯着修桥百姓，谁不卖力气，谁偷工减料，拉过来就是一通揍，活计干得稍不满意就推倒重来。老百姓干重活，吃的是粗米酸菜。他坐在高处指手画脚，吃的是大鱼大肉。老百姓怨声载道，恨透了这个恶霸。修桥砸死的六条人命，作为血债成为置他于死地的罪证之一。

许忠德说，事情看怎么说，魏富堂修桥为自己也不是没道理，受益的是他，也是全镇百姓。他死了，桥可是还在呢。

许忠德要赶冯明的约会，说了会儿话就跟冯小羽分手了。

青木川，过去以桥头有一棵巨大青木而得名。青木树荫占地一亩，树干几个人也抱不拢，足有千余年的历史了。这棵大青木树在清中期就被砍伐了，空留下一个名字。镇上的老人谁也没见过那棵冠以青木川名称的大树，大部分人甚至不清楚青木究竟是一种什么样的树种。有人说，魏富堂为青木川的青木曾经问过专家陈汉，陈汉说青木其实就是桤树，土名旱冬瓜，冠大根深，树皮黑老苍劲，四川陕南极多见，是很普通的树种。但是秀才施喜儒说青木川桥头的青木应该是金丝楠木，杜甫在四川作的诗“倚江楠树草堂前，故老相传二百年”里面说的楠树就是金丝楠木，在这一地区更是普遍存在。金丝楠在青木川保留着不少，特别是瞿家大院的周边，那些高大挺拔的老树棵棵都是金丝楠。金丝楠是身份、品质的象征，难得的名贵之树。所以，青木川桥头的青树，必定也是金丝楠，而不可能是什么旱冬瓜。

旱冬瓜也罢，金丝楠也罢，都无从考证了。

冯小羽过了飞凤桥进入了一条古老的小街，街道弯曲，不见头尾，如一条顺水而卧的苍龙。小街石板路蜿蜒延伸，湿漉漉的地面渗出丝丝清凉，街两侧是木板房，均是两层，是百姓住户。木板房中间夹杂着中式楼房，庭院宽展，院内多有镂空雕窗，砖饰细腻，是过去饭庄、旅社、烟馆所在。老房墙上，依稀残存着标语，一层层覆盖，又一层层剥落，承载着时代的记忆。仔细辨认那些不同的美术字，有“狠抓计划生育，三十天上环四十天结扎”，有“千万不要忘记阶级斗争”，有“鼓足干劲，力争上游”，有“进行土地革命，建设新中国”，还有“打倒地主分田地”。在一家的窗棂上，竟然雕刻着“抗战”“胜利”的字样，足见时光远得不能再远了……看得出墙上的每条标语在书写的时候都很认真，写标语的人无一不希望所宣扬的内容能醒目长久，每一笔每一画都是描了又描、抹了又抹的。风雨岁月，写标语的人多已无处寻觅，那些用心描出的字迹也变得模糊不清，字迹的叠压让小镇变得陈旧又沉重。几个老人坐在自家门口，惊奇地观望着衣着时尚的山外来人冯小羽。冯小羽向每个注视她的人递以微笑，老人们有的以笑回答，有的轻声问，吃了吗？有个老汉在家门口晾晒香菇，冯小羽问镇周边的一座座山峰有没有名字，老汉告诉她，西边的叫龙驰山，属四川，一直往前走，走两天就可以到达九寨沟。北边是凤凰山，连接甘肃。东边是银锭寨和黄猴岭，均属陕南。

冯小羽拿出相机正要照那些层叠的标语，有镇上的青年拿了一叠稿子来找她，说写了几首诗，让大地方来的作家帮着看看，提提意见。冯小羽问他叫什么名字，说是叫夺尔。问怎的叫这么一个前卫的名字，夺尔说原本叫佘承包，是承包责任田时候生的，去年在县报上发表了一首诗以后，改名夺尔。冯小羽说把稿子拿回去仔细看过再说，可是夺尔并不想马上离开，他还绕着圈子跟冯小羽说话。后来冯小羽终于明白了，原来夺尔是代表他爹来请首长到他家去坐坐，他奶奶特别盼望能见到首长。冯小羽问他奶奶是谁。夺尔说他奶奶姓佘，叫佘黄花，他爹叫佘翻身，是当年工作队给取的名字。佘翻身参加工作以后改名叫佘鸿雁，在文化上干过，退休以后就回到了青木川。冯小羽问夺尔怎跟奶奶一个姓，夺尔说他没有爷爷，又补充说，我奶奶对首长崇拜得什么似的，年年过年给“天地君亲师”牌位上香的时候都要念叨念叨首长。

冯明的座谈会开得并不像他预期的那样热烈，不是张保国挑着头说话，可能会冷场。开始还说镇反时被枪毙了的李树敏是知人知面不知心，不知怎的扯到了青木川镇外的道路难走，说黄土路一下雨满是泥泞，根本无法拔脚，连牛都不愿意朝上迈步，何况是人。这条陕西通往九寨沟的捷路，旅游潜力很大，道路继续烂下去，会影响青木川经济的发展。众人于是纷纷诉说自己的见解，内容不外是要争取县上的支持和筹划资金。冯明听得出，很多话是甩给他的，希望他能发挥余热，直接让有关部门拨款，顶不济也要将他们的想法传递上去。冯明觉得这会越开离自己的初衷越远，拨款要钱这样的事就是在任上，也不是轻而易举能办到的，不是说了就能算的。下边的人往往把事想得太简单，太直接。看冯明的态度不甚积极，郑培然话里有话地让三老汉把修路的事跟震川提提。震川是三老汉的孙子，是县上管交通的副县长。三老汉说震川有日子没回来了，官当大了就忘了本，娶了个城里娘子，穿高跟鞋，搽洋粉，一年四季老光着两条腿不穿裤子，把好好的头发愣染成了黄的，名字更洋活，叫蔓娜，不像个中国人。

郑培然说，再怎么洋活她也是青木川的媳妇，不是月亮里的嫦娥。

三老汉说，那女人不愿到青木川来，嫌青木川的厕所太原始。人家的屁股高贵。

郑培然就问三老汉孙子是什么态度。

三老汉说，孙子还是好孙子，就是做不得女人的主。

郑培然说，这就是修正主义的开始。帝国主义反动派把在中国复辟资本主义的希望寄托在第三代第四代身上，现在已经验证了。从三老汉算，到震川，正好三代，人家一点儿没说错。至于震川的儿子，那是第四代，更是绝对的修正主义。

三老汉说，那个小小的龟孙子的确是很修，不吃娘的奶，要吃美国进口的奶粉。裆里夹的尿布用一回就扔，叫啥子“一次性”，还不用中国的用日本的……

话说不到一起，冯明感到焦躁，他想张保国是不是没把人找对。想当年，郑培然是个青年学生，娃娃家，了解的情况有限，许忠德是魏富堂的少校参谋主任，三老汉是魏富堂的上尉营长，魏漱孝是魏富堂的堂侄，沈良佐是魏富堂的二等传令兵。仔细看，当年的积极分子，新政权的基本成员一个没来。

等于是给地主恶霸魏富堂开了个追思会。

怪道话不投机。

冯明问张保国，主任兼组织委员怎没来？

张保国问主任是哪一个。

冯明说，就是你爹。

张保国说，您忘了吗？我爹去世好久了。

冯明说，副主任兼分地委员呢？

张保国问管分地的是哪一个。

冯明说，刘大成。

张保国说，刘大成大炼钢铁时死在了小高炉前，脑溢血，死的时候手里还攥着半个铁锅。

冯明说，武装委员万至顺呢？

张保国说，“文革”时候上吊死了。

冯明说，锄奸委员沈二娃还在吗？

张保国说，90年代跟着女儿到深圳去了，一直没有消息。

冯明说，怎的都死了！

冯明还想说，魏富堂这边的可一个个活得都挺旺，而且活得有滋有味，孙子都当了副县长了。话到嘴边终是没说，毕竟不像领导干部的语言，也太没有政策水平。许忠德是个聪明人，窥出冯明的心态，解释说，人命挣不过天，死生有命，该撒手时便要撒手。魏富堂手下七个校级军官，六个都不在了，只有在下还老不死地赖在人间，白白浪费粮食。

张保国说，除了武装委员万至顺以外，其他积极分子都是寿终正寝的，要活着，该有百多岁了。就目前，整个青木川地区，还没有发现过百岁老人，百岁以上的老树倒是不少。

冯明一算，也确是。刘大成当分地委员那年快六十岁了，再结实的身板也活不过一百二去。那时候冯明在他们当中算是最年轻的，最年轻的也快八十了，岁月不饶人哪。他真切地感到回来得太晚了，该见的一个没见着，失去了再次踏上青木川的意义。他应该早来，至少提前二十年来。可二十年前他正忙，跑了许许多多的地方，包括外国。青木川这个山区小镇从没进入过他的视野，不知是青木川把他丢了，还是他把青木川丢了。张保国看冯明有点儿失望，补充说，在座的几位是青木川年龄最大的，还有一两个，脑筋不好使了，已经认不得人了，没有叫，还有一个赵大庆，起不来炕了。

冯明想了半天，想不起赵大庆。三老汉提醒他说，赵大庆是生产委员，土改时家里穷得叮当响，连件像样的农具也没有，是赤贫。

冯明问赵大庆怎的起不来炕了。三老汉说老的，赵大庆八十五了，秋天去捡戏楼的烂砖，脚被扎了，烂了个大窟窿，一直收不了口。

许忠德对张保国说，那个烂瓦砾场早晚是个祸害，不少人在那儿刨砖捡木头。那些雕花的木隔扇引得山外的文物贩子来了好几拨，一副木楹联让承包他爸卖了两千五百块，竟然没人提出异议。这绝对是国家资源的流失。

魏漱孝说，楹联上的字是施秀才写的，谁见了谁说写得好。刻得也好，正面看，字朝外凸，侧面看字朝里凹。

冯明对这个戏楼有印象，过去全镇开会、演戏、比赛唱歌都在那里。戏台对面是文昌宫，戏楼搭得很考究，青石高台，雕梁画栋，飞檐斗拱，两边柱子上有楹联：堂虞之世斯为盛，凤凰在乡好有音。

许忠德说上届政协会上他就提出文昌宫的戏台快塌了，西南角顶棚已经露了天，雨水顺着墙往下流，夏天豪雨一来，整个顶就得压下来。结果呢，还没等到雨来就塌了，到今天也没盖起来，早点儿补救何至于此。

冯明说他想看看塌了的戏台。

许忠德说，你是应该到那儿看看。

文昌宫是冯明记忆深刻的地方，忘了哪儿也不能忘了戏楼。那年他带着三营进入青木川，落脚点就是文昌宫的戏楼。他们到达的时候是傍晚，国民党胡宗南骑兵第二旅一个分队刚刚撤出不久。这支国民党队伍是听到解放军南进青木川，一夜间逃窜的，走时匆忙得连掠抢的财物也没有拿完。

冯明和他的三营对进入青木川是做了充分准备的。这里群众工作薄弱，情况复杂，虽说有地下党在活动，但身份并没有公开。地主恶霸魏富堂拥兵自重，明里拥护解放军，表示愿意和共产党合作，缴械投诚；暗里与杜家院、赵家坝、姚渡、广坪的地主武装势力联合，自命宁西人民自卫队总司令，抵御红色政权。

为了便于开展群众工作，三营抽调了部分指战员组成三十人的武装工作队，又从师里拨调出几名文化骨干，一同进驻青木川。林岚便是文化骨干之一。

他记得那天下午，他们从回龙驿出发，太阳落山便过了石门栈道，刚下到山谷，就听到青木川方向锣鼓声声，热闹非凡。队伍走出山口，冯明看到路边摆了黑木条案，搁了茶水糕饼，镇口牌楼上拉着“欢迎解放军进驻青木川”的横幅标语，不少辅仁中学的学生举着旗子，在老师带领下喊着口号。一帮穿着戏装的人站在道路两旁，做出各种欢迎姿势，滑稽又怪诞。副营长刘志飞看了说，连戏台上的天官蟒、紫霞帔都穿出来了。欢迎规格还蛮高的哩。

冯明让大家沉住气，冷静处事。

魏富堂这回没站在牌楼下，而是站在路边的条案前。他穿着黄将校呢军服，高筒马靴，扎着皮带，别着精致小手枪。后头跟着六个卫兵，一色的美式装备，威武严肃。

刘志飞悄声问冯明，魏富堂这是什么意思？

冯明说，在向我们示威！

刘志飞说，这哪里是缴械投诚，分明是大布雄威，给解放军好看。

看见解放军，魏富堂大步向冯明们走来，老远站定，敬了礼，后边的卫兵也齐齐立正，靴子后跟一碰，行了持枪礼。

行过礼，魏富堂和大家握手，跟每个人握得都很用力，嘴里说着欢迎解放军进驻青木川、青木川人盼解放如久旱盼甘霖一类的话，热烈而真诚。冯明们向欢迎的人群打招呼。老百姓们站在欢迎队伍后面，就像是看正月耍社火，热闹归热闹，只是看看罢了。

魏富堂说自卫队的花名册和武器弹药清单已经列好，静等冯明指示便进行交接，目前武器已经集中在办公大院统一管理。自卫队员多是当地山民，放下枪杆务农，拿起枪杆打仗，两不耽搁。冯明要训话，只要一吹号，他们是随叫随到的。冯明对魏富堂能够积极与新政权合作表示赞许，说青木川能够顺利回到人民手中与魏富堂的深明大义绝对分不开，他希望魏富堂能继续支持解放军的工作，为巩固当地革命政权做出贡献。魏富堂谦虚地说一切都是应该的，接着一挥手，吹打更加热烈，又响起鞭炮声，学生们高唱《没有共产党就没有新中国》，像当年欢迎国民党县长一样也撒出了五彩纸屑，把解放军的队伍罩在其中。

魏富堂将三营工作队安排在他的办公大院里。办公大院房屋已经腾出收拾整齐，首长的办公室也布置完毕，写字台，转椅，衣服架，笔、墨、纸、砚都很齐全。会客室里太师椅、茶几、屏风、痰盂一应俱全；会议室里铺着蓝布的长条桌子，桌上有白瓷茶杯，墙上挂着毛泽东和朱德的画像……魏富堂说他的办公大院完全归三营使用，缺少什么尽管吩咐。

冯明他们没住魏富堂安排的办公楼，住进了文昌宫的废弃殿堂。文昌宫在镇子西面，正殿和大部分庑殿都已坍塌，剩余几间东房是当年施秀才教私塾的残留，勉强遮风雨而已。文昌宫对面有戏楼，戏楼的房子相对完好整齐，就做了三营的驻地。

当天晚上，魏富堂设了“迎风酒筵”，为三营同志们接风。魏富堂知道三营的人不会到他的大宅院来吃酒，就动员群众，各家把饭菜摆在镇街上，桌连桌，长长的一条，谓之“千家宴”。其实没有千家，十几家而已。冯明说初来乍到还是不要打扰地方，各家的饭就不吃了，以后打交道的日子还长，难免还要麻烦魏先生，到时不要嫌烦就是了。魏富堂说，哪里的话，教导员不来吃饭，倒显得青木川人不懂礼数，对革命不热情。

冯明说，热情不热情不在一顿饭上。

冯明不吃千家宴，魏富堂也不再坚持。解放军不吃他的迎风酒已在预料之中。吃不吃在人家，他不能不把事做到。

三营的人自己起火做饭，到老乡家买柴。给钱，老乡死活不要，说魏司令说了，三营和自卫队是一家人，都是保卫青木川的，自家人不能跟自家人要钱。三营的人就宣传了“三大纪律八项注意”，还唱了“买卖价格要公平，公买公卖不许逞霸道”的歌。老乡们听了很新鲜，说无论是胡宗南的国民党新九师还是骑兵二旅，在青木川用柴抓夫，从来是不给钱、没商量的，共产党和国民党还真就不一样。

吃过饭，中学两个学生到文昌宫来，说是他们正在排练歌剧《白毛女》，让解放军过去指导一下。冯明就让林岚和一个男宣传员去了。为防万一，派了两个战士与他们同行。

黄金义到文昌宫来向冯明汇报工作。黄金义是党组织安排在辅仁中学的青年教师，1948 年来到中学教数学。组织上让他利用校长谢静仪的影响，做魏富堂的工作，希望魏富堂不要跟着国民党跑，主动缴枪，等待收编。

黄金义谈了没几句话，学校旁边的山坡上就响起了密集的枪声，几颗子弹打碎了戏台屋脊上的花瓦，掉在院子里。冯明让刘志飞赶紧带人出去查看情况。魏富堂匆匆跑来，说是附近土匪在作乱，他已经派一个排上去看了。

魏富堂说他正在街上和弟兄们说事，还没有回家。听声音，是学校那边有情况了。冯明说宣传队的林岚正是到那边去了，学校学生们正在排戏。黄金义说学校今天为欢迎三营，把什么活动都停了，现在学校里没有人。再说，他们也压根儿没排练过什么《白毛女》。

冯明明白是上了敌人圈套，赶紧让队伍采取行动。通信员说副营长已经带着人上去了。

原来，林岚他们跟着两个中学生出了镇街，沿着石阶路往上拐，没走几步，便远远地看见了学校的大门。学校大门关着，里面隐隐传出“北风吹，雪花飘”的笛声，一群老鸹在校门外的树上起起落落，哇哇聒噪。两个战士有经验，示意林岚停住脚步，说看乌鸦起落不安，似乎有情况。话音未落，两个“学生”忽然撒腿就跑，一头钻进树林，不见了踪影。紧接着山坡林子里响起了枪声，子弹打在他们脚下的石板路上，迸出了火花。林岚们慌忙躲到一块石头后面，战士想用手里的步枪还击，却无法看清躲藏在林子里的敌人。林子里的匪徒一味朝这边打枪，密集的子弹打得他们抬不起头来。跟随林岚的男队员是才从汉中师范学院参军不久的学生，没遇到过这阵势，一时慌了手脚，只顾把脑袋往石头下头扎。林岚虽然没有直接参加过战斗，毕竟是参军几年的老革命了，她掏出手枪，冷静地瞅准机会向敌人还击。敌人藏在幽暗的树林里，集中火力向着路边石头扫射。林岚明白，他们只有保护自己，等待救援才是正确选择。这里离三营驻地很近，同志们听到枪声，很快就能赶过来。

袭击者果然不想恋战，他们居高临下，要把林岚们打死后尽快结束战斗。以他们的想法，在这条僻静的无遮无拦的小路上袭击解放军是太简单的事，他们对此有着百分之百的把握。但是他们忽略了路边这块石头，石头成了林岚们的掩体，于是他们在树林的掩护下开始向两侧迂回。

枪弹由侧面打来，石头后面的躲藏变得无意义，形势变得越发严峻。听得见匪徒们乱哄哄的声音中有一个沉稳的女人声音在指挥，要死的，不要活的！

石头后的男队员吓哭了，说他没想到这么早就死，他根本就没活够。子弹击掉了一块岩石，崩起的石块打在他的脸上，血立刻流了下来，盖住了他的眼睛。他以为自己死了，噌地一下跳起来，向着旁边的灌木丛猛跑。林岚冲过去，一下将他扑倒，就势一滚，滚在一处低洼的草丛里。子弹嗖嗖地从头顶飞过，逼得林岚把脑袋伏在潮湿的青草上不敢动弹。草的清新裹着火药的气味钻进了她的鼻子，她想打喷嚏，却打不出。一只土黄色的旱蚂蟥沿着草茎悠了过来，毫不犹豫地攀上了她的手臂，紧随其后的是三只、四只……随同旱蚂蟥而来的是更猛烈的枪弹，是向她的埋伏地点杂乱奔跑的匪徒。林岚想，这回革命是真的到底了。

三营副营长刘志飞带着部队很快赶来了。几颗手榴弹向林子里甩过去，轰轰几声沉闷巨响。魏富堂的自卫队也来了，倚仗对地形熟悉，自卫队的进攻似乎比刘志飞们更得力，袭击者飞快撤离。如夏日的一场暴雨，雨过天晴，土匪们一瞬间消失得无影无踪。

静谧的山乡傍晚。夕阳西下，万点霞光，绚烂的晚霞将周围的山色点缀得色彩缤纷，山中传来归圈牛群的叮当声。通往学校的路上有几朵野花在静静开放，溪水唱着歌儿向山下流淌。林岚呆呆地站在路边，如果不是还没有散尽的硝烟在林间缭绕，如果不是同伴的脸还在流血，她不会相信刚刚在这里发生了一场生与死的较量。

魏富堂紧张而不安，在青木川境内袭击刚刚到达的解放军，这对他的政治立场是巨大的颠覆……

魏富堂反复询问两个“学生”的模样，要把学校的全体学生集合起来，让解放军辨认。冯明说这没有任何意义，他刚才得到消息，剧社今天根本就没有排练《白毛女》，那两个人不是学生，是匪徒。

魏富堂气恼地说，见鬼了！这事一定要查到底，弄个水落石出。

冯明说，会吹奏《白毛女》的土匪还是头一次遇到，我们的对手不简单呢。

晚上三营在戏楼开会，冯明检讨了自己的麻痹大意和轻敌。他说，这是一个设计很到位的下马威，是经过精心谋划的。对三营和工作队来说，这预示着形势的复杂和即将开展的工作的艰难，大家必须做好充分准备。

有的同志提出魏富堂诡计多端，绝不会轻易交出武器，这事肯定与他有关。今天林岚不遇上，别的同志也会遇上。

会议做了决定，第二日将魏富堂上缴的枪支弹药立即封存，魏富堂的自卫队集中学习，接受政府改造。

解放军给魏富堂传达了三营的决定，魏富堂表示坚决支持，没有二话。只是对集中学习、不让回家有些意见，说他的母亲正病着，他不能离开。

林岚身上许多地方在流血，原来是草丛里那些旱蚂蟥在作怪。饥饿的蚂蟥成群结队地钻进了她的衣服，进行了一场欢乐大聚餐。林岚的全身，包括脸上，都爬满了蚂蟥。线头般细小的蚂蟥，饱吸了血液以后，变得手指样粗大，黑紫发亮，靠吸盘牢牢地吸吮着林岚的皮肤。贪婪的蚂蟥，宁可身体被揪成两截，头部也要“咬定青山不放松”。这可苦了林岚，在敌人袭击下沉着应战的她，这会儿被满身的蚂蟥吓得眼泪扑簌簌往下掉。几个女队员围着她，看着她那爬满黑虫子的身体不敢下手也无从下手。

冯明说，哭什么哭，这事交给卫生员，该怎么处理怎么处理！

卫生员说，揪不下来。

冯明说，揪不下来也得揪！

卫生员说他从没遇到过这样的伤号，满身的黑虫子。

女队员将一个当地女孩子推到冯明跟前说，这孩子说了，她有办法。

冯明回头看了看这个毫不起眼的丫头，他知道这丫头和她娘就住在文昌宫后头。部队进驻文昌宫，这女孩子就一直在偷偷地观察他们。冯明说，你叫什么？

女孩说她叫李青女。冯明说名字怎么怪怪的。青女说是施喜儒老秀才给取的，青女就是仙女。

冯明指着林岚问青女，你有办法?

青女说，山里人谁都会收拾这个。

冯明说，那你就给她收拾，只许成功，不许失败。

青女问什么叫只许成功，不许失败。刘志飞说，就是不能让我们的同志脸上将来落疤，这可是个演员。

青女对付蚂蟥的办法很简单，火烧赤壁一样地烧。她把干艾草点了，靠近蚂蟥，一个个熏烤，蚂蟥焦煳脱落，直挺挺地掉下来，发出一股焦臭味。蚂蟥脱落后的伤口，继续流血，因为蚂蟥的体液中有抗凝血基质，伤口要淌出蚂蟥吸取的同量鲜血才能止住血。青女在烧烤蚂蟥的同时也烧烤了皮肉，疼得林岚咬着牙浑身颤抖。

青女一条一条地往下烧。当烧到第四十六条的时候，连青女也吃惊了。她说，身上招了这么些蚂蟥，她还是第一次遇到。学校旁边那片洼地蚂蟥多得要命，连牛也不到那里吃草，这位姐姐还往那里边趴。

林岚说，那种时候我哪里还顾得上这个。

青女说，那两个来叫他们走的人不是学生。

林岚问她怎看出不是学生。青女说，他们穿着黄线袜子，胡宗南骑二旅的人都穿这种袜子，学生不会穿。

青女无意间说出的线索立刻显得无比重要，但很快大家又陷入迷茫。魏富堂和胡宗南关系密切，他的自卫队装备，不少也是胡宗南提供的，黄线袜子在这里相当普遍。

冯明让大家提高警惕，密切观察，特别是在魏富堂缴枪收编的关键时刻，更要依靠革命群众，不能让阶级敌人钻了空子。冯明说他了解了一下李青女，李青女给魏富堂家当丫头，有一肚子苦水，让林岚一定要做好李青女的工作，让她成为青木川新政权的骨干。

青女对解放军却总有些若即若离，总像隔着什么。听到战士们唱《三大纪律八项注意》“不许调戏妇女们”时，总有些若有所思。有一次她问林岚，共产党解放军真的“不动女人”？林岚说共产党军队的纪律很严格，奸淫污辱女人是国民党土匪干的事情，解放军不会干。青女低了头，脸上的表情有些复杂。林岚问青女怎么对这个有疑问。青女说没有疑问，她以前在山里遇到过共产党的军队。他们说了，“共产党不动女人”就真的没动女人。林岚问青女在哪里遇到共产党军队，青女说在老县城，离青木川不算太远。林岚问青女到老县城干什么，青女说送大小赵回老家。林岚把这件事看成了一件太普通的事情，再没往下问，青女当然也没有再往下说。

青女在魏富堂家当丫头。从魏家大院到文昌宫，虽然没有几步路，可她是不能经常回家的。那天正逢她回家看娘，就碰上了解放军。这群无拘无束、乐乐呵呵的年轻士兵中还有长得很漂亮的女兵，让她觉得这些女兵真是有福气，比她青女的命好多了。同样是女子，人和人竟是那般不一样。她和娘的命都苦，五年前她父亲给魏富堂往兰州偷偷运大烟，走到鸟鼠山遭了劫持，几十担烟丢了还不敢声张。魏富堂疑心重，总认为送烟的队伍里有内应，让孙营长把事情问清楚。孙营长的办法很简单，把活着回来的人吊起来打，赶场时将这些人弄到桥上去，拴在桥柱子上羞辱。青女的父亲送货“翻了把”，有吃里爬外的嫌疑，这在青木川是很丢人的事。青女的父亲是个气性很大又爱脸面的人，受不了这气，投河自尽，丢下了青女和她的妈。

孙营长孙建军就是后来的三老汉。按这样说他也是个有血债的人，处理的时候才发现孙营长屋里穷得揭不开锅，他娘饿得脖子挑不起脑袋。孙营长跟着魏富堂跑一天，能给他娘捎回一块苞谷馍馍，有了这块馍馍他娘才能勉强活下去。孙营长给魏富堂当营长完全是为了吃饭。青木川老百姓几乎所有年轻劳力都是魏富堂民团的兵丁。有上尉，有上校，有处长，有副官，官都不小，委任状也有，大都是兼职，即闲了当农民，有事了拿起枪当兵。

青女父亲死后，魏富堂让青女到魏家大院做工，当女佣，一年挣回一百斤谷米，养活她娘。青女给北院小赵当丫头，后来瞿焕贞来了，又伺候瞿焕贞。

林岚们遭到袭击那天，冯明和副营长刘志飞找林岚谈话。一进门，冯明便闻到一股很特殊的香味，循味看去，桌上搁着一碗荷包蛋，汤里漂浮着几根连须带叶的绿。林岚说荷包蛋是青女送来的，里面的绿是细辛，细辛是镇痛的特效药，青女说她流了那么多血，这是给她止痛的。刘志飞说，细辛荷包蛋，味道挺独特。

冯明让林岚把情况再仔细回忆一下，尽量不要落下任何一个微小细节。当他听到敌人中有人说“要死的不要活的”时，他说，这人会是谁呢？

刘志飞说，除了魏富堂指使的人还会有谁，他是怕我们把他的真面目认出来，所以要死的不要活的。

冯明说，魏富堂这样做的目的是什么？

刘志飞说，让我们站不住脚。

林岚说她听声音是个女的，是标准的官话。

两个领导一下都愣住了，事情的变化太出乎他们的预料，让他们半天说不出什么。冯明愣愣地看着那碗荷包蛋，陌生的气味让他糊涂，让他理不清，但是他清楚地记住了这股味道，一辈子没有忘记。

七

1949年通往青木川的山路上，许忠德穿着长衫拿着雨伞，斜挎着小包袱，大步流星地走着。太阳刚刚冒红，他已经攀上了凤凰山山巅。五十多年后许忠德还记得那天的太阳是一下子跳出东面山峰的，那是一个瞬间，不是缓慢的过程。他还记得太阳出来的情景，刹那间大地一片金光，那光明来得突然，让人来不及思索。虽然脚下的峰峦大部分还在暗影中，但站在山顶的他已完全沐浴在阳光里，浑身上下金光灿烂，充满了神圣。那情景，很像是他后来在“文革”期间看到的《毛主席去安源》。《毛主席去安源》是当时一幅著名的油画，大街小巷挂着，各家的屋里贴着，无论走到哪儿，都能看到年轻的毛泽东穿着长衫、拿着雨伞、迎着太阳走在山的峰顶。脚下的群山还在沉睡，毛主席却阳光灿烂，满怀着希望和责任……每每看到这幅画，许忠德都要在画前停下脚步，凝视半天。他觉得，画上的人物不是伟大领袖毛主席，是他许忠德，要不，那景致那神情怎能那样一致，连那把伞和伞上的修补也一模一样。这种感觉许忠德只能作为秘密压在心底，说他跟伟大领袖一样，或者伟大领袖和他一样，都极其反动，让人知道了是了不得的事。“文革”以后，《毛主席去安源》再没人挂了，后来的年轻人也很少有人知道这幅画。但是许忠德的箱子底还保留了一张，半张报纸大，画上头有“伟大领袖伟大统帅伟大导师伟大舵手毛主席万岁”的字样。没事的时候，他就拿出来看。他不在乎画面的模糊，他的意念在画的内容，他从来没认为画上的人物是伟大领袖，他认为那就是他自己，是1949年的自己。

1949年油菜刚刚结荚，在成都读书的许忠德收到了魏富堂的一封亲笔信。信是写给青木川在成都读书的子弟们的，意思说川陕局势动荡，青木川战略地位重要，成为兵家争夺之地。为家乡免于兵燹，魏富堂希望在外的学子们回到家乡，辅佐他度过这一特殊时期，待局势平稳，他保证大家再续学业。许忠德在四川大学西南角的小树林里给大家读魏富堂的信，听的人有的站有的坐。许忠德念完了信，没人说回，也没人说不回，就那么僵着。

许忠德看看大家，大家躲避着他的目光，谁都不敢说不回。他们在成都读书、生活的一切花销，都来源于魏富堂的赞助。凭他们的家境，靠他们贫穷的农民父母，他们永远不可能得到到大城市念书的机会。仅凭这一点，他们对魏富堂就应该唯命是从，不能抗拒。事情是明摆着的，不回，就意味着经济来源的断绝，没有钱，在成都，别说上学，就是活下去也很困难；回去，回到那偏僻的山乡去，重新为那重叠的山峦所挤压好像已不可能。既然走出来了就走不回去了，这个道理再简单不过，就是后来到了21世纪，那些走出大山到城里打工的青木川后生，也没见有谁出去又回来的。没见过大世面便罢，见过了大世面那目光就大得青木川无法承载，装不下了。

那天在四川大学听魏富堂号召信的一共九个人，决定回去的只有许忠德一个。有两个说看看再决定，至于其他几个，连考虑的余地也没有。他们说就是要饭也在成都要，回去跟着土豹子扛枪打仗，娶妻生子种庄稼，这多年的书难道白念了？在那次会议上，他们第一次将魏富堂叫作了土豹子。无疑，他们认为自身已经脱离了土豹子的行列，成了有文化有知识的文明人。这样说的时候，他们的心里已经和青木川的这位民团司令做了彻底决裂。只是一念的瞬间，他们就找准了人生的立场和位置，并且将土豹子的资助抛至脑后，呈现出翻脸的态势。用不着为了谁的资助而听命于谁，他们是有独立人格的知识人，他们应该有自己的前程，有选择的权利。到了这个份儿上，用不着再念着谁的好处而感恩戴德。翅膀硬了可以展翅高飞，翅膀没硬也可以飞，只是高低远近而已。几十年后，在四川大学树林里碰头的这几个人很多都成了学问家，有的在国内甚有名气，但是没有一个人站出来公开承认，自己是土匪供给出来的，也没有谁再靠近过青木川半坡上那座荒凉的孤坟。他们也说求学的艰难，那是脱离魏富堂资助后极短暂的一段穷困，被他们大大地夸张了。人的忘却，有时候是故意的。

许忠德决定返回青木川。许忠德想得很简单，他是学历史的，他深知中国的命运走到了一个非常紧要的关口，魏富堂的身边急需要一个头脑清醒、对时局有准确把握的人，否则这个看似精明实则混沌的半匪半绅，会以自己的性情把青木川推入水深火热之中。许忠德不能自诩“明白人”，但是他至少看到了国民党无可挽回的末日，看到了胡宗南在西南西北拥兵自重、不会轻易退却的局面，看到了魏富堂的犹豫和彷徨。在这改朝换代的关键时刻，必定有大仗恶仗在川陕甘发生，他不愿看到这样的事情发生在他的家乡。

许忠德喜欢历史，对唐史尤为关注。在他的家乡，在那深山老林中，奔逃过三个唐朝皇帝，唐玄宗、唐德宗和唐僖宗。这是研究川陕地域的唐代历史很有意义的一个部分，是一段空白。他在川大将来学有所成，回去要致力于这方面的考证研究，挖掘出历史在山里的存留，这将是一件很有意思的事情。许忠德在回青木川之前，向学校请了假，说是家里有事回去料理，事完了就回来，校方是准了假的。

如果许忠德知道他这一走再也回不了四川大学，与他喜爱的唐史再也无缘重逢，以及这次回乡给自己人生带来的诸多变化、命运的诸多尴尬，也许他会做另一种选择。大概他会和其他人一样，永不回青木川，一直到死。也说不定，他现在已经是一位德高望重的唐史专家了，出席各种学术研讨会，被人们尊敬着，簇拥着……

但是他回来了。

他为这个决定付出了一生的代价。

1949年在凤凰山山顶，拿着雨伞穿着长衫的许忠德遇上了一个人。

那是个女人，穿着蓝竹布旗袍，齐耳短发，身材适中，站在山上用手搭在眉前正朝东瞭望。女人迎着喷薄欲出的太阳和万道霞光，光在她的周围形成一道虚幻的光圈，她就站在光亮的正中。许忠德以为是中学的谢校长，他不明白谢校长为何在太阳初升的时候出现在高高的凤凰山上。他紧走了两步，想上去打招呼。女人听见脚步声，倏地转过身来，一双凤眼警惕地盯着他。在那双眼的注视下，许忠德有些站立不稳，他下意识地停住了脚步。过了多少年，许忠德也忘不了那双能穿透人心的眼，那是一双犀利机敏、让人无法抵挡的眼，十分眼熟，好像在哪里见到过。

毕竟许忠德是在大学历练过的，他稳住自己，用平静的语气说，你是哪一个？怎么在这里？

女人并不回答。

许忠德以为她听不懂当地土话，改用官话说，您莫不是谢校长的亲戚？

女人冷冷地看了他一眼，将目光再一次投向谷底，投向许忠德身后的蜿蜒山路。一团雾气，正由谷底升起，慢慢扩散开来，很快将山谷填满了。

许忠德看看周围，视野范围内只有这个女子。从年龄看，女人已经不年轻，这个年龄的女人单独行走深山却没有其他人陪同，有点儿不可思议。便说，这里离青木川还有十几里，道上不消停，还是赶快走的好。

女人如同没听见，用眼再一次上下扫视着许忠德。许忠德突然害怕了，他不能想象，一个外地文弱女子独自站立山顶，身上不沾露水，鞋上没有泥痕，没有行李，没有同伴，一副超凡的模样。她究竟来自何方，为什么出现在这里？她在山巅难道仅仅就是为了观山景，赏日出？……

许忠德决定尽快离开这里。他小心地绕过女人，正准备往青木川疾走，背后的女人说话了，我让你走了吗？

女人的声音清脆中带着威严，说的是跟谢校长一样的官话。

许忠德站住了。

女子说，叫什么？

许忠德说叫许忠德。

女子问，到青木川干什么？

许忠德说回家。

女子问，从哪儿来？

许忠德说成都。

女子说，这个时候往山里跑什么？

许忠德说想家了。

女子说，Idiot！

作为大学生的许忠德，完全能听懂对方用英文粗野的谩骂，以他在成都的生活经验，他知道任何时刻都不能和城里人对抗，哪怕对方是个不起眼的城市乞丐，在气势上也能足足地压过他。跟城里人打交道，他学会了默默承受，以不言语来对抗轻蔑和挑衅。现在他低垂着眼帘，恭恭敬敬地站立着，等待着接踵而来的类似 Idiot 的侮辱性话语。

女子再不理他，背过手去，在草丛里走了两步，用脚尖挑起一条细嫩的蛇。蛇翻卷着白色的肚皮，丑陋地扭动着，黑紫的蛇芯子火苗一样舞动。女人脚一抬，蛇被甩出一个优美弧线，落下山坳。许忠德看得呆了，锃亮的黄皮鞋，肉色的玻璃丝袜，衬着那条麻色的蛇，让许忠德怀疑其真实性。但那的确是一条当地人称菜花烙铁头的含有剧毒、脾气暴躁的毒蛇，那只穿皮鞋的脚也的确纤细高雅，是城里上层女人所专有的脚。这样的脚，抖起只蝴蝶，抖起朵花儿，都不足为怪，偏偏抖起条毒蛇！女人背对着他继续看山，许忠德借机匆匆往山下走去。他想起了屈原《九歌》里的山鬼，“若有人兮山之阿，被薜荔兮带女萝。既含睇兮又宜笑，子慕予兮善窈窕”。走了十几步回头，看那女人已不见了踪影，她的消失就如同她的出现一样，离奇突兀，不可捉摸。

许忠德从心底泛起一种恐惧，从小在山里生长的他自然深谙山间的种种神怪传说，他甚至后悔将自己的名字轻易地向对方说出。青木川的人都知道山鬼常装成美女模样迷惑过路青年男子，索取姓名，晚上到家里来呼唤着男子姓名敲门……被山鬼缠上，多难逃脱，因为山鬼是个很执着的东西。明代学问家王夫之对山鬼下结论说，此盖深山所产之物，亦胎化所生，非鬼也。……盖依木以蔽形，或谓之木客。

山里人最忌讳的事情是遇到山鬼。

许忠德是个知识青年，不信鬼魅，但他解释不了眼前所见。顾不了许多，就算是真遇到了山鬼，也只好听之任之了。许忠德加快脚步，向着青木川一路小跑，再不敢回头。

踏进青木川，身后凤凰山方向就传来激烈的枪声，许忠德惊骇地停住脚步，回身朝着山林呆望，他不知道刚刚离开的那块地界发生了什么。

听到枪响，乡亲们纷纷从屋里走出来，抻着脖子往凤凰山方向张望。有的猜测是国民党骑兵二旅在跟土匪交火，有的说是解放军和国民党在争阵地，有的说是土匪火并，也有的说是魏老爷的兵在跟解放军打仗。

一大早，魏富堂穿着宽大的纺绸裤褂，一身休闲打扮，坐在风雨桥头，看营长孙建军在河里摸鱼。魏金玉倚在桥栏杆上，半截身子探出去，在挑肥拣瘦地评论孙建军逮到的鱼。枪声一响，魏金玉对桥头的魏富堂喊，爹，山那边响枪呢！

魏富堂让孙营长带人去看看凤凰山出了什么事。孙建军光着脚跑上岸，纠集了几个人就要走。魏富堂嘱咐说，无论是啥子情况，都不要搅到里头，不要给自己找麻烦。

孙营长说，晓得。

魏富堂说，你得敬礼，回答“是”。“晓得”是啥子话！教你龟儿子多少遍了，老记不住。

孙营长光着脚双腿一并说，是！

孙营长原名小三子，排行第三，家里穷，魏富堂筹划办自卫队，他跟着鞍前马后地张罗，为的是能吃上一碗上头搁了浆水菜的饭。魏富堂嫌他跑进跑出叫个小三子不郑重，正好自己也在筹划建立军队，就将小三子叫了建军。魏富堂一时兴起，成全了一个时髦的名字“孙建军”。孙建军叫到了全国解放，叫到了“文化大革命”，叫到了改革开放，一直都非常前卫，没有过时之感。当年的小三子成了七八十的“三老汉”，名字却依然年轻新潮，引领着青木川的几个娃儿都叫了“建军”。当然，娃儿们建的是中国人民解放军，跟民团土匪全没了关系，跟小三子的“建军”也有了本质的区别。

孙建军带着几个人朝山上跑，险些和许忠德撞个满怀。孙建军没认出许忠德，以为是学校新来的先生，一脸的不耐烦，对许忠德说，好狗不挡道！

许忠德往旁边闪了，只觉得眼前的军官眼熟，一时想不起是谁。一个兵见许忠德使劲儿看他的营长，吼道，看啥子看，这是我们的孙营座，惹恼了营座看不把你的心尖下了酒！

许忠德自然不敢说什么。及至看到“营座”后脖颈那块长了毛的黑记，才想起“营座”是大姐家的老三，两三年不见竟然蹿了个儿，还当了营长。他想喊住小三子，可是小三子已经和他那一帮弟兄驷马狼烟地跑远了。

魏富堂看着发愣的许忠德说，是许家老二吗？

许忠德走到魏富堂近前，鞠了个躬说，是我，魏老爷。我接了您的信，回来了。

魏富堂说，让人认不得了，你们走的时候都是些个半大娃子，才几年，都出息了，长衫也穿起来了。

许忠德说，在成都，学生们都是穿长衫的，连学校的工友也穿长衫。许忠德没有说他回来是特意穿着长衫进青木川的。他其实完全可以短打扮，但是他在广元一下汽车就换上了长衫。虽然大学还没有毕业，毕竟也有种衣锦还乡的虚荣。他想好了，以后在青木川永远要穿长衫，以示自己的大学经历和文化水平，他已经不是一般种田的人了。

魏富堂打量着穿长衫的许忠德，赞许地说，嗯，像个学问人，比施喜儒施秀才还像！

许忠德说了许多感念魏老爷的话语，又说了成都城里的一些情况。魏富堂说，就回来你一个？

许忠德说就回来他一个，其他几个人功课忙，暂时走不开，说是待期末考试过了就回来。

魏富堂转了转眼珠子，想说什么却没说。在那一刻，他大概明白了，走出去的那些子弟如同放出去的鸟，是再也不会回来了。他的号召力对走出他势力范围的青木川人，已经不具任何威力。在青木川他是魏司令，出了青木川，他什么也不是。他看着眼前的许忠德，面皮比走时白嫩了，眉宇间多了清秀，一双眼透出了智慧，透出了自信。一时魏富堂觉得有些自惭形秽，他甚至认为许忠德这样的学子回来也未必能死心塌地地跟着他干。谢校长说得好听，“为青木川培育人才”，他花大钱培育出的家乡子弟，都飞了……

魏富堂不动声色地问许忠德在川大读什么专业。许忠德说学的是历史，主要是研究隋唐史。魏富堂问隋唐离现在有多远，许忠德说有一千多年。魏富堂说太远了，还是研究近些的历史好。又问唐朝有名的人是谁，许忠德想了想说是李世民。魏富堂说他从没听说过唐朝还有个姓李的，说研究遥远的李世民还不如研究广坪的李树敏。广坪的李树敏现在复杂得让他这个舅舅也认不得了。

许忠德说广坪的李少爷不属于历史范畴。

魏富堂说，现在不是历史，再过两年不就是历史了嘛！搞学问怎能跟长虫钻洞洞一样，往死里顶呢！

许忠德闭住嘴再不说话。魏富堂指着凤凰山问许忠德，刚才过那里，看见什么了？许忠德说什么也没看见。

许忠德有意地隐瞒了山巅那个神秘的女人，他觉得没必要跟魏富堂说那么多。他要尽量把局势在这个多疑、敏感、暴戾又胆小的民团首领头脑中简化。

魏富堂不解地说，听枪声好像是正规军交火，这伙人是从哪儿钻出来的呢？又说，老二你回来很好，你知道外面的情形，又识文断字，脑袋比我灵光，从今往后你就跟着我，帮着我料理事情，我不会亏待你。

许忠德不失时机地说他只请了一个学期的假，转过年还是要回川大读书的，无论如何学业不能荒废了。魏富堂说那当然，来年开春去学校，一切花销仍旧由他支付。他不但要出资，还要出大资，让许家老二顺顺当当把书念完。大学毕业，搁过去怎的也是个举人了，青木川多出几个举人，也改改这地方的风水，也是他为自己积了些阴德。几句话说得许忠德眼圈有点儿发红，他深感魏富堂的宽厚大度，为刚才心里对魏富堂的不屑自责。

魏富堂是何等聪明之人，他窥出许忠德的心态，对许忠德说，老二你能回来，就说明我没看错人。从今天起，你就是我的少校参谋主任，每月津贴十块大洋。我要让在外头的人看看，给我魏富堂干事、给自己家乡干事的人，会受到什么样的优待。

许忠德没想到，还没进家门，自己一瞬间就成了“少校”，成了“参谋主任”，就跟他想研究那些逃跑的皇上一样，梦境般的不真实。可是魏富堂说了，他的月薪十块大洋。沉甸甸的十块大洋，赶得上成都一个教师的薪水了。教师们花的都是金圆券，一堆烂纸票子，半口袋票子换不了五斤糙米，哪里见得着银圆。十块大洋，他们全家的所有家当加在一起没有十块大洋的一半……

魏金玉走过来，远远地朝许忠德伸过手来说，你就是许忠德吧，我听谢校长说起过你。

许忠德很不自然地跟魏金玉碰了一下手。虽然在成都见过握手的礼节，他却没碰过任何一个女子的手。他对魏金玉的大方举止感到吃惊。他离开青木川的时候，魏金玉正在汉中读高中。在他的印象中，魏金玉是个留着短发、穿着黑裙白衫的女学生，现在却丰满起来，变成大姑娘了。一双凤眼，两道细眉，乌黑的头发，纤细的身材，这一切应该是来自她的叫作“朱美人”的母亲。许忠德的脸红起来，碰过魏金玉的手也出了汗，有些结巴地说，你……也回来了？

魏金玉说她高中毕业就回来了，她爹让她给谢校长当助理，说校长一个人办学忙不过来。魏金玉说，校长知道你最近要回来，总在念叨你呢。

许忠德说，待会儿我就去看她。

魏富堂让许忠德不要急着去看校长，先到司令部报到，中午他要摆酒，给他接风。许忠德说不要摆酒了，他只是个学生，不习惯应酬。魏富堂说这是规矩，是青木川民团的规矩，任谁新加入都得摆酒，为的是得到弟兄们的认可，要不谁知道你是谁！魏富堂又告诉许忠德，往后说话不要太文弱谦恭了，军人就得有军人的样子，军官就得有军官的做派。不要鞠躬，要敬礼，敬军礼，对娘老子也得敬礼。魏富堂这么一说，就让许忠德想起了外甥小三子，大约也是魏司令用“军官的做派”调教出来的，横着走路，张嘴就是粗话。

两个人的话还没有说完，孙营长就回来了，报告说，山上激战已经结束，坡上躺了十几个解放军尸体，可能是路过时遭到了伏击。魏富堂松了一口气，说有人劫共产党的道，是吃了豹子胆了，谁爱惹事谁惹事，跟咱们没关系，咱们该干什么干什么。

许忠德认为事情并不像魏富堂说的那样简单，那样“跟咱们没关系”。解放军将中国大部分地区解放了，收拾西南一隅已呈破竹之势，魏富堂深居简出，对个中情形还是看不明白。这件事看起来是个简单的小伏击，背后的含意却非同寻常。解放军是在青木川魏富堂的势力范围之内遭到伏击的，谁伏击了解放军并没有人出来认账——就像是几十年以后国际流行的语言“承认对此事负责”。没人负责，在你的地盘上就得你负责。魏富堂有武装，魏富堂就脱不了干系。这位混沌的司令在这件事情上要撇清自己并不那么容易。许忠德把自己的想法对魏富堂说了。魏富堂沉吟半晌说，娘老子！这还真是个事儿！

一团丁说，我们的人都窝在家里，谁也没有出门！

魏富堂对孙营长们说，大伙儿可以做证，凤凰山上的仗不是咱们打的，谁打的咱们也不知道。

孙营长们纷纷赌咒发誓，说这个活儿不是青木川人干的！

魏富堂让人带了十几领草席上去，将那些兵埋了，着人做了记号，写下了尸体特征，自认为干了一件善事。至少，这些举动可以表明他跟共产党不是作对的。以前他跟共产党对着干，跟国民党对着干，现在他不得罪共产党，也不得罪国民党。

正如许忠德忧虑的，伏击解放军小分队，以后果然成了魏富堂的罪行之一。魏富堂拿不出任何“与此事无干”的证据，能做佐证的是他的手下——被认为跟他是一丘之貉。一丘之貉所说一概不能算数。魏富堂到最后也没搞清楚是谁在他的地盘上打死了解放军，将一个巨大的屎盆子扣在了他的脑袋上。

凭直觉，许忠德隐隐感到这一切与山中那个神秘的“山鬼”有关。也就是说，在他和女子谈话的时刻，他的周围已经是网罗张开、剑拔弩张了。草丛里，土丘后，无数黑洞洞的枪口，已瞄准了这条山间小路。贪行早路、无意闯入埋伏圈的他，不但没想到周围暗藏的杀机，更没想到他身后还行进着一支解放军的小分队。“山鬼”不是不杀他，是故意放他一马，以给后面即将到来的猎物一个“安全”信号。无形中，他是被“山鬼”利用了。

想到青木川还存在着另一个会说英语的山外女性，这真真地让许忠德有些费解了。

最终，这个萦绕在他心头的谜是因了解放军女干部林岚的死而解开的。施喜儒老秀才说得好，不义而强，其毙必速。世间的事，都是环环相扣的，逃不脱冥冥中的安排。用后来毛泽东的话说是，世界上绝没有无缘无故的爱，也没有无缘无故的恨。不是不报，时候未到。

回到青木川的许忠德最迫切的事是要去看谢校长。他要告诉校长自己回来的原因，还要告诉校长他在山上碰到了一个女子，这是件很重要的事情。那个女子英语说得跟校长一样精彩，连骂人的话也是那样地道直接，脱口而出。

谢校长的英文是一流的。她把当地故事用英文给孩子们慢慢讲出来，让大家听着很新鲜，很有意思。谢校长从学校刚成立就抓学生们的英文。山民们不理解，他们说小孩子能把话说清楚就很不错了，何必要学那不着边际、不能当饭吃的鬼话？校长说学外语不像农民种稻子，春天插下去，夏天就端上了饭桌。学习外语是个细水长流的过程，是厚积薄发的过程。多学了一门语言就多长了一双眼睛，将来青木川的孩子们是要见大世面的，绝不会永远窝在山洼里当小长虫……

在女校长的指导下，青木川的学生个个能叽里咕噜说洋话。虽然家长们不以为然，可是魏老爷支持。

魏富堂特别赞同校长的观点，这一点他深有体会。他说，会一门外语是性命攸关的事情，他领教过洋话的厉害，那是个杀人不见血的本事，会说洋话，就好比手里有了杆快枪，走到哪里都不会吃亏。青木川的娃儿哪个不学外语，就关他老子禁闭，三日不让下田，看他还有啥子话说。

魏富堂对校长教外语是极力赞赏的，有时候他像听堂会一样叫几个孩子到他家去，让学生们给他读英文。魏老爷端着小茶壶歪在太师椅上半眯着眼睛听。当然是什么也听不懂，可是那些陌生的语音组合让他有种难以道出的满足。他对传令兵们说，啥子是洋货，这就是地道洋货！我魏富堂当年若有这本事，葫芦坝教堂的神父绝不会得逞！

胡宗南路过青木川，魏富堂开招待会，没叫戏班子唱秦腔，而是叫了学生来念英语。穷学生们光着脚片子站在花砖地上，个子高高矮矮，衣裳长长短短，满脸菜色，满头虱虮，嘴里说着标准英语，确是别有一番风情。胡宗南是黄埔军校第一届毕业生，蒋介石的嫡系，多次游历外洋，自然什么都懂。他的夫人更是个喝过洋墨水的留学生。山里学生的不俗表现，当下把个西北军政公署长官和夫人听得目瞪口呆，不知身在何处。临走胡宗南给说英语的学生一人一支钢笔，一人一双球鞋，给辅仁中学送了春夏秋冬四幅挂屏，屏上烧制着五陵春色、蜀江濯锦等图案。胡宗南说山外大地方的孩子也未必能将外国话说得这样标准，青木川孩子们的英文不比南京的孩子差。这是魏富堂治理一方的功绩，魏富堂是个有大眼光的人。

许忠德出去读书，他英语发音、语法的纯正，让所有的老师和同学对这个山里的农户子弟刮目相看。许忠德知道，这得益于谢校长的严格训练。谢校长是个高水平的英语教师。

回到家乡的许忠德被委任了主任，不再是松散的学生。在魏司令的办公地，司令拿出一套军服让他穿上，他有些为难。魏富堂说他的话就是命令，别人他不管，他身边的人物是一点儿不能含糊的，比如他的卫兵，个个装备精良，忠心耿耿，要模样有模样，要个头有个头，不是一般乌合之众；比如他的马，是经过正规训练、上过战场、有实战经验的军马，他不骑那些拉车耕地的牲口；比如他的汽车，虽不长跑，也是擦得一尘不染、没有半点儿毛病的美国好车；比如他的老婆，没有一个不是温柔贤惠的闺秀，拿出去，哪个都是顶尖的美人……魏富堂这么一说，许忠德心里更别扭，他想，魏富堂这是把自己当成了车马老婆，当成了手使的东西。

听魏富堂的口气，这身衣裳非穿不可，没有商量的余地。

孙营长过来，不容分说，扒下他的长衫，把军装给他往身上套。他觉得像是在学校演戏，穿好戏服锣鼓一响就要出台表演，便十分地被动，十分地不自在……魏富堂站在旁边，告诉他哪个带子扣哪个环，是做什么用的，高筒的靴子如何进脚才穿得顺溜……他应承着，任着司令这里那里指点。穿戴完了，魏富堂围着他转了几个圈，满意地说这才像他的参谋主任，有这样的主任站在旁边才能衬托出司令的档次。许忠德要将军装脱了，说要去看校长。魏富堂说这样去见校长最好，让校长看看他的“赵云一样的参谋主任”。

魏富堂这招让许忠德哭笑不得，但是他不能违了司令的命令，出了司令部低着头往学校走。魏富堂在门口朝他喊，挺胸抬头，小腿甩开，胳膊摆起来！

他就抬头摆胳膊。

他对这身军装真是很不适应，崭新的哔叽军服走起路来唰唰地响，硬纸糊的一样板挺，不知道是自己随了衣裳还是衣裳随了自己。这让他想到了河沟里的螃蟹，甲胄在外肉在里，所有的肉都是随着蟹壳的形状生长。他把自己想成了一只螃蟹，一只刚从水里爬上岸、趺趺撞撞横着走路的螃蟹。别扭，别扭极了！斜挎的武装带没找准扣眼，松了，不住地往下滑落，他想不出这条带子是做什么用的，很像是戏台上大老爷端着的玉带，累赘又没用，完全是个装饰。脚上的高勒皮靴卡得他的脚踝骨生疼，每走一步鞋帮磨刀石一样磨他的脚面，从魏富堂的司令部到学校，不到一里路，脚上的皮已经磨破了，丝丝拉拉地疼。只有腰间的德国小撸子还算听话乖巧，没跟他较劲儿。银白色可连击五发子弹的撸子，玲珑剔透，像个亮晶晶的玩意儿。小撸子装在皮套里，挂在皮带上是个点缀，使得他一下从学生变成了军人。这把撸子原本是魏富堂心爱的朱美人使用的物件，朱美人在汉中遇难，魏富堂一直把撸子当纪念品珍藏着，现在给了许忠德，足见对许忠德的器重。许忠德说他不要枪，他不会使用这东西，魏富堂硬是把枪替他挂上，说，参谋主任不挂枪叫什么主任！许忠德只好将朱美人的枪挂上了。挂上了枪许忠德才知道，腰里有了家伙那感觉和当学生背上书包一样，立刻有了沉甸甸的实质内容。

把枪别在腰上，不过是瞬间的举止，可是这瞬间的举止给他找的却是一生的麻烦。一直到了老年，许忠德对腰间挂东西仍心有余悸，包括手机，包括钥匙链……老年的许忠德连皮带也不扎，他系裤腰带。

许忠德离开司令部没走多远，身后就跟上来两个兵。他走兵也走，他停兵也停，他站下了，两个兵也在后头止住了脚步。

许忠德说，你们老跟着我是什么意思？

兵们说没什么意思，他们是他的护兵，他走到哪儿他们就跟到哪儿，哪怕到天涯海角。许忠德让他们回去，说他不要护兵。兵们说他们是军人，得听命令，上头孙营长让跟着，就得跟着，还不能跟丢了。许忠德说，叫你们的营长来。

很快，孙营长来了，问许忠德有什么事，许忠德让他把两个兵收回去。孙营长说两个兵是魏富堂给参谋主任配的，编制上有规定，参谋长是少校军衔，少校级别要配备亲兵两名，手枪一把，战马一匹。许忠德说什么狗屁亲兵，碍事得很！孙营长说，狗屁亲兵就是警卫，他想要亲兵还没有呢。司令说过，给他这样的配亲兵，他非得把亲兵弄回家去当长工使唤不可。

许忠德说，尾巴一样地长在后头，难道吃饭拉屎也要跟着吗？

孙营长说，二舅，啥子级别配啥子家什，改不得的。魏司令脾气大，惹恼了他大家都不好过。这两个兵都是死心塌地地跟着二舅的，二舅把他们看成是领章上的两个花，看成是靴子上的两个马刺，看成是自己的一部分就成了。

两个兵也非要跟着参谋主任走，说带上他们，主任的吃喝拉撒睡，自己全不用操一点儿心，他们绝对是训练有素的老兵，会把主任伺候得舒舒服服的。孙营长说他给二舅挑的两个兵，本事好生了得，一个是镇上澡堂的伙计，搓澡推拿全在行，还有修脚手艺，更绝的是还会说书，刷子一拍，张嘴便是“穆桂英戏擒杨宗保，魏司令招亲华阳镇”；另一个是黄猴岭挖药的药工，熟悉山林，懂得草药，秦巴山的沟沟岔岔，纵横交错，匪兽频出，真有不测，跟着他能躲能藏，保准性命无忧。两个亲兵都是能吃苦、有本事、用得着的人，有了他们，许忠德闲时想听《吕布戏貂蝉》就听《吕布戏貂蝉》，想听《赵匡胤千里送京娘》就听《赵匡胤千里送京娘》，绝不会寂寞。万一有什么头疼脑热，有了红伤蛇咬什么的，不用吩咐，药工就会把治病的药找来。这两个人是他百里挑一给二舅挑出来的，他绝对知道什么样的人有用，什么样的人没用。

许忠德还是不要，说他既不爱听“千里送京娘”，也不会挨枪子儿遭蛇咬，他就想利利索索一个人，他不愿意跟台上的戏子似的，扯些个打旗呐喊的龙套，走到哪儿呼呼啦啦打狼一般。孙营长把他拉到一边低声说，二舅你怎参不透这些龙套的意思。他们当了你的龙套就顶了丁，家里也少了丁税。魏老爷的壮丁抽得狠，三抽二，老少不论，谁都愿意给当官的当护兵，当了护兵不用出操，就在镇里转。当官的命值钱，不会出去打仗，当官的不打仗当护兵的就不打仗。这两个人虽然只是小小的二等传令兵，都是屋里的重要人物。一个是独生子，叫沈良佐；一个是四个孩儿的爹，叫王成。

许忠德说，又是搓澡的又是挖药的，魏司令的队伍里真热闹。

孙营长说，不热闹怎的叫民团哩！

现在，两个二等传令兵，搓澡的和挖药的，独生子和孩儿爹，背着长枪，人五人六地跟在少校参谋主任后头，神情比少校还少校，昂首挺胸走进了辅仁中学。

学校门口有大槐树，有宽广的门，门楣高耸，笔架一样直立着，对应着北面的笔架山。这是魏富堂为学校选址的用心之处，对文化的憧憬体现在学校修建的处处细节之中。迎着校门是大礼堂，礼堂内白石头立柱，巴洛克式的浮雕，高高的落地大窗，宛若一座平顶教堂。这座建筑一开青木川新潮建筑的先河，让山里的百姓大开了眼界。如此考究的厅舍，别说在汉中，就是在西安也是少见的。大礼堂和教师办公楼，是校长谢静仪从上海请来工匠修建的，1945 年始建，1947 年竣工，整整建了两年。新建的礼堂典雅端庄，体现着高台教化的神圣。许忠德踏上礼堂那光滑宽敞的台阶，不由自主地产生一种天将降大任的使命之感。高大的廊柱催动着他的血朝上涌，使他想到“国家栋梁”这样很神圣的词汇。他记得，礼堂奠基那天，他和青木川几个将到成都读书的青年后生站在礼堂的基址上，由魏富堂给他们披红戴花。鞭炮声中，谢校长给他们每个人送上魏老爷的馈赠——沉甸甸的一个包，那是他们一个学年的费用。魏老爷许诺过了，来年用学习成绩单换取下一年的资助，考得好的另外有奖。许忠德和即将去外边读书的学生穿着统一服装，背着行李整齐站立着。魏富堂给他们训话说，改变青木川的风气自你们而始，你们将是青木川的文化中坚，是我们这一代人的心劲儿和想法！衣服给你们每人置办了两套，球鞋两双，出门在外体面最是要紧，不要让人小看了我们青木川。我们地方小，但是眼界要大。到了成都，大伙儿要可着劲儿念书学本事，不要挂记家里。只要能念，你们念到哪儿我供到哪儿，我会按时让人把钱给你们送过去，但是你们得把成绩单给我捎回来，哪个贪玩不好好念，我不给钱。

魏富堂问站在前边的魏老幺，念完书将来要做什么？

魏老幺说，报告团总，我要学开汽车。

魏富堂挨着逐一问，有要学造枪的，有要当大夫的，有要像谢校长一样回来当老师的，还有一个要学体育投标枪的……到了许忠德这儿，许忠德说，我要学历史。

魏富堂问，历史是怎么档子事？许忠德说，历史让人活得明白。

谢校长说，大家要好好地学，努力地学，学一身本事，回报父母，回报青木川，回报国家。将来长大了，你们就会明白，青木川用什么样的资源成全了你们的一生。

虽然得了魏富堂的救济，但许忠德心里感激的还是谢校长。没有谢校长的动员，没有谢校长的劝说，魏富堂会拿这笔钱又买了枪，扩充了他的民团。魏富堂喜欢枪，也买了不少好枪，这是大家都知道的。如果让魏富堂自己来掂量，枪比学问重要，有枪就有了一切。学问再大，人家的扳机一扣，照样得闭眼倒地，屁事不顶。可是魏富堂听谢静仪的话，谢校长那不紧不慢、慢条斯理的平和语气，甭管说什么，都如清凉的风，使魏老爷满身的躁气和粗野在瞬间土崩瓦解。魏富堂说，谢校长有文化，是见过大世面的人，她是真心实意为了青木川好，对谢校长的话，我魏富堂理解的要执行，不理解的也要执行。

谢校长说青木川要盖学校，就盖学校；谢校长说要资助青木川子弟上学，就资助上学。魏富堂对校长的指示不打一点儿磕绊。谢校长跟魏富堂说话从来是直截了当，有时话说得很难听，魏富堂也不恼。谢校长说魏富堂的钱是卖大烟挣来的，不是干净的钱。魏富堂用这钱盖了学校，资助了家乡子弟，这钱就是清水一般的净了。

施秀才说，天下之至柔，驰骋天下之至坚，世间的物件都是相生相克的。火怕水，水怕土，一物降一物，天地的安排，公允之极。魏老爷在青木川虽然顶天立地，却有能管住他的人，这个人就是谢校长。

许忠德走进学校，操场上正打篮球的学生们都停止了活动，他们惊奇地看着进来的几个人，目光随着许忠德转。几个年纪大的学生认出了他，高声地喊叫“许老二”“许老二”。许忠德向他的小师弟们挥了挥手，学生们受了鼓舞般，一齐大声喊“许老二”。

亲兵沈良佐，就是搓澡的，将枪一端，枪栓哗啦哗啦一通扳弄，拿腔拿调地喝道，小的们退下，休得无礼！

许忠德一愣，以为沈良佐要说书，他赶紧打住沈良佐话头，让两个传令兵到校门外等待，说到晚上睡觉以前都没他们什么事了。两个兵也乐得出去，一个说骑二旅的长官要去洗澡，他得回去照应；一个说要到林子里挖些猪苓，最近集场上的猪苓价格看涨。

许忠德说既是这样大家还是各自方便的好，自己到学校来是看望校长，不必这样死死活活地相跟着。

两个兵走了，沈良佐临走时还没忘了给学生们下命令，让“孩儿们继续操练”。

学生们哪里肯散，嘻嘻哈哈一阵哄笑，再不打球，有的过来摸许忠德的衣裳，有的问那扣子是不是铜的，还有的要摘他的大盖帽，如一群淘气的猴子将少校主任团团围住。许忠德紧紧护着腰里的枪，急不是恼不是，尴尬极了。

黄金义抱着一摞作业本路过，将孩子们喝住了。黄金义看着全副武装的许忠德说，穿得这样整齐，是不是来给学生们训话？

许忠德立刻满脸通红，说他昨天才回来，现在来看望校长。黄金义问许忠德还走不走。许忠德说肯定要走，学业还没有结束，他跟学校请了一个学期的假，是魏老爷把他叫回来的。黄金义问成都形势怎么样。许忠德说乱糟糟的，街上净是兵。黄金义让许忠德晚上到他的宿舍来聊聊，他很想知道山外头的情形。

上课铃响了，黄金义向教室走去，回头对许忠德说，晚上我再约几个老师，咱们聚一聚！

许忠德说一定过来，又问校长最近可好。黄金义说校长就在她的办公室，身体不太好，人有些消瘦。

许忠德来到校长室门口，小学生一样喊了报告，里面有柔和的声音让他进去。推开门，校长谢静仪正坐在藤椅上看书，桌上瓶里插着几枝隔年的干苇花。一杯清茶，在铺着花格桌布的小桌上悠悠散着热气，为房内增添了些许温馨。见许忠德进来，谢校长高兴地站起来，招呼他坐。许忠德不失时机地敬了礼，竟然也敬得有模有样，无可挑剔。校长问他成都学校的情形，问他的学业，他一一回答了。他一动弹衣服就响，把他窘得脸色通红，浑身冒汗，坐在那儿手脚没处放。好在校长对他这身装束视而不见，并不关注，只是笑眯眯地歪着脑袋看着她的学生。许忠德谈到了回青木川的初衷，想得到校长的支持。校长没说好也没说不好，淡淡地说，天下同归而殊途，一致而百虑，你回来未必好，他们没回来也未必不好……

等于是什么也没说。

校长的屋里有淡淡的药香，墙角小泥炉上正煎着中药，药汁还没有沸腾，干枯的草药浮在水上头还没有完全浸透。许忠德问校长是不是病了，校长说也没什么大毛病，最近胸腹胀满，常常多梦，夜里睡不踏实。许忠德说煎药这样的事情可以让学校杂役来干，校长不必自己亲自动手。谢校长说，煎药是件安神养性的事，她不在乎喝那碗苦涩的药汤子，她在乎煎药的过程，看着棕红的药汤缓慢地在砂锅里翻滚，不动声色地将草药的精气神一一滗出，渐渐地变稠变浓，人的心也静下来了。谢校长说着用小细茶壶给许忠德倒了一杯茶，说是瞿家自产的茉莉花茶。许忠德知道谢校长祖籍北方，喜欢喝花茶，早晨的第一件事就是喝茶，这已经成了习惯。每天阳光带着窗外紫藤的绿荫洒进房间内，校长都会坐在藤椅上慢慢品着茉莉花茶。茉莉花的香气和紫藤的香气浸润着校长的小屋，浸润着书架上一本本厚重的烫金洋文书，那情景真是一幅好看的画。谢校长喜欢在喝茶的时候叫学生到她的房间说话，有时候还让他们品尝点心。点心是魏富堂太太瞿焕贞所做，瞿焕贞的点心做得小巧精致，透着大家闺秀的细腻，是校长的喜爱。无论花茶还是点心，于山里的孩子们来说，都是很少见的东西。大家都羡慕谢校长，觉得这样的日子才是校长应该有的日子，才是读书人追求的日子。在孩子们零零碎碎的梦中，常常也梦见小点心，梦见花茶和有桌布的小桌。梦里的主人当然不是校长，而是他们自己。

许忠德的记忆中，谢校长来青木川以后再没出过山。校长来青木川好像很随意，好像是兴之所至，说来就来了，就停下不走了，当起了教书先生。他记得很清楚，校长来的那天他正和大伙儿用石头平整镇街有限的道路，好让魏老爷的汽车行驶起来少些颠簸。他一抬头远远看见校长骑着马和魏富堂走进了青木川。校长披着葡萄紫的披风，由远到近，夺尽了修路人的眼光。见到光鲜清丽的谢校长，不少人以为魏富堂又娶了新夫人。那时魏老爷的唐姓夫人已经病逝，后续的大赵和小赵刚刚离开，魏家内宅正空虚。

在众人的目光下，魏富堂在门口搀着谢校长下了马，进了魏家大宅。人们从魏老爷谦恭的态度上猜测，这一定是魏老爷新娶的洋派夫人，看魏老爷那副小心的模样，这个夫人是有来头的，其来头之大，远在进士门第的大小赵之上。

魏富堂与谢校长的关系一直是个谜，这个问题青木川人众说纷纭，之所以莫衷一是，是因为魏家大宅厚重的大门一关，里面发生的事情是谁也看不到的。谢校长在魏家住了一段时间。据青川楼厨子张海泉说，他给魏老爷送肘子，亲眼看见过魏老爷跟谢校长在一个桌上吃饭，那情景完全跟两口子一样，对谢校长是魏老爷的新夫人，他没有一点儿怀疑。

谢校长在魏家大院住下来后，第一个举动是撤了施秀才的学馆，将文昌宫改为新派学校，自己画图样，找木匠做了成套桌椅，制了黑板，然后挨家挨户动员孩子们去学校读书。施秀才的私塾教授的只是镇上几个家境富裕子弟，新派的学校却是要求所有适龄的孩子都去上学。青木川的穷人没人愿意让孩子去瞎耽误工夫。谢校长动员了几天，除了跟着施秀才念书的三五个学生外，只动员来两个学生，有一个还是拉着两只羊来的，上学兼顾放羊。穷人家的孩子，不能坐在那儿让时间白白地流过去。校长去各户家访，乡民们表现十分冷淡。魏富堂知道了情况，就派了一个班，拿枪逼着，押解俘虏一样把孩子们从家里揪出来，押进教室。不大的教室很快坐满了学生。像许忠德这些跟着施秀才读过几年、有一定基础的，另加了数学、几何、历史、国文。课本都是校长让魏富堂从汉中购来的，又高薪聘请了先生。一时文昌宫内书声琅琅，成了正规学校。老师在课堂上讲课，窗户外头有兵背枪站岗，谁也不许私自走动，不许中途逃跑，老师讲课时学生连茅房也不让上，个个规矩坐着。谢校长虽不比背枪的厉害，也是一样的不肯通融。施老秀才说，谢校长有本事，愣是把一群马蜂拢住了，比我打手板子效果显著。

魏漱孝的爹魏富明是魏富堂的本家。魏富明家生活穷困，加之本人脾气牛犟，便活得很没人缘。校长动员他儿子去上学，魏富明说家里农活重，连嘴也顾不上，把娃儿们都弄去念书，顶不得饭吃，没啥子用！校长说读了书才能当明白人，当了明白人就有了挣钱养家的本事。魏富明说，明白啥子哟，将来就是天上下纱帽，也下不到我们这样的人头上。校长说娃娃去念书，学费全由魏老爷负担，不需要交一文钱。魏富明让校长不要抬出魏老爷压人，儿子是他的，不是魏老爷的，他不让儿子念书，一百个魏老爷动员也不行。这话传到魏富堂耳朵里，魏富堂对手下说，这个魏富明脑瓜不开窍，不让娃儿读书，游他的街！

几声锣响，魏富明戴着纸糊高帽提着锣在民团押解下游走在青木川的老街上，后头跟了不少大人和孩子，大家围着他嘻嘻哈哈，指指点点。施秀才拉着魏富明的儿子魏漱孝走在旁边。魏漱孝抱着爹的腿哭着说，爹，咱不游了，明天我就去学校读书。

魏富明已经在镇上游了两圈，嘴还是硬，吼儿子说，滚一边去！老子爱游街！

魏富明在青木川游了好几圈，一圈比一圈嘴硬，游了半日，拉回家里，魏富堂问他游了这半日街有什么打算，魏富明说，没什么打算，耽搁半日活计罢了。我家漱孝娃儿顶大半个劳力，搂柴、打草、放牛、看小的，他进了学校，这许多活计谁来干？

魏富堂霸道地说，这我不管！

魏漱孝一直跟着爹，爹在街上游了几圈他陪着走了几圈，此刻他摇晃着爹的胳膊，乞求地说，爹——你就答应了吧，丢人呢……

魏富明说，你爹我不怕丢人，都是乡亲，谁还不知道谁。

魏富堂说，不答应是吧？

魏富明说，不答应。

魏富堂说，关禁闭，先关他半个月。

魏富明说，关就关！

校长还要说什么，魏富堂让孙营长把魏富明五花大绑了，说魏富明不把孩子送学校就把他关进地牢。魏富明院里立刻一阵骚乱，魏富明生病的老娘从门里奔出来，抱着儿子的腿死活不让带走；几个娃儿哭成一片，喊爹喊妈声声凄惨；魏富明的老婆直挺挺地横陈在门口，以死相抗。哪里是送孩子去上学，分明是捍卫一个家庭的生死存亡。

末了是孙营长朝天打了一排枪解决了问题，大的小的立刻住了声。

牛犟的魏富明还是嘴硬，说就是打死了也不让孩子去读那龟儿子的鸡巴书。魏富堂说，不让娃儿上学就不放他！

魏漱孝的爹在魏老爷的烟库里整整被关了十天。烟库是座半地下建筑，为防潮防盗，全用水泥建筑，厚铁门一关，里面比牢房还牢房。魏富堂释放魏富明的条件很简单，什么时候答应送娃儿去上学，什么时候放他出来。家里的地荒着，老娘病着，老婆终日地哭，魏富明再倔强，也倔不过日子，十天后只得答应把儿子送学校去读“龟儿子的鸡巴书”。有了爹的屈服，魏漱孝才得以走进教室，一直念到中学毕业，他的成绩名列前茅。要不是娶了媳妇，生了儿女，还能一直往上念……1950年民主选举，那些委员的名单都是魏漱孝一个一个抄在大红纸上的。他虽然不是委员，但是比委员还神气，人们围着他，看着他写字，夸他有文化。那会儿他心里感念的只有魏富堂。没有魏老爷的枪逼着，没有那座后来被人们反复控诉的“地牢”对他老子的关押，他不会去读书，当然也就没有当众写字的风光。对抄写委员名单，魏元林有不同看法，魏元林一直坚持名单是他抄的，魏漱孝不过是站在旁边帮着抻纸，并没有实际操作。但魏漱孝说名单绝对是他抄写的，要不他不会有那种当众写字的神圣感觉，并且将这种感觉记了一辈子。

魏漱孝的爹对魏富堂关押他的事一直耿耿于怀，忘记了关押的初衷，只记得关押的事实。枪毙魏富堂的罪证之一是“私设牢房，关押迫害革命群众”，魏富明的证言很是起了作用。“文革”时候，魏家大院成了阶级教育宣传基地，许多外地革命群众坐着大汽车跋山涉水到这儿来接受教育。每每看到地牢，听到老眼昏花的魏富明站在地牢口的控诉，无不激动得喊口号，要打倒土匪恶霸魏富堂，誓将“无产阶级文化大革命”进行到底。魏富明老眼昏花心里却不老眼昏花，在一遍一遍不断重复、不断完善、不断加工、不断精彩的控诉中，他从没提过一句魏富堂关押他的原因，革命领导小组的人也不让他提原因。那样一来，接受教育的效果会大打折扣，群众就不会喊口号了，就不会将“无产阶级文化大革命”进行到底了。为了坚定魏富明的宣讲信心，领导教育他说，魏富堂关了你没有，关了，这就是事实。魏富堂为什么能关你，因为魏富堂是恶霸，是我们的敌人。现在为什么没人能关你，因为你是国家的主人……魏富明想，让魏富堂关押的事的确没有妄说，就心安理得、理直气壮地讲开了。那时候魏富明每接待一拨参观者，也就是说他站在地牢前每控诉一次，给他记三分工。一个壮劳力每天的报酬是十分工，魏富明的接待量十分饱满，他挣得远比青壮小伙儿多。魏富堂十天的关押，使魏富明受益匪浅。

很快，谢静仪的学校越办越有声色，十里八乡都知道青木川有了好老师、好学校，四川、甘肃的家长也把孩子送了来。学生越来越多，文昌宫容纳不下了，谢校长就建议魏富堂盖学校。魏富堂也不含糊，拿出当年大烟收成的七成，让校长使用。资金雄厚，学校就盖得很有气魄，加之女校长的眼力、见识，愣在深山老林里弄出了一片不同凡响的建筑，让谁见了都不能忘却。学校落成后谢校长立刻从魏家大院搬了过来，在这座带游廊的木头小楼上，为自己辟出一个精致套间，精心布置，有种寻到归宿的满足和舒展。

那天，穿着少校军服的许忠德跟校长说了不少话，他将重要的留在了最后，他提到了在凤凰山遇到的女子。他认为这样的事情，山外来的校长，应该知情。可是谢校长对这件事情表现淡漠，许忠德在谈及那个女子用英文骂人的时候，校长只是淡淡地说了句“是吗”，再没有接续下去的意思。许忠德强调说，凤凰山袭击解放军，肯定与山上女人有关。不知是哪里来的，该不会给青木川带来麻烦吧？

谢校长走到窗前，望着窗外，许久，自言自语地说，藤萝花谢了，明年不知还能不能开。

许忠德揣摩不透校长在想什么，总觉得校长的话说得怪。

炉子上的药锅潽了，许忠德赶忙蹲下去抢救，军装妨碍了他的举动，将一锅药汤洒了许多。校长说，这个衣裳不适合你，你还是穿长衫好看。

打那以后，许忠德再也没穿过那套军服，魏司令跟他发了几回脾气，也还是不穿。有时候实在抗不过了，打出谢校长的旗号，魏富堂也不好再说什么了。那身衣裳一直塞在箱子里，让虫子打了眼儿，在之后有布票的年代变了形式给儿子们改了小衣服；那双硌脚的靴子"文革"的时候主动交了出去，换了一场批斗会、几顿暴打、半年牛棚。造反派还追问德国撸子的下落，他说跟魏富堂的枪械在1950年一块儿交了。造反派不信，派了十几个人来抄家，将屋里的东西翻了个底朝天，连墙缝都拿通条探过了，什么也没找着，算是桩疑案挂着，将许忠德定为土匪残渣余孽，属于坏分子系列。

当然，命是保住了。

根据李天河镇长的安排，许忠德领着冯小羽仔细游走了青木川。关于1949年回乡的事情，是在冯小羽不断的追问下，许忠德极不情愿地说出的。冯小羽问许忠德回到青木川后不后悔。许忠德说，后悔啥子哟，人一辈子许多事是悔不起的！谢校长那样的学问到山里都没有悔，我一个山里娃子有啥悔的。

冯小羽说，当年若不回来就不回来了，回来了就成了"运动员"，和土匪恶霸相提并论，运动来了，回回都要被运动一番。

许忠德说，被运动是以前，现在我是县政协委员呢，也有了参政议政的权利，政府尊重我，该知足了。唯一遗憾的是对唐朝逃亡皇帝的研究，只能留待下辈子了。

说着话，他们走进了青木川中学。冯小羽看到了那块“率性之谓道，修道之谓教”的石碑立在礼堂的前面。石碑很残旧了，边缘被敲打得很不齐整，只是字迹还清晰。许忠德说石碑在“文革”时先是被砸，后来拉去垫了茅房，去年才从厕所挖出来。让它重新立在这儿，是现任校长的主意。

青木川中学在大兴土木，这里那里堆着沙土砖头，泥水满地，卷扬机、推土机一齐轰鸣。一片嘈杂中，许忠德饶有兴致地指着碑旁边的树说是谢校长亲自栽的，冯小羽问是什么树，许忠德说是桂树。桂是吉木，校长盼的是青木川的学生们能蟾宫折桂，成为国家栋梁之材。冯小羽从来没见过这么高大的桂树，许忠德说这是谢校长让魏富堂从汉中留坝的紫柏山移过来的大树。紫柏山有张良庙，冯玉祥、蒋介石都题过字，那里名贵树很多，本不让动一棵，魏富堂是花了大价钱的。谢校长要什么，魏富堂就给弄什么，就是要天上星星，也要想法子给摘下来。

青木川中学现在的校长姓周，很年轻，听说作家来了，赶紧到礼堂门口来接，将冯小羽让到办公室，又是倒茶又是拿资料，一通忙活。周校长很热情地介绍学校的基建情况和规划设计，诉说着跑资金的艰难，说虽然钱少，房屋的修缮仍旧要依着当年谢校长的设计风格，不破坏原本的风貌，体现出原辅仁中学独特的文化内涵。

教师办公楼是当年学校重要的一部分，现在还在使用。周校长的办公室也是当年谢校长的办公室，是整座楼房位置最好最大的。许忠德很仔细地给冯小羽介绍，这里是谢校长放小桌子的地方，那里是书案的位置；这面墙上挂着北平北海白塔的油画，那边几把木椅，是学生们常坐的……冯小羽问谢校长的卧室在哪里，许忠德说在隔壁，原先是套间，现在封了，隔成了两间。冯小羽看墙，果然有门的痕迹。现在的校长办公室中部用书柜隔成里外间，里间有床有桌，是卧室兼办公室，外间有沙发茶几，是会议室兼接待室，紧凑而有条不紊。老旧与残破就在这有条不紊中显露了出来。木头的窗棂已经变形，一看便知道那些窗扇根本不可能关严；玻璃污得看不出外面的景色，有光射入，说不清阳光还是月光；墙壁潮湿掉皮，一块块水渍地图一样在上面洇开来，图形地域的变化取决于当年雨水的多少；木地板踩上去吱呀作响，脚步稍稍重一点儿整个楼房似乎都在摇晃……

冯小羽说，这房不行了。

周校长说，是不行了，早晚要拆，一切都是凑合，关键是资金没着落，那点儿有限的钱先尽着教室和学生宿舍用，老师们的事往后搁搁再说。

冯小羽说，房子老了，构造还是很洋气，就是现在，城里有些学校的办公楼也未必赶得上这个时髦。特别是这间南北有窗的房子，宽大得能当会议室用。

周校长说，从青木川学校盖成那天起，这间屋一直就是各任校长的办公室。从谢静仪往下数，他是第十九任校长。就是说这间屋子待过十九个不同秉性、不同经历、不同心情、不同结局的教育界人士。

说话间，墙洞里钻出只老鼠，老鼠不畏人，如入无人之境般顺着墙溜达。见冯小羽关注那鼠，周校长说，老鼠是这里的大爷，晚上常常成群结队在楼道里游行，开运动会，比赛谁跑得快。

冯小羽说这房是该拆了，一座危楼，不知什么时候就倒了。

周校长说，方案提出许多，在镇政协会上就通不过。委员们说了，辅仁中学别的房都可以拆，只有礼堂和校长办公楼不能动，当年是请上海人来盖的，巴洛克式的浮雕。

不用问冯小羽也知道周校长说的“委员们”就是魏家大院门口坐着的许忠德、三老汉、魏漱孝这些人，许忠德在跟前，不便直说就是了。果然许忠德不满地说，哪里拦得住，眼瞅着青木川在旧貌换新颜呢，老房子一座一座地拆，贴着瓷片的小楼一幢接一幢地盖，家家弄得跟澡堂子似的，住在里头不觉得寒碜，还挺臭美。整天在澡堂子里晃来晃去，美什么呀！那座风雨桥，说是低了，要往高里整，上半年设计部门拿来了图纸，我一看，桥板是水泥的，柱子是水泥的，台阶是水泥的，连歇脚的凳子都是水泥的。风雨桥成了水泥桥，大礼堂、办公楼再成水泥的，青木川就不是青木川了，就彻底完了！

冯小羽说，抵制啊，政协就是干这号事儿的。

许忠德说，怎能不抵制，几个人写了个意见交上去了，上头说改。怎么改？水泥桥上假模假式地加了个篷子，把个桥弄得猴儿顶灯似的，说白了还是水泥！现在的人，除了水泥什么也不会使，所以，这礼堂和办公楼干脆就不要乱动，免得嫁接得谁也不认识了。

冯小羽知道，许忠德们护着办公楼和大礼堂不让拆，也是对女校长的怀念。在这个破烂的关不严的旧窗前，曾经坐过一个不俗的女人，那女人改变了青木川一帮穷苦农家子弟的命运，开阔了深山老林土豹子们的视野。女人将她的教养、文化，将她的优雅、从容展示给了山里人，而后无声无息地消失了。人消失了，她的信息却留在了这里，准确地说是留在了这间办公室里。立刻，冯小羽嗅到了一股微微的草药气息……

周校长说他确是在熬中药，神经衰弱，睡眠不好。校长说，住在这间屋里的人无一例外都睡眠不好，半夜里常常突然醒来，莫名其妙地极其清醒，总想找谁说点儿什么，从被窝里爬出来干点儿什么。

许忠德说，这是校长们住的屋，校长们心里头装的事情多，晚上自然睡不好。

冯小羽走到窗前往下看，没有藤萝架，只有从窗口丢弃的生活垃圾，破塑料拖鞋、没了底的搪瓷盆、葱叶子菜帮子，外加一地炉灰，熬剩下的药渣子也面目不清地层层堆积。这一切，让她怎么也无法和茉莉花茶，和小点心，和铺着桌布的小桌，和灿烂的早晨的阳光联系起来。

校长办公室旁边，当年与办公室相通的卧室锁着，锁长了锈，看来是许久没有开启过了，从发乌的玻璃往里看，什么也看不见。周校长看冯小羽对这间破堆房有兴趣，让人拿来钥匙开了门。随着门的吱呀推开，一股灰尘扑面而来，呛得人有些招架不住。满是灰尘的房里堆着许多巨大匾额，周校长说是学校早先留下的，被老师们弄去当了床板。去年他把这些匾收集了，将来作为校史展览用得着。冯小羽看那些横七竖八的匾，有“培育英才”“厦庇群英”“提高文化”等，大部分是民国三十六年、三十七年、三十八年三年中附近绅士们送给校长谢静仪的，以魏富堂本人送的居多。而楼下的操场旁边，矗立着学校新立的现代水泥标语碑，上面用红漆写着“普及教育，振兴中华”。楼上堆房内和楼下操场边的话语相隔了六十年，内容却是一脉相承的近似。土匪恶霸的理想与今日的教育方针有着不谋而合的沿袭，共同的内涵大概就是那个“率性之谓道，修道之谓教”中华文化的大背景了。

冯小羽想知道女校长的卧室是如何布置的，回身寻找许忠德，发现老向导此时正在楼下靠着大石头缸抽烟。他早早地躲了，根本没有进入这个房间的意思。见冯小羽下来，许忠德说那间房里什么都没有，净是土，他的鼻子对尘土过敏，闻不得那个气息。冯小羽说那些匾额的字写得都很好，山里能有这样的好书法真是让人刮目相看。许忠德说青木川是藏龙卧虎之地，说着闪开身子让冯小羽看大石头缸上刻的娟秀小字：

洋洋乎津，乃漱乃濯，邈邈遐景，载欣载瞩。

人亦有言，称心意足，挥兹一觞，陶然自乐。

字迹齐整，一笔一画都极到位。许忠德告诉她，这字是当年的小赵写的。谢校长在魏家住着，见墙上挂着小赵的字，对其中“人亦有言”“陶然自乐”很是喜爱，让石匠把字刻在石缸上，摆在学校办公楼前头作为点缀。虽然内容跟学校不太搭界，但校长还是很满意。

冯小羽问谢校长是哪一年来的，周校长说是1945年，这在他们的校史上可以查到。

冯小羽问几月，许忠德说年初，天气还冷，他记得他哥哥正在堂屋糊灯笼，应该是快过正月十五的时候。冯小羽说，地区的学校校长应该由上边教育局任命，谢静仪应该是由宁羌县派下来的了？

许忠德说，校长来的时候青木川还没有学校，是她创办了学校。私立的学校用不着公家派校长。

周校长说，魏富堂是青木川的土皇上，学校是他出钱办的，他可以任命任何人，连他的人民自卫队总司令也是自己任命的。后来自卫队改叫民团，团长也还是他，他委任谁是校长谁就是校长。虽然谢校长没有政府的正式任命，但谁也不能否认她在青木川的实绩。一个城里的女知识分子主动到山里教书，献身山区教育事业，可敬可佩，可惜没有人表彰她。

许忠德说，怎么没人表彰，被你堆在房子里的匾就是表彰，青木川老人们心里都给校长留着地方，时刻想着她，这就是最好的表彰。

一个教师拿着摄像机给搭了脚手架的教室摄像，周校长让他过来给大家照个合影。许忠德不愿意照，周校长说作家来了，应该在学校留下影像，学校以前的缺憾是什么资料也没留下。从第一任校长到第十八任，谁也没留下照片，历届毕业生竟然大部分没照过毕业合影，这在城里中学简直是不能想象的。现在他很注意收集资料，包括学校建房、学生毕业、运动会、文艺演出，都要摄像，要让青木川中学一步一个脚印有记录地往前走。

许忠德说，青木川中学以前就没一个脚印，是在天上飞吗？

周校长知道老头子有意在抬杠，不再说什么。谢校长手下毕业的这些老爷子们很少到学校来，来了也是横挑鼻子竖挑眼，对学校的一切都有看法，都不满意。他们把谢校长当作了尺子，无论什么都是“如果是谢校长就会怎么怎么的”，违背了他们的做法就是违背了谢校长的做法，就是荒腔走板。那个六十年前的女校长对她的学生影响简直大极了！

教室里传来优美的钢琴声，传来志愿者教师王晓妮教唱英文歌曲的声音，冯小羽听那词曲，竟是十分陌生。许忠德说他们唱的是谢校长写的歌曲《青川之风》，这首歌里暗含了二十六个英语字母顺序，会唱了也就会背了，谢校长是个好教育家。新来的王老师喜欢这首歌，教了孩子们唱。校长留下来的老琴，六七十年了，音色竟然一点儿没变。

《青川之风》在一遍遍重复，王晓妮教得认真，孩子们学得也很努力，一时让许忠德听得有些走神。冯小羽说王晓妮的发音很好，许忠德说没有谢校长说得自然。冯小羽说，大城市的女孩在深山当志愿者，很不容易了。

许忠德说，国家有政策，王晓妮只要在这儿当志愿者够两年，回去不用考试就能上研究生。

话让许忠德这样一说立刻没了兴味。冯小羽问钢琴是不是魏富堂特意为谢静仪买的。许忠德说是魏富堂为大小赵置办的，由山外费了九牛二虎之力弄进来后从没人弹过，后来被校长拿来用了。冯小羽问大小赵是哪年走的，说是 1945 年；问校长是哪一年来的，回答仍旧是 1945 年；问瞿焕贞呢，回答还是 1945 年。

1945 年，在冯小羽脑海中成了一个挥之不去的数字。关键的问题是这个外来的女校长是怎么来的，后来去了哪里。冯小羽向许忠德提出这些问题，许忠德的回答是，西去山外，不知所终。

冯小羽说，怎么可能！

许忠德说，怎么不可能，那时候也没有户口限制，谁想上哪儿都可以。

冯小羽问他知道不知道有程立雪这样一个女子，许忠德摇摇头说，从来没听说过有叫这个名字的人。

冯小羽不甘地说，“文革”时内查外调，就没查出过谢静仪的来龙去脉？也没查出那个程立雪的下落？

许忠德笑笑说，魏富堂死了，他要是不死，或许说得清。

冯小羽说，我感觉你知道谢校长的结局，就是不说罢了。

许忠德说，冯同志，你不要编故事套我，我这把老骨头可是再经不住敲打了，你还是让我清清静静过几年吧。

冯小羽说，我是搞文学的。文学是什么？文学就是人学，是专门研究人的。

许忠德说，我是学历史的。历史是什么？历史就是真实，用事实说话，要说谁怎么的，就必须拿出证据来。

冯小羽说，一听这话的口气，就知道您是身经百战的老“运动员”了。现在都是什么时代了，社会进步得拨个电话号可以满地球转，那些陈年的老旧也该到了水落石出的时候，干吗还要捂着盖着。

许忠德说，水落了石也不会出。

冯小羽问为什么。

许忠德说，就没有石。

两人说着来到学校食堂后头，在一堆荒草中，冯小羽见到了魏富堂的“汽车”。那是一堆再连缀不起来的破烂，从那堆生满黄锈的烂铁上，根本无法寻觅出“车”的痕迹，只有一条方形的弯曲，可以依稀看出是车窗的一部分。她想不来这堆破烂怎样载着一个呼风唤雨的司令在小镇几百米的街上跑动，成为青木川瞩目的中心。许忠德说魏富堂的车子讲究得很，座子是丝绒的，车灯是黄铜的，喇叭是镀金的……魏富堂对一切时尚的东西都很在意。又说，人生天地间，若白驹过隙，忽然而已。钢铁尚且如此，何况是人。

冯小羽想，车主人一定是在葫芦坝见识过奔跑的汽车，积攒下驾驭的冲动，到底要弄明白它是怎么跑起来的，也要让它为自己跑一跑。奇怪的是，这辆汽车当年是怎么开进深山老林来的？

冯小羽将疑问向许忠德提出，许忠德说这个简单，在上海买了车，拆成零件，着人一件一件背了进来，再按图纸组装。

冯小羽说道，牛人哪，这举动太奇葩了！

许忠德说，魏富堂是个任性的人。他要开汽车，就得有汽车。

冯小羽问这辆福特汽车是哪年进山的，许忠德说是1943年，跟大小赵一块儿进山的。那年从山外运进来许多新鲜东西，有留声机、电话、钢琴、英文打字机、发电机什么的……那年，魏富堂出了一趟山。

冯明愿意到佘家去做客。尽管他对佘黄花已经没有了印象，但佘家老太太毕竟是青木川第一个邀请他去叙旧的人。他估计跟苦大仇深的佘黄花聊天会比跟魏富堂的二等传令兵们聊天更能找到共同语言。

佘老太太的儿子佘鸿雁五十多岁，脑后头扎了一个马尾巴，着一件粗布对襟小褂，蹬一双黄牛皮底尖口布鞋，装扮传统、艺术，又不失新潮，就是到了北京上海，也是个有文化品位又不显山露水的人物。

冯明来到的时候，佘鸿雁已经早早在门口候着了。佘鸿雁见了冯明，远远伸过手来，将冯明手握住，不住摇晃，没有松开的意思。佘鸿雁的手掌湿漉漉汗津津的，搞得冯明十分不舒服。看着眼前热情万丈的佘鸿雁，冯明有种似曾相识的感觉，那眉目嘴脸，像一个人……佘鸿雁见钟一山在后头站着，又放下冯明去握钟一山的手，同样地握住不放，同样地使劲儿摇晃。

佘家人簇拥着冯明父女和钟一山进了院子。院里青石铺地，花木精致，房檐的雕花滴水瓦长满绿苔，游廊的栏柱新刷了红漆。几株荷花，在庭院的太平池里开得正艳，一只画眉在笼子里婉转鸣叫。冯明只觉得院子很熟悉，及至拐进二门，看见那直奔厅堂的大长台阶才记起，这里过去是青木川的芙蓉烟馆，是魏富堂利润最高的产业之一。

想起那个直通后面山坡的暗道，冯明径直走到后院，看见暗道仍在，壁上的砌石也还结实，几十年过去，竟然没有一点儿改变。冯明还想往深处走，佘鸿雁说里面太潮，没有灯，还是到堂屋喝茶吧。冯小羽看见暗洞里堆了不少模具，佘鸿雁说都是他没事消磨时间的玩意儿，他喜欢浇铸。

进到正屋，佘鸿雁招呼着家人给冯明上好茶，又端来山上的野李子让冯明尝，说李子虽然个儿小不中看，却是绿色天然，没有农药和化肥。他知道现在城里人买菜都是挑有虫子眼儿的，城里没有污染的东西真是凤毛麟角一样稀少，连那空气都是让毒药涮过几遍的。

冯明咬了一口"没有污染"的李子，也没吃出怎样的特殊。他记得，当年的烟馆是作为魏富堂的剥削财产被没收了的，以后拨给了武装部使用，没有作为胜利果实分给个人，不知怎的今日却到了佘鸿雁门下。

正叙闲话，夺尔搀着一个老太太，颤颤巍巍从后头转出来。老太太白净面庞，满头银发，着一件团花织锦缎夹袄，雍容富态，见了冯明，推开夺尔，紧走两步到了冯明跟前，叫了一声恩人，不容分说就要往下跪，慌得冯明赶忙拦住。佘鸿雁将他的母亲接过去，安顿在主家的位置上。老太太缓缓落座，接过媳妇送上的盖碗茶，用碗盖将茶叶抿了，很优雅地呷了一小口，举手投足无不显出了大家出身的做派，只让冯小羽想起《红楼梦》里的贾母来。

佘老太太对冯明说，冯教导，我的变化难道真的这么大，竟让您认不出了？

冯明脑中迅速动用所有有关佘姓的记忆，最终还是摇摇头。夺尔在旁边忍耐不住，要将祖母的身世相告，被佘鸿雁拦住。佘鸿雁说，先让首长猜一猜，首长会想起来的。

佘老太太指着佘鸿雁说，他叫佘翻身，名字还是三营的刘志飞给取的。

冯明想不起刘志飞给哪个孩子取过名，看着眼前时髦的艺术家，只觉得深山里观念并不落后，这个叫“翻身”的山区汉子，与其说是翻身，不如说是翻跟头，一下子跑到前头去了。

看冯明想不起来，老太太指着佘鸿雁说，他老子就是李树敏！老子上路那天他出生，是踩着毙他老子的枪子儿来的，跟他老子长得像一个模子倒出来的，在我的眼前晃，常常把我吓一跳，以为那死鬼又回来了。

佘鸿雁不失时机地说，土改时候，首长还要把我娘树成《白毛女》典型，我娘也是苦大仇深的人。

一点破，冯明立刻从佘老太太脸上窥出当年斗南山庄那个黄毛丫头的影子来。几十年不见，黄毛丫头成了“太夫人”，将李家的地主婆做派一点儿不落地承袭下来。再看站在老太太身后的佘鸿雁，整个一个李树敏翻版，心里就很后悔，早知是这样，真不该来。

老太太是精明人，转了话题说冯明是佘家的救命恩人，没有冯明把握政策，给他们分了田地房屋，他们娘儿俩哪里会有今天。都知道翻身是大土匪的儿子，哪里知道他们受的那些罪，哪里知道他们和土匪魏富堂之间那不共戴天的仇恨。

钟一山听不明白了，插话问道，你们和孩子的父亲有仇恨？

佘鸿雁说，不但有仇，而且是血海深仇。我娘在旧社会是受剥削受压迫的穷人，跟着她的爹，逃荒来到广坪，租了李家的地，交不上地租，被她爹抵债卖进了李家。

钟一山还是不明白这和魏富堂有什么关系。佘鸿雁说他母亲的名字叫黄花，祖籍是镇巴县城。那年打春，他的外祖母说了犯忌讳的话，惹恼了土匪王三春，被铁血营杀害了。魏富堂是铁血营的营长，所以魏富堂与这桩血案有直接关系。冯小羽说，既然用了“直接”这个词，就得拿出证据，涉及命案，说话不能一概而论。

佘鸿雁说他当然有证据，杀人的是铁血营的，姓石。“镇反”时，姓石的被抓获，他在狱中交代，杀害佘家女人是魏富堂亲口交代的，他完全是服从命令，魏富堂说“杀了她”，他就把佘家女人杀了。

冯明奇怪在揭发斗争魏富堂的时候为什么没提这件事。佘鸿雁代他母亲回答说，那时候还没得到姓石的口供，不敢妄说，加上李树敏的关系，害怕还来不及，怕给他们戴土匪家属的帽子，不出头，不张扬，能缩就尽量缩了。但是佘家人与铁血营、与魏富堂势不两立的立场是不可改变的。魏富堂是佘家的仇人，这一点佘家的后代牢牢地记着。1952年，冯明代表政府枪毙了魏富堂，为佘家报仇雪恨，将他母亲从水深火热中解放出来，让他们获得了新生，这个恩情比天高、比地厚、比海深！几十年来，他母亲的最大愿望就是能再见恩人一面，把心里的话当面说给恩人听，否则一个心愿总搁不下。这回恩人回到了青木川，是老天安排，也是他老母亲的福气。做人得知道感恩，知恩图报是佘家的家训。

一席话听得冯小羽有些肉麻，但是冯明认为佘鸿雁说的都是肺腑之言，老百姓感激的不是他冯明，是共产党。

钟一山不想听魏富堂的故事，让夺尔陪着在院子里转悠。钟一山不欣赏太平大缸里盛开的荷花，却对粗糙的石缸赞不绝口；不欣赏歌喉婉转的画眉，却对装画眉的笼子和那个乾隆年间的青花鸟食罐爱不释手。夺尔告诉钟一山，在青木川如果留心，可以找到不少过去的老玩意儿。钟一山说他关注的是唐朝，要是夺尔发现了唐朝的什么，一定要告诉他。

佘家预备了丰盛的筵席，佘老太太年纪虽大，胃口尚好，还能喝两盅，酒量绝对在冯小羽之上。饭桌上，老太太几次停下筷子，红了眼圈，说见了恩人冯明的面，她这辈子死可瞑目，再没有遗憾。

酒席上，佘鸿雁对恩人冯明反而没了多少话语，说来说去只是两个字“感激”。冯明也觉得别扭，思想常常开小差，仿佛在饭桌上陪他喝酒的不是佘鸿雁而是李树敏。最后，只吃了几口饭就走了。

冯小羽留下来，是因为佘鸿雁说他了解魏富堂的历史，整个青木川，对魏富堂当土匪的细节，他是知道得最清楚的，连那个现在当着政协委员的少校参谋主任跟他比也差着一截子。之所以对魏富堂的土匪经历知情，是因为他是“文革”中筹建“青木川阶级教育展览馆”的人员之一，系统整理过魏富堂的反动资料。

交谈中，冯小羽知道佘鸿雁是省机械学校铸造专业20世纪60年代的毕业生，毕业后分回宁羌县。“文革”期间，全国各地地主庄园都变成了“阶级教育展览馆”，这似乎也成了一种潮流，最精彩的是四川大邑安仁镇的刘文彩庄园。刘文彩庄园展出了地主阶级荒淫奢侈的腐朽生活和对贫下中农的残酷剥削，一时全国的造反派都到大邑去参观。

经组织安排，佘鸿雁也到大邑取了回经。到了大邑以后才知道人家对地主恶霸反动行为的挖掘是多么的深刻，他为青木川没有跟上这个形势而懊悔不已。刘文彩宅院门口人挤人，红旗飞扬，口号震天，佘鸿雁和他的同伴们在前来参观的义愤填膺的革命群众中排了四个小时队，总算进入了庄园内部。看了也并没有受到怎样的震撼，刘文彩的豪华宅院、汽车、花园什么的，青木川的魏富堂都有。刘文彩的老婆还没有魏富堂多，刘文彩的老婆不是妓女就是村里的穷丫头，魏富堂的老婆可都是正经闺秀，而且个个都比刘文彩的老婆漂亮。魏富堂的硬件不比刘文彩差，可是刘文彩的地主庄园却搞得轰轰烈烈，全国都很有名，青木川的地主庄园则无人知晓，连学校学生造反也想不起到魏家大院来。最重要的差距在哪儿呢？最重要的差距是人家刘文彩的庄园有“收租院”泥塑展览，青木川什么也没有。如果青木川也有“收租院”，那么青木川与大邑安仁镇相比，就毫不逊色。佘鸿雁和他的同伴向革委会汇报了他们的参观学习体会，革委会决定也在魏家大院弄个泥塑“收租院”，以补地区的空白。具体工作由佘鸿雁负责。佘鸿雁是学铸造出身，泥塑和铸造在革命领导看来就是一回事，差不了多少。于是佘鸿雁从甘肃请来一支搞泥塑艺术的“红江山”战斗队，说是数次参加过“收租院”的复制工作，已经积累了相当的经验。但是“红江山”实际一操作，问题就来了——水平太差。他们塑出的魏富堂肥头大耳，坐在椅子上，衣服敞着，嘴咧着，肚子挺得很高，说是表现地主的贪婪与凶残，却更像大肚弥勒佛。魏富堂手下的连长旅长一类，虽然有了三老汉、沈良佐这些模特，却个个塑造得虎背熊腰，做作拿势，与四大金刚无异。非同一般的是魏富堂的少校参谋主任，这个人物的原型是许忠德，计划中要达到“收租院”里账房先生的效果。塑造时许忠德也被叫到现场临摹了几回，还给照了全身照片，就这，出来的是大头细身，绿脸圆睛，不是主任，分明是庙里的东海龙王。“红江山”造出的老百姓更是表情怪异，胖瘦不匀，龇牙咧嘴，说是五百罗汉更贴切。仔细打问，原来一帮人是塑神像出身，“文革”不能造佛爷了，临时改名“红江山”战斗队。像造多了熟能生巧，只是来青木川造魏富堂，造他的喽啰、打手，造贫苦百姓，一切要自行设计施工，就露馅了。后来革委会考虑魏富堂收的不是稻谷，是大烟，觉得这在政策上不好把握，闹不好会将青木川的百姓都整成种大烟的烟民，混淆了阶级矛盾，只好作罢，将那些个雕塑好了的“神像”统统搬到观音岩的石窟里去住集体宿舍。改革开放以后，观音岩的香火一下旺盛起来，塑像都是现成的，让它们各就各位就是了。

佘鸿雁塑像没有成功，对魏富堂罪状资料的搜集可是相当成功。所以，对冯小羽的调查，佘鸿雁多是有问必答，真实与否就是另一回事了。

冯小羽首问的当然是女校长的来历。佘鸿雁说那个女人跟魏富堂绝对有一腿，否则魏富堂不会对她那样百依百顺。谢静仪到青木川来的时候大小赵已经走了，空虚的魏家大院由谢静仪来填充是必然的，至于什么“清白如水”全是校长学生的说辞。他们是想给校长挣些脸面，让她更理想化一点儿。谈及大小赵，佘鸿雁的话语似乎更多更丰富，因为他的娘黄花在李树敏屋里当过丫头，对内眷的情形了解得更清楚。佘鸿雁说大小赵绝对是悲剧人物，要是有人会写戏，应该好好给她们写一出，保准让观众掉眼泪……

临走的时候夺尔兴奋地对佘鸿雁说，爹，钟老师是博士，外国留学回来的，研究历史的！

佘鸿雁说，你要争气，将来出息了也上外国留学。

夺尔就问钟一山到国外留学要办什么手续，钟一山问夺尔的学历，夺尔说初中肄业，钟一山不再说话。夺尔知道自己的学历不够资格，就问“县作协会员”管不管用，钟一山说不管用。

夺尔说，那要是“中国”的呢？

钟一山说，也不管用。

夺尔问为什么，钟一山说，有个电视剧《篱笆·女人和狗》，里头那歌唱得好，“碾子是碾子，缸是缸，爹是爹来娘是娘”，说的就是作协会员不能当学历。

冯小羽最大的收获是从佘鸿雁这儿得到了有关大小赵的信息，这是在历史档案中很难找到的。也亏了他那“喜儿”加“贾母”式的娘记忆还清晰，将魏富堂的第四次婚姻凸现出来。

八

在家乡发展的魏富堂跟各类人等打交道，变得谨慎多疑。他吸取了王三春的教训，深居简出，固守深山，从不走出青木川。1943 年，山外抗日战争进入艰苦的相持阶段，魏富堂在深山老林优哉游哉地过着他的美好岁月，还附庸风雅地作过一首诗：

山外青山楼外楼，行人往复任勾留。

哪管中日战争事，闲居乐土度春秋。

诗写了，让施秀才改过了，竟也有了文绉绉的味儿，反复吟咏，尚不过瘾，自己用粗笔写了，让石匠刻在老街办公楼挂匾的位置，显示自己的文化。不伦不类的诗刻在了不伦不类的地方，这便是魏富堂的水平了。有外头来的人，看到魏富堂的诗，指指点点地笑，在司令面前并不掩饰他们在文化上的优越，于是魏富堂知道自己还“差得远”。

对魏富堂最大的触动是唐颖的死。体质单薄的唐颖在大宅院里耗尽了生命的最后一滴灯油，以三十出头的年纪走完了生命历程。唐颖算是魏宅里的主母了，丧事办得规模宏大，很大程度是给甘肃那些亲戚和豪强们看的。魏富堂所有亲兵都戴了孝，附近乡村都送了挽幛，魏家堆放的纸人纸马、花圈挽幛，从灵堂一直排出院落，占满了青木川一条长街。和尚、道士轮番诵经，经声绵绵不绝，更有本地哭丧的专业人士唱丧歌《黑夜传》。从远古唱到民国，专业歌者音色嘹亮哀婉，如涌动中异峰突起的大浪，将丧事一次次推向了高潮。整个丧事在青木川大办七天。唐颖没有子嗣，充任孝子的只有魏金玉，一个女孩，未免显出了魏家人丁的单薄。老秀才施喜儒是魏家过事的主要人物，从唐颖病重选吉地到倒头点主出殡，安排礼仪筹划日期，无不是一手操办。魏富堂对施秀才的酬谢是一根金条二十亩山场。

但最终，魏富堂与施秀才却是以不快收场。秀才发了秀才脾气，退回了金条地契，这在当时确非是一般人能说得出做得出的。穷秀才有穷秀才的骨气，有着文人难得的较真和直率，他不在乎势力财产，他在乎做事的规矩原则。究其原因，是唐颖墓碑戴令牌的问题。魏富堂以为，以他的势力和影响，他的家属想修什么样的墓碑就修什么样的墓碑。甭说令牌，就是金龙绕柱，日月齐天，他要修谁敢拦？但秀才不干了，说魏富堂这样做是坏了乡规，会遭人背后唾弃。魏富堂并没有取得功名的后人，依当地规矩墓碑上不能戴令牌，也不能立石羊石马。唐颖是魏富堂唯一的明媒正娶的夫人，将来魏老爷百年之后是要与之合葬的，坟前纵然跪了石羊石马，竖了石头牌坊，戴上高大令牌，也是不算数的，只能让亡人在阴间不安，背着虚名不得托生。魏富堂让秀才给个方便，睁只眼闭只眼，跟乡亲们通融一下，墓碑上戴个令牌未尝不可。秀才一听火了说，有钱不等于有势，钱不能把什么都买来，一条硬杠杠横在每个去世人的前头，跨不过去就是跨不过去。青木川墓碑戴令牌的只有一个人，就是瞿家大院的瞿沛农。瞿家主人是贡爷，碑上理所当然戴令牌，这道坎不是谁都能迈得过去的。

魏富堂说魏家的墓碑能戴上令牌是他梦寐以求的事，这事只要秀才不提出异议，谁敢说什么。

施喜儒不客气地说，魏老爷拿一根金条二十亩山场买个令牌，这样干不是欺负施喜儒，是欺负青木川的老百姓。地和钱他宁可不要，也不能干这样昧心的事情。

末了，施秀才说了句很绝的话，令牌是儿子给老子修坟立碑戴的，魏老爷连儿子也没有，岂有自己给自己戴令牌的道理。

势力归势力，拗不过文化。魏富堂终于明白，以目前情况，自己在青木川修令牌碑根本不可能。眼下他已经过了四十了，儿子能不能给他挣来令牌且不说，关键是他连儿子也没有！将来戴不上令牌，魏家的坟地碑顶上光秃秃的，像个和尚，人们会讥笑说，瞧，光脑袋的魏老爷！

魏富堂暗下决心，自他而始，魏家要跟瞿家一样，墓碑顶上要有雕刻精致的帽子，要辉煌，要高大，要受人景仰，要绝对与众不同。这是什么，这就是根基。

他缺的就是这个。

他一直在改换魏家门风，改变遗传，他的后代再不能是个走街串巷卖油的，再不能是个扛枪钻山的响马，再不能是个贩卖大烟的草莽。他的后代得知书达理，得斯文高雅，得有名望地位，最不济也得像他的外甥李树敏那样，成为县一中的高才生，成为校长。

魏金玉毕竟是个女儿。他需要的是儿子，需要名正言顺的魏家继承者，并因了这继承者而使魏家门风大振，再无人能在背后称其为土匪，再无人能站在门口指着头顶的诗嘻嘻哈哈。

品种的改良得从根上做起，女人的选择是极其重要的。唐颖是其中之一，但是唐颖没有结果。

这就引出了以后的大赵小赵。

1943年，魏富堂破天荒离开青木川，亲自上了趟西安。

魏富堂走得隐秘，没有谁知道他到哪里去了，知道底细的就是他的几个磕过头的弟兄。作伐的是曾经在西安买枪的老乌，这次是在西安买女人。

西安是魏富堂一生唯一进过的大城市，那是他到过的最热闹最文明的地方。他带去五十根金条，还有大量的绸缎细软，物品的私密之处，还藏匿了二百两烟土。

魏富堂从南山下来，进了城南门，高大的城门洞把从下边穿过的魏富堂和他的马队压抑得有些渺小，让一贯昂首挺胸的弟兄们不敢造次。大家的眼睛都显得有些不够用，他们看城里人，城里人也看他们，看这个豪壮的满带着山林气息的马帮。

他们沿着南院门径直往北，走到鼓楼底下，抬头仰望，楼阁高立，落霞流丹，自是山内没有的气势，霎时有些气短，不敢停留，低着头跟着老乌直奔莲湖巷赵家而来。赵家是西安世家，祖父辈做过内阁学士，门楣上“进士及第”的匾额照耀得半条胡同都很明亮。到了西城，一问长安赵家，大人小孩都知道是挂金匾的人家。

魏富堂就是冲着这块匾来攀亲的。在青木川，他缺的就是挂匾的门楣，缺的就是金光闪耀的亲族。钱他有，可是光有钱不行，再怎么折腾，他也跳不出那个卖油的出身和草寇的经历。和“进士及第”的赵家攀亲与娶朱美人不同，朱美人跳上马随他而去，简单直接，率性快捷，虽然照样能生儿育女，中间毕竟少了些什么。死去的唐颖有文化，不过是个小家碧玉，撑不起大世面。赵家是世家，赵家的千金是名门闺秀，有着皇恩浩荡的高贵，这样的品第整个陕西怕也是独一份！

魏富堂一切都按规矩进行，听从老乌和中间人的安排，不能草率，不能露出山野的粗鲁无知。将来生出的儿子从根上是用规矩制造出来的，每一个环节都无可挑剔，把施秀才那些龟儿子们的嘴牢牢封死！

老乌事先都已打点妥当，魏富堂出山迎亲，不过是走个形式，但魏富堂对这个形式很看重，做得很认真。

宣统皇上倒台多年，时代换了民国，1943年的赵家，实则早已没落，门口虽然挂着光绪年间的匾，但内里一切都是虚的。三进的院落从后头拆着卖，卖得所剩无几，生计全靠赵家二爷卖字维持，日子过得万分窘迫。让窘迫中的赵家万万没想到的是，这块空洞的“进士及第”的匾竟然引来了秦岭的山大王……老乌单独来过几趟，对赵家说男方是山里做土产生意的财主，正经耕读人家，屋里有数百顷水田，十几架山场，每年仅党参的收获就得用百十担子往外担，进项的大洋用银库装着。赵家姑娘嫁过去，绝不会受委屈，过门就当家，就当夫人供着。乌管家说得真诚又坦率，魏家老爷跟赵家结亲是为了改换门庭，让魏家的后人也能读书识礼，出些个状元榜眼探花。一下娶姐俩，是怕一个到山里孤寂想家，反正在家就是姐俩，嫁过去还是姐俩……

赵家人对十几架山场、数百顷水田没有概念，只是知道很偏远，很有钱。哥哥们有些犹豫，嫂子们却迫不及待，说姑娘大了不可留，留来留去成冤仇，两个小姑子大的二十八，小的二十五，已经不是一掐就出水的嫩豇豆，不能再耽搁了，再耽搁就成了干菜。

赵家的父母都已过世，当家的是二儿子，人称二老爷。赵家大老爷抽大烟，烟瘾极大，一天抽四个泡，没时没晌永远卧在烟榻上。在老乌来提亲的前两天，赵家刚刚将后院的厢房售出，售价两百块大洋。这两百块大洋要为大老爷换取烟土，为二老爷赎回御寒的棉袍，要买过冬的煤炭，要维持赵家上下十几口人的生计，至于两百块大洋花完以后再如何计较，那是太遥远的事情了。后院厢房是赵家姐俩的住房。小姐们的住房已经售出，就是说，两位小姐不嫁也得嫁了。是哥哥们的无能，也是嫂子们的绝情，在这家计艰难的时刻，谁也不愿意养活两个白吃白喝、一天到晚无所事事的小姐。

赵家兄弟一咬牙，答应了，说两个妹妹没有任何陪嫁。

不是哥哥心狠，是这个家庭根本拿不出。

老乌说魏家不在乎陪嫁，在乎人。

条件谈妥，魏富堂才出山。魏富堂来到赵家门口，正是深秋时日，秋高气爽，大雁南飞。站在赵家门楼的高台阶上，可以遥遥望到秦岭。秦岭屹立西安正南，苍翠朦胧。他就是从那里出来的，他是那座山里的一只老虎，现在山里的老虎来到了关中平原。这里对他来说完全是个生疏的地界，一个充满危机、充满陷阱的地界。在这里，他必须藏头藏尾，收敛爪牙，装成一只喵喵的猫儿，速战速决地将“进士及第”家的姑娘弄进山去，而不出半点儿疏漏。尤其进胡同的时候，听到老乌说，曾经的熟人王三春与邓芝芳就是在胡同口的西华门被当众正法的，更是一股凉气从身后泛起，仇人的气息尚在，他感觉这里更不能久留。

魏富堂在门口等待通报时恰逢小姐们刚从八仙庵听道长讲经回来，

道长讲的是“天命隐显，知行合一”。小姐们在门口见到南山来的粗黑的人，见到头顶正向南飞翔的雁，想到道长刚刚论及的“无状之状，无象之象”，便朝站在门口的魏富堂微微点了点头，闪进门去了。只是一个侧影、一个点头，便将魏富堂的魂魄勾进了“进士及第”大门。他头一次领教了大家闺秀的做派，大家闺秀使用的不是语言，也不是眼神，而是，而是……那时候魏富堂还不会使用“魅力”“气质”这些很文化很时髦的词儿，但是他已经学会并且懂得了欣赏。他自信这趟没有白来，赵家两位小姐，他是绝对娶定了，这笔买卖没有做亏。

四匹高大的红马拴在赵家门外的拴马桩上，红马很主人地啃咬门口槐树的树皮，又拉又撒，把“进士及第”门口弄得一塌糊涂。随魏老爷来的人一色是精壮汉子，短打扮，穿戴齐整，极少言语。他们目光闪烁，机警诡秘，不待吩咐，将东西井然有序地往院里搬，不出一点儿声响，搬运完毕悄然退去，不见了踪影。麻利准确的举止，专一的眼神，明显地带有军人的素质和狡黠的匪气，却没有被赵家人识破。赵家的两位嫂子站在院里，正细心地将聘礼一一过数。她们的欢愉是发自内心的，五十根金条是从没见过的，二百两烟土更是厚礼。至于那些说不清的零碎，件件价值不菲。女婿虽然土，也还本分老实，没有多余话语，只是坐在厅房喝茶。

对魏富堂的到来，赵家的招待极其简单，甚至有些怠慢。

赵家大老爷躺在烟榻上，没精神跟陕南山里来的土鳖应酬，接待魏富堂的是赵家二老爷。二老爷对这位妹夫没有多少客套，喝过茶就领出去吃饭，也不商量，直接带进了巷子口的回民馆子，请魏富堂吃羊肉泡馍。那是魏富堂头一回吃泡馍，泡馍的碗很大很重，像个小盆，汤很烫，泛着一层羊油，撂着两大块红澄澄的肉，一把粉丝，少许鲜葱香菜。看着有些粗犷，有些大大咧咧，不像进士家待客的招待，倒像是赶脚的吃食。魏富堂是陕南人，平日吃米饭居多，头一次见识这些饭食有些不习惯，想的是待女婿的头顿饭，在山里该是十六碟二十四碗，何等讲究，似这般呼噜呼噜，喝这稠糊糊的东西，嘴里甚不清爽。赵二老爷见魏富堂吃得勉强，就问妹夫是不是嫌羊肉腥膻，说着将一碟糖蒜推过来，说就上这个味道就不一样了。魏富堂说羊肉倒不嫌，就是这般将大饼子生掰硬拽的泡汤吃法他还不习惯。但是二老爷告诉他，羊肉泡馍打秦始皇时候就有了，馍即锅盔，是古代军人用头盔做出来的。营帐外面，数人一堆，围着火，守着一大锅羊汤，边吃边唱，何等畅快。羊汤即羊羹也，五味之和，一碗羊羹看似单调，却是上古大礼之必不可少，周代大餐之礼，尚无酒而必有羊羹。《李白传》曰，白被召进金銮殿，帝赐食，亲为调羹。说的是皇上李隆基亲手为李白做了顿羊肉泡……赵二老爷的一席话让魏富堂不敢小瞧，一碗简单的泡面饼竟有这么多学问在里头。赵家用皇上吃的东西来款待他，足见规格之高，对他之器重。一碗稠糊糊的泡面饼，抵过了青木川饭桌上一道道的鲜鱼腊肉、山菌木耳，有文化和没文化看起来就是不一样。

饭桌上，老乌提出明天一大早就将两位姑娘接走，赶早不赶晚，还有很长的路要走。二老爷说赵家的姑娘出阁要有排场，他不能不明不白、偷偷摸摸地将两个妹子送出门去。魏富堂点着头说那是当然，这方面他的管家已经做了安排，他们会把面子给赵家做足，不会让两个姑娘受委屈。

那晚赵家无眠，破天荒地亮着大灯，那些黄的黑的，那些花花绿绿的聘礼让他们惊异，让他们对未来充满幸福憧憬。这些钱够他们花几辈子了！他们到底也想不明白，这个秦岭山里的土豹子怎么会这么有钱。

厢房黑了灯，姐俩早早地睡了。

第二天，天刚亮，一辆黑色的美国福特小轿车停在赵家门口，吹鼓手吹出了《大团圆》，吹出了《百鸟朝凤》，穿礼服戴白手套的乐队吹打起了洋鼓洋号，万字不到头的小鞭炮噼里啪啦炸响，猩红大毡从院内铺出，直抵汽车门口。响声惊动了巷子里的街坊，天色虽然还早，看热闹的人还是围了不少，大家对颓败得一塌糊涂的赵家出现的回光返照感到吃惊。让街坊们奇怪的是，迎亲的是一色说南方话的壮汉，并无一个女眷。于是，热闹中就充满了生硬和夸张，更何况，热闹的迎亲仪式自始至终没见新郎露面，只是一个管家在张罗，让人不免遗憾。赵二老爷对新姑爷的突然离去也非常不满，认为是大失礼，没有诚意。乌“管家”说，昨晚魏老爷得到消息，母亲病危，怕是拖不过今日。魏老爷是个极孝的人，将娶亲的事托给他，自己当夜赶回去了，想的是或许能跟老娘见上一面。

赵二老爷还是不能容忍，坚决不答应两个妹妹就这样上车。“管家”掏出一块上好田黄，悄悄塞在二老爷手里，说事情也是来得急，魏老爷走时留下话，改天带着两位夫人回来，当面向二老爷赔礼道歉。这块石头本是魏老爷昨天要送给二老爷的，忘了交给他，说二老爷用它能刻个章子。

赵家是什么根底，金子有价田黄无价，似这样大块田黄，价值更是无法估算。赵二老爷深知这块石头的贵重，捏在手心的石头抵得上屋内堆放的全部烟土。二老爷再不说什么，“管家”一声令下，迎亲的乐队吹奏出了《贺新郎》。

赵家大奶奶二奶奶穿了鲜亮的衣裳，大蝴蝶一样飞进飞出，仿佛是到了惊蛰的日子，蜷缩了一个冬天的虫子复苏了。赵家大老爷依旧歪在烟榻上吞云吐雾，床底下充足的烟土够他受用到死……

两个面色苍白的小姐从院里走出来，身着褪色的月白小袄，挎一个小包袱，没着嫁衣，没顶红盖头，淡泊得不像喜日子的主角。小姐们一个怀里抱了架装在锦套里的古琴，一个端着几册蓝布面的线装书，面无表情地上了车。上车时她们没有回头看一眼站在门口的二哥和花花绿绿的嫂子们，没有看一眼这座生活了多年的宅院。倒是二老爷在人后偷偷抹了把眼泪，隔着车窗叫了两声姑娘的小名，让她们好自为之，多多保重。车里没有声响，姑娘们许是没有听见，许是觉得已经没有回应的必要。

她们将命运交给了南边重重叠叠的山峦。

赵家姑娘的陪嫁新颖昂贵，足以弥补新郎没有出现的遗憾。四匹骡子背上驮满了嫁妆，有手摇的电话，有“百乐”柜式留声机和菲赛尔白色冰箱，最醒目的是八个人才能抬动的一架德国大钢琴。明白的人一眼就看出这些新潮陪嫁是新姑爷的出资，赵家两个老姑娘确实嫁得很值。

在洋鼓洋号引领下，汽车缓缓地驶出了莲湖巷。嫁妆拴着彩绸，跟在汽车后面，汉子们的步子走得很齐整，马儿吃饱了草料抖出了精神。精彩无比的迎亲队伍穿过鼓楼绕过钟楼，博得了沿途观众的喝彩。1943年深秋的西安市民真正地观赏到了一辆美国时髦车领头的马帮社火表演，这场表演至今在不少老西安人的记忆中仍旧印象深刻。

福特汽车开到西边的宝鸡就停下不走了。前面虽然有公路，是为了连接西安与抗战后方重庆而修的道路——川陕路，越酒奠梁，过凤关，道路坑洼颠簸，崎岖难行。娇贵的福特不能适应，于是，赵家姑娘弃车换滑竿，几匹骡子和滑竿在山顶等待，机械师和他的助手在柴关岭梁顶将汽车拆成零件，连同那些电话、冰箱一同前行。骡马队伍行走不远，魏富堂和他的弟兄们提枪列马，已在留坝城外等候了。所谓的母亲病危都是谎话，出其不意地提早抽身，是他常使的手段。多年的土匪生涯使他永远感到危机四伏，周围永远暗藏敌人，生命随时处在生与死的关口。西安不是他游刃有余的地盘，虎落平阳被犬欺，他必须在犬们还没有嗅出虎的气味、没有寻觅到虎的踪迹时迅速撤离。

从西安接来的两位新夫人一路马不停蹄，经过汉中、宁羌，在广坪亲戚李树敏家做短暂停留，给两位夫人房里分的丫头们也等在广坪。到了广坪就是到了家了，魏富堂悬着的心才放下来。佘鸿雁的娘佘黄花就是在这个时候见到了西安来的两个神仙一般的女子。用后来佘鸿雁娘的话说，这两个人压根儿就不是凡间之物，她们不说话，也不笑，安静得像池塘里的水，端庄得像庙里的娘娘。魏富堂的姐姐魏富英给了两个弟妹一人一对赤金镏子作为见面礼，姐俩竟然谁也没往手上戴，说是木命，身子轻，托不住贵重的金，把李老太太弄得很是尴尬。

回青木川十几里山路，夫人们坐在颤巍巍的滑竿上，前后簇拥着丫头、亲兵，迎着秋日清风，面对绿水青山，应该是心旷神怡的，这大概是她们一生也没有过的轻松。过石门栈道，小赵突然要停下吟诗。魏富堂想吟诗是件很重要的事情，便让滑竿落下，亲手搀下小赵以便吟诵。小赵沿着石崖走了一趟又一趟，几十人大气儿不敢出，静静地候着，等了半天，并没听夫人吟出半句。魏富堂也不敢催，眼睛随着夫人来来回回地转，身上让太阳晒得燥热，直冒汗，摘下帽子使劲儿扇。老乌说新夫人莫不是要拉屎？魏富堂说老乌不懂文化，太土……

磨蹭许久，小赵一声未出突然又爬上了滑竿。大家多少有些失望，知道文人也有作不出诗来的时候，就跟放屁似的，有时候响，有时候不响。

施秀才由青木川赶过来，说那边的酒宴已经安排妥当，许久不见司令和夫人，怕耽搁了时辰，特意来催。魏富堂想起了自己入赘刘家时的情景，那时他是有意，此时的小赵绝对是无心，不知怎的他心里有些不安，回头去望滑竿上的小赵。小赵朝他微微一笑，脱口吟出“山气日夕佳，飞鸟相与还。此中有真意，欲辩已忘言”的诗句。

魏富堂浑身有些发酥，问施秀才是什么意思，施秀才说夫人吟的是陶渊明的诗，说的是山气归鸟使她陶醉。她喜欢这山，喜欢得不知说什么好了。魏富堂问陶渊明是哪个，许忠德说是晋代诗人。魏富堂问有多近，许忠德说有千多年了。魏富堂说，千多年还近！

魏家宅院，几十桌酒饭已经在摆着了，亲兵们给魏老爷贺喜，魏富堂每人赏两块大洋。夫人的宴席摆在后堂，为了不显清冷，请了施秀才作陪。施秀才在饭桌上吃得高兴，大谈“天命显隐”，夫人们立刻应对“知行合一”；秀才谈“闲居深山，善养浩然之气”，夫人们说“事无逆顺，随缘即应，不留心中”。

酒席上，包括施秀才在内，大家对新夫人的谈吐学识无不刮目相看。秀才找到了知音和对手，将肚里的学问猛往外掏。新夫人们将秀才的每个话题都能滴水不漏地接住，一时魏家出现了从没有过的学术气氛。

秀才说话不耽搁吃喝，夫人们却是几乎没动筷子，一问原来是饭菜不合口，大片的条子肉，大盘的山猪腿，硕大的笋干，拳头大的肉丸，让美丽的进士后代无从下嘴。问新夫人想吃什么，大赵说，一碗薄粥足矣。

没人知道什么是“薄粥”，秀才说就是稀饭。

魏家大宅院由两位西京名媛来填充，成为青木川历史的绝无仅有。人们称赵家姐俩为大赵和小赵，跟三国的大乔和小乔似的。大赵、小赵分住在南北院，南北院是两座独立的建筑群，南院是西式，北院是中式，两院各有各的丫鬟，各有各的小灶。姐俩想见面了，后园有月亮门相通；不想见面，小门一关，自成一统。大赵会弹琴，能弹得一条川水滚珠流玉；小赵善书法，写得一手好章草，连施秀才见了也“自愧弗如”。

魏富堂去了一趟西安，带回了两个会写诗填词的媳妇，还带回了不少有现代品位的用具。他不土了，他有电话机、留声机、电冰箱和汽车，外国人才有的琴他也有。这些设备配上他的枪，可以和山外任何一个司令官媲美，可以和任何一种文明抗衡。

幸福美满的理想家庭再没有空缺，魏富堂应该是很知足了。他需要做的，就是要制造出一个文明的后代了，这是无人能替代的。

新婚之夜，激情无限的魏富堂住在小赵这边。姐俩相比，他更喜欢小的。小的头发浓密乌黑，穿一条藕荷色绣花长裙，面白唇红，这让他想起了戏台上的朱美人，想起了朱美人柔软滑润的身体和她在床笫上的万种风情。洞房里，即将成为妇人的小赵依然沉静如水，她的情绪并不因夫君的逐渐激动而激动，慢腾腾地做着自己的事情。新郎魏富堂坐在床沿上耐心地等着，先是看着小赵将那头美发梳成了一条粗粗的辫子，用布套子套了。接着看小赵有条不紊地洗脸，一下一下，连耳朵里面都洗到了。又看着小赵脱下长裙换上白色睡衣，将衣服上每个皱褶都认真地摩挲一遍。最后，小赵将门插了，将帘子放了才表情平静地向着他走来……魏富堂觉得彼此角色有些颠倒，坐在床沿等待的应该是小赵而不是他，鬼知道怎么搞成了这样的局面。无论形式如何，最终的内容是一样的，魏富堂再不顾许多，一把搂过新夫人，翻在床上，压在身底下，一张大嘴严严地抵住那樱桃小口。胯下的物件配合默契，立刻壮硕无比，褪下裤子正要进家伙，却见夫人将他推开，起身将床下脚榻上的鞋规矩摆好，自己将衣服脱光，叠了，摆在枕边，赤条条平展展地仰身躺下，做出了一副顺从的姿态。

桌上两盏红烛在无声燃烧。在昏黄的烛光下，小赵惨白的身躯，散乱的眼神，让魏富堂联想起一些久违了的场面。他见过无数尸体，也制造过无数尸体，那些女子最后的姿势大抵都是这副模样，所不同的是眼前的这个还有一丝悠悠的气息呼出。这一想，他立刻兴致全无，兵败如山倒，被谁从内里抽了精气一般，眼瞅着心爱的兄弟由坚挺变作瘫软，再难硬得起来。一腔热血硬是闷了回去，魏富堂小腹憋得胀痛，腰身发酸，一身虚汗。他长呼一口气，只是靠在床柱上发呆。想及当年与朱美人新婚，满屋飞扬的鞋，如浪翻滚的被，无所顾忌的呻吟调笑，竟是一去不复返了，现在他裆里的兄弟被他追求的文化彻底摧毁了。

魏富堂下了床，光着脚在屋里走动。看着自己的鞋整整齐齐地和小赵的绣花鞋摆放在床下脚榻上，如四只睡着的兔儿，他不禁苦笑了。他知道自己面对的是一个有文化的、按部就班的、一丝不苟的女人。

魏富堂来到外屋，点起灯摆弄那留声机。买唱机的时候带了一张唱片《盗御马》，并不知道还需购买其他唱片，所以唱过来唱过去全是“将酒宴摆至在聚义厅上，某要与众贤弟叙一叙衷肠”。在反复的吟唱中，魏富堂拿起电话，喂了两声，全没有声响，倒是墙外一只狗，汪汪地做了回应。这让他恼火，憋下去的火冲到胸口，使他不能控制，三步两步地来到钢琴旁，狠命乱砸，砸出一通杂乱无章。

丫头们全被惊醒，披着衣裳站在庭院里发愣。

大赵的情形比小赵也没好到哪儿去。到大赵屋里去，大赵正在斋戒，不但戒房事，还戒一切荤腥。大赵坦诚地告诉他，自己对男人没有兴趣，魏老爷若要行夫妻之事，需提前三日打招呼，免得玷污了神灵。

总之，魏富堂的第四次婚姻是以失败告终的。追求文化给他带来希望也带来苦恼，究其原因，是他将文化想得过于简单，就如同他的那些留声机、电话以及那辆在青木川永远跑不起来的美国福特。

魏富堂是个轻易不肯放手的人，一方面他在努力地修正着自己，使自己向文化靠拢；另一方面他在赵家姐俩身上狠下功夫，一门心思要让两个女人给魏家生产出“文明后代”来。可惜两年过去，两个世家女子并未产出个一男半女。这倒让魏富堂没了主意，不知毛病出在哪里。

从西安带回的电话在房内成了摆设，原因是还要架线，深山老林架电话线跟谁连呢？跟县上连，似乎没这个必要，他摆脱那帮官僚还来不及。留声机翻来覆去就是《盗御马》，听得多了，不光是魏富堂，连魏家院里的兵丁老妈子也听得耳朵起了茧子，青木川大人小孩张嘴都能唱“将酒宴摆置在聚义厅上”。至于汽车，机械师照图纸原样装好，也能开，所限的道路也只有从魏富堂家到镇街办公楼不到三百米的石头路，离开这三百米就是小桥流水、盘旋山道，马能上，轿能过，汽车只有趴窝。所以，青木川的小街上，经常跑着一辆美国福特，机械师坐在副驾驶位子上，司机是魏富堂本人。穿马靴的脚踩下去没有准头，嗡嗡嗡，汽车使劲儿叫唤，冒着黑烟，跑得很慢，每小时十里。魏富堂二挡以上不会挂……车到街尽头，让机械师掉头，魏富堂接着往回再开，再冒黑烟。镇街两边是百姓们佩服的目光，后头追着一群嗷嗷叫的孩子。其中跟得最紧的是杜家坝杜老爷的儿子杜国瑞，他跟着汽车一趟又一趟在街上跑，汗流浃背，不知疲倦。郑培然也被裹挟在其中，他对这辆汽车简直喜爱极了。

这对美国福特虽然多少有些埋没，但是它在深山老林对山民视觉的开拓、心理的开拓是无法估量的。几十年过去，在青木川的后人中，不乏汽车制造业的精英。

魏富堂还给自己布置了书房。书房里书不少，都是崭新的，有线装，有洋书，都是校长和夫人们开单子从上海定购来的。一套《资治通鉴》是施秀才推荐的。魏富堂说《资治通鉴》是天书，秀才说让大赵给你讲明白就不是天书了。

魏富堂当时正跟小赵学书法，大书案上，胡乱堆着他的大字练习纸：一、二、三、四、五；一去二三里，烟村四五家，亭台六七座，八九十枝花……字迹拙劣，张牙舞爪。

转眼到了 1945 年。三年过去，赵家姐俩不能算作新媳妇了，可是镇上见过她们的人不多，逢集过会女人们从未见过赵家姐俩露过面。魏富堂应酬重要宾客，有女宾在座也不见大赵小赵相陪。她们在各自的幽深庭院里无声无息地打发着日月。

不知从什么时候起，小赵变得更加少言寡语，大赵也不再拨弄古琴。虽是姐妹，南北院住着，走动也不多，后园的小门常年地锁着，青石的甬路长了滑溜溜的苔。平常女人之间或友好或干仗都是正常，似这般不冷不热地晾着，实属少见，更何况还是一对亲姐妹。大家闺秀的一举一动对魏富堂来说都透着别扭，他好吃好喝地供养着，两个很有文化的女人就是高兴不起来，对什么都冷淡，眼神里永远透着虚幻，很多时候一天也不说一句话。

大赵整夜整夜地诵经，小赵整日整日地写字。大赵将紫云纱的旗袍换了一身灰布直裰，盘腿坐在廊下，细数念珠；小赵将宝蓝绣裙换作黑绒长袍，进出无声，像是影子。

青女分到小赵房里的时候，是小赵害病最厉害的时候。女主人从来也不笑，那张脸永远是僵硬的，木头刻出的一般。小赵看人，是透过头发帘低着头斜着眼睛看，沉沉的目光像是来自地狱的深处。那件长长的拖过脚面的黑衣，虽然绲着精致的本色镶绦子边，也遮不住浓重的阴晦之气。小赵的黑缎鞋上缀着两颗黑珠子，据说是魏富堂送给她的避水珠，有了这两颗珠子，在雨地里走路，鞋可以不沾水。但是青女从来没有看见过下雨天小赵穿着带珠子的鞋在院里走动，所以她就不知道这珠子是不是真的避水。青女在小赵身边，时时能嗅到从她身上发出的一股莫名其妙的气息，像是檀香，像是薄荷，像是烂了的洋芋，像是陈年的老墨。小赵的房间，包括她使用的东西都是这股味道。魏富堂常到小赵的房间来，魏富堂说他喜欢这味道，这是学问的味道，是家世深沉的味道。青木川磕头碰脑都是青草气，缺少的就是这种味道。小赵消磨时间的办法是写字，小赵每回写字之前都得青女给研墨，也不说要写字，只是往窗前一站，看着屋外的青山出神。青女就知道，小赵要写字了。小赵写字的时候魏富堂常站在小赵身后看，像看唱戏般，时不时地还要叫声好，表现出他对字也是会欣赏的。后来，魏富堂让魏金玉也跟着小赵学写字。魏金玉不愿意接触这个古怪的后母，小赵对教魏金玉写字也没有兴趣，捏不到一块儿去。魏富堂就给他的女儿下命令，每天早晨必须写十张大字，写完了才许吃早饭，他陪着一块儿练字。

魏富堂用欣赏文化的目光，带有偏爱地看待大小赵，如同放大镜下观赏一对秀玉，连玉上的瑕疵在他的眼里也是美丽的，这是毋庸置疑的。在这方面，魏富堂走进了一个死胡同。

青女告诉冯小羽，土改的时候，冯明让她上台讲话，揭发小赵对她的迫害。她不讲，冯明说她不上台就说明青木川的群众还没有发动起来，是工作队的工作还没有做到家，就让林岚启发她，比如说时常打骂，罚跪饿饭，用烟扦子扎等。她说扦也没扎，饭也没饿，就是在魏家干得窝心得很，总是提心吊胆的。林岚问她怕什么，她说怕那座阴沉沉的大屋，怕那个半人半鬼的小赵。林岚问她，解放军来了她还怕不怕，她说不怕了，问为什么不怕，说小赵已经死了。

林岚把青女的事编了一首歌，叫《青女翻身》，后来这首歌唱遍了陕南。

苦女子，年十三，死了爹爹实可怜。
嫩苗出土遭霜打，卖身顶债做丫鬟。
成天干的牛马活，一年到头泪不干。
黄连树上挂苦胆，苦上加苦苦难言。

苦女子，年十三，苦尽甜来好喜欢。
那天回家探娘亲，救了一个女宣传。
解放帽上缀五星，映红眼前半边天。

一把钥匙开心锁，眉毛眼睛都笑弯。

苦女子，年十三，跳出魏家跟党干。

农民协会当干部，斗倒恶霸又分田。

人人夸她觉悟高，满脸是笑心里甜。

嫩苗逢上及时雨，革命向前她向前。

这首歌四十年后被地区选入民歌集子中，收录者做了一些修改，但大致没有走样。

九

青女说她最远只到过县城，但是据冯小羽了解，青女在当丫头的时候不但出过宁羌县，还跟着大小赵到过佛坪老县城。后来当了妇女会长，成了干部，她便绝口不提这段经历，也不愿意再提大小赵的事情。

青女在青木川的历史发展中是个很重要的人物。她是最早和解放军接触的当地青年，是红色政权培养的第一批干部，是难得的妇女积极分子，在促进魏富堂投诚缴械工作中，起了决定性作用。在以后揭发魏富堂反共反人民的阴谋中，青女揭露出魏富堂私藏美国“科尔特”手枪，让魏富堂的阶级性质发生了改变。

最重要的一点，青女是接触过大小赵、谢静仪、瞿焕贞一系列女姓的人物。

冯小羽做过调查，1952 年夏天，也就是魏富堂被镇压后数月，青女推掉了到县里干部学校进修的机会，嫁给了青木川一个普通的农民，安静地过起了自己的小日子。青女对魏家大院的任何事情都不做评论，这一点，冯小羽一来到青木川便感觉到了。与许忠德不同，青女对不想说的绝不会像许忠德那样闪烁其词，顾左右而言他，青女的招数是守口如瓶。

青女领着孙女九菊打感冒疫苗回来，坐在板凳上给九菊绣衣服上的小兔子，冯小羽在旁边帮她纫针。青女的眼睛花得厉害，戴着眼镜也纫不上，而小兔子的刺绣需要不停地换线，这给她的工作增加了难度。青木川是羌民族聚集地，女人们多会绣花，花边、鞋面、头帕，只要有条件，再穷，身上也要点缀几针刺绣。久而久之，有名的羌绣竟也成了地域特色，被列为当地非物质文化遗产。

九菊对兔子很期待，希望能早一刻穿上有兔子的衣服，在外面玩一会儿就要跑回来看看“兔子”的进度，把青女搞得没一点儿办法。青女对孙女说，就是真兔子也不是一天就能长起来的，它得慢慢来不是。

九菊不管，九菊说王华的衣服上有米老鼠，张妞的衣服上有大象，她的衣服上必须有兔子，而且兔子要尽快在身上出现，以便去媲美。

这样一来，绣兔子的工作就显得更为重要。冯小羽的参与使青女的针线轻松了不少，至少她可以不必为那些彩线细针伤神了。

冯小羽说这样的兔子城里小商品市场有半成品出售，只需缝在衣服上即可，如果九菊喜欢，她回去可以买一打寄来，要兔子有兔子，要狐狸有狐狸。青女说省城那样的大地方要啥子有啥子，上个月佘家买回来一个电什么灶，不冒火苗，一个片片，照样能烧水做饭。就是天上的仙女做饭也达不到这样的水平……冯小羽说那是电磁灶，比电炉还方便，现在城里很多人家都用这东西。青女说佘家人说城里有种饭叫“旱宝宝”，小孩子都爱吃，一个“旱宝宝”十几块钱。冯小羽想了想说，佘家人说的大概是“汉堡包”，其实就是洋人的肉夹馍，没甚意思。

冯小羽问青女到没到过西安，青女说，我哪里到过西安，就是宁羌县城，也只去过两回。

冯小羽说，当年送大小赵回西安，您是跟着一块儿走的，同去的还有十几匹马，二十几个护兵。

青女停下针线呆了半晌说，是一块儿走的……可谁也没走到西安……

冯小羽让青女把当时情景细细说说，青女说，几十年前的事了，都忘了。

冯小羽说，您其实一点儿也没忘，都在心里装着呢。

青女的确记得，记得清清楚楚——

大小赵的精神似乎同时出了问题，姐俩轮换发病，魏家大院几无一刻安宁，甚至闹得鬼气森森。

大赵想到观音崖出家修行，自行做主，将头发全部剃光，不施粉黛，灰布直裰连睡觉也不脱了。又将住房布置成佛堂，香烟缭绕，把木鱼敲得响彻终日。罗光华是魏富堂手枪队的队长，兼做魏富堂私人保镖，常出入内宅。大赵碰见他，每每要扯住，说罗光华是观音座下的善财童子，死活要将“善财童子”送回菩萨身边，骇得罗光华轻易不敢进魏家内院。身为手枪队队长却不敢进院，作为保镖就很失职。

小赵不言不语，黑袍黑履，一到天黑在院中游走不歇，谁不留神撞见，能吓个半死。小赵半夜在厨房出现，说是饿了来找吃的，将厨子陈把式吓得跪在地上磕头如捣蒜，说家中老母尚在，无人奉养，求阎君开恩，再给三五年阳寿，待老母去了，他自去报到。原来是将小赵当作了索命的黑无常。

大小赵碰在一起，没有话语，生硬呆板，如两具棺材里坐起的僵尸。后来不知由谁发起，她们开始玩一种“鬼推磨”的游戏，并且越推越上瘾，以致成了每日的功课，不是大赵来找小赵，就是小赵去找大赵。由于“鬼推磨”，她们成了分不开的一对。这个游戏玩得青女这些丫头们胆战心惊，只要看见妖孽般的大小赵凑到一块儿，她们就四处躲藏，为的是逃避那个可怕的游戏。所谓“鬼推磨”，是将一碗清水放置院中平地，一个方凳四脚朝上摞于碗上，四个人站在四个方位，将手心轻搁凳脚，不一刻，那凳子就自己旋转起来，并且越转越快，人便跟着转。也只有在那飞快的奔跑旋转中，大小赵仿佛才成了活人，回到了人间。大赵光光的脑袋上冒出了大粒大粒的汗珠，反射出了太阳的光芒；小赵跟着凳子转，跑得连呼哧带喘，脸上有了些许笑意。

魏富堂反感大白天在家里搞什么“鬼推磨”，将内宅所有方凳全部收藏入库，让两个赵寻不到道具，绝了“推磨”的念头。

有一天晚上，魏富堂约了施秀才来谈扩展文昌宫学馆招生的事，说话间魏富堂一侧脸，看见一个戴着面具的人正从窗前飘过，惨白的面具，两坨红胭脂……

魏富堂大喝，谁？

施秀才回头，后院窗前空荡荡。

魏富堂追到后院门口，院内寂静无人，一院月光，窗前的海棠树树枝轻轻晃荡，几片花瓣飘落。

老乌赶来问，司令有事？

魏富堂说，我看见院里有人……好像是刘二泉。

老乌说司令是看花了眼，魏富堂说，不会。

老乌叫来手枪队队长罗光华和亲兵二壮，让他们严查院落，各处都查到，不放过任何蛛丝马迹。

施秀才难过地说，要真是二泉就好了。她走了十好几年了，一直是我一块心病……总是我的学生啊……

很快检查的人回来报告，前面没人，大门、二门两道岗，站岗的说没见有人进来。后院也没人，各房都插着门睡了，高墙哨楼放哨的也说没见院里有人走动。

魏富堂说，莫非我见了鬼了？

施秀才说，日有所思，夜有所想，刘二泉毕竟是你原配，名分在呢。

一时，刘二泉的魂灵在魏家大院转悠的消息传了出来，给阴气浓重的大院更增添了恐怖气氛。

魏富堂给大小赵找过不少大夫，抓了不少药，姐妹俩的病终是日甚一日，闹得人说魏家大宅内有刘二泉冤屈的鬼魂作祟，附在大小赵身上，兴风作浪。

胡宗南在魏家大宅里见过大小赵，说是两个如玉美人被疾病缠绕如此，实在可惜，让他的私人大夫给大小赵看看病。大夫说姐俩的病是遗传，属于精神分裂范畴，这种病不能根治，不能有后，否则有血脉遗传的可能。这样一来，问题严重了，魏富堂刻意改变魏家的基因，为此而不惜重金，长途跋涉去省城迎娶名门。这一举动显得有些得不偿失，在选择妻子、接续书香门第的同时也接续了难言的疾病，这是让他始料未及的。

且不说赵家两位小姐生不出儿子，就是生出来，指望一个疯疯癫癫的后代为魏家争来光彩，为他百年之后的墓碑挣来令牌，也是妄想。他从此与大小赵极少接触，也到她们的住处去，点卯般，坐坐就走，从不多待。这期间，魏富堂的床第实际是呈空虚状态，精力旺盛、时值盛年的魏老爷，时时处于不安的焦躁中。知道魏老爷焦躁的有两个人，一个是青女，一个就是李树敏。

青女不止一次看到魏老爷到小赵的房里，面对着先天高贵、后天不动人的妻子，脸上透出失望和无奈。魏老爷坐在南窗前的桌子旁，烦躁地用手指敲击着桌面；小赵在床上坐着，脸朝着墙，一动不动。两人谁也没说一句话。青女给魏老爷端茶，魏老爷问青女，你多大了？

青女吓了一跳，她也多少知道了些男女的事情，慌慌地说，十一。

魏富堂说，好好伺候太太，将来我送你到西安念书。

青女说她不念书，她就愿意伺候太太。

送到西安去。或许在那一刻，魏富堂已经动了送走大小赵的念头。

魏富堂的身边应该不缺女人，以他的势力，就是强迫哪个来，哪个也不敢不来。镇街上妓馆、烟馆的外来女子也有不少，但魏富堂的眼光却是太高，他睡的女人，一要有品味，二要漂亮。就是嫖妓，也得要“卖油郎独占花魁女”，这妓首先得是“花魁”，还得由他独占。问题是青木川、青木川周边，找不到他想象中的花魁。馆里来了新姑娘，老鸨必请魏老爷过来喝茶，其目的不言自明。姑娘中也不乏佳丽，但魏富堂竟然没看上一个。人们观念中的土匪恶霸多是性欲旺盛，色胆包天，动辄便要强奸，便要玩弄女人，可是魏富堂却有些例外，他睡女人与娱乐无关，目的只有一个，生儿子，生好儿子。多少有些变态。

有一天，青女到前院去请示冬天给小赵房里拨炭火的事情，恰逢李树敏来看他的舅舅。桌上照例放了蒙着红纸的核桃馍，李树敏坐在八仙桌旁边跟魏富堂讨论续娶舅母的事情。以李树敏的意思还是得在山外找，山里的女人再漂亮终归还是村气。没见识过大地方的名媛则罢，见识过了，便知道了大家闺秀的妙处。传宗接代，品种质量是第一位的。

魏富堂闷着头不说话，只是呼噜呼噜抽水烟。

李树敏说外甥跟舅舅说这样的话当然很不合适，但是他娘给他下了话，让他在外头无论如何得给舅舅寻个满意的女人来，美貌、学问、品味、门第一样不能少。

魏富堂说，你还有两个舅母，山外大家闺秀哪个愿意进山做小？

李树敏说，简单极了。

魏富堂说，怎么叫简单极了？

李树敏看了一眼站在旁边的青女说，把两个舅母送回西安就行了，用城里的说法是离婚。

魏富堂说，用当地说法就是“休”了。赵家姐俩也没啥子过错，休不得。再说，她们西安娘家也没人了，休回娘家就是把她们推上死路。

李树敏指着青女说，怎能说舅母娘家没人，她不是人？

李树敏说罢冲着青女一笑，青女觉着大少爷的笑里满是内容。她年龄小，还解不开，兜不住那些内容，但她知道，自己这辈子大概跟大小赵是永远分不开了。

那年冬天，魏家没给大小赵房里拨炭火，陕南阴冷的天气冻得人瑟瑟发抖。南方的冬天跟北方不同，北方是冷在皮肉，南方是冷在心里。越是需要太阳的时候越是没有太阳，天老是灰蒙蒙的，无所谓早晨和黄昏，无处躲，无处藏，躲到哪里都是阴冷和潮湿。

果然，进入冬天没多久，魏富堂就安排人，要将大小赵送回西安。

魏老爷在西安市后宰门给大小赵购好了一院房。为这个老乌跑了几趟西安，回来给魏富堂汇报说后宰门是西安的白菜心，离钟鼓楼不远，东有车站，南有市场，居家过日子绝对方便。房子里置办了一应手使家具，雇了两个当地老妈子，两个小厮，静候着姐俩入住。魏富堂还不放心，又安排包括青女在内的四个丫头随同前往，以便回到西安的赵家姐俩也可以保留青木川习惯了的一切。依魏富堂的设计，护送赵家姐俩的团丁走到西安骆峪山口便折回，只三两个精干，便衣短打扮，和丫头们将女主人送至后宰门。

大小赵是晚上起身的。起身那天下午阴云低垂，飘着微微的雪花。青女出门看了几回天，都没有晴的迹象，她不明白为什么魏老爷将出发的时间选择在了晚上，而且是这么一个糟糕的天气。她为小赵准备了狐皮斗篷，问小赵要不要带上手炉，小赵说不带，什么也不带。的确，小赵把什么都扔在了青木川，只身一人，一件单薄棉袍，轻轻松松走出了门，就像她来的时候那样简单。

她们离开青木川的时候，雪停了，出了月亮，月亮周围一层彩色的晕圈，映照得山林河流都影影绰绰，仿佛隔了一层。昏黄月色中，大小赵一人一乘滑竿，颤颤地走过河，河边站了几个人，是来送行的丫头们的父母兄弟。四个丫头准确地说是青木川第一批出外打工者，是而今青木川络绎不绝进城打工青年的先辈。她们的走，在许忠德等学子出山读书之前，并且意义完全不同，所以就显得有点儿悲凉，特别是在这微雪初霁、月色迷蒙的时候。丫头们兴奋中有些惶恐，第一次离家，第一次走出寂静深山，投入繁华都会，四个人都处于矛盾中。她们向往那里，又惧怕那里。想哭，又觉着不应该哭，脸上的表情就非常难看，跟她们的父母兄弟告别的声音就有点儿发颤。爹娘告诉她们，魏老爷已跟他们谈好了条件，那边管吃管住，一年两套衣裳，两年一次休假，这边每年可以到魏家大院领取六块大洋，两年后不愿意再去西安的可以回来……六块大洋对她们的家庭来说是个不小的数目，这样的优惠条件在青木川是绝无仅有的，丫头和她们的爹娘没理由不答应。

丫头们紧紧地站在滑竿两侧，每人的手里攥着两块大洋，是李树敏看在两个舅母的面子上送给她们的赏钱。李树敏说了，他本应该亲自去送舅母，但是他的老母亲入冬以来喘病加剧，恐有不虞之患，只好拜托家乡几个姑娘一路辛苦关照，权当替他行孝。李树敏将大洋亲手交到每个人的手中，到了青女这儿，多给了她两块。虽然是悄悄的，但那夜色中清亮的叮当声还是让青女尴尬。比别人多了两块大洋，这让她非常地不安。

魏富堂派了两个班的亲兵护送大小赵，由手枪队队长罗光华带领。上路的人中还有魏富堂的汽车机械师，他要回西安探望妻小，顺便购回汽车配件。

好马快枪，金银细软，一行人打着火把，浩浩荡荡出了青木川，奔向去石门栈道的山路。

大小赵坐在滑竿上，招呼也没打，连看也没看魏富堂一眼，冷淡得就如同当初离开西安的娘家。

丫头们一步三回头，止不住泪水涟涟。

魏富堂和大伙儿站在青木川牌楼下边，目送着北去的火光，好久没有散去。火光拉成长长的一条，顺着山道迤逦向上，渐小渐隐，直到被杂树丛挡住，看不见了。一阵风顺着山道吹来，捎来一股点燃的松明气息，众人心里有一种送殡的感觉，只是谁都没有说出罢了。

这的确是一条不归之路。

魏富堂是草莽出身，他为大小赵选择的回西安的路线是避开繁华城镇，迂回秦岭古道，先走金牛道，再沿汉江南下，到洋县，北上华阳，从周至穿出，直抵西安。之所以这样选择，是他对这一带山地熟悉。当年追随王三春，这是他的主要活动范围，里面的沟沟岔岔，熟悉得不比当地土著差。哪里有村落，哪里能歇脚，哪里有接应，哪里有卧底，他都向罗光华交代得一清二楚。一路上，他们要防范的是官兵，不是土匪，坦荡大道，他们随时会被扣押查问。虽有胡宗南、于右任的交情，毕竟过于招摇。国军是最靠不住的，见色起意，见钱眼开，官兵可以以各种理由阻挡他们、消灭他们，整治他们绝没有商量余地。山里的土匪、民团就简单多了，山道上都是弟兄，东边的彭源州彭大王，北边的郧胡子，都和魏富堂在一块儿喝过酒，沿途会有所关照，道路艰苦却绝对安全。

秦岭最高处海拔三千七百米，这里的气候俗称“夏无酷暑，冬日极寒”。“太白积雪六月天”，就是到了盛夏，雪还留恋山巅，不肯退去。青女们走在地冻天寒的冰雪里，旅程痛苦难耐，山道滴水成冰，一步三滑，几乎到了生命的极限。小赵开始发烧咳嗽，最初还能就着青女带的暖壶喝口热水，后来水也喝不进，嘴巴起了一层亮晶晶的泡，蔫在滑竿上不睁眼睛。在华阳镇，罗光华请了中医给小赵开了几服药，将息了几日。还是得往前走，小赵却虚弱得抬不起头，连声音也发不出了。继续向北，翻过惑人坪梁，过了都督门，远远望见佛坪老县城的石头城垣，她再也坚持不住，昏死过去。山道陡斜，无法乘坐滑竿，是那些亲兵轮流地背，将小赵背进了老县城。

自从当年王三春和魏富堂在老县城演出过那场猫捉老鼠的血腥游戏以后，老县城遭到了毁灭性的打击。两任县长同时被杀，凶手无从查找，新派来的县长吴其昌到任上的第二天，一直跟随着他的兄弟吴运昌就被土匪绑了票。这个土匪不是别人，就是魏富堂的把兄弟郧天禄。绑县长兄弟的目的很简单，要枪、要棉衣、要大米，否则就撕票。应该说吴其昌是个有头脑有作为的县长，在来佛坪之前是汉中城固县的县长，对堰务方面很重视，提倡种树，反对乱砍滥伐。城固的五门堰是陕南的重要水利工程，自汉代便有此设施留存，吴县长在任期间，曾多次勘视水利，出示布告，禁止在堰头开荒种地、放牧践踏及砍伐树木，要老百姓“蓄荒植树，以固堤堰”，“如有违犯，带案惩办”。至今，五门堰头还有一块吴其昌责令农民傅青云立的认罪碑。傅青云在碑文上说，他砍了堰头一棵树，经乡绅说情，县上从轻处理，罚他补种树木十五株，出资请戏班子唱戏三天，写出检讨，刻成碑，立在五门堰，以警后人。吴其昌这招很厉害，仅谁砍树谁请戏班子就很绝。老百姓看戏的时候就得问个为什么。为什么呢，为砍了一棵树，真的划不来。但就是这个在城固平地上很玩得转的吴县长，到了山地却变得一筹莫展，寸步难行，老百姓可以立认罪碑，土匪可是不会立任何碑的。吴其昌还没来得及将这件很棘手的事情禀报汉中行署，只是稍稍怠慢了来送消息的土匪小喽啰，他兄弟血淋淋的人头就隔着墙被扔进了县衙大院。人头咚的一声砸在大堂台阶上，他兄弟的眼睛还睁着，死不瞑目啊！吴县长立刻傻了，带领着城内全体官兵职员欲跑回汉中。到了一个叫袁家庄的地方，住在关帝庙里，准备第二天再往汉中赶。那天晚上，躺在关老爷供桌上的吴县长辗转反侧整整一宿，一大早，就说再不往前走了，说昨天晚上关老爷托梦给他，让他将佛坪县城迁往袁家庄。袁家庄为通郡大邑，忠孝之地，蔚为文明，佛坪发达兴旺有日可待矣。

于是整个政府班子在关帝庙内各司其职，开张办公，当下就张贴了将佛坪县衙迁往袁家庄的布告，李代桃僵，索性将袁家庄叫了佛坪县。后来人们分析，吴县长所谓的关老爷托梦是托词，如果他真领着全体官员逃回汉中，保住了性命，也绝没有他的好果子吃，首先一个“临阵脱逃”的罪名，扣在他脑袋上就绝对无可辩白。在供桌上思量一宿，他便假借关老爷之意，留驻袁家庄，使“临阵脱逃”变作了“战略转移”。

县长的离去，让佛坪老城的百姓备感失落。本来佛坪就山多田少，首脑一走，更留不住人。于是他们也追随着父母官向袁家庄迁徙，带着他们的家当，带着他们的猪狗牛羊。移民队伍尘埃滚滚行走在山间的小路上。佛坪县城很快地衰败了，空落了，被唤作“老县城”。所谓的“老”，就是过了时的旧地，真正的佛坪县城在袁家庄崛起。没有谁再到老县城来，从华阳过来的路湮没了，草长起来了，树长起来了，老县城慢慢地藏匿于泥土和植物之中。

大小赵进入老县城的时候，老县城除了城墙还屹立于崇山峻岭之间外，城内房屋已经倾圮破败，荒草没人，县衙门、文庙、义仓、城隍庙都消失了，空留下一堆堆碎砖烂瓦。“几处败垣围故井，向来一一是人家。”老房的宅基、巨大的碾盘、汉白玉的石雕、苍老的石碑，散落在荒草丛中，这里那里，偶有所见。废墟中，唯一挺立的是荣聚站，它像一个老谋深算的匪首，带着冷笑，带着自信，得意地欣赏着自己的杰作。城内还有零星住户，总共不过五六家，日出而作，日落而息，战战兢兢在荒凉中过着荒凉的日子。

老县城破败若此是人们没想到的。当他们疲惫不堪地走过那座半坍塌的城门洞时，没人能相信，这就是当年魏富堂摆脱王三春的藏匿之处。那些店铺、烟馆、赌局、女人，那熙熙攘攘的山场，仿佛都如树上的落叶，飘飘荡荡很随意地散了。巨大鹅卵石砌就的城墙，因为屡次失职，再不被人理睬、重视，在衰草寒烟中落魄凋零。一行人走在那条荒草埋没的“街”上，谁也没说话，他们知道在这座荒废的旧城里不会得到任何想象中的照应。

荣聚站许久无人光顾，里面蛛网尘灰，便溲狼藉，门扇遗失，冷风直入。墙角一只腐烂的死鼠，窗下一副山麂的骨架……见了这情景，谁都倒吸一口凉气。

罗光华将大家安顿在荣聚站，自己在城里转了一圈，回来时后头跟了个老汉。老汉自称姓牛，是被杀县长的师爷，别人都走了，师爷不走，说两个县长将性命搭在了这里，他做鬼也要将这座城池陪到底。师爷住在西门内，就将大小赵安排到他的家里去住。

几天的奔波冻饿使大家疲惫不堪，两个丫头私下里商量，不想再往前走了，被罗光华知道，狠狠地骂了一顿，啪啪地扇了嘴巴，躲在山墙外头呜呜地哭。牛家的房屋还算齐整，有堂屋，有灶房，旁边是两间卧室，分别住着牛老汉夫妇和一个女儿。罗光华将大赵的行李扔到牛家女儿的房里，让小赵住在牛老汉的小屋。还没有安排妥当，大赵就被牛老汉的女儿从房里推出来，女孩说她不能跟一个光脑袋在一张床上睡觉。罗光华说光脑袋是魏老爷的夫人，是百分之百的女人，牛家女儿还是不允，说是男是女你也没试过，不能由你说了算。

正好大赵也不想和那女子睡，便指着灶后说那儿暖和，她就睡那儿。

又让小赵和牛家女儿睡，牛家女儿也不愿意，说小赵是个快死的人，气息有出无入，万一在她的床上咽了气怎么得了。牛老汉拗不过女儿，站在旁边说不上话。罗光华眼一瞪，拍着腰里的枪说，睡也得睡，不睡也得睡，你这个不要那个不要，把老子惹急了，老子跟你在一张床上睡！

牛家女儿不言语了，噘着嘴跑出门去，到别人家找地方去了。

牛老汉说女儿惯坏了，让罗光华别跟孩子一般见识。罗光华说，这就对了，早就应该这样，我们就是在这儿歇歇脚，还得往西安赶。这鬼地方不是久留之地。

事实上远不是罗光华说的“歇歇脚就走”，大小赵们在老县城一住就是七天。不是因了小赵的病，小赵在青女的照顾下，吃了热汤，睡了暖和的床，加之牛老汉懂些医术，只两日烧便退去，脸上也有了血色。麻烦出在大赵身上，大赵不知怎的发现老城墙北有白云塔，旁边有颓废小庙，供奉着两尊佛像，便立志在此修行，口念佛号搬进了小庙，再不北上。罗光华劝说这里太苦，没吃没喝，狐狸所居，豺狼所嗥，住不得人，要出家也到西安寻一大庙，着魏老爷多送些钱粮柴米，尽管去出家。大赵说，五蕴皆苦，五蕴皆空，闹市与深山是一样的。世间变迁不息，变化无常，广宇悠宙，不外苦集之场，跳出苦海，灭尽无明，了断生死，即是涅槃，回不回西安都是一样的。

这让罗光华没了办法，但他无论如何不敢扔下大赵，任她出家在老县城。他着小赵去劝，小赵不管，小赵有了精神便让青女去找凳子玩“鬼推磨”。偏僻旧城哪里去找合适方凳，便用小板凳代替。当那个凳子在牛家堂屋地上滴溜溜转起来的时候，吓得牛老汉一家跑得不剩一人。老县城几户人家，都认为住到牛家的女人是个鬼怪山妖。

几天时间，二十几个人吃光了老县城所有的公鸡母鸡，吃完了每户梁上吊挂的腊肉，再住下去便是山穷水尽了。罗光华决定，无论如何也要出发，前面翻过秦岭大梁是厚畛子镇，虽仍旧是深山，但怎么也比老县城富足，在那里大赵尽可以演出家闹剧，小赵要“鬼推磨”就“鬼推磨”，爱怎么耽搁就怎么耽搁。

吃完早饭上路，阳光很好，满山雪光耀眼，天空蓝得见不到一丝云彩。青女把披风给小赵披上，又用暖壶装了满满一壶鸡汤，以备路上所需。牛老汉说大可不必带汤，从老县城到厚畛子镇四十里山道平展宽敞，是旧傥骆道的遗迹，走得顺畅，半天即可到达，到了厚畛子就要什么有什么了。

队伍整顿完毕却又出了问题，大赵不走，拽着白云塔的栏杆死不撒手，说这里就是她的归宿了。罗光华也不再与她废话，索性找来绳子将她绑在滑竿上。大赵在滑竿上挣扎不已，猪一样叫唤着被抬出了老县城。牛老汉很仁义地送出来，站在城门洞口，嘴上说着“有空再来耍”的话，心里却泛着送瘟神一样的快乐。

一行人翻过秦岭大梁，道路变得更为宽阔，当年在路边存留的驿站、石碑隐隐可见。路边林里有嘎嘎的声响，罗光华做手势让队伍停下，只见一只熊猫，冒冒失失地从林子里撞出，又昏头昏脑地钻了进去。下雪天寒，熊猫从高处转移到下面来过冬，青木川及老县城人常在山林里碰见，见着了也是各干各的，互不干扰。就是猎户，也极少猎杀熊猫，一来熊猫肉粗而柴，酸而膻，远不如麂子肉野猪肉细腻；二来熊猫皮毛疏硬扎人，没有绒毛，不能保暖，卖不上价钱。也许是心情太好，也许是许久没有动枪，走在前面的罗光华端起枪朝林子里的熊猫连发两枪，震落了树上的白雪。机械师想知道打着了没有，枪声未落就钻进了茂密竹林，不见了踪影。去看熊猫的机械师还没回来，前面往厚畛子打前哨的人折回来了，说前头营盘梁上共产党在和民团打仗，共产党要往南来，民团挡着不让过，郧胡子也帮着民团一块儿打，双方在那儿纠集了几百人。营盘梁离厚畛子只有五里，是傥骆道的必经之路。罗光华静下来仔细听，果然隐隐听到了枪声。罗光华让大伙儿就地休息，说等那边打完了再走，他不想搅到别人家的是非里。

大家就停下来，各人寻了干净地方或坐或躺。小赵躺在滑竿上没下来，盖着披风蒙头睡觉。罗光华给大赵松了绑，大赵远远地寻了块草厚的地方盘腿打坐，不跟大伙儿往一块儿搅和。有谁问卸不卸行李，罗光华说不卸，停一会儿就走，山里的仗多是伏击，时间长不了。青女挨着小赵坐在一块平整的长石头上，拂去石头上的雪，隐隐感到石面上的坑洼，好像是块碑。这里说是平地，实则是个高台，有烂砖碎瓦，有面目模糊的堆积，大概是座塔。也就是说，他们歇息的场所是座古庙的遗址。青女觉着心里没着没落的，未卜的前程让她不安，在这个荒凉的所在她特别想娘，想娘一个人在家一定有很多难处。明年说什么她也要回青木川，再不去西安。六块大洋算什么，能跟娘厮守着过苦日子比多少块大洋都值。想到这儿，青女心里酸酸的。

冬日的太阳暖暖地照着，周围散发着草木的清香，二十几个人摊散在一片荒草甸子上，都有些昏昏欲睡。

蒙蒙眬眬中，青女听见罗光华让人去找看熊猫的机械师，说去了这半天还不见回来，莫不是让熊猫背去做了女婿。没一会儿，找的人回来了，说机械师在林子里被打死了，血都凝了。

罗光华一听，翻身站起，大喊，快走！

大家匆忙收拾东西，还没待滑竿抬起来，周围枪声大起，几个亲兵立刻被撂翻。紧接着，呐喊声从四面包抄过来。罗光华还企图抵抗，指挥着人向土冢撤退，可是哪里来得及。一伙穿黄衣服的人从林子里冲出，将他们牢牢围在中间，刀枪齐上，霎时草甸上血肉横飞，惨叫声声。青女扯着小赵，躲在大石碑旁边，将脑袋使劲儿往碑身下的土里扎。纷乱中，青女听到罗光华在嚷，我们是青木川魏司令的人。但很快便没了声响。草甸上乱作一团，不时有滚热的血溅到她的脸上、身上，她什么也顾不得了，只是紧闭着眼哆嗦，脑袋里是一片空白。青女想，这就是死了，没想到她的死来得这样早，这样快，是这样一种形式。

一袋烟的工夫，对方结束了屠杀，青女睁开眼睛，发现自己还活着。不但自己活着，从青木川来的所有女人都安然无恙。抬起头看，美丽的草甸惨不忍睹，横七竖八的尸体，黏稠鲜红的血，使这里成了人间地狱。青女看见罗光华趴在石碑上，后背一道长长的裂痕，人被分成了两半。一个亲兵没了脑袋，直着身子靠在石头上。女人们吓傻了，发不出半点儿声音，任着人将她们提起来，扔作一堆。只有自称了断了生死的大赵，不为情景所动，仍旧在草地上打坐，光秃秃的脑袋反射着太阳的光，在蓝天下明亮耀眼。

一个小官模样的问丫头们，那个光脑袋的是谁？没人敢回答，小官揪住小赵的脖领子，拿枪顶住她的下巴，让她说。小赵说，那是我姐姐。

小官说，你姐姐是谁？

小赵说，赵素璧。

青女才知道大赵的名字叫赵素璧。至于小赵叫什么，没人问，直至她死，也没人知道她的名字。小官从小赵嘴里知道了她们是魏富堂的家眷，要到西安去，便说，魏富堂是陕南有名的土匪恶霸，这样的人和他的家眷是不能活在世上的，我们要……要……

旁边一个长着黄胡子的人提醒说，要消灭。

小官说，对，要消灭你们。

青女看了一眼黄胡子，这个人说话斩钉截铁，带有浓重的甘肃口音。黄胡子见青女看他，狠狠踢了她一脚说，看老子做甚，要报仇吗？

青女赶紧低了头，她觉得黄胡子不但胡子黄，连眼珠也是黄的，细长的脸，朝外龇着门牙，像是五百年前的黄鼠狼。黄胡子让她们在石碑前站成一排，不许说话，不许哭泣。她们老实地站着，有的人吓得尿了裤子。

小官开始拿大赵的脑袋当靶子打，打了两枪竟然没打中，大赵依然不动声色地盘腿坐着。小赵却已经瘫软在地上，被一个兵狠狠砸了一枪托，又勉勉强强站起来。黄胡子举起手里的枪，向着大赵只一抬手，大赵的眉心便出现了个洞，那洞红艳艳的，在大赵白皙的脸上显得十分动人。眉心上有洞的大赵睁了眼睛，看了看石碑前站着的女人们，好像是笑了笑，就歪在草丛里。接下来，兵们开始搜检青女们身上带的东西。兵们不老实，在她们的身上摸摸揣揣，黄胡子说，共产党不许动女人！

一个兵说不动白不动，被黄胡子抽了一个嘴巴。

小赵的身上除了衣裳，没有任何多余，丫头们随身包里的银圆被翻出来，搁在各人的脚下，其他人都是两块，青女是四块。四个丫头加上小赵，五个女人呆呆地站着，除小赵外各人的脚边都放着钱，太阳照耀着，银圆闪着银亮的光，像是各人的标志。青女抬头看，在林子深处，阴暗的光线里，站着一个戴着面具、穿着黑披风的人。青女知道，那便是阴间来的索命鬼了。

小官说，一切缴获都归公！这是共产党的做法，我们也不例外。

黄胡子将丫头们脚下的钱逐个收了，收到青女脚下，抬起头盯了她一眼。兵们将女人们拉到倾塌的砖塔前，让她们站好，唯独将青女留下来，面对着她的同伴。小官似乎不愿马上将事情了结，跟黄胡子小声商量，个个都是鲜货，能不能让弟兄们解解乏？黄胡子斩钉截铁地说不能，说还是那句话，共产党不动女人，他们动了女人就不是共产党了。

兵们举起了枪，女人们突然明白了什么，惊叫着四处逃散，还没跑出半步，乱枪齐射，全部仆倒在地上。殷红黏稠的血，汩汩地从她们的身下流出，将地上的雪洇出一片片红。这一切都在青女的目光下进行，她看着她的同伴生命在呼喊奔突中戛然而止，看着血在蓝天下喷射。在极端的恐惧中她跌坐在石碑上，傻了。枪声停息，林子里除了呜呜的风声，一切变得异常寂静。至此，从青木川出发的一行人，除了青女，所有的人全部去了他界。

湿润的风从南面的山谷间徐徐吹来，将枯草吹拂得低迷如浪，有云从谷间涌出，预示着一场大雪即将到来。

兵们将满身沾着鲜血的青女押回老县城。牛老汉一家正在吃饭，见了这情景也并没有多少惊异。久居山林，土匪兵痞你来我往，转瞬间你生我死，如那“你方唱罢我登场”的官场，频繁变换，已是见怪不怪了。

倒是牛老汉的女儿拍着手说，爹，你瞧，这个丫头她又回来了！

兵们将青女拴在牛圈的柱子上，也没派人看守。

村里有猎户打了头野猪，被黄胡子们弄了来，围着火塘喝酒吃肉。牛老汉来给牛添草，偷偷对青女说，逮着机会你得跑，我看他们把你看得不严。

青女流着眼泪说，跟我一块儿的人都死了，我这个样子怎么回去交代？

牛老汉说，我料你们就会出事。你们在这儿住着时，来了几拨人偷偷打听你们。

青女说，他们是共产党。

牛老汉躲过青女的话头说，女子你记住，永远别问他们是谁。

青女说，全杀了，就留下了我。

牛老汉说，是你命大。

那边，兵们在喊叫让牛老汉过去往塘里添炭，牛老汉答应着往外走，回身对青女说，能逃就逃。

晚上城外响了一阵枪声。青女又怕又累，一宿不敢合眼。“共产党”单单留下了她，那与众不同的四块大洋究竟暗含了什么信号？二十几条生命顷刻就消失了，回去如何向魏老爷交代……

早晨牛老汉来给青女解绳子，说那些兵夜里就走了，现在下了大雪，让青女借着雪赶紧走。青女说，往哪儿走呀？牛老汉说，往你的青木川走，你得回家！

青女说她根本不知道青木川在哪儿，牛老汉说先到华阳，到了华阳就不远了。青女说华阳怎走，老汉说往西，过都督门进吊沟。青女望着外面漫天飞舞的大雪发愁，牛老汉说村里有个叫三圈的，今儿个要到华阳帮着老丈人盖房，让青女跟他搭伴走。

青女就跟着三圈走，走了两天到了华阳，然后一路要饭，狼狈不堪地回到了青木川。她没敢直接回魏家大宅，而是先奔了广坪的李家，她得让李家老太太帮她拿主意。饥寒交迫的青女一进李家大门就昏了过去，李树敏正在后院廊下斗鹌鹑，听见前头一阵乱，问怎么回事，下人禀报说来了个要饭的，饿晕了。李树敏说怎的让要饭的往院里跑，家人说要饭的轻车熟路，直奔老夫人的住屋。也怪呢，要饭的是个大姑娘。李树敏若有所思，想了想说，不管怎么的，别让她死在家里，给她碗热乎稀饭。

一会儿有人来告诉李树敏，说要饭的人是魏老爷家里的青女，一行人去西安，半道上在佛坪老城遇了难。李树敏这才放下鹌鹑来到前院，见青女正向他的母亲哭诉道上的事情。老太太惋惜大赵小赵，眼泪汪汪直叫心疼。青女发愁如何向魏老爷和丫头们的亲属解释，李树敏说出了这样的大恶事只有实话实说，并说送舅母回西京，如果按他原来的主意走大路，许不会出事，是舅舅太相信他那些弟兄。人心隔肚皮，这些年过去，谁知道谁变成了什么样，遇到别个尚可周旋，遇到共产党，那是一点儿情面也不讲的。李树敏反复问，的确是遇到了共产党？青女说她没记错，那帮人自称是共产党，反复说“共产党不动女人”“一切缴获要交公”之类的话。

李树敏说，这一点很重要。

傍晚的时候，魏富堂从青木川赶过来了，盯着青女半天没有说一句话，末了冷冷地说，他们怎么没杀你？

这正是青女说不清的要害所在。她说她也搞不清为什么，她知道回来很为难，当初还不如跟大伙儿一块儿去了，省了许多麻烦。李树敏说，共产党把舅舅认作土匪恶霸，列入消灭范畴，留个丫头带回去录口供，跟上司交代，也好立功得奖。共产党最看重事实，重证据，你说杀的是魏富堂的人，没做证的，谁知道是不是。

李老太太让魏富堂再不要难为青女，说孩子死里逃生，千辛万苦地奔回来已经很不容易了，这样忠心耿耿的丫头打着灯笼也难找。

魏富堂说，我跟共产党没仇。

李树敏说，共产党跟天底下的富人都有仇，他们专干打土豪分田地这样的事。当年袭击红二十五军，活埋人家的伤员，还不都是您干的。

魏富堂说，那是王三春。

李树敏说，您和王三春能掰得清楚？掰不清楚！人家共产党把这账一笔一笔都给您记着呢。

魏富堂说，他们杀了我老婆，这笔账我也记着呢，忘不了！

李树敏说，这个仇我也替舅舅记着。君子报仇，十年不晚。早晚有我们出气的一天。

从老县城死里逃生的青女再没有回魏家大院，女主人死了，她害怕那座空落落的院子。

1945 年的初春，坐落在青木川东北方向的瞿家大院住进了一个特殊的人物——一个说一口官话的女子谢静仪。谢静仪是怎么来的，无人知晓。青木川闭塞，没人看报纸，自然没人知道督察主任霍大成被土匪袭击丢了夫人自己逃窜的事情。报纸上披露霍夫人姓程，叫程立雪，来到瞿家大院的人叫谢静仪，没有人把她们联系起来，或许她们从根上说就是两个人，没有关系。

有人说谢静仪是李树敏领进瞿家大院的。当时瞿家老爷子——贡生出身的瞿沛农还健在，那是青木川地区真正的大学问。施秀才纵然满嘴之乎者也，跟瞿老爷子比，毕竟还差着一筹。瞿大学问收留远道而来的女文人谢静仪，无疑也是替她隐瞒了些内容的。谢静仪死心塌地在青木川扎根不走，自然有说服瞿老爷子的理由，并且理由一定非常充分。

据瞿家的丫头说，谢静仪来瞿家大院的当天，悄声细语跟老爷子整整谈了一个晚上。那天晚上小姐瞿焕贞也在场陪伴。老爷子第二天就把谢静仪认了义女，与瞿焕贞姐妹相称。

瞿老爷四个儿子一个闺女，家族人丁兴旺。儿子们老大在地区教书，老三是县上的西医大夫，其余两个在家务农，如门楣上所写，是真正的“耕读人家”。闺女叫瞿焕贞，年方十八，如掌上明珠般地养着，百般娇宠。瞿家大院相对青木川镇自成一统，院内迤逦的小山向东北弯曲，兜出了一片恬静低矮山坡，坡上遍植茶树，道边尽栽金丝楠树，院落里种着桂花，塘里浮着几只白鹅，一派世外桃源景象。

魏富堂不常到瞿家大院来，与瞿家的人也没什么交往。他风风火火的性情、轰轰烈烈的状态，跟瞿家没有交叉，毫不搭界。这次要不是外甥李树敏让他到瞿家大院来接一个叫谢静仪的女子，他不会走进这片山洼。

在瞿家大门外的茶园里魏富堂碰到了瞿焕贞。瞿焕贞穿着土布淡青裤褂正在田里忙碌，一条粗黑的大辫子垂在脑后，辫根系了一条同样淡青的帕子，人便显得很别致俊俏。青木川的人多管瞿焕贞叫瞿幺妹，魏富堂乍见瞿幺妹竟没想到她已经长成大姑娘了，印象中的幺妹还是个穿花袄绿裤的半大丫头，才几年不见……长成人了。

天气还冷，山里的雪还没有化尽，魏富堂问幺妹在田里干什么，幺妹说在看她的茶。魏富堂说，茶树至少还得两个月才能发芽，眼下硬硬的枝子有什么看头？

瞿幺妹说瞿家大院兜风，春天比镇上来得早，其他地方尚不见茶苞，他们家的茶小芽已经开始萌动了。她让魏富堂过去看，看那些藏在枝头的细芽“像娃儿一样缩在自己的小被子里”。

魏富堂过去看，狗看星星般茫然，他看不出芽苞，也看不到小被子，却嗅到了瞿幺妹身上散发出的淡淡茉莉花香气。

瞿幺妹问魏富堂来干什么，魏富堂说来接一个人。瞿幺妹说，那一定是谢姐姐了。

瞿幺妹替魏富堂牵着马走进瞿家大院，魏富堂接过马缰把马拴了，幺妹问魏富堂为什么没开他的汽车，魏富堂说来瞿家的道路拐来拐去，还要过一座小木头桥，他的车进不来。幺妹说走不了山路的车就是废物，还不如骑马。说着把魏富堂的马缰从拴马桩的石猴脖子上解下来，系在石猴胳膊上。魏富堂不解地看了瞿幺妹一眼，幺妹说，你要把我们家猴子勒死呀！

魏富堂说，一个石头猴……

瞿幺妹说，石头猴子在我们家站立了几代啦，替我们家拴了不少马，是有灵性的物件呢。魏大哥，你的枣红大马配上我们家的石头猴子好有一比呢。

魏富堂问比作什么，瞿幺妹说，马上封侯！

魏富堂说，咦，小看了你这个幺妹儿！

进入瞿家大门，门上、柱上均是木刻楹联。那些字魏富堂基本不认识。堂屋那些油亮光滑的条案八仙桌和上面的摆设让他见识了葫芦坝西洋教堂的别样气氛。他站在堂屋，看着墙上挂着的一幅老头骑着青牛的画发愣，不明白一个骑水牛的农人何以入画。瞿幺妹说，那是老子骑青牛过函谷关，奔陕西来啦，紫气东来，祥瑞呢！

魏富堂哦了一声。

瞿家老二出来说他爹一早就到广坪去了，临走留下话，魏老爷不是外人，领到后院细雨轩喝茶便是。

魏富堂跟着瞿家老二往后院走，一转又一转，瞿家的建筑比他直荡荡的院落有情致，房檐屋角，高高低低，可谓一步一景，院内竟然还有一汪从山上下来的绿水，水旁建了一座宽展廊轩，轩上临水挂着匾，上面书三个大字——细雨轩。

魏富堂在细雨轩门口见到了在轩前的梅树下站着看花的谢静仪。刚过完年，冬日的腊梅开得正旺，黄色的花朵衬着她那身藏蓝的绒旗袍，焕采生姿，楚楚动人。魏富堂没见过容貌如此清秀的女子，一时惊为天人，站在那里不知该进还是退。谢静仪发现了魏富堂，大方地朝他点了点头，微微一笑，向他伸过手来。魏富堂很不自然地碰了一下那只纤细的手，想了想，还是双手抱拳，端出架势，朗声说，在下青木川民团司令魏富堂！

瞿幺妹端着托盘过来说，魏大哥进来喝茶，我们这儿不许有什么司令，也没有民团。

进轩落座，魏富堂说他外甥李树敏年轻不知深浅，把谢先生请进山里实在是考虑不周。山里的日子清苦寂寞，先生要是想回去，他可以派人将她送到汉中。谢静仪说山外时局未靖，征战未歇，她实在无心再回到那喧嚣中去，即便回去亦是无枝可栖。如今既为断梗漂萍，不如索性做个世外闲人，不做繁华之想。

魏富堂说，留在青木川，你要怎样？

谢静仪说司令若能让她留在青木川教书，她衔感待命，一定尽全力把事情做好……说她在山外对魏司令也不是没有所闻，今日在青木川相见也是缘分，观司令为人，当是能干一番大事业、能造福桑梓的福将。如今，国势倾颓，时当丧乱，所幸青木川处幽深之境，防范严密，相对安然。深山之中，不如办学育人，使后辈能出有用之才，促其所学而修于乡里，也是振兴青木川的一条出路。

谢静仪的想法出乎魏富堂的预料，眼前的女子跟他大谈什么“办学育人”“振兴青木川”，可见不是凡俗之辈。一时间，堂堂的司令竟不知如何回应这女子才好。谢静仪不紧不慢地说，魏司令也要施善政，痛改杀人放火之前非，收敛刚愎狠戾的性情，积德累功，慈心于物，才能得到爱戴，得到人心。

谢静仪的一番直言，不甚中听，“杀人放火”“刚愎狠戾”这些极端词语，在青木川没有谁敢对魏富堂这样直接讲。可是这回魏富堂在这位山外的女知识分子面前表现出了极好的绅士风度和极大的耐心。

魏富堂之所以没恼，是他在这位女知识人的话语之间看到了诚恳和胆识，看到了决心和勇气。留在深山办学，绝不是一时的突发之想，也不是大而无当的迂阔之论，是一种对教育近乎殉道的虔诚。谢静仪追求的境界，是他这个粗野山贼在心的深处时刻向往、极为缺憾的精神世界。他在青木川大造美屋，广蓄良田，少的就是一座神圣的精神殿堂。他几十年来内心追求的女人也罢，儿子也罢，其实就是对文化的崇拜，就是谢静仪的两语三言。没谈几句，他已经对这个清雅绝俗、秀慧博学的女子充满了敬意。

魏富堂说，先生见多识广，山里的娃子个个冥顽粗野，不服管教，这不是三两年的事啊。

谢静仪说，不轻然诺，诺必践之。青木川也是我的最后归宿了。

魏富堂还没有来得及细细琢磨“最后归宿”的意思，瞿幺妹将盘子里的茶碗已经排摆开来，冲泡出一盏盏碧波荡漾的香茶。茶的香气弥漫室内，清香中有股微微的花香。魏富堂问是什么茶，瞿幺妹说是自制的茉莉雀舌，把采摘下的茉莉花和茶叶一块儿熏制的。只见那些茶叶在碗中旋转舒展，林立如剑，一片一片慢慢沉降……

谢静仪喝了一口雀舌，称赞说齿颊留香，余韵悠长，这样的美茶在山外头是喝不到的。瞿幺妹说，只要谢先生留在青木川，瞿家大院的明前雀舌是时时可以供应的。

瞿幺妹又端出自己用炭火烤炙的茶饼，黄绿的小饼依稀可以寻到茶的芳踪，蜜的平和，饼的细腻，跟大油大盐的核桃馍是两个概念。

魏富堂说他喝的茶是山顶上的老鹰茶，冲泡半碗茶叶还嫌不够浓酽，用瓦罐熬制了，熬得色黑发苦，尚算过瘾，却不知茶还可以这样喝，开眼了。

那天，魏富堂与谢静仪在细雨轩从上午谈到日色偏西，彼此大有相见恨晚之意。瞿焕贞端茶送水，进进出出，在魏富堂的心里留下了深刻印象。

为了办学校方便，谢静仪很快住进了魏家大院。在魏富堂的引领下，人们也随着魏富堂而改称她为谢校长。魏富堂对校长很客气，每天都要在谢校长的屋里停留，看她设计的学校图纸，问学校的进展情况，跟她说各式各样的事情，甚至把那架钢琴搬进校长住室。见校长吃不惯青木川的饭，还专门从成都请来大师傅张海泉……人们从未见魏老爷对女人这样耐心、细致过。大伙儿猜测，魏老爷的新夫人可能会是后来的谢静仪……

结果，不是谢静仪，是瞿焕贞。魏富堂娶的最后一任妻子是瞿家大院的女儿瞿幺妹。

帮助魏富堂下决心迎娶瞿焕贞的是谢静仪。魏富堂敬重瞿焕贞的出身、血统，却下不了决心，但是他心里怎么也放不下她。他跟谢静仪谈起他的这种感觉，谢静仪说，瞿幺妹是个好姑娘，将来也会是个勤快善良的主妇。她问魏富堂是不是真喜欢瞿焕贞，魏富堂说了"喜欢她的茉莉雀舌"，校长便什么都明白了，也没说话，打开尘封已久的钢琴，演奏了肖邦的F大调夜曲。这是那架钢琴的第一次正式演奏，也是魏富堂有生以来头一次听到这样令人心灵震撼的音响。清脆舒缓的旋律将他心中的情愫化作潺潺的春水，化作细雨中青翠欲滴的嫩竹。琴曲中瞿幺妹在茶园中穿行，穿着粗布裤褂，阳光从侧面射来，有薄雾萦绕，幺妹面容平静优美，一双眼睛清澈如水……

敬重倾慕而不占有，这是十分微妙又美好的状态，魏富堂对谢静仪的态度可以说就是这样一种状态。聪明的魏老爷小心谨慎地把握着这种状态，把谢静仪当作了自己的红颜知己。

这是魏富堂的福气。作为知己的谢静仪，以她的方式，成全了魏富堂一生最美满的一段婚姻。

魏家大院又一次举行了热闹婚礼，胡宗南送了"举案齐眉"的大匾，甘肃康县的哥们弟兄也送来了“百年好合”牌匾，连太平的唐家也派内弟来重新跟瞿家认了亲戚。瞿家大院内，等待花轿来迎娶的瞿么妹很开心地对她的茶树们说，没有走远，过几天就回来给你们剪枝……都等着我哦！

魏老爷爱枪，以自己的心理相推，以为谁都爱枪。新婚之夜，他将一把美国科尔特手枪送给新妇瞿焕贞作为镇室之宝。瞿焕贞说她不用枪，给枪还不如从汉中买个钢烤炉，她烤点心用。魏富堂说钢炉子也给，枪也给。这把枪是用世界上最好的钢做的，连打二十枪，枪管也不发热，全中国也没有几把。瞿焕贞还是不要，魏富堂就把枪搁在了枕头边上。

第二天，魏富堂早早地去训练他的民团了，瞿焕贞让青女把那枪收拾起来。青女拿起那把发着幽蓝光芒的小手枪，不知如何处理，想了想，把枪收在衣柜深处，不放心，又探进胳膊把它往里推了又推。

进入魏家大宅的瞿焕贞不忘她的茶园，很多时候她还是住在娘家。不同的是脑后的辫子绾了个元宝髻盘在头上，斜插了一支绿翠的簪，依旧身着粗布裤褂，眉宇间多了妇人的成熟。

这段日子，是魏富堂家庭生活最舒心的日子。

没过两年，瞿焕贞生了一个儿子，请施秀才取名魏漱楷，取楷树笔直茂盛、强楷坚劲的意思。楷树是名贵之树，儿子好好培养，将来定为栋梁之材，给魏家坟上挣个高高的令牌那是绝对的。但是魏漱楷外祖父瞿沛浓却对名字不满，说楷树芯苦，又谓黄连木，黄连藏匿于孩子命里怕是不吉。瞿焕贞不信这些，坚劲也罢，芯苦也罢，好好养着便是了，她管她的儿子叫“明前”。明前是指清明前采摘的茶，茶中精品。在明前扶着桌子将将能走路的时候，瞿焕贞又怀上了老二。老二将出生于雨水节气之前，名字她已经想好了，叫“雨前”。又是一款茶。

魏富堂老来得子，高兴坏了。

十

钟一山跟着夺尔到乡村转了几趟，有夺尔引路，果然没有白跑。

这天从乡下回来，钟一山神神秘秘地从包里摸出一个铜镜，说是从一个农民手里买来的。农民锄地，从地里挖出来个铜片片，只当是魏富堂破汽车上的零件，并未在意，在柜子底下扔了好几年，听说他是研究蜀道的，就让小孩子拿棍儿好不容易地拨了出来，让他看。钟一山说他一看就断定这个是唐朝铜镜，又想到是农民从古道挖出来的，就买了下来。

镜子有碗口大，上头坑坑洼洼，锈迹斑斑，有些模糊不清的图案。青女听说钟一山淘换来了宝贝，也上楼来看，见是个铜片子，很是失望，说她以为能弄来翡翠玛瑙什么的，不想是这么个丑八怪。钟一山让青女不要小看了丑八怪，但凡真文物，都是很不起眼的，那些贼光四射的闪亮登场大半都是假冒伪劣。青女说这样的东西给她，倒找几十块钱也不要。

冯小羽说这样的玩意儿北京潘家园、西安朱雀路古玩市场有的是，都是造假造出来的。钟一山说，先不要说假货的话，青木川的农民怎会有大城市的假货？凭它出土的地点，就是值得考证的东西。有时候，越是真的越像假的，就跟你们写小说似的，把事情越按真的写，人家越说是瞎编的。钟一山说这个物件的名字叫“盘龙背八角镜”，他在日本奈良正仓院看过相同的东西，是圣武天皇的收藏，日本国宝级文物。圣武天皇是什么时代？正是唐朝。圣武天皇死后，他的皇后光明子将中国铜镜奉献东大寺正仓院收存。光明子献的东西很多，还有王羲之、王献之的真迹等。正仓院是专门存放天皇宝物的仓库，跟法门寺地宫相似，不同在于一个是地上，一个是地下；一个在明里，一个在暗处。正仓院的东西每年拿出来晾晒展出，法门寺的东西藏于塔底，秘不示人。

冯小羽说钟一山不要把青木川认作闭塞山地，这里连老农民也会说Good night，那个镇长李天河精明得比他们俩加在一块儿还绰绰有余。21世纪的秦巴山村再不是唐朝的傥骆古道，虽然公共汽车不能按时运转，但新修的公路毕竟连接着西安、北京，从这里照样能走向世界各地。

钟一山不以为然，继续把玩那个铜镜，又陷入文学想象当中，推测是某一唐朝皇帝西蜀避难，哪个嫔妃丢弃的。能与日本国宝级文物相匹敌的物件，绝不是偏僻山乡的出产。

青女说她可以替钟一山用炉灰把这个铜片子擦出来，她有这方面的经验，她们家的锅一个个都被她用炉灰擦得锃光瓦亮，能照出影儿来。

钟一山一听，赶紧把他的铜镜收了，跟青女说擦亮了就没意思了，这些锈叫文物垢，是历史的积淀、年代的印证，造假都造不出来。

冯明对铜镜子没有兴趣，但是他对钟一山说的王羲之、王献之的真迹在正仓院收藏甚上心，问钟一山每年展出内容是否都有这些。钟一山说可惜的是正仓院将它们卖掉了，卖与何人，没有记录，二王的真迹就跟这铜镜一样真正地流落民间了。冯明挺失望，继续看他的电视，电视播放的是世界天气预报，马尼拉、曼谷、纽约、巴黎、东京……没有必要的关注却关注得聚精会神，可见心思并不在电视上。冯小羽觉出，到青木川以来，父亲的神情常常处于恍惚之中，她想可能是父亲在想念那个叫作林岚的女子，几次建议父亲到林岚的墓地去看看，可父亲对看望林岚似乎并不急切。

钟一山说，古道上能找到唐朝铜镜，说不定也能找到唐安公主墓遗址，印证唐代古蜀道的具体线路。唐德宗那次穿越古道走得着实凄惨……其实哪个走蜀道的皇帝都不轻松。

青女说，公主的墓碑一定是戴了令牌的。

冯小羽不懂什么叫戴了令牌。青女告诉她，青木川风俗，凡是后人在文化方面有了功名，祖先的墓碑方可加石头盖顶，后辈学问越大，盖顶越讲究。一看墓碑的形式，就知道这家的后代有没有出息。现在没有举人了，谁家的儿女上了大学，老家儿的墓碑才能戴令牌。就是儿子是县长，没有上大学，老家儿的墓碑也不能戴令牌。像许忠德父母的墓碑就不能戴令牌，他上了大学，可他没毕业，不算数。

青女给冯明煮了几个细辛荷包蛋，调了蜂蜜，端上楼来。见冯明还正襟危坐地对着电视看世界天气预报，问冯明要不要吃一些，冯明摇摇头。青女说，你不要怕胖，你一点儿也不胖，胖不是吃出来的，是天生的，以前林岚每回演戏回来，都要吃我煮的细辛荷包蛋，她一点儿也不胖。

冯明关了电视回房去了。

青女知道自己又说错了话。

钟一山在地板上铺开他的大地图，举着放大镜趴在地图上细细寻找。他把那个铜镜当成了历史隧道，企图通过它寻到皇帝仓皇南逃的线路。冯小羽站在地图边缘说，找来找去全是白搭，历史记载很清楚，唐德宗回到长安第二年，就把公主的棺柩运回去安葬了，傥骆道上只不过是个空冢。

钟一山说，找到安冢遗址就是找到了古道在唐代的脉络，这是搞历史地理应该准确把握的……

细辛荷包蛋的香味在房内萦绕，冯明对这个味道很敏感。这是一种很特殊的味道，是属于青女的味道，属于林岚的味道。离开青木川五十年，他再没有闻过这样的味道，细辛、蜂蜜的调和，甜蜜中带些清苦，鹅黄中泛出嫩绿，使一碗简单的荷包蛋变得丰富深厚，绝妙无比。

吃过午饭，天气有些热，冯明在青女家的饭桌上铺开一张纸，在上头画来画去。

冯小羽去寻找报纸上的程立雪，钟一山去寻找安冢遗址，各自忙各自的事情。在冯明眼里，千年前的皇帝逃难走的道路，与青木川有没有关系没有任何意义，把历史研究到这个份儿上，也算是到了日暮途穷之地，再没什么研究空间了。至于冯小羽，一心调查什么国民政府教育督察的夫人，为个八竿子打不着的女人花费这么多的精力，对青木川的历史来说实在是因小失大。当年青木川你死我活的阶级较量、如火如荼的剿匪除霸斗争，多么震撼人心，多么精彩激荡。研究历史的、搞文学创作的对这些却不屑一顾，实在是让人失望。

冯明让青女给他的茶缸里添些水。青女说暖瓶就在茶几上放着，自己去倒就是了，什么事都要别人帮忙，这都是当领导当出来的毛病。镇上开大会，领导们坐在台子上，她看见干事一遍一遍地往他们的茶缸子里续水，领导们就一杯一杯地喝，渴了八百年似的，也不见上厕所，憋尿的功夫个个练得很到家。冯明说，当初我在青木川的时候，你可是上赶着给我倒水的，那时候也不见你说什么惯毛病的话。

青女说，那时候追求革命，把你就当成了革命；现在我把你看成了一个人，一个普普通通的老哥哥。

冯明说，现在我还是革命的呀，我革命了一辈子哩。

青女就笑，青女一边和冯明说话一边在庭院里晾晒她新做的豆豉，弄得满院子臭烘烘的。大黄狗没有拴，在青女腿底下盘来绕去地捣乱，青女踢了它一脚说，去！

黄狗去了，没出院，径直进了屋，钻到冯明的桌底下噗啦噗啦地甩尾巴。来了个这东西，冯明心里就有点儿乱，他说，青女你家的狗身上是什么味儿，像从烂鞋堆里钻出来的。

青女说，它拿嘴拱我的豆豉来着。

冯明说，狗拱过的豆豉我不吃。

青女进来把狗拉出去说，腊肉蒸豆豉是你爱吃的，林岚也爱吃。那年春节你们吃了多少哇，撑得打嗝都是豆豉味儿。

冯明问是哪年春节。青女说，就是分东西那年，把魏富堂的东西堆了一院子，编了号，大家抓阄，谁抓着什么算什么。

冯明说，哦，想起来了，那还不是正式土改。1951年过阴历年的时候，魏富堂拿出自家一些浮财给大伙儿分。我记起来了，你当时抓了魏富堂老婆的一盒香粉，一对绣花枕头，气得直哭，死活不要，非得要换。

青女说，当时是要换的，搁现在就不换了，那盒香粉是美国进口的，铁盒子上头印着黄头发的大美人，喷香喷香的，一股外国味儿，用现在的话说是……是进口品，很值钱呢。那对白缎子鸳鸯戏水的枕头也不是平常之物，是小赵从西安带来的，长安进士家的东西，绣得讲究。开始我嫌这东西不中用，还不如给条米口袋呢，我们穷丫头要这干什么。林岚说出嫁的时候用得着。她说我傻，我不能老是穷丫头，我也会当有头有脸的国家主人，当娃儿他妈……

青女突然打住话头。她知道，她又犯了错误，犯了个大错误。她和冯明都清楚那对枕头的结局，林岚牺牲以后，装殓林岚的时候，青女将其中一个枕头垫在了林岚的头底下……

白色的枕头，衬着林岚苍白的没有血色的脸，那一幕在盖棺的刹那铭刻在冯明的记忆中。每每想起林岚，就是最后的那个样子，微闭的眼睛，长长的睫毛，乌黑的头发，鸳鸯戏水的枕头……

冯明有些失神。

青女责备自己说，老了，没记性，说这干什么！我这张嘴呀，真是的！

冯明问青女，另一个枕头是否还留着？青女说早就扔了。冯明说，我知道你还留着。

青女的眼圈立刻红了，为了掩饰自己，她倒了杯水给冯明，端过来的时候竟将水洒了一桌子。冯明说他想看看那件东西，青女说，不看也罢。

冯明说，什么叫“也罢”，今天我绝对要看。

青女进到里屋，里面一阵箱子盖的响动，抱出来个红布包袱，搁在桌子上，小心地打开来，露出了鸳鸯戏水的缎子枕头。冯明感觉枕头小了许多，薄了许多，也不似原先那样白，微微发了黄。枕头很轻，很软，抱在怀里有股浓重的卫生球味儿，虚幻得有些不真实……原本是一对，另一个被林岚带走了，深深地埋入了地下，五十年过去，化作了灰土，成了永恒，这一个还残留人间，被珍贵地保留着，模样已不似从前。

冯明小心地摩挲着细腻的软缎，缎子在他手下发出沙拉沙拉的声响，仿佛有了生命。

青女说，去看看她吧，一个姑娘家，孤寂地躺在那儿，冷清得很呢。

冯明说，是要去的……

嘴上是这样说，冯明对到林岚墓上看望还是有些打怵。五十多年，他没为林岚添过一抔土，化过一张纸，也就是说他没来看望过她一次。走了，头也不回地走了，纵然是千里万里地想着，又有谁知道。

冯明对青女说，把枕头搁我屋里去吧，打今天起，我要枕着它。

青女说，你这是何苦。

张保国来请冯明，要陪他到魏富堂的大宅子里去看看。冯明说不忙，说他凭记忆草拟了份青木川当年积极分子名单，让张保国看看还缺了谁。张保国拿过那张纸来看，上面工工整整地写着：

主任兼组织委员：张文鹤

副主任兼分地委员：何继成

武装委员：万至顺

锄奸委员：沈三娃

生产委员：赵大庆

妇女委员：李青女

张保国哪里知道落了谁差了谁，敷衍地说，首长记得很全面，就是青木川街上的老人怕也不能记得这样准确了，我没什么补充的。

冯明问名单上的人哪个还健在，张保国说除青女婆婆以外，赵大庆还在，就住在附近。冯明说要是这样，拜访青木川的老朋友是最重要的，看魏富堂的大宅院搁以后再说。冯明的意思是去赵大庆家，赵大庆当过生产委员，总是跟他有些共同话题的。可是张保国不愿意冯明去赵大庆那儿，说改天让赵大庆自个儿过来。他建议冯明先去看魏元林，说魏元林早先当过乡文书，有文化，头脑清楚，首长去了肯定会大有收获。冯明问魏元林住在哪里，张保国说在东边五里赵家坝。说着就给魏元林的儿子打了电话，让魏元林在家等着。

张保国说车就在门口，请首长坐车去。冯明说五里路走半个钟头就到了，不用开车。张保国说路上净是泥……

镇上给张保国配备的专车是帆布篷的北京212吉普，是从县上淘汰下来的旧车，门关不严，得使劲儿摔，车轮子磨得看不清花纹，离合器踩得溜光，挡风玻璃走了形，塑料拉窗裂了一条大缝，开起来哐当哐当，腾土冒烟，如同铁甲车。这是镇领导级别的专用车，平时干部们办事都骑摩托，没人爱坐这个又颠又吃土的吉普。冯明想起了魏富堂的那辆美国福特，土改的时候分不下去，没人要，往县上交运不出去，就扔在屋后头……问及福特下落，张保国说早散了架，大炼钢铁的时候把那些能拆下来的现成好钢搁在炉子里使劲儿炼，愣是把纯钢炼成了废铁，堵在了炉子口，大便干燥似的掏也掏不出来。冯明想，要是魏富堂那辆老爷车能留存至今，卖了它买几十辆北京212吉普不成问题。可是当时把车当成了绣花枕头，没有给予重视。谁能想到以后呢！

五里路，让冯明在车上颠了半个钟头，几次脑袋碰到了帆布篷上。开车的张保国回过头来抱歉地说，不好意思，又碰了您的脑壳。

冯明几次想下来走，张保国死活不让冯明下车，他让冯明放心坐着，说他的驾驶技术在全县也是一流的。细问，原来是老山前线下来的汽车兵。虽然到现在也没弄来地方执照，却能开着车满县跑，有时候还到县小车班去给司机们支一两招。小车班的见了他不喊“张主席”，喊他“张师傅”。

冯明说青木川的路不适宜开小车，他记得当年魏富堂的汽车在镇街上跑来跑去，连掉头也困难。魏富堂本人开车纯粹是为了摆谱，过洋瘾，张狂得很，路上的鸡狗随便轧。张保国说魏富堂的汽车实在是让深山里的土豹子们开了眼，那意义跟城里引进了秦岭的大熊猫一样，是不能以钱来论的。张保国说，脚底下这条土路现在不怎么样，但它可以一直通到九寨沟去，基础不错，稍加修整就是条好路，到时西安的人逛黄龙，不用走成都，直接走青木川，是一条近路，青木川的旅游发展前途十分光明。

冯明说以前在这儿工作，哪里还想到旅游，哪里还知道有什么九寨沟。那时只恨这山大沟深，箭竹茂密，藏匿土匪，给革命制造困难。张保国说，那时的不便都是现时的资源，没有山大沟深哪有风景秀丽，没有茂密箭竹哪有国宝熊猫。一切都是辩证的、发展的，对吧，老首长。

冯明说，是啊，一样的事物，不同的角度。为这片土地的解放，我们牺牲了多少同志啊。

张保国说，为有牺牲多壮志，敢教日月换新天。没有革命者的英勇牺牲，就没有今天改革开放的幸福生活。当年那些牺牲了的先辈哪里会想到今天的干部会开上吉普车，哪里会知道彩色电视、手机、电脑，想想真是亏了。当然，人民会记着他们，党会记着他们，他们永远活在我们的心中。

冯明说张保国的话带有调侃性质，口气跟他的女儿冯小羽如出一辙。

张保国说，我们年轻人在老一辈革命家眼里总是很没出息，很不争气。

冯明说，这是因为你们经的事情太少。

车进赵家坝，到了魏元林家，魏家儿子见了车，远远地迎过来。车刚停下，就有一帮孩子攀上车来，扳这儿动那儿。张保国厉声呵斥，龟儿子，滚！

“龟儿子”们嗷嗷叫着并不散去。

冯明让张保国不要这样凶。冯明说，革命干部对老百姓要亲切，“说话态度和气”是《三大纪律八项注意》里重要一条。对老百姓凶，老百姓就会反感我们，就会什么事情也干不好。

张保国说，这帮小崽子都是欺软怕硬，上头来了好车，奥迪、桑塔纳什么的都远远站着看，往跟前靠也不敢靠。一看见镇上这辆吉普，就像看见活动大玩具，不管不顾地扑过来，钻到车里哪儿都敢摸。有一回一个三年级的小子竟然把车弄走了，开下了河沟……

魏元林的儿子插嘴说，青木川的男娃儿都爱车，打魏老爷时候就是这样。

冯明注意到，魏元林儿子谈到魏富堂的时候称的是“魏老爷”，他不明白这个解放以后才出生的后生，怎的也是魏老爷魏老爷地叫。五十年了，魏富堂的阴魂竟然没散，还在青木川当老爷！

院里，老楸树下有石头桌子，冯明没进屋，就在桌旁坐了。魏家媳妇端出泡好的茶，给冯明和张保国一人倒了一碗。冯明看那茶，淡绿色，有股清香，连赞好茶。魏家媳妇说是今春丈夫从观音岩上采下的老鹰茶，老爷子让收着，非得来了贵客才能动。问怎的叫老鹰茶，儿子说茶树长在高海拔的绝壁上，那里只有老鹰才能落脚，所以叫老鹰茶。观音岩的茶树树干粗壮，一人难以抱拢，远远望去一片蓊翳。山顶气候变幻莫测，云遮雾挡，乍暖还寒，茶的味道就分外独特。每年只有个把身手矫健的山民才敢攀上去采摘，采摘数量有限，珍贵异常。老鹰茶明朝时候开始贡奉朝廷，一年不过一二十斤，要小心地包装，派专门官员护送进京，稀罕程度远远赛过珠宝金玉。冯明说他读过陆羽的《茶经》，那里面说过，茶者，南方之嘉木也，其巴山、峡川有两人合抱者。没想到青木川竟然有此等好茶。

魏家儿子说，我父亲说魏老爷喝的就是这个茶，喝了一辈子，就认这个。瞿焕贞种的那个茉莉雀舌，他到底品不出味来。土改时候，瞿家的茶园都分给了别人，山民们刨了茶树改种了洋芋。

正说着，魏家媳妇端出了一盘剥了皮的煮鸡蛋和两碗醪糟，让冯明当点心吃。

张保国问，魏元林到哪儿去了，说好的在家等着，怎的不见了人影？魏元林儿子嘴里胡乱搪塞，支吾了半天也没说清楚，倒是儿媳妇痛快，说她公公刚才跟家里人闹嘴干仗，赌气骑车出去了。张保国问为什么闹嘴干仗，儿媳妇说公公让儿子给买摩托车，说他要骑着摩托四乡转悠，还要上汉中。八十岁的人还要骑摩托，不是没钱，是不能给买。儿子说，老头子越活越任性，谁的话也不听，不给买摩托就闹气，刚才还好好的，三句话不对就变了脸，简直一个活脱脱的魏老爷。

冯明问魏元林儿子见没见过魏老爷，儿子说没有，但他知道魏老爷的脾气也大得很，得罪不得。冯明说，既是骑车走了，定是走得不近，大概一时半晌回不来。

儿子不说话，旁边的小儿郎们插嘴说，车子就是魏家爷爷的腿。冯明问为什么，张保国说魏元林习惯骑自行车，无论到哪儿，无论多近都要骑车子，从村东到村西，几百米，也得骑车。有个小孩补充说，魏家爷爷在自家院里上茅房也骑车，被魏家媳妇从后脖颈扇了一巴掌。张保国让魏元林儿子把他父亲找回来，儿子说不知到哪里去找，孙子看了一眼冯明说他知道爷爷在哪里。冯明问在哪儿，孙子说在老碾盘。冯明让孙子去叫，孙子痛快地答应，颠儿颠儿地跑了。

魏家媳妇朝冯明不好意思地笑笑说，其实谁都知道老爷子在哪儿，就是不便去叫，老爷子一犯毛病就坐到碾盘上骂人，越骂越来劲儿，越骂嗓门儿越大，东西南北都能听见。

张保国说魏老爷子骂人骂出了名，能从儿子骂到收生猪的老赵和他屋里的猫，骂到村长乡长县长，骂到布什小泉陈水扁，骂到蒋介石秦始皇，捎带挨骂的还有旁边看热闹的小青年和来劝慰的老哥们儿。老爷子信口开河，纵横万里，上下千年，宇宙之大苍蝇之微，皆可入骂，往往骂到最后，竟忘了所骂之初衷，不知骂由何而起，需旁边小闲人们提起新的“骂题”才能继续。

碾盘是乾隆年间的老物件，用了十几代人，现在有了机器碾面碾米，就废弃不用了。有西安的画家在乡间盖了别墅，缺少些乡村元素点缀，看上了这个碾盘，给村里六千块钱，要把碾盘拉走。以魏元林为代表的一帮老头子老婆子，就像老电影《红旗谱》里的朱老忠护钟一样，进行了不懈的护碾运动，一天往老碾盘处走几遍，轮番值班，把个碾盘看得严严实实，谁也甭想动一动。村长把画家给的定金花光了，也不是揣进自家腰包，是做了招待费。常有上边来人，不能让人空着肚子走，又没有专用经费，就得到处想辙，没两个月，半个碾盘就给吃下去了。想让人家画家来拉碾盘，有老的们护着；想给人家退定金，又没有。就这么僵着。后来画家一到村里来，村长就躲了，十回有十回找不着，闹得画家很恼火，说跟谁打交道也别跟农民打交道。说农民办事没规矩，没信用，见钱眼开，拉屎往回缩，总之话说得很难听。魏元林们不管，要说没规矩是村长没规矩，要卖村里的东西，村委会几个人一捏咕，就敢拍板。碾盘是村里全体民众的，不是村委会几个人的。村委会那几个小屁孩，最大的是1973年出生的村长，连困难时期都没见识过。老碾盘多大了，上头有字刻着，乾隆十七年，老祖宗了！1973就敢卖乾隆十七，胆子也忒大，想得也忒美！

老碾盘在村里中心位置，就像村里的中央电视台，魏元林老爷子往那上头一坐，看着头顶上的蓝天白云，看着盘旋的老鹰，舒服自在，不骂骂人对不起这碾盘。大家也都知道这是八十岁的老爷子闷得慌了，在解心烦，败心火，当然也有倚老卖老的成分在其中。

冯明想这个魏元林也是活得滋润，不愁吃穿还能骂人，也是造化。只是他怎么也想不起魏元林的模样，想不起这个当年的文书都干了些什么具体的工作，用女儿冯小羽的文学语言说是缺少细节。

一袋烟工夫，魏元林被他孙子和一帮年轻人连推带拽地架回来了，有人给推着车，有人给拿着衣裳，轰轰烈烈如同皇上出巡回銮。老爷子一脸的怒气，嘴里呜啦呜啦不知说些什么，大概是在老碾盘上坐的时间太短，还没有骂尽兴，一进门就脱鞋，对着他的儿子啪地扔了过去。鞋没砸着儿子，砸着了鸡，芦花鸡扑棱棱飞上墙头。拴在墙根儿的狗就汪汪地叫，把铁链子挣得哗啦哗啦响。孙子过去把鞋捡了，替爷爷套在脚上，将爷爷扶到楸树底下坐了。魏元林也不问冯明是谁，对冯明说，花了那么多粮食，喂了几十年，喂了一只白眼狼！

“白眼狼”满脸尴尬，立在那儿只是搓手。

冯明看着魏元林的模样，还是没找回五十年前的记忆。

媳妇端过水来让魏元林润嗓子。魏元林喝了一口，眼睛一瞪，问怎的没有搁蜂糖。

媳妇说，您的血糖严重超标，大夫说不让吃糖了。

魏元林脖子一梗说，我愿意咋样吃就咋样吃！

媳妇说，这不是您愿意不愿意的事，不能吃就是不能吃。您不能看着有客人来了就故意跟我较劲儿，借着客人的面子跟我要糖吃。

魏元林对冯明说，瞧见了吧，人老了就得受气，就得受制于人。龟儿子在人面前装得很孝顺，好像啥都替老子想着，其实饭也不给吃饱。他们一人几大碗地装饭，给我一个小木头碗，一顿只给大半碗，再不就是一块掺了菜的麸子面饼。就是万恶的旧社会我也没落到这地步。以前说魏富堂虐待长工，可人家糠饼子也是尽饱吃的，就这还落个土匪恶霸的名声。他们倒好，饭给半碗，菜是白煮，一点儿油水也见不着，整天饿得我眼前发黑，要给他们定成分，定个巨无霸也是够标准的。

媳妇有些委屈，想说什么，看了看儿子，终是没说。

儿子说，大夫给你定着量呢，饭吃多了，那些药等于白吃。

魏元林说，呸，我还不知道你们，啥子大夫，是李青女的女婿，你们是中学同学，都是穿一条裤子的，你说啥子他能不听你的！你不给我吃饱，他就说我有糖尿病，一个吹笛一个捏眼，配合挺好！

儿子对冯明说他父亲得了糖尿病，血糖是正常人的两倍。孙子说得更直接，说他爷爷是个泡在糖水里的糖人，血是甜的，肉是甜的，连尿出的尿也是甜的，整个一个大蜜饯。

魏元林说他什么病也没有，他身上哪儿都不难受，精神大得很，胃口好得很，一顿能吃一碗条子肉，喝半斤苞谷烧。以前是想吃没得吃，现在是想吃不给吃，中国人民已经解放五十多年了，他却还生活在水深火热之中，过着吃不饱穿不暖的日子……

媳妇忍不住说，怎的穿不暖啦，给您买的羽绒服不穿，愣是往狗身上套，吓得黄狗一见您就跑。

孙子说，就跟村长见了画家似的。

魏元林说，那《芦花记》的衣裳也是给人穿的？老子让你们给做件新里新面新棉花的小棉袄，说了几年，到今天连影儿也没见着。虐待老人，是要遭报应的。

媳妇说，现在农村谁还自己做棉袄，妇女们还有几个拿得起针线的？甭说棉袄，还能纳袜底的全村也没一两个了。

孙子问什么是《芦花记》。

魏元林说就是后娘用芦花给前房儿子絮的棉袄，看起来厚实松软，其实是样子货，屁事不顶。又对冯明说儿子把钱抠得太死，他月月的工资他们领着，几十年加起来甭说摩托，就是坦克也买得起了……

几个站在院里看热闹的年轻人起哄说，魏老爷子，买架飞机最好，直升的，连跑道也不要，直接在你家院里起落。

买波音的阿帕奇！

张保国对青年们喊，去！

青年们说他们不去，他们要看城里来的大干部，要看英勇的三营教导员冯明同志。

冯明觉得青年们挺可爱，连连说，就让他们在这儿，就让他们在这儿，让他们听听老辈的革命事迹是很有必要的。

青年们见冯明不讨厌他们，越发得了宠，使劲儿往前凑，有扳着冯明手腕看手表的，有拍着肩膀喊“教导员”的，有的问冯明身上带没带着枪，有的问冯明国家哪一级干部外出要一级警戒。张保国让小青年们不要蹬鼻子上脸，不要让人看着青木川的青年没教养，显得精神文明工作搞得没有成效。

青年们说教导员还没说什么，张保国就这样邪乎，狗仗人势。

张保国问魏元林认不认识冯明，魏元林说不认识。张保国让魏元林再想想，魏元林还是说不认识。张保国说，你怎能不认识，这是冯教导员，在咱们这儿搞过土改的冯明。

魏元林看了半天冯明，拍了拍脑袋，啊了一声，说他想起来了。

可是冯明还没想起来。

魏元林说，土改那年，分魏老爷东西的时候，是我造的册。刘小猪他们家分了魏老爷五亩水田，三间大瓦房，感激得刘小猪他爹领着全家来给工作队磕头，家里还给冯教导立了牌位。冯教导让我把他们送回去，把牌位撤了。我到了刘小猪他们家一看，那哪叫牌位啊，弄了张纸条贴在墙上，用碗在上头扣了四个圈……我还记得工作队走的时候和村干部会餐，吃的是大碗腊肉蒸洋芋，教导员什么都没吃，只是一味地喝酒……

魏元林这样一说，冯明想起来了。解放初魏元林是赵家坝高小毕业生，被临时抽调出来担任青木川乡的文书，干了不到半年，就回去当老师了。印象中魏元林是个话语不多的青年，梳着茶壶盖一样的学生头，制服长过了膝盖，上衣口袋老别着两支钢笔。其实只有一支，另一支只是个笔帽。那天的会餐，魏元林是个端菜端饭的角色，谨谨慎慎，笨手笨脚，不似现在这般话多，这样能闹哄，不讲理。

魏元林说，那个刘小猪，刘小猪还记得吗？

冯明说，怎么会忘了？就是那个在山里让狗熊揪掉半个耳朵、瘦小枯干的娃子嘛！

魏元林说，就是，就是。

魏家孙子使劲儿追问谁是“让狗熊揪掉半个耳朵的娃子”，魏元林给孙子讲了一个故事。旧时青木川穷人家的孩子一到秋天都要到山上“捡秋”，补充家里粮食的不足。小猪的家在青木川属于大贫困，他爹妈拖着七个孩子住在观音岩的山洞里，一家人盼着的就是有一间自己的房，有属于自己的田。可是七个孩子啊，吃饭都成了问题，刘小猪的爹出去给魏富堂当长工，当护院的卫兵，一年也回不了几次家。他娘是个病身子，总是歪在洞子里喘。小猪到山里捡栗子，瞅准了一棵树，正要上树，树上的栗子却噼里啪啦地直往下掉。小猪奇怪了，没风啊，栗子怎么自个儿往下掉呢？抬头一看，树上头有个穿黑棉袄的人在使劲儿摇晃。小猪说，大哥，谢谢啦，我在下头捡，你在上头摇，咱们一家一半。上头的也不搭腔，将栗子摇了一地。小猪冲上头喊，别摇啦，太多拿不了啦，快下来捡吧。上头的突然停止了摇晃，只听咚的一声，掉下个胖家伙，哪里是什么大哥，分明是一只大黑熊。小猪一屁股坐在地上，黑熊围着刘小猪转了一圈，小黑眼睛眨了眨，前爪一扬，忽地扇起一阵风，小猪的半个耳朵就没了。黑熊不想再理小猪，晃晃悠悠地走了。小猪大哭起来，捂着耳朵去喊他的兄弟。那天他的几个兄弟捡了两口袋栗子，都是狗熊摇晃下来的，他们没有给狗熊留一半，因为狗熊扇掉了小猪半个耳朵。

冯明记起了那个叫小猪的娃子，满脸乌黑，佝偻着身子，夏天也是抄着手，瑟瑟发抖的样子。分地刚开始，小猪的娘就病死了，由冯明做主，魏富堂的柏木大棺材就分给了小猪的娘。也是正好赶上了，如果这个时候死了另外的穷人，冯明也是会这样做的。冯明让文书魏元林在本子上记了，那是青木川分田分东西的第一笔记录。一个大号的刷了二十三道漆的柏木棺材，划到了雇农刘在林的名下。这样考究的棺材在汉中地区能卖五百块大洋，是三间砖屋的价。五百大洋的棺材装了一个普通的农村娘儿们。

青木川人说小猪的娘一定是前世积了德，才能堂堂正正地睡入大棺。这棺是魏富堂为自己准备了一辈子的东西，魏富堂没用上，一个住在山洞里的穷女人用上了，没法解释，这就是命了。当时冯明在会上给大家解释说，这不是命，这是翻身解放的象征，是新社会了，穷人是主人了。下一步，不光是魏富堂的大棺，就连他的房子、土地也是一样要分给大伙儿的。

在宁羌关押的魏富堂听到棺木被刘小猪的娘占用以后掉了眼泪。家产被工作队全部没收，他似乎也没表现得怎样，没想到这副棺木竟让他动了感情。魏富堂说，他最终的着落也没了，一生落了这样的结局也是老天的安排。

冯明对魏元林说他还记得给刘小猪家分了魏富堂的三间大瓦房，外带全套家具，这在整个青木川地区都很轰动。魏元林说是他给刘小猪家的财产登的记。那个牛皮纸的财产登记本在当时重要极了，青木川的穷人对那个本子都很熟悉。冯明说刘小猪他爹见了屋里描着金凤的红漆木柜，一屁股坐到地上，拿手使劲儿拧自己的脸，怀疑是在做梦，确信是真的，才哇哇大哭起来。小猪的爹看着高大宽敞的屋，看着洁净的大木床，不忍心躺下去，睁着眼睛在屋里转，怕睡着东西就没了。刘小猪会唱山歌，还编了歌在群众大会上唱……魏元林说他现在还记得那词，说着哼唱起来：

正月初三春打头，青川溪水哗哗地流。

冯明给咱分田地，好日子呀才开了头。

青砖瓦屋青石砌，手攀着梯子上高楼。

感谢三营工作队，一心一意我跟党走。

冯明说，这个歌过于宣传了个人。我曾经批评过刘小猪，要感谢党感谢毛主席，不要老提我冯明，我不过是执行政策的一个普通干部，这样唱影响不好。后来还是让宣传队的同志们改了的，这个歌子是不是也收到《民歌集》里去了？

张保国说，地区文化馆的下来收集民歌，我陪着他们专门找到刘小猪。刘小猪唱了不少，好像没唱“冯明给咱分田地”。

冯明说，没收是个遗憾。

小青年们嘻嘻地笑，说魏元林唱的这个歌子他们也会唱，说着两个青年站起来，腰胯一扭一扭地击掌而歌，那词是完全变了：

正月初三是春打头，大姑娘急得直转悠。

情哥哥屋后递暗号，手攀着梯子上墙头。

……

冯明听了直瞪眼，说这流氓歌实在有辱革命先辈，如此篡改是亵渎老百姓对党的感情。张保国说不是青年们篡改，是当年刘小猪篡改了青木川的情歌，这首歌颂冯明和三营的歌原始版本就是这么唱的。刘小猪会唱歌不假，他即兴“创作”的歌曲，百分之百都是来自改编，用现在的话说就是抄袭、剽窃。

冯明有些气恼，有种被亵渎的不快，但他不能否认刘小猪当年的真诚。

魏元林直截了当地问冯明现在一个月能挣多少钱，张保国在旁边给魏老爷子使眼色，暗示他这个问题问得不合适。魏元林不以为然，仍满怀期望地等待回答。乡下人以前见面必问“吃了没”，现在“吃饭”已被“挣钱”替代。既然彼此有着土地革命的交情，在收入上开诚布公是必要的，官员在百姓跟前公布财产是百姓希望的。细想，问的也并不突兀。冯明对这个问题也不太忌讳，说各种补贴、书报费、交通费乱七八糟加起来九千。魏元林不信，说在他的感觉里，像冯教导员这样的大干部顶少也得挣个两三万。冯明说挣两三万是下辈子的事了，共产党人为了今天的幸福生活出生入死不是为了钱，是为了共产主义的信念。只可惜，现在有这种信念的人太少了。

魏元林说他吃亏吃在退休太早，一个月就是一千退休金，要是现在退，他至少能拿到两千八。

孙子说为了爷爷的两千八，得修改退休年龄，八十再退。

冯明说他现在挣的钱不到一个年轻白领的五分之一，现在的白领都是在牛奶里泡大的，什么苦也没吃过，钱却挣得很多。三十多的人了还装嫩，说话犯嗲，好像昨天才断奶，而现今的世界却成了他们的。一个搞电脑的小青年竟成了亿万富翁，成了世界名人，有时候越想心里越不平衡。

魏元林问什么是白领，冯明说就是坐办公室的，比如秘书什么的。魏元林说，这么说现在的白领跟老子当年干的是一个行当，老子当年是青木川的文书，大小也算个白领了，可老子辛辛苦苦干了一辈子……

张保国说，老爷子知足吧。您有地有房，有猪有羊，城里人吃棵小青菜也得掏钱，县城的价，两块一斤，还是批发。

魏元林说，城里的白领有小汽车，老子连摩托也没有。广坪张东风有辆骑了三年的红“嘉陵”要处理给我，只要七百块，就这，他们也不把老子的钱给拿出来。老子现在活得连汉献帝都不如，窝囊极了。

魏元林对冯明说，那辆“嘉陵”七百元处理给他是看了他的面子，不是他托学生帮着张东风的孙子考上了宁羌一中，人家还不愿把这个便宜给他。摩托是六成新，正是使顺了手的时候。他这辈子最大的愿望就是骑上自己的摩托在阳光照耀下的乡村土路上突突突，这个愿望不奢侈，却受到儿子媳妇百般刁难。自己挣的钱自己不能花，就像汉献帝自己的江山自己不能做主，事事要听曹操的，让曹操把个皇上拿住了，人生还有什么乐趣。天下就有这样的奸佞，事事和人作对，有岳飞就有秦桧，有孙悟空就有白骨精，有阿庆嫂就有刁德一，有八路军就有日本兵，总得有人给你坏着事，这个世界才能成为世界。没有这些坏蛋，没有这些龟儿子当绊脚石，世界早成了共产主义。共产主义是什么，共产主义是各取所需，谁想要什么就有什么，想吃烧得流油的红烧肉，伸手就可以来；想到汉中南湖旅游一下，飞艇立马就打半空飞来停在家门口。“嘉陵”摩托算什么，那时候一人一架航天飞机，想往哪儿飞就往哪儿飞，上华盛顿就跟上广坪一样容易……

魏元林又陷入了他的摩托情结，由摩托引申出了共产主义和航天飞机，这让冯明觉得这个当年的乡文书神经不太健全，云遮雾罩的，两只脚落不到实地上。还好，文书还记着刘小猪翻身解放的事情，记着刘小猪对共产党新政权的真挚爱戴和拥护，至少这一点他还不糊涂。冯明问张保国刘小猪还在不在，他要见见刘小猪。

张保国说，刘小猪还健在，用不着首长见他，他自己会来找首长的。首长没来之前他就来乡政府打听好几次了，说一定要首长接见他一下子。

几个人转到村北边，冯明看到太阳底下，钟一山趴在滚烫的石板地上，屁股撅得老高，一拱一拱地不知在干什么。一个小个子站在他旁边，替他撑着伞遮太阳。更远处的树荫底下，夺尔手叉在腰上乘凉。

张保国说，那个博士在看蚂蚁打架吗？

冯明说，见鬼，玩的什么花样？

魏元林说，这个人在这块儿地方转了好几天了。听说是从日本留学回来的，大概是替鬼子找地雷和地道入口。

走过去，钟一山抬头瞄了他们一眼，继续专心地辨认抄写地面上的字。仔细看，这是一片由上百块石碑铺就的打谷场。张保国告诉冯明，“文革”的时候，将山场上的石碑拆下来，铺在了这里，作为公众集会场所，更多的是放电影，开批判会。夏天坐上去，滑滑的，凉凉的，舒服极了。冯明看那些碑，以墓碑为多，间或夹杂着一些记事碑，有嘉靖的《赵姓三源迁徙碑》，有道光的《水患减赋碑》，有光绪的《禁赌禁烟碑》……看钟一山誊抄的是《青木道拓展碑》。拓展碑在众多碑中年代最早，是明朝洪武年的碑。冯明问青木道是哪里，张保国说是过白龙江从青木川到木鱼坝的道路，是奔四川的主要道路之一。

再看阳光下的钟一山，被太阳晒得一身油汗，被石碑蒸腾得满脸通红，跪在地上逐字逐句地抄。汗珠滴在石碑上，很快蒸发干净，一只马蜂在他的脖项后翩翩飞舞，他也全然不觉。

张保国说，科学工作的精神就是可嘉，咱们有这精神的一半就成了劳模。

魏元林插嘴说，不是劳模，是傻 ×。他拿手里的数码机子一照，什么都照进去了，还用趴在这儿晒太阳？

他们说话的时候那个打伞的就定定地站在那儿撑着伞，伞下那块有限的阴影既不遮着钟一山也不遮着他，完全成了摆设。冯明问打伞的是谁，魏元林说，这站相，这装扮，这一脑袋红毛，除了赵家的儿子还能是谁！

十一

冯小羽几次让许忠德带她去拜访瞿焕贞，许忠德都说，瞿焕贞糊涂了，受过刺激，脑袋不好使，还是不要去打搅她好。

到青木川不接触实质人物，作家岂能心甘。她约钟一山跟她一块儿去，钟一山不去，钟一山说冯小羽研究的那个土匪老婆不会比他的唐朝古道更清晰。

下午，父亲和张保国出去访问魏元林，钟一山要去赵家坝调查古碑，各干各的事情去了。冯小羽觉得这是个见瞿焕贞的机会，她决定自己去。

不知出于什么心态，出门之前冯小羽对着镜子仔细地收拾了一下自己，扑了粉，涂了淡淡的唇红，套了件鲜亮的鹅黄 T 恤，想了想，又将披在肩上的头发束起来，在脑后绾了一个蓬松的髻。立刻，一个明丽的女子出现在穿衣镜里。冯小羽想，以这个形象面对当年钟情于茉莉雀舌的茶博士应该是毫不掉价的。

冯小羽曾经问过他的父亲，枪毙魏富堂那天在桥上是不是有个带着孩子穿粗布衣的女人，父亲说有。父亲肯定地说那女子就是魏富堂的老婆，抱着一个小的，领着一个大的，靠着廊柱站着。这一点他不会搞错。

冯小羽说，父亲确定没有记错？冯明说在那样敏感的时刻，以他敏锐的阶级眼光他不可能认错人。后来他和这个女子也打过交道，她的名字叫瞿焕贞，她希望分田的时候给她的两个儿子留下两亩茶园。

冯小羽说，您没答应？

冯明说，当然没有，怎么可能！一个扫地出门的土匪婆……

冯小羽相信父亲的记忆。就是说在魏富堂被处决以后的日子里，瞿焕贞还对茶抱有一种精神的寄托，抱有务茶的希望。可惜，这成了奢望。在雀舌变作洋芋以后，她由失望到茫然，年纪轻轻，万念俱灰，已经变得老气横秋。在魏家大院外一个小角落里，默默地抚养着两个儿子。

去魏家大院，冯小羽心里明白，她要面对的是一个曾经有过教养和品位的女子。几十年来这个女子淡泊存活，缓慢地打发着残留的日月，不问世事，不与外人打交道，过着低调内敛的日子。冯小羽在她身上寄予希望，或许能了解出六十年前陈旧报纸上那个发了霉、一碰即碎、糟烂得提不起来的程立雪。六十年前没有下文、无人知晓的谜，也许破解就在今日。一想到这儿，冯小羽就很兴奋，她要单刀直入地跟瞿焕贞谈论程立雪，谈论谢静仪，谈论六十年前的那次教育视察。

临出门，冯小羽带上了一包由北京吴裕泰买的茉莉花茶和两斤稻香村的抹茶点心。

下午的阳光很好。路过青女家，冯小羽看见黄狗趴在豆豉上打盹，青女戴着眼镜给她孙女剪脚指甲。冯小羽说，你们家的狗又进了豆豉了。

青女说，它喜欢那儿。

青女问冯小羽到哪儿去，冯小羽说她去魏家大院看瞿焕贞。青女说魏老太太成天在黑屋子里窝着，身子骨不好，很多事情已经说不清楚了。又嘱咐说，老太太怕累，动辄就会晕过去。青女告诉冯小羽，老太太晕过去也不要慌张，一会儿自己就会醒过来。

冯小羽答应着往外走，想着“晕过去”的话，觉着这实在是一种聪明的策略，绕不过去就“晕过去”，就跟“动物世界”里的甲虫似的，遇到危险装死，借以逃脱，有意思极了。

从青女家径直往北，远远就瞅见了魏家大门，广梁的大街门上有雕花的门楣，空着长方形的一块，涂着白灰，隐隐透出“魏公馆”字样。门口有宽阔的石头台阶，有大树，树下是块上马石……那块平展的石头地面该是魏富堂当年停放汽车之处，闲暇时候他就是从这儿上车，将车子开到街上去兜风的，果然前后距离也就三百米。现在，平展之处晾晒着收获的油菜，一个老汉用连枷噗噗地拍打，那声响与汽车嗡嗡的发动声不可同日而语。

新式楼房紧挨着老院。老院是过去魏家大院的生活居所，两院门口有渠水流过，有青砖砌就的小桥连接，桥下是荷花鱼池，应的是前有活水后依青山风俗，景致绝美。现在，雕着精致荷花的鱼池上加盖了顶棚，用老砖加高了围栏，两头肥猪在里面拱来拱去，幸福而快乐。那些雕刻的荷花在粪泥中开放，是真正与污泥混为一体了。

门洞里穿堂风习习，一股大葱炝锅的香味随风而来，某个角落里传出小女孩尖厉的拉着长调的哭声，一口气涤荡而悠长，不知何处是止境。

花猫悄没声儿地蹿过石板，钻进下水沟眼，那里面有只探头的小鼠。蜻蜓落在铁丝上晾晒的花裤上，扇动着翅膀欲飞不飞。花格窗后面有眼睛在向院中窥视，窗户纸发出窸窣的声响，一声惊天动地的喷嚏，什么东西掉在了地上。磨砖对缝的影壁上挂着粪叉、锄头，钉着几只长尾松鼠的皮，墙根是一堆沾满黄泥的烂鞋，台阶上晒着干豆角，该是花圃的地方生长着一片茂盛的菠菜和红辣椒……自己搭盖的小屋使院落变得诸葛亮八卦阵般迂回复杂，这里那里堆着碎砖烂瓦，有的在拆，有的在建。屋前的地面真正变作了寸土寸金，不做充分利用便是对不起天地良心。"旧时王谢堂前燕，飞入寻常百姓家"，在这里变得异常具体，异常生动。

庞大的院落内容充实，充满了人的气息。

当年这院曾是瞿焕贞的住处，那个单纯的女子绝想不到几十年后同一地点的繁荣昌盛，想不到清冷的大院里还有人满为患的危机。那个开着汽车、使着快枪的魏富堂，风筝一样地抖起来，又落下去了……好在历史已经反复教会了人们平常地看待这一切，也说不定什么时候这些又会恢复原样，成为光鲜的旅游景点，任着山外来的闲散游人指指点点。

宅院太深了，冯小羽几次走错了路，转到死巷里又顺原路退回。西墙根有个娘儿们，正转动着小铁片，以极快的速度削刮着洋芋。冯小羽走过去，问瞿焕贞的住处，娘儿们不搭话，翻着眼睛使劲儿朝冯小羽看。冯小羽以为她没听清，又重复了一遍，她抖了抖身上的洋芋皮，慢腾腾地问，你找她做啥子？

冯小羽说，不做啥子……就是看望一下。

娘儿们说，一个地主小老婆，成名人了，看她的人多得很，都来问我。我要收门票了。

冯小羽说，门票可以收，交给瞿焕贞也是一笔收入。

娘儿们见冯小羽认了真，便说，你是哪儿来的？

冯小羽嫌她打听，故意说是从上边来的。娘儿们说，上边是哪里，镇上也是上边，国务院也是上边。

冯小羽说，是作协的。

娘儿们说，那就是鞋厂了，是不是要拿老婆子的脚做广告？告诉你，老婆子那双脚过去是穿绣花鞋的，专门找绣娘给绣，我们这儿的羌绣很是了不得。

冯小羽问魏家后人在不在，娘儿们说，在和不在都是一样的。穷日子几十年一天一天挨过来的，有上顿没下顿。瞿焕贞俩儿子，老大入赘山里，给人当上门女婿去了，轻易不回来；老二为生计去广坪给人打零工，挣一点儿花一点儿。给老太太定五保户又不够条件，拖着呢。又说因为小儿子外出，镇上干部暂时将瞿焕贞交给她了，毕竟是古镇上的历史人物，活着本身就很珍贵，得好好照应着，不能有什么闪失，要见瞿焕贞需经过她同意。

冯小羽说，那你到底同意不同意呢？

娘儿们不说话，只是看着冯小羽。冯小羽递过五十块钱，让娘儿们给瞿焕贞买些必用的东西。娘儿们接了钱，装进兜里，用铁片点了点身后说，后墙外，小东屋。

冯小羽往后走，穿过一个狭长的夹道，拐了两个弯，来到一个去处。四周几处断墙，一棵巨大的皂荚树遮护得院落一片阴森。一口水井，许久不用了，井上生着青苔，充满了“兔从狗窦入，雉从梁上飞。中庭生旅谷，井上生旅葵”的诗意。小风掠过，荒草唰啦啦地响，萤飞鼠窜，狐影蛰鸣，前面的人气在这里消失殆尽，时光仿佛一下子倒退百年。冯小羽想，在这里拍电视剧《聊斋》倒是现成的绝好场地，不用改变什么，一切都可以入镜。

一庭荒草，两间破房。

破房挂着白门帘，门帘上是机器绣的拙劣的牡丹花图案，想必那就是瞿焕贞的住处了。

冯小羽走过去，隔着门帘问有人没有。里面没人应声，传出一声紧似一声的咳嗽。

门是敞着的，冯小羽探身向里面张望。屋内光线很暗，一抹光透过窗棂照进屋内，变作暗红的光柱，射在北墙的一片水渍上。有尘在光线中浮动，升腾沉落，飘飘忽忽，变幻莫测。房内气味混浊，潮湿黏稠，使她想起六十年前的那些旧报纸……

好一会儿，她的眼睛才适应了房内的昏暗，看见一个老人歪在椅子上，正幽幽地看着她。老人脸上有病态，戴着一顶黑色的绒帽，嘴唇苍白没有血色，从面相上看，辨不出年轻时美还是不美。她的背后是古老的雕花隔扇，隔扇上雕着二十四孝。木头的浮雕是粘上去的，卧冰的王祥半个身子已经脱落，丁兰的一条胳膊也残缺不全。桌子腿只剩下两条，空缺的部分用砖头垫着。桌上，矿泉水塑料瓶里插着几棵垂着头的狗尾草，这草无疑就近取自庭院，使人感到主人是个懂得审美、品位不俗的人。

瞿焕贞穿了件铁锈红的毛坎肩，坎肩使她的脸有了些许生动。一双被削洋芋的娘儿们说得“天下无敌”的脚，确是周正匀称。脚上套着黑布鞋，鞋上绣着一朵鲜艳的红茶花。

冯小羽在那张满脸皱纹的脸上没有找到幺妹儿的俊俏与灵动，从那臃肿的坎肩上更看不出当年淡蓝粗布的雅致和简约，帽下露出的散发洁白如雪，眼睛白翳混沌。在这并不出色的老妇身上，很难找出大户人家的丝毫遗传。历史的变迁，生活的磨砺，让美丽的铜镜锈迹斑斑。冯小羽开门见山地说了她的来意，说了她要询查的程立雪，希望能从瞿焕贞这儿得到帮助。说话的时候，冯小羽注意观察着瞿焕贞的表情，企图捕捉到一些蛛丝马迹。

瞿焕贞静静地坐着，低头专心地烤着火。天气还不冷，她的近旁已经安置了火盆，几块木炭在盆里半死不活地燃烧着，使得屋内空气更加污浊，使得她一声声地咳嗽，每声咳嗽都是来自胸腔的深处。

冯小羽问瞿焕贞能不能听懂她的话。

瞿焕贞抬起头说，我老了，有病，耳朵背。

能够应答问话，说明她耳朵不背，尽管有些答非所问，也不排除是一种对话策略。冯小羽问她记不记得有个叫程立雪的女子六十年前来到青木川的事。瞿焕贞说她快要死了，太阳一天比一天凉了，墙角的虫子每天来看她几遍，喊她到土里去和它们做伴。

冯小羽问瞿焕贞记不记得谢静仪到青木川时的情景，她是怎么来的，谁领她来的。瞿焕贞这会儿好像突然清醒了，说，是李树敏领来的。

冯小羽马上钉住问，她来这儿干什么，难道就是办学校？

瞿焕贞说，她来寻找一个人。

冯小羽问，找谁？

瞿焕贞又糊涂了说，八月就这样冷，气候不对头。川里的鹭鸶待不住，往南飞去了，往常十月才走，如今提早飞了。

冯小羽问她怎知道鹭鸶走了，瞿焕贞说鹭鸶走时跟她打了招呼，说明年不一定来了，这块地方的鱼少了，水也浅了。冯小羽让她再谈谈女校长谢静仪。瞿焕贞说，谢姐姐得了病，整天吃药也没见好，肠子全烂完了。三哥看过了，说是她肚子里积满了水，没得救了。

冯小羽以作家的机敏，立刻抓住了瞿焕贞诉说的核心，重复说，谢静仪整天吃药，后来怎么样了？

瞿焕贞说，不是告诉你了吗，肠子烂完了。

冯小羽说，那就是死了？

瞿焕贞说，我说死了吗？

冯小羽说，没有，您没有说死。

瞿焕贞说，我是不会说死的。谁要死也不那么容易，阎王管着人的生死，人不能自己决定生死，自杀是绝不可以的，阎王不接受……可是现在，我是真的要死了，活不过下个礼拜。你是来给我送葬的，从你一进门，我就知道了。

瞿焕贞说，有些病不好治，还是要吃中药。青木川的细辛好，烟土也好，细辛败火，烟土止痛，都是好东西。最好的还是茶，茶治百病，我屋门口的茶园错过了采摘时节，长荒了……明前、雨前都没了……

这些话说明瞿焕贞头脑不糊涂，一问一答，至少没有跑题太远。

冯小羽问谢静仪到青木川来找谁，瞿焕贞清晰地回答，找谁哪个晓得嘛。

老太太突然尖叫着说，哎呀，我的头好晕，房子全转起来了！

老太太说着就闭了眼，脑袋靠在椅背上，睡着了一般。冯小羽摸了摸她的脉搏，未见什么异常，那鼻息也还平稳，想起青女交代的“动辄就晕倒”的话，便不再打扰，任着她闭眼。

房子是里外间，里面是瞿焕贞的卧室，床上有简陋的铺盖，棉被倒还干净，褥子却是烂污不堪。睡觉的床原本是个很讲究的美人榻，紫檀雕花，一头微微翘起，为的是支撑美人的臂弯。现在翘起的那头就势当了枕头，于是整个床就如同医院里的活动床，一头高一头低。这样的床土改的时候大概没人愿意要，太窄又不平，让地主婆子睡这样的床是一种惩罚，再合适不过。这倒让冯小羽产生了无限怜悯，真不知道瞿焕贞几十年是怎么在美人榻上睡过来的。里屋门背后有低矮的地铺，大概是她小儿子回来的居所，墙上挂有色彩极其鲜艳的塑料贴画，画上是阳光明亮的早餐餐桌，牛奶、餐巾、刀叉、糖缸，两片抹了半截黄油的面包，一杯插着柠檬片的红茶，几颗散落在盘子旁边的红樱桃……安宁，和谐，富足，幸福，能勾起人的食欲，这样的画多在小餐馆的墙上出现，以弥补餐馆气氛的不足。细看，画的旁边有字，是镇政府在重阳节“敬老日”送给镇上老寿星的礼物。瞿焕贞将这幅拙劣的画挂在床前，日日看着，不知是无心还是有意。床头堆着印有“雪碧”字样的纸箱子，箱子的底部被水泡过，变了形，随时可能坍塌的模样。箱子上铺着报纸，搁着罐头盒做的痰盂。罐头盒旁边是一块干得翘了边的糍粑，一望便知至少是半个月以上的物件。一根藤条编就的拐杖，反射出紫红润泽的光，华贵含蓄，不露声色地靠在门后的角落里，应该是瞿家的留存。贫下中农是不屑使用拐杖的，它便跟美人榻的命运一样，落到了瞿焕贞手里……

歪着脑袋的瞿焕贞长长地呼了口气，说口渴，要喝水。冯小羽拿起桌上的暖瓶倒水。暖瓶是那种竹编外壳的老古董，拿起来吱嘎响，好像要散架。往外倒水，才发现里面的水冰凉陈旧，问哪里可以找到开水，瞿焕贞说用小铁罐在炭火上烧就可以。找了半天，冯小羽才知道，瞿焕贞说的小铁罐原来是个装了铁丝的罐头盒，和纸箱子上装痰的罐头盒属于同一系列。冯小羽将那个罐头盒半截埋在炭火里，静等着水烧开，瞿焕贞的眼睛随着冯小羽的举动而动，带有监视的意味。冯小羽夸赞瞿焕贞的毛坎肩和绣花鞋漂亮，瞿焕贞很得意，用手摩挲着衣服说是张保国媳妇给她织的。张保国的媳妇是好媳妇，贤惠、仁义，常想着她，做了好吃的就给端过来。又说脚上的鞋是青女做的，青女会绣花，她穿的鞋都是青女给做的。她的纸箱里还留了一双水绿的，绣的是茉莉花，那是她将来要穿着上路的鞋。冯小羽想，这个青女真有意思，背着新政权的干部还给地主婆偷偷做鞋，一做就是一辈子，这些他父亲冯明肯定不知道，青女自然也不会说。

水很快就开了，潽出来，炭火腾起了灰。瞿焕贞猛烈地咳嗽，脸憋得青紫，冯小羽端下水赶紧给老太太捶背，又拿出自己带来的茉莉花茶，沏了一碗。

花茶的香气让瞿焕贞振作了不少，看着碗里淡黄的茶水，她浑浊的眼睛竟然有些湿润。冯小羽借机问道，您还记得这个味道？

瞿焕贞点头说，记得，忘不了！

冯小羽马上追问，谢静仪最后找那个人了吗？

老太太闭了嘴，眼睛看着院落发直。冯小羽问她看什么，她说看见谢校长和刘二泉坐在井沿上聊天。冯小羽说，您见过刘二泉吗？

瞿焕贞说，她在我们家住过几年，老三给她看的病……

后来呢？冯小羽问。

瞿焕贞说，后来，二泉姐姐走了，她在躲一个人。

冯小羽问躲谁，瞿焕贞突然一脸恐怖，像见了什么可怕的东西，说她的头又晕起来了，天地都在旋转。

瞿焕贞说，我胆小，是个苦命的人。装殓明前他爹，我没做到。

瞿焕贞说，前年天打大雷，轰轰隆隆，点着了老鹰崖一大片松树林子，百十号人进去救火，没有出来……

冯小羽说，有人看见谢校长离开了青木川，从大青树底下走的，青女的妈和许多人都见到了，谢静仪还跟大伙儿挥手告别，说 I will be with you forever。

瞿焕贞说，走的是赵家姐俩，送的人也不是青女的妈，是明前爹。

削土豆的女人端着一碗烂面进来了，来给老太太送饭。瞿焕贞见女人进来，眼神里流露出感激和巴结，赔出笑脸双手接过碗来。女人见冯小羽还没有走，解释说瞿焕贞是重要人物，她儿子在外头，顾不上，镇上规定，由她负责老人的日常起居。女人说，现在啥子都要钱，她儿子和镇上给这点儿钱连嘴都顾不住。言外之意她照顾瞿焕贞是很义务、很雷锋的。

瞿焕贞在女人跟前表现出的感恩之情让冯小羽心里很不自在。

女人对瞿焕贞说，这几日忙，没有弄菜，凑合吧！

冯小羽听得出，女人的话是说给她的，女人也知道这顿饭让外人看见了寒碜。

冯小羽望着衰弱无力的瞿焕贞，望着那碗粗劣简单的烂面，心里陡地冒出许多酸涩。许忠德说得对，还是尽量不要打搅她为好，甭管她心里藏了青木川多少秘密。

瞿焕贞吃了几口就停下了筷子，女人把碗朝瞿焕贞跟前推了推说，再吃些，不要天还没黑又喊饿。我那儿还有一大家子人，没有那么多时间专给你一人单做！

瞿焕贞摇摇头，表示实在不想吃了，娘儿们也不再坚持，端上碗就走，回身对冯小羽说，早些年老婆子吃饭可不是这样，有丫鬟站在后头给打扇，熏炉里终日点着檀香，吃的是人参汤燕窝粥，整天鸡鸭鱼肉，就跟现在城里的县团级干部似的，都让肉汤给泡酥了。老天爷对谁都是公平的，人就那么大点儿福分，早享了晚没有，晚享了早没有，谁也别指望着一辈子荣华富贵，你说是吧。

看着这个敷衍了事的女人的背影，冯小羽有点儿讨厌。一顿饭，连来带去没有五分钟，简单得如同饲养猪狗，也亏得她还说这样的话。冯小羽将花茶又添了水，趁热递到瞿焕贞手里，又将买来的抹茶点心打开，放在她的旁边。瞿焕贞没有推辞，咬了口点心，小心地品着，出神地凝视着碗里的茶，那神思分明已经走得很远。许久，她说，这个抹茶的味道不正。

冯小羽说，他们大概是掺了香精。

瞿焕贞说，我还是爱吃自己做的茶饼。

冯小羽说，我听说校长谢静仪也爱吃你做的茶饼，经常让你给烘烤，送到学校去。

瞿焕贞说，自从没了茶园我就再没做过。

说是不喜欢抹茶饼，瞿焕贞还是吃了不少。几块抹茶饼下肚，瞿焕贞的眼神变得活泛。她说，这个我以前经常吃。明前爹不喜欢这个，他喜欢核桃馍。都叫他响马，其实他是民团司令。民团……是民兵，有排长有连长，也打仗也种田，有人暗地里害他，把他往悬崖边上推，他就掉下去了……脑袋烂了……死时连口核桃馍也没吃上……核桃馍，我一辈子也不要吃这东西！

说着瞿焕贞将手里的抹茶饼扔到脚下，用绣着花的鞋使劲儿蹍。

老人态度瞬息的转变让冯小羽措手不及，她赶紧将剩下的点心包起来拿走，不料瞿焕贞说，我还要吃，我要把它们都吃了，一个不剩！

冯小羽想，老太太真是糊涂了。

院子里有人争执。从窗户往外看，是许忠德与红头发青年在争论，红头发正把一嘟噜东西用绳子往井里放。许忠德让红头发把绳子拉上来，红头发不干，许忠德朝红头发踹了一脚，红头发很不情愿地嘟囔着，嫌许忠德管得太宽。红头发说，豹子钻山，猴子上树，各有各的手段，各有各的路数，谁也不要学谁，谁也不要干涉谁。许忠德说，少干些坑蒙拐骗的勾当，多积点儿阴德，不要让人家戳脊梁骨！

红头发不听，照样将绳子往下放。许忠德气得将绳子头抢过来，全扔进井里。

红头发说，你这是干什么，这是干什么！

许忠德说，让你长记性。

红头发说，东西也不是我的，你让我怎么交代。

许忠德说，该怎么交代就怎么交代！

红头发说，我是靠这个挣钱。

许忠德说，挣钱也不能走歪道，想想你爷爷是怎么死的！

红头发说，我爷爷是让魏富堂杀害了的，他差点儿算了革命烈士。

许忠德说，在魏家大院里说这话你不怕遭报应？你爷爷是抽大烟，偷人！

红头发说，我又没偷人。

许忠德说，跟偷人也差不多了。

红头发不甘心，仍围着井转。许忠德说，挺大个人，什么营生不做，学了一身坏毛病，明儿个把个红脑袋变回来！

红头发说，这是新潮。

许忠德说，新潮，你能新得过魏老爷？人家40年代就玩汽车，你这算个屁！

红头发说，魏老爷新潮得把命也新没了。人各有志，我对汽车没兴趣，我只对钱有兴趣。

许忠德说，滚！我再看见你在井边转悠，连你一块儿塞进去！

红头发说，杀人偿命！

许忠德再没理他，拍着手上的土，朝瞿焕贞住处走来。冯小羽觉着，这个许忠德，在某种程度上比镇长李天河还厉害。

许忠德进来对冯小羽说，下午没见你在街上转，我猜你就在这里。见瞿焕贞在吃点心，说，不能都给她，不知饥饱，见了好吃的管不住嘴。今年过年，吃了两碗饺子，差点儿撑死。

瞿焕贞接口道，那是有人下了毒！

许忠德说，哪个给你下毒？害你有啥子用嘛。说着将瞿焕贞怀里抱的那包点心拿过来，要收起来。

瞿焕贞抱住抹茶饼说，我还要吃！

许忠德说，好吃的一天吃一点儿，细水长流，不要一下吃伤了。

瞿焕贞说，哪个要你管！

抹茶饼被许忠德收到了匣子里，要放到柜子高处。瞿焕贞不答应，非要让许忠德搁在她的床头，嘱咐用被子严严地捂了，说是怕花猫偷窃。许忠德抱歉地对冯小羽一笑说，老了，小孩子一样……

最终，他还是把点心匣子搁到了柜顶上。

几天来钟一山没日没夜地沿着川道跑，脸上晒得脱了一层皮，蛇蜕似的，一片一片往下撕。青女心疼博士，说一个细皮嫩肉的小伙儿，让太阳晒成了黑炭，青木川的太阳也是有点儿欺生，竟不留一点儿情面。冯小羽让青女不要在乎这点儿小事，说钟一山在日本那边念书，那边的太阳更毒，晚上太阳上哪儿歇着啊，上日本，要不怎叫“日本”呢，连国旗上都描一个太阳。青女说，那是太阳啊，我一直以为是膏药。那几年学校操场老演《地道战》，黑白片，电影上的日本旗子可不跟膏药一个样。后来没黑白电影了，都花花绿绿了，现在花花绿绿又不演了，让买票上城里看去。

钟一山对被阳光烧灼的皮肤毫不在乎。最近几天，他在青木川地区确是搜集到了不少东西，有汉代的箭镞、陶罐，唐代的铜镜、三彩，还有一尊明代的瓷佛像，在青女家的楼上摆弄来摆弄去，弄得房间里一股生土腥气。

蜀道的研究在这里变作一团乱麻。

冯小羽也不乐观，她在桥头的大青树底下呆坐，一坐就是半天，河水哗啦哗啦地从脚底下流过去，不舍昼夜，脑子里却理不出一点儿头绪。魏富堂的资料翻了一遍又一遍，几乎烂熟于心，不少材料是魏富堂本人亲自按了手印画了押的。资料中，魏富堂对几位太太，用的词汇是“霸占”“强娶”，或许是恶霸本人对内眷的一种开脱。至于有巴洛克浮雕的中学，带风雨廊的柏木桥，平坦的石板路，赞助家乡学子，却只字未提，它们大概不属于“罪证”。

冯小羽思考更多的还是程立雪，抑或是谢静仪。她到青木川来找程立雪，走得越近，这个谜一样的女人反而离她越来越远，烟一样地抓不住了。又冒出一个“坐在井沿上聊天的刘二泉”、下落不明的谢静仪、糊涂老迈的瞿焕贞、话留三分的许忠德、婆婆妈妈的李青女……人物并不复杂，却是这样费人思量。才几十年啊，魏富堂时代的人不少还活着，竟然模糊得一塌糊涂……

李天河在下头检查工作，几天没有照面，打电话回来说有事就找张宾。那个张宾已经彻底成了钟一山的“俘虏”，跑前跑后帮着钟一山找证据，召开座谈会，俨然也成了历史专家。许忠德的心全操在他的山茱萸苗子上，整天围着小树转悠，好像那些小苗明天就能结出果实来。

冯小羽的头脑一片混沌迷蒙，如进山那天的大雾，满是游动的空白，露出隐隐的景致，却又瞬间隐藏得严严实实。河水在桥下缓缓地流，从前面山里淌出又流进后面山里，青木川被包围在重重叠叠的山中。冯小羽如看环幕电影一样，转了个圈，四面八方的山便也联起手来，挤挤挨挨围着她转了一个圈。她不知道山的内里都有什么，是毒蛇猛兽还是鸟语花香，是穷山恶水还是繁荣古镇。因为不知，所以要探索；因为艰难，所以更执着。心的深处竟有一些由艰难生成的快乐。冯小羽喜欢这种感觉。

现在冯小羽知道了，红头发青年是赵家三娃子的儿子。他将手插在裤兜里，一蹿一蹿地走过来，在桥头停下来问她，作家同志，你们还要住多久啊？

冯小羽说不知道。

红头发骑跨在桥凳上，想跟冯小羽说点儿什么。冯小羽看着这个一刻也不能安静下来的年轻人，想不出以他这样的闲散，靠什么来维持生计。红头发问冯小羽对太白手儿参有没有兴趣。冯小羽问太白手儿参是做什么用的，红头发说是名贵中药，真正的绿色中药，没有污染，没有化肥，纯天然。人参的火力太大，西洋参的效果太淡，只有这秦岭山中的太白手儿参最好，最是提气补脑。以前魏富堂给胡宗南送礼，不送大烟，不送洋钱，就送太白手儿参。冯小羽问他从哪里搞来的这东西，红头发说有人从山上挖来的，托他帮助销售。这东西价格贵，老百姓不会买，多是卖给城里来的人。他听夺尔说冯小羽是个作家，作家最需要补脑，吃这个最合适。冯小羽说山上是野生动物保护区，怎么还敢上去挖药？红头发说，偷着挖呗，青木川的人祖祖辈辈都挖药，城里药铺的药都是秦岭里出去的。秦岭无闲草，知道吧？

冯小羽说她不想买太白手儿参，她不提气也不补脑，她的气很足，脑袋很好使。红头发让冯小羽问问钟一山，说那个大学问可能要。冯小羽说，那个大学问的气比谁都足，脑子活跃得一会儿一个想法，用不着再补。

红头发说，你父亲呢，那个老干部，他是最该补的。

冯小羽说，老干部吃药花公家的钱，让他自己掏腰包，花一分钱也舍不得。

红头发非常失望，打了个长长的哈欠，甩着腿说，吝得很，都是些一毛不拔的。

有人在桥那边喊红头发，说佘鸿雁在满街找他，红头发答应着跑了。

冯小羽回到青女家，见钟一山坐在院子里摆弄他的唐朝铜镜。问他怎么没出去，他说在等人，说有个农民家里存了一个青铜的衣带钩，马上就送过来，冯小羽说全是瞎掰。钟一山说真的也罢，假的也罢，他不能放过任何一个细节。搞科学研究，放过任何一个微小线索都会铸成大错，要知道，历史的变化全在偶然之中。

冯小羽说，什么衣带钩，连你这个破铜镜，全是假的！

钟一山说，还没看见东西你怎么就能断定是假的。我知道你这几天心情不好，其实也没什么，社会调查么，花出代价，没有结果，是太正常的啦。要是连这点儿承受能力都没有，趁早鸣金收兵，打道回长安。

冯小羽说，靠这些假货赝品，你就断定古道的走向，你的结论也就成了假货。

钟一山说，我在寻找信息，捕捉一切可能。历史通过文物在对我说话，我要的是历史，不是东西。我知道怎么在假的里边寻找真的，我不能因为假而拒绝真。我也奇怪，小小青木川怎的有这些东西。

送衣带钩的来了，竟然又是红头发。青女家的黄狗一见他就咬，吓得他不敢进门。冯小羽把狗拢到一边，狗还呼呼地要往上扑。钟一山说青女家的狗太势利，看来人的衣裳破，就不依不饶地叫唤；刚才张保国来了，它孙子似的摇尾巴。冯小羽说狗不是看衣裳破，狗是不懂时髦。红头发的牛仔裤一边裂着一条大口子，露着肉，狗以为是要饭的。

红头发把钟一山拉到一边，从怀里摸出一个报纸包的小包。打开报纸，里面是一层棉花，剥开棉花，是层油纸，小心翼翼地展开油纸，亮出一个生满绿锈的琵琶形状的铜钩，两手捧着，递到钟一山跟前，连连说，小心些，不要把它搞坏。

衣带钩的确很精致，造型流畅而漂亮，锈的间隙中露出鎏金线刻花纹。花纹的图案是唐草，典型的盛唐风格。这样精美的衣带钩民间不可能制造，老百姓更不可能佩带，出自宫廷是必然的。钟一山问红头发怎的会有这东西，红头发说是他祖上的存留。钟一山立即追问他的祖上在青木川居住了多少代。红头发也不含糊，张口便说有三千多代了。

冯小羽说，够得上中国猿人了。

红头发说，大家的祖先都是中国猿人。

钟一山手里没松开那个衣带钩，跟红头发谈论衣带钩的价格。红头发张口要一万，让钟一山傻了眼。钟一山说他不要这个钩子了，他只要给钩子照个相，权当证据。红头发说照相不成，这里有个肖像权的问题，在城里也不是拉住谁就能照的，冒冒地照了得赔人好几十万。人是这样，钩子当然也是这样。钟一山说他照钩子是为了科学研究，不是为了营利，这不存在侵犯肖像权的问题。红头发说，没买你就不能照，买了你爱怎样照就怎样照，没人管得了你！两人正在为钩子争论，许忠德挑着水桶从门口过，要给他的山茱萸苗子浇水。冯小羽喊住许忠德，老汉朝院里探探身子，把水桶放下了。红头发一见许忠德，赶紧抓过他的宝贝，揣进兜里。许忠德堵在门口训斥道，再不要丢青木川的人，伙同佘家弄虚作假，坑蒙拐骗，哄谁！

红头发对钟一山说，他胡说，这个不是假的，是我祖上传下来的。

许忠德说，你祖上传个鬼哟，从你爷那会儿就偷鸡摸狗拔蒜苗，吃喝嫖赌，没有正形，是青木川有名的闲打浪。你爷抽大烟，卖得房无一间，地无一垄，连你奶都卖了，会有这遗传？你替佘家从外头背来东西，搁井里，让它们长锈，哄的就是外头来淘宝的人。这些东西在深山老林比在文物市场更能骗人。社会打假，打的就是你们这伙人。

红头发说，文物市场没打假这么一说，他买假货是他认不得真东西，不是我骗他！打人不打脸，骂人不揭短，你连我先人的短处也揭，真是不讲一点儿情面了！

许忠德说，人心得往正里放，什么时候都不能偏。

红头发说，我看你的屁股是完全坐到外人一边了。你再拍山外人的马屁，人家也不会委任你当少校参谋主任。红头发气恼地骂许忠德是该挨枪子儿的，说 1952 年不是政府发了善心，早崩了他这个土匪走狗，他以为他是谁啊！

红头发还不解恨，对冯小羽说，当年是他跟那个货郎拍着胸脯、红口白牙地给魏老爷打下生命财产的包票，魏老爷才缴了枪的。结果呢，缴了枪就给毙了，把房子地也分了，整个儿一个大骗子。那个货郎后来是共产党的大干部，自此再不肯来青木川。这个许忠德守住青木川再不出山。为什么不出去？他心里有愧！这些他当然不会给你说，青木川的人谁都知道。

许忠德的脸红一阵白一阵，拽着钟一山就奔了院里那口井。红头发紧跟慢赶地在后头追，嘴里不住地说，许老二，我揭了你的老疤，你的脸搁不住了，恼羞成怒，就向外人泄露机密。这事让佘老板知道了，有你的好看！

许忠德说，你去告诉他，谁坏了青木川的名声，我就和谁没完。

到了魏家后院，许忠德当着钟一山的面将沉到井里的网兜提上来。塑料网兜里满是青铜的物件，光“唐代”的衣带钩就有七八个，还有不少铜镜，有葡萄兽纹的，有菱花芙蓉草的……器物上刷满绿彩，一看就是“批量生产”的仿制品。由山外带进样品，佘鸿雁批量仿制，沉到干枯的井里，借着井底的潮气让浮彩慢慢渗入，慢慢生锈，然后再埋入黄土之中，数月后掘出，就是完整的“出土文物”了。钟一山捧着一把衣带钩，如同捧着一把尚未长熟的青枣，好气又好笑，但是他私下跟许忠德说，老许，红头发手里那个衣带钩的确是真的。

十二

许忠德 1949 年以后一直跟随在魏富堂身边，在促进魏富堂投诚缴枪的工作中，许忠德起了很关键的作用。这一功劳使他免除了关押之苦，被划在了“人民”一边，尽管历次运动都是整治对象，但最终还是得到了“县政协委员”的美满结局。

许忠德从成都回来，教师黄金义就请他在宿舍里喝酒，以后，许忠德就常到学校来找黄金义。黄金义有个“表兄”，叫林闽觉，是个走乡串户的货郎，常到青木川来，每次来就在黄金义的住处落脚。时间长了，跟许忠德也熟了，有时候黄金义不在，他就直接到魏富堂的司令部找许忠德。魏富堂的眼睛毒，见了林闽觉两回，让许忠德多留心此人，说此人从眉宇做派看，大有来头，绝不是什么“货郎”。

西安解放，解放军南下，青木川在进军川北的重要位置上，不能忽视。收剿魏富堂的民团，争取魏富堂的主动投诚，成了当时地区工作的重中之重。

魏富堂的心思很重。是投降共产党，把身家性命交出去，还是钻山打游击，凭借秦巴浓密林莽做个山大王？他举棋不定。这期间，外甥李树敏到青木川来了一趟，没有回斗南山庄，直接奔了魏家大院。李树敏跟魏富堂谈了半宿，让舅舅跟他联合起来，投靠在姜森麾下，扯起反共的旗号，与共产党拼个鱼死网破。魏富堂说他不想和共产党对着干，就像他不想和国民党对着干一样，他的目的很简单，就是保持青木川一方的平静，让老百姓过舒服日子。李树敏说共产党的天下长不了，少则三五月，多则半年，国军就会打回来。目前国民党只是战略撤退。只要魏富堂能跟着他们干，将来国民党回来了，魏富堂就是英雄，到时甭说青木川，连陕南的势力也都会归了他。

魏富堂没说干，也没说不干，一个劲儿劝外甥喝酒。

酒桌上，还坐着一个青年后生。后生不说话，一味地给甥舅两个倒酒，将两个锡酒壶在火盆的温水里轮番加热。后生是魏富堂为女儿魏金玉挑选的未来女婿——杜家院杜老爷的大公子杜国瑞。杜国瑞在汉中念书，寒假被他的老子喊回来相亲，来了几天，也没见上魏金玉。后来在魏富堂的强制安排下，勉强见了，魏金玉对杜公子也不正眼相看，脑袋一扬，话也不说一句。倒是魏富堂对杜家的公子大为满意，说杜公子少年老成，言语不多，心有主见。将来在乡村做一教师，养家糊口，靠本事吃饭，女儿跟了他也是书香门第，并不辱没。杜公子来魏家大院，当即被魏富堂留下，当作了义子，处处带在身边，事事并不避讳，只待跟女儿一熟识，便就完婚。杜公子也愿意留在魏家，不是对魏家的千金感兴趣，是对魏富堂那辆福特汽车感兴趣。杜国瑞每天围着汽车转悠，身后跟着郑培然。这辆车自从机械师在老县城被打死以后，就一直停滞着，轮胎瘪了，长了锈，成了一个摆设。可是没想到，这个大摆设让杜国瑞和郑培然三折腾两折腾竟然折腾得会嗡嗡叫唤了。魏富堂看着在街上又跑起来的汽车，高兴地说，好！好！是我女婿！

现在，杜国瑞陪在甥舅两个身边喝酒，不便言语，对魏富堂是战还是降也毫不关注。他想的是福特排气管还得疏通，要不车子老是噗噗地放屁，蚂蚱一样地蹿。

李树敏见魏富堂态度不坚决，知道他对打游击的事还拿不定主意，便说，舅舅待在青木川，只有束手就擒的份儿。您活埋红军伤病员，盘剥山民，种植大烟，组织民团，袭击解放军小分队……哪样都是该死的罪名，料共产党没有放过您的道理。

魏富堂说，我没有袭击过解放军，你不要胡往我头上安。

李树敏说，就算您没有袭击解放军，可是解放军袭击了您。我的两个舅母是死在老县城共产党手里的，您的十几名亲兵也是在老县城被歼灭的。就算您不计较，那些死者家属能答应？

魏富堂说，这事不要你管，我知道该怎样处理。

李树敏说，我能不管吗？死的是我的亲舅母，长安进士的后代。

魏富堂将一块肥肥的蒸腊肉夹进外甥的碗里，将一片鲜嫩的竹笋填进自己的嘴里，没有任何意义地看着李树敏，一副饱食终日的懒散模样。其实他内心对李树敏已经有了看法，这个表面文雅恭顺的外甥，并不像他想象得那样简单。在外甥的背后，还有更深的一层，还有居心叵测的一群人。

但是外甥说的话并不是没有道理，共产党饶不过他！

见魏富堂不再深入话题，李树敏将目标转向了杜国瑞。他对在一旁呆坐的杜国瑞说，我金玉表妹的脾气烈，像她死去的娘，人却是一顶一的义气，长得也好，仰慕她的大有人在。头一个是胡宗南的副官于四宝，那是个《西厢记》里的张生，讨好女人很是有一套，十之八九不会落空。跟那个小白脸比，你没一点儿竞争力，又憨又土，嘴巴又笨，就仗着你老子有田有烟有枪，跟我舅舅是拜把子兄弟，就来攀亲，你们这门亲事十有八九不成。

魏富堂说，这小子爱车，性情像我，本来给金玉的陪嫁是河边的水磨坊，现在看，还得加上那辆福特车。

杜国瑞毫不掩饰自己的喜悦，得寸进尺地说，福特化油器跟轮胎都得换，它唯一好的就是发动机，变速杆也有问题。

李树敏说，先不要说这儿有毛病那儿有问题，我金玉表妹愿不愿嫁你是最大问题。

杜国瑞说，一切都听金玉姐姐的。她愿意我就愿意，她不愿意我也是魏老爷的干儿子。

魏富堂说，一切都听我的，我愿意她就得愿意！

男人们在喝酒的时候，老乌领着一个穿黑斗篷戴面具的人悄悄从后门进入了东边老院，径直来到瞿焕贞房里。瞿焕贞似乎知道来人是谁，挺着大肚子艰难从椅子上站起来对来人说，她病得很重，盼着你能回来，再不要闹腾了。

戴面具的说，回不来了，我已经不是我了。我知道天底下恨我的人多得是，我不怕，爱我的人只有一个，就是她。我们俩不是一路人。我们谁也不会服从谁，正如李少爷在隔壁院里跟他舅舅磨牙费话全是白搭。我这回一走，八成是回不来了，取义成仁，就是最近的事。

瞿焕贞说，你这些话让我听着瘆得慌……不活了吗？

“面具”停了一会儿哑着嗓子说，她的日子也不多了……有些事我得托付给你。

“面具”说着从怀里掏出一个包递过来，有件东西我要放你这儿，你给我收着，我回不来就替我烧了。

瞿焕贞说，我不替你藏东西。

“面具”说，记住，无论遇到什么，你都要好好活着——

瞿焕贞还是不答应。“面具”不顾瞿焕贞的拒绝，将包塞到瞿焕贞怀里说，这是我身边剩下的最柔软的一个东西了。我不能带着它钻老林子，不能让我的血溅到它的身上，搁在你这里我最放心。

瞿焕贞不再坚持，对方也不再说什么，好像她到这里来就是为了交代这个包。待“面具”走后，瞿焕贞把灯拿到跟前，小心地打开了小包袱，呆望半天，说不出一句话来。

李树敏跟他的舅舅谈了大半宿，没有一点儿效果，天不亮就走了。

天渐渐放亮，魏富堂坐在桌前，望着一桌残冷的酒菜心里乱糟糟的。杜国瑞坐在椅子上打盹，魏富堂问杜国瑞的看法，杜国瑞迷迷糊糊地睁开眼睛说，得从汉中买些进口机油来，雨刮器的胶皮也得换了……

魏富堂说，我跟你们要主意，你们一个个往后缩，关键时候屁事不顶，一帮吃货！说着将火盆一脚踹翻，腾起的炭灰将杜国瑞罩护其中。

杜公子顶着一身灰，一路小跑，跑回了杜家院。

魏富堂不跟着外甥反共，但也坚决不投降共产党。他变得烦躁不安，动辄骂人，去了一趟杜家坝，跟杜国瑞的老子商议，局势动荡，加强彼此联合。两家拉通了真的电话线，在建立军事联盟的同时也确定了两家儿女的婚事。陪嫁除了汽车和磨坊以外，另加三十支步枪，两挺重机枪，一百箱子弹，五十套军服。杜老爷说他的聘礼是二十箱手雷，三门二八小钢炮，一千两烟土……

两个民团头目不像在谈论儿女的婚事，倒像是在做一场军火交易。

魏金玉在她老子很恼火的时候提出了要跟于四宝结婚的事。杜国瑞在魏家大院的出现，对她来说无异一个随时要爆炸的炸弹。父亲兴之所至，随时会用杜国瑞将她的前程炸得粉碎。她人在家里，心却全挂在于四宝那头。于四宝跟着姜森在川陕活动，飘忽不定，魏金玉人便丢了魂般地恍惚。见不到于四宝，于四宝在她的想象中便越发果敢英武，天上的神将一般。木讷的杜家少爷，哪能跟风流倜傥的于副官相比。杜国瑞虽身为少爷，家也有百亩良田千亩山场，视野却是狭窄，往东就到过汉中，往西只去过广元，活动范畴出不了方圆三百公里，是井底下的一只大蛤蟆。人家于四宝可是走南闯北的军官，往西到过美利坚，往东去过日本国，吃过印度咖喱饭，喝过法国白兰地，眼睛里时时闪着睿智光芒。这一切杜国瑞怎么能比。听说姓杜的被父亲吓得跑回了杜家坝，魏金玉觉得这是个难逢的好机会，吃过午饭到前面办公室找到父亲，跟父亲彻底摊牌，郑重宣告她要去找于四宝，跟于四宝结婚。

本来就焦躁难耐的魏富堂一听这话，如同火上浇油，立刻暴跳如雷，说他的闺女不能嫁个没有根基的娘娘腔。他在行伍里混了这么些年，还不知道于四宝是哪路货色？他说于四宝是一只让长官晚上泄火的小鸡子，一堆提不起来的烂肉。魏金玉虽然听不明白“泄火小鸡子”的评论，却有着她母亲朱美人的刚烈基因，在父亲的盛怒面前毫不退缩，眉毛一竖，斩钉截铁地说她不在乎什么小鸡子，除了于四宝，她别人不嫁。魏富堂气得抓起茶壶就朝魏金玉砸过去，魏金玉也不躲，一味地挺在她爹面前。

许忠德伸出胳膊去挡，刚沏的一壶热茶全砸在许忠德的胳膊上，那条胳膊顷刻变得通红，火辣辣地疼。父女两个谁也没在意许忠德的胳膊，仍在各不相让地争论。末了，魏金玉说她父亲答应也得答应，不答应也得答应，她是嫁定了，再不能更改。魏富堂当着许忠德的面扇了魏金玉的嘴巴，魏金玉扬着脑袋让魏富堂打，嫩白的脸上巴掌印醒目而张扬，一双杏眼盯着魏富堂毫不退让，把魏富堂的火气逗得越发高涨。魏富堂气哼哼地说，嫁妆我已经备好了，明天就把你嫁到杜家院去，免得你在我跟前晃悠。闺女大了不可留，这话绝对是真理！

魏金玉指着许忠德说，我不是你听话的狗。他花了你的钱自然听你的，让回就回。我不，你明天嫁我，我今天就走。

魏富堂说，你前脚走出家门，我后脚就把你的腿肚子穿个血窟窿。我要让你看看，究竟是于四宝厉害还是我厉害。

魏金玉不甘示弱地说，生命诚可贵，爱情价更高。把我逼急了，我什么事情都做得出来！

魏金玉一摔门出去了，魏富堂追到门口说，老子看你敢迈出大门一步！

魏富堂进屋见许忠德在收拾地上的碎茶壶，便说，从小到大，我是一个指头也没动过她的，惯得太不像样子了。到如今，人们躲国民党还躲不及，她还上赶着要跟国民党结婚。那个于四宝有什么好，天生的相公坯子，充其量一个高级马弁罢了。国民党日薄西山，他能有什么前途！

许忠德不失时机地说，国民党没了势，共产党占了大半个中国，将来天下是共产党的。

魏富堂说，你不要在我跟前敲边鼓，你的心思我全明白。

魏富堂说他谁也不投靠，谁也不相信，就相信自己。十几年来，他没跟国民党往一块儿搅，也不会往共产党身上贴。他的经验是从王三春那儿承袭来的，王三春也不是什么都没道理，招安不受编，合作不受骗，绝对保持青木川民团的独立性。许忠德说正是为这事，有人要跟他谈谈，让青木川和平过渡到新中国，老百姓不受刀枪涂炭之苦。魏富堂说，你不说我也知道来的是谁。

许忠德领进了林闽觉，林闽觉已不是货郎打扮，他现在的身份是共产党的特派员，像李树敏跟魏富堂谈话一样，林闽觉也跟魏富堂谈了一宿，天明时分才出了魏家大门。

魏富堂带着一脸倦意将林闽觉送到门口，嘱咐手下备滑竿，将林先生送至阳平关。林闽觉不坐滑竿，说还要到广坪去跟李家少爷谈谈。魏富堂说他那个外甥不是好说话的，怕是白跑一趟。林闽觉说，事在人为，听不听是他的事，我得把工作做到。只要魏团总跟共产党合作，接受收编，那边也自然会顺利。他再一次保证，投诚后魏团总一家的生命财产不会受到一点儿损伤。

魏富堂说，这个我明白，请林先生放心，请林先生放心！

魏富堂话的内涵只有许忠德明白，狡猾的魏老爷其实什么也没答应。所谓的“明白”“放心”只是一种状态，绝对不是结果。财产在其次，性命和权力是最重要的，是不能受到侵害的，他究竟跟共产党合作不合作还得两说着。

许忠德将魏富堂的心态转达给了地下党黄金义。为了这个承诺，三天后林闽觉又来了一次青木川。这时国民党部队已经溃退西南一隅，宁羌县解放，前景相当明朗，谁心里都明白，共产党绝不会由着地方武装势力在某处建立独立王国，自成一统。林闽觉这次没有和魏富堂单独谈话，而是站在庭院里，当着魏富堂排级以上军官的面，公布了党的收编政策和具体方案。林闽觉说现在缴械还算主动投诚，也算有功之臣，将来想当官的给官，想务农的给田，绝不会亏了大家。他用脑袋担保诸位的身家性命，保证大家毫发无损。当然，要是跟共产党对着干，也绝没有好下场……

众人在下面窃窃私语，有人大声说他们拥护共产党，有人说他们是魏司令的人，魏司令怎么的他们就怎么的。更多的人不言语，将目光偷偷往魏富堂身上瞥。魏富堂一身戎装，很肃整地站在林闽觉身后，一脸的凝重，于是，说拥护的便立即住了声，大家都把头低了看脚下磨得光溜溜的青石板，一时办公院内寂静异常。林闽觉对大家说，投诚是件大事，大家可以想好了再做决定。但是，时间是有限的，大家不要听信谣言。现在国民党特务活动非常猖獗，态度也嚣张，周边还有土匪势力在活动，希望大家跟共产党拧成一股绳，共同建立一个光辉灿烂的新政权。末了，林闽觉回过身对魏富堂说，魏司令，给你们一周时间考虑够了吧？

魏富堂说，够了。

一周，在林闽觉看来，很宽裕了。魏富堂是个聪明人，他应该知道，大局已定，越拖对他越不利。

孙建军挤到前面，拍着斜挎的盒子枪说，林特派员，我们当初跟着司令拉队伍的时候是在王三春手下。我们也杀过人，抢过东西，你们是不是也要一个一个细细算账？

林闽觉说，我知道，你是孙连长，排行老三，也是个家无隔夜粮的受苦人。你放心，只要诚心跟着共产党走，以前的事我们既往不咎。

人群中一阵骚动，林闽觉的话打动了大家的心，消除了大家的疑虑，有的人脸色活泛起来，开始装烟点火了。

夜晚，魏家大院一派沉静，有限的几个房子里亮着灯。魏富堂在瞿焕贞的屋里坐了许久，也不说话，只是一壶接一壶地喝茶。茶喝得没了颜色，续上新叶子再沏。于是，瞿焕贞在火盆里一罐接一罐地烧水，一遍接一遍地搁茶叶，她想不透魏富堂怎的会喝这样多的水。

办公大院里，楼上楼下灯火通明，汽灯烧得呼呼作响，魏富堂的部下们正在喝酒吃肉，吆五喝六，乌烟瘴气，有世界末日来临前的放荡，也有心灵解放的张扬。忧伤也罢，快乐也罢，死也罢，活也罢，都不去管，人人都在夸张地吃着喝着，没有目的地嚷嚷着，莫名其妙地笑着。那种即将改天换地的变更让他们恐惧，让他们兴奋，让他们觉得妙不可言。

青木川将有好戏上演。

喧嚣声不时传到魏富堂耳中，魏富堂烦躁地推开茶壶，在屋里踱来踱去。瞿焕贞说，你不要只管这样来来回回地走，你还是要听听谢姐姐的，她是青木川难得的明白人。

魏富堂停止了走动，取下兜里的“派克”金笔，在一张纸上匆匆写下了“降”与“反”两个字。魏富堂的文化有限，两个字竟将其中的一个写错了，把“反”多加了一个偏旁，成了“扳”。写毕魏富堂将字条交到青女手里，告诉她送药的时候将条子带给谢校长，他要立刻得到校长的回音。

在魏富堂的心里，谢静仪的决策起着重要的作用。正如瞿焕贞所说，关键时刻，他不能不听听她的意见，她是老天爷给他派来的神。

青女给谢校长送药不是第一次了。隔三岔五，魏老爷就让她给校长送药过去，以前是半月送一回，后来是十天，最近竟然是三五日一送，可见校长是病得厉害了。每回送药，都是魏老爷亲自将药从库里取出，里三层外三层地包了，交到青女手里，嘱咐不可让外人看见，校长好强又要面子，她不愿意让人知道她有病。青女是个机敏的女子，对谢校长的病情从不多问，手里的药包沉甸甸硬邦邦的，凭感觉，青女大概猜出里面是什么“药”。这让她猜不透魏老爷和校长究竟是怎么了，两个人似乎都违背了自己的初衷，走到了悬崖边上，从“送药”的频率看，悬崖勒马已没有可能。

这天晚上，青女来到谢校长的住处，校长正在屋里和许忠德谈话。校长的面容有些疲倦，没穿旗袍，披了件绣花蓝缎大袄，看上去人清瘦了许多。校长见青女进来，直起身，对青女说，我知道今天你准来，果然来了。又对许忠德说，魏老爷将药量算得很精确，他算计着我今天晚上没药了。

青女见许忠德在跟前，有些犹豫，校长似乎并不在乎许忠德的存在，将药接过去用手掂量着说，三天的量。

许忠德说魏司令是这方面的行家。

青女看了看许忠德，拿出了条子，说魏老爷那边正在等着回信。许忠德很知趣地说他到黄金义老师那儿去坐一坐，就离开了。校长将字条展开，铺在桌子上，细心地将皱褶抹平，以教师的习惯顺手拿起笔，先在错字上画了个圈，然后望着那张小纸，半天没有动弹。煤油灯的灯罩晕出暖暖的黄色的光，照着灯前的校长。青女从侧面看去，校长面庞显得有些憔悴，在灯影中，校长的皮肤泛出润滑的光，不像是人，更像一件洁净的瓷器。青女没有医学知识，更没有生活经验，如果她知道校长的面部是浮肿，知道“男怕穿靴，女怕戴帽”的疾病常识，她应该知道谢校长的病情其实到了难以挽回的地步。但当时的青女没有这些预感，她只是在灯光的迷蒙中欣赏一个美丽的侧影，体味一段暂且停顿的高雅和恬静。校长无疑看懂了那两个字的意思，尽管其中有个错字。校长一动不动地沉思着，青女以为她睡着了，细看，分明是醒着，微微皱着眉，一脸的沉重。

书桌上的小钟滴答滴答，像是在等待，也像是在催促。校长拿起墨笔，在砚台上舔了舔笔，将笔尖在“降”字上面画了一个重重的圈。

正要搁笔，突然哆嗦起来，满头大汗如同雨下，一声呻吟，由椅子溜到地板上，蜷缩成一团。青女惊慌不已，大声喊，校长！校长！你怎的了？

痛苦不堪的校长冲着她摆摆手，示意她不必喊叫，说自己一会儿就好了。青女让校长靠在自己的身上，她感到了校长坚强的忍耐，一身冷汗，将蓝夹袄都湿透了。校长对青女说，叫许忠德……来……

青女刚喊了一声“许主任”，许忠德马上回应，我在这里！

原来，“到黄金义那里坐坐”不过是托词，许忠德在门外，根本就没有离开。

许忠德和青女将校长扶到里面卧室，半天，校长才缓过劲儿来。青女替校长擦着脸上的汗，校长抱歉地对青女说，吓着你了。

青女想的是回去得跟魏老爷说说，派个人过来伺候。看来，校长的身边是离不开人了。

校长嘱咐青女说，回去别跟魏老爷提犯病的事儿。

青女揣着条子回到魏家大院，在院门口碰到老乌。老乌问校长有没有回信，青女说有。老乌要看，青女说，校长的信怎么能随便给你。

老乌说他可以转交魏司令，青女还是没给。

进到后院，魏富堂还在瞿焕贞屋里等消息。青女将条子交到魏富堂手里，魏富堂展开那张被揉得皱巴巴的纸说，怎么成了这个样子？

青女依着嘱咐，没提校长今晚犯病的事，只是说校长不小心将茶杯碰翻了，又指着后头的红圈说，校长说这是个错字。

魏富堂说，错字？怎么错了？明明就是这！

青女总感到两个圈不好交代，就说，反正是错了，校长给圈出来了。

魏富堂说，谢校长到底圈的是哪一个？

青女说，后头的错了，当然圈的是前头的那个。

魏富堂如释重负地长出了一口气说，跟许家老二想的一样，看来这条路是非走不可了。

魏富堂吃了定心丸，心里高兴，给几个部下安排了投诚要做的工作，上了几回厕所，痛痛快快地撒了几泡长尿。回到瞿焕贞房中，还是为那个错字耿耿于怀，让青女到魏金玉房里拿字典来，他要把这个字到底长得什么样查清楚。

只一会儿，青女急惶惶跑进来说，小姐跑了。

女儿出走，令魏富堂感到如五雷轰顶，暴跳着让他的团丁封锁各个山路垭口，他不能让这个绝情的女儿走出青木川。他气急败坏地喊来老乌，让老乌把兔崽子于四宝抓回来。老乌把手一摊说，那个人是国民党，现在谁有本事去抓国民党……

十三

冯明睡在青女家的床上，棉被松软熨帖，纯棉的被里被面，乡间工匠弹制的棉花，有一种久违的亲切，有一种早年的回归。这些年床上用品的花样越来越多，羊毛被、鸭绒被、弹花被、纤维棉、七孔棉、九孔棉……名称越叫越离谱，越盖与身体越相违，越盖离人寰越遥远，换来换去，才知道还是棉被属于自己。几天来，棉被上有了他的味道，卧室里的用品也有了他的气息，饭桌上的碗筷有了他的专用，座位也固定了。如同一只孤独苍老的狼，他喜欢用气味用习惯圈定自己的所属和认可，轻易不能更改。青女家的马桶圈嘎吱作响，在他的提议下，李家的女婿用从宁羌新购来的木质配件替代，顺便还带回了一个绒布的垫圈，虽然不能永久地保持三十七度，至少没了冰凉的感觉。刷厕所的清洁剂也换了柚子香的那种，和他城里的家使用的是同一个牌子，同一种味道。青木川的厕所和他家的厕所有了一种下意识的混淆，不再感到别扭，屎拉得很畅快，心情也相当不错。

被褥、台灯、花镜，芭蕉、溪水、清风，应该是无可挑剔了，但他还是睡不安稳，躺在床上常常不知是清醒还是在睡梦当中。安眠片吃了一片两片三片，越吃越精神，越吃越睡不着。

症结在枕头上。

白缎子枕头水一样滑软，如同女人的肌肤。这使他想起了妻子夏飞羽。夏飞羽晚年脑中风，两年的时间住在医院里，半身瘫痪。妻子去世前夕，护士给她换衣服，他站在旁边看到了夏飞羽白皙的腿和滚圆的臀，皮肤细腻得如同凝脂。他惊异人的皮肤原来可以保持得这样完美，惊异自己以前竟然忽略了妻子的美丽。几十年倏忽过去，在突然欣赏到妻子的美时，妻子已经处于弥留状态，没有了任何意识，这让他感到歉疚、遗憾。他坐下来，拉住夏飞羽的手，夏飞羽的手细嫩光滑，无力地垂着。他稍稍使了些力，那手没有回应。再看那张脸，平整呆滞，冷淡木然。护士告诉他，中风病人最终都是这种表情，他们已经不会喜怒哀乐。夏飞羽的表情让他想起了他们规整严谨的夫妻生活，一周一次，周六晚上十点半，雷打不动的十分钟。并没有约定，完全是习惯，习惯成自然。他们将原始的结合称为“学习”，每对夫妻都有床上的隐语，他们的隐语是“学习”。

熄灯以后，偶尔他有了要求，将妻子的身子扳过来说，今天咱们突击学习一次。

妻子说，我很累，明天政府还有会，改天吧。

这天是礼拜二。

一辈子两人没有红过脸，一辈子两人没有说过“爱”。经组织介绍，两人从见面的第一天起，关系就非常明确：搞对象。

青木川工作结束以后，冯明被留在地方，分配到长坝县当县委副书记，夏飞羽是县妇联的干事。领导把他和夏飞羽叫到办公室，让他们拉了手，吃了警卫员从小灶打来的羊肉萝卜包子，介绍仪式就算完毕，下面就是他们自己去“搞”了。实在是没什么“搞”的，彼此的档案已经一清二楚，把行李搬到一起就是了。

下了班他把夏飞羽的被子用自行车驮到了县委宿舍。自行车是书记们的配置，那时候全长坝县城也没有几辆，是高级别的待遇了，就像现在的“奔驰”“大红旗”。一间土坯小平房里，墙上多了个红喜字，架子上多了个新脸盆，门后多了面小圆镜，床底下多了双黑布鞋。一斤没有糖纸的黑水果糖，一块硬纸包着的“绿宝”香皂，一堆核桃，一盘柿饼……来了几个朋友，没有凳子，都站着，喝的是从灶上打来的白开水，都说甜……

夏飞羽穿了件灰色列宁装，双排扣，大翻领，肥肥大大却极时髦，白领子很夸张地翻到制服外面，衬着一张红扑扑的大脸，显得很健康，也很革命。事后冯明才知道，白领子是绷在制服上的假领，一尺布可以做三四个，起着装饰作用。新娘子下身穿着黑色西式棉裤和五眼棉鞋，有些臃肿窝囊，也是当时的流行式样。浓密的头发抿到耳朵后头用卡子卡了，是标准女干部装扮，却有点儿老气横秋，说是二十也行，说是五十也行。夏飞羽说话带着一口浓重的关中腔，把“我”说成“饿”，冯明常常为那个张嘴闭嘴的“饿”感到难为情，感到别扭。当然，这都不是原则问题，他不能因为这些向组织上提出不愿意。林岚不是这个样子，林岚穿军装，扎皮带，头发很短，蓬松闪亮，也不别卡子。他从没见过林岚穿大棉裤……自然，也没有这些别扭。

结婚那天晚上，客人散尽，夏飞羽铺好了被窝，将那件列宁装脱去，小心叠好，郑重地压在枕头底下；将头上的卡子卸了，用手绢包好，也压在枕头底下；脱下的花棉袜子，两只比齐，摩挲平整，还是压在枕头底下。夏飞羽的枕头底下真是压了不少东西……夏飞羽有在枕头底下压东西的习惯，但凡她认为重要的，都搁在枕头底下。那时是头发卡子、袜子、重要的衣服，后来是粮票、布票、购货本，再后来是项链、耳环，最后枕头下压的是离休证和存折……

想到这儿，冯明下意识地摸了摸自己的枕头下面，鸳鸯戏水的枕头下面空空荡荡，什么也没有。

新婚之夜，夏飞羽将衣服褪尽，要钻被窝的时候，才发现新郎冯明不在屋里。

冯明站在院里，站在寒冷的北风里，不想进屋，满心的悲凉。他点着了烟，狠狠地抽了一口。平时他不抽烟，他就是在那个夜晚学会抽烟的，再也不能丢弃。望着屋内昏黄的灯光，望着夏飞羽在窗户上闪动的身影，他想，从今往后，他要和这张大脸睡在一张床上，在一张桌子上吃饭，昼夜面面相对，生儿育女，直至生命的最后一刻。他觉得对不起那个深深爱着他的长眠在秦巴山中的林岚，此时的她一定正孤寂忧伤地注视着他。新房里马上要发生的一切，都是她临终前夜的憧憬，主角却换作了别人……

洞房花烛夜，他搂着夏飞羽，想的是另一个女人。

在以后很多时候，他将身底下的夏飞羽当作了“她”。女儿冯小羽的诞生就是他与“她”意念的结晶。冯小羽的原名叫冯小岚，那是他将“她”留在自己身边的一个念想。但是当夏飞羽知道有一个林岚曾经存在过的时候，不声不响地将女儿的名字改作了“冯小羽”，将自己的印记牢牢打在女儿身上。

病床上妻子的手在他的手里渐渐变凉，一个女人的生命终结了。这是个一生没有在情感上得到过满足的女人，是个一生为林岚的阴影所笼罩的女人，这个阴影只有她自己能感觉到。在床上，在他的激情振荡中，她知道，他是在和“她”，而不是她……往往在“学习”完毕之后，他疲倦地睡去，她则为这场“学习”泪流满面。

冯明的痴情只有夏飞羽知道。夏飞羽想象中的林岚完美无瑕，她时时地将自己和林岚做比较。林岚是横在他们夫妻之间一道不能拆除的墙。

冯明枕着林岚喜欢的枕头想着夏飞羽，正如睡着夏飞羽想着林岚，这实在是很分裂的事情。枕头上陌生的樟脑气味如一道屏障，将他和她们隔开。他讨厌这种陈旧的没有人气的味道，这让他想起了夏飞羽被推向太平间时，身上隐隐散发出的碘酒和来苏水的混合气味，想起了林岚停放在门板上发出的浓烈血腥味。

她们都以不同的方式走向了另一个世界。

他想象不来这一对枕头中的那一只现在变成了什么样子，大概和林岚的遗骸一样，变作焦黑的土了。绣花枕自从封存地下，便没有开启过。20 世纪 80 年代初期，青女给他写过一封信，说广坪要修建烈士陵园，将牺牲在青木川地区的烈士们安置在镇外的山坡上，问林岚的遗骨是否也和烈士们归葬一处……他没有回信，让秘书转告民政部门，妥善安葬好每一位烈士，那些是为新中国献出宝贵生命的人。之所以没有提到林岚，是不愿打扰她的安静。千秋万代名，寂寞身后事，那些个热闹不属于这个清丽的女子。

没得到冯明的具体回信，林岚的遗骨便没有挪动，仍旧静静地睡在竹林里，那是冯明亲自为林岚选定的墓地。林岚活着的时候喜欢那片竹林，和宣传队的人在那儿排演节目，和青女在那儿挖竹笋。她们在那儿还遇到过熊猫，那个黑白相间的胖家伙半躺在那里吃竹子，对两个窥视它的女子并不理会，后来竟然在两个人的注视下呼呼睡着了。青女在山里常见熊猫，林岚那是第一次见。她在竹林的深处，在发现熊猫的地方做了记号，却将冯明的名字刻在竹子上……

冯明想，刻着自己名字的竹子肯定早已不在了。竹子上有自己名字的信息来源于刘小猪。刘小猪到林子里逮竹鼠。竹鼠硕大肥胖，灰色短毛，在地下活动，专咬竹子的根。在阳光下，竹鼠几乎就是个全瞎，只要将它赶出来，一逮一个准。竹鼠肉味道鲜美细嫩，在野味中属于上乘，刘小猪逮竹鼠是为了在集上卖钱，以此换些井盐。那天，刘小猪提着一只肥胖的竹鼠在集上兜售，见冯明路过就要把竹鼠送给冯明，冯明不要，刘小猪觉得应该说点儿什么，以表现自己对革命的忠诚，便向冯明报告说在竹林里发现了标语。刘小猪不识字，将一切有字的东西都归结为标语。冯明认为问题很严重，让刘志飞带人去看，刘志飞回来捂着嘴只是笑，在冯明的追问下才说竹子上刻着冯明的名字。冯明让刘志飞查明是谁刻的，刘志飞不查，让冯明自己去查。冯明开始很恼火，后来一细想脸有些红。他知道是谁刻的了，心里甜丝丝的。在以后的工作学习中对林岚就多加了些注意，发现这个女兵的确很不错，首先她长得漂亮，再一个歌唱得好，会写戏，会演戏，有工作经验……

蒋介石在全国各地战场撤退，胡宗南在西北战场上也败得不可收拾，最终撤回秦岭，在秦巴山区迂回顽抗，企图阻止解放军南下四川。胡宗南离开陕南奔重庆时，将手下爱将姜森和副官于四宝留了下来，组织国民党陕甘游击总队，号称“地下十万救国军”，姜森任总司令，于四宝负责联络，确定以平时分散、用时集中的方式，隐藏深山密林，伺机发动暴乱、搞破坏。

“表姐”是在 1949 年来到李家的。李家人口众多，除了李树敏和他爹以外，对“表姐”的来历，都全然不知，也不能问，不许问。用警察局长的话说，这是党国的重要秘密，无须让其他人知道。“表姐”是傍晚的时候由警察局长李天炳陪着来的，“表姐”脸上扣着面具，还带着几箱重重的行李，看样子是要在广坪长住下去。李树敏对母亲说这是胡长官安排的亲戚，借住于此，让母亲一定要善待，不能得罪了。李老太太见过“西北王”胡宗南，也熟识胡宗南胖胖圆润的夫人，他们在陕南活动时到过广坪李家，所以对胡宗南的亲戚借住家中并不感到特别突兀。

“表姐”被安置在李家西跨院里，院门从里面锁了，任何人不得接近。“表姐”一切所用有专门人送进递出，与周围的人保持着绝对距离。“表姐”从不与李家任何人过话，也从不以真面目示人，谁也没见过面具后面的那张脸究竟是什么模样。有时候“表姐”戴着面具，穿着军装，蹬着长筒靴，披着黑斗篷，抡着马鞭，嚓嚓地走出大门，把李家的女人们看得眼睛发直。李家人都知道少爷李树敏枪打得准，却不知道跨院的“表姐”还会甩刀。妯娌们看见“表姐”嫌房上花狸猫叫得不中听，坐在房里，隔着门帘，手轻轻一抬，嗖的一声，狸猫应声而倒，滚下房来。众人惊叫，捡起来看，一把拴着红绳的细刀正扎在猫眼睛上。有见过世面的下人私下说，这是“黄鳝尾”啊，厉害无比！

“表姐”在广坪来无影去无踪。有时候半夜出去，一走几天；有时候闷在房内，数日不见人。她由山外带来一架机器，嗒嗒地敲，山里气息宁静，滴滴答答的声音传到院外，全家人都不知“表姐”玩的什么花活。有一天老太太路过西跨院，院门没关，老太太看到“表姐”没戴面具，正戴着耳套子在机器上敲打。见老太太窥探，“表姐”顺手甩出一把细刀，扎在李老太太眼前的地面上，把老太太吓得一屁股坐在地上。事后老太太跟李树敏发了脾气，责令这个危险的怪人离开李家，李树敏再次劝慰他妈，说这个女子来历非同一般，连他爹见了也要低矮三分，他让母亲以大局为重，不要计较。老太太说，什么是大局，家里的秩序就是大局。主客有别，任何时候也不能喧宾夺主。要么在家里给我老老实实地待着，要么就收拾她那些不伦不类的洋家伙走人！

有人私下议论这个女子是青木川的刘二泉，李老太太不认可。她说刘二泉当年已经病得不可救药，一场土匪劫掠，连惊带吓，早已死去多年，哪会有这般勇武暴戾。眼下这个不知是何方来的妖孽！

解放军进驻青木川之前，胡宗南的骑二旅驻扎在青木川文昌宫，“表姐”也由广坪李家改住青木川的斗南山庄，在山庄里同样闭门不出，同样行动诡秘。胡宗南常派部下往来斗南山庄，走动最频繁的是姜森。姜森是国民党军统上校情报处长，生得虎背熊腰，不苟言笑，如阎王座前的判官。姜森在斗南山庄里有专门房间，跟“表姐”关系密切。常来常往的还有于四宝。这些人常在“表姐”房里商量事情，滴滴答答的发报声不断，很是诡秘。时局紧张，斗南山庄里的窑姐儿们已经作鸟兽散了，曾经热闹的斗南山庄一度变得戒备森严，有卫兵站岗，进出严加盘查。青木川的百姓，魏富堂的民团，轻易不到房子跟前去，都知道那是胡长官的军事要地。

让人不可思议的是，青木川辅仁中学校长谢静仪竟然常到斗南山庄走动，那时她好像病得更厉害了。校长来了径直到“表姐”房里，不敲门，推门而入，有人听到校长在房间里跟“表姐”低声细语，似在规劝，但自始至终没听到“表姐”发出一点儿声音……

解放军入驻青木川，胡宗南的骑兵旅和姜森的反共机关撤离，李树敏和“表姐”们隐入深山，无从找寻。偌大的斗南山庄变得清冷空旷，无人问津。只一个李家的丫头黄花从广坪过来，住宿其间，权当看门。

此时魏富堂态度已经明朗，坚决拥护解放军工作队进驻青木川，努力向新政权靠拢，听从解放军工作队的一切安排。

冯明将投诚以后的魏富堂和他的部下暂时安排在他的办公楼，排级以上集中学习，不能回家也不能随意走动，枪支武器统一管理。魏富堂本人没说什么，他手下几个军官对此甚不满意，说是变相关押，甚至有人暗中与外头的“地下救国军”联系，里应外合，不断滋生事端。今天夜里在青木川打冷枪，明天在山道僻静处劫杀通信员，后天放火点着了基层积极分子的屋……

李树敏的父亲李天炳作为国民党警察局长，被政府在宁羌阳平关处决。消息传到广坪，魏富堂的姐姐魏富英当天晚上吃了一碗蒸腊肉，两碗白米饭，还喝了烧酒。夜里，趁人不备，穿戴整齐，将自己吊上了房梁，奔了黄泉之路。出了这样的事，李家的子弟不敢承担责任，按当地规矩需由舅舅魏富堂做主，死者娘家人说了话，才能入土。而魏富堂正在接受整训，不能私自外出，就由刘志飞和两个战士协同魏富堂一块儿到广坪处理丧事。

埋葬李家老太太，一切都很低调。没人穿孝，没人哭丧。来到广坪的魏富堂自始至终没有说过一句话，也没有跟他的任何一个外甥交谈。处理完丧事，魏富堂立刻赶回青木川，在广坪姐姐家待了没有半个钟头。

有人说，这是不能让人原谅的半个钟头。

魏富堂根本就不应该在广坪出现。

也有人说，广坪后来的暴乱与魏富堂的到来大有关系。在李家亲眷中，难保没有土匪暗线混杂，没有国民党地下救国军的成员在其中，魏富堂看似只是简单地在他姐姐棺材前站了一会儿，身边一直有刘志飞等人跟随，但他的一个眼神、一个动作，谁也不能保证不会透露出某种信息。

终是查无实据。

李老太太死时，李树敏没有在场，就是下葬那天也没见他出现，谁也不知道他在何处游荡，更没见那个在李家居住过的乖戾神秘的“表姐”。

四川清川县边界与青木川连接处有个地点叫姚渡，是三省交界点，路边有石，刻着“三省石”大字。石头压在川陕甘交界线上。这里是三省咽喉，战略要地，从明朝就战事不断，是有名的古战场。因为行政辖区属于三不管，所以兵匪混杂，难以辖制。特别是解放前夕，更是乱，民团、土匪、残兵、特务，又搅进了一个准备长期潜伏下来打游击战的地下反共救国军……

这天，许忠德陪着施秀才从姚渡朋友家吃酒回来，走到三省石，天色已然不早，太阳正向着西边山后沉去，已经可以遥遥望见青木川的屋脊炊烟，一老一少准备加把劲儿再走几里路就到家了。

不远的山路上，从四川方向驷马狼烟地过来一队兵。

许忠德对秀才说，施先生，咱们得避一避，不要让他们抓了咱们的壮丁。

许忠德拉着施秀才闪到路边，躲进旁边的灌木丛。只见李树敏骑着马带领一队军人走过来，在三省石前停下。随后戴面具的“表姐”披着大斗篷骑着马也跟上来。

施秀才惊呼，刘二泉！

说着，施秀才站起身要往路上走。许忠德拉住秀才，冲他摆摆手。

施秀才说，你放心，刘二泉是我学生，她不能不认我这个老师！一日为师，终身为父，二泉是个明白孩子。

说着，施秀才走向大路当中。见到半路突然出现一个人，李树敏和“表姐”都吃了一惊。

施秀才说，二泉，这些年你上哪儿去了，青木川的人都惦记着你呢！

木脸的表情微微笑着，两坨腮红鲜艳无比。

施秀才走过去说，二泉，这个时候你应该在家待着，魏富堂一直把房给你留着，你是魏家第一大当家！

“表姐”一声猛喝，滚！

施秀才吃惊地站住，看着眼前戴着面具的女人。只见“表姐”掏出枪，对准了他。施秀才没有退缩，坦然地说，你对老师动枪？

“表姐”一声冷笑，没有丝毫犹豫，枪响了，施秀才胸部中弹，艰难地靠在三省石上。施秀才说，我知道了，你不是二泉。你是……

“表姐”又补了两枪。

施秀才滑落石边，鲜血将三省石染红了长长一溜。

李树敏、“表姐”一队人马奔着广坪方向而去。许忠德冲到施秀才身边，大声呼喊着，先生，施先生！

施秀才已经死去。

许忠德站起身，悲伤无奈地看着空旷的山路。青木川方向暮霭沉沉。

西边天空晚霞凄艳。

十四

林岚在松树岭跟冯明分手后，中午饭时就到了广坪。广坪是宁羌西域一个乡，广坪河、安乐河、金溪河由北而南，从甘肃康县境内发源，流过广坪，分别注入嘉陵江、白龙江。广坪沿河是连接川陕甘的羊肠小路，也是由青木川经阳平关到宁羌、汉中的必经之路。跟青木川相比，广坪镇街相对平整，周围山场林木茂密，是盛产木耳、点种鸦片的绝佳地域。广坪没有地主武装，政治环境相对明朗。林岚和她的战友到达广坪后，让广坪乡的副乡长曹红萧召集镇上青年召开了“剿匪反霸”宣传骨干会，为下一步工作做宣传鼓动。要在墙上刷大标语，要结合镇上具体情况编小戏演出，要教唱革命歌曲……工作实在是不少。曹红萧是新任命的非党员副乡长，主要因为他熟悉当地情况。他初中文化，家境贫寒，也是组织有意培养当地干部，便对这名十九岁的青年委以重任。林岚常来广坪，跟曹红萧很熟识。在林岚跟前，曹红萧不像乡长，更像小兄弟。

那天开完宣传会，天色有些晚了，青年们不走，他们要听宣传队的同志们唱歌。宣传队的人站在讲台上给大伙儿唱《没有共产党就没有新中国》，唱《解放区的天》，林岚给大家唱《北风吹，雪花飘》，唱《黑咕隆咚的枯井万丈深》。广坪的青年们热情很高，不住地鼓掌，不让林岚下台……那晚曹红萧头一次听林岚唱歌，他没想到林岚唱得那么好，那么动听，悠悠的歌声伴着窗外的风传得很远。广坪很多人都听到了悠扬的歌声，那是林岚留在广坪的最后的歌声。在几十年后还有人说，夜深人静时还偶尔能听到女声的吟唱，只是那歌词已经含混不清。

开完会林岚让曹红萧陪着她去拜访了当地歌手洪老汉，记了些民歌。

从洪家出来的时候，月亮已经转到了正南。夜已很深了，月光下的广坪静谧安详，镇边的溪水在月光下闪着淡淡的银辉，四周的山脊、岩石、流瀑沐浴在月光之下，清晰美好，比白日似乎更加生动。空气是甘美的，从山谷吹出的风带着花的甜香，使人产生了微微的醉意。林岚在前面走，曹红萧紧紧地跟随在后面，月亮正当头。曹红萧看到林岚的影子成了短短的一条线，盘绕在她的脚下，随着林岚的走动而变化，时有时无。这时，他极不合时宜地想起母亲告诉他的话，鬼是没有影子的。他仔细看前面的林岚，的确，有一段路根本就看不到影子，只是一个形象行走在白白的月光里。他低下头看自己，也没有影子，放心了，他为自己的想法而害羞，觉着自己应该加强学习，尽快提高觉悟，不要经常产生这种毫无名堂的怪念头，以这样的思想境界，要入党恐怕差得还远。走在前面的林岚停下来等他，他紧走几步说，林姐姐，将来工作结束了，你们还走吗？

林岚说，那要看情况，其实留在青木川也挺好。

曹红萧说，那你就不要走，就留在我们广坪。我们这儿冬天不冷夏天不热，出好茶，出山歌，是神仙生活的地方。

林岚说，你把广坪说得这么好，我就不走啦！

曹红萧说，可我是要走的，我要到北京去，上专门培养干部的大学，完了再回来。当干部还是得有文化，不能光凭热情，是吧？

林岚说有机会一定推荐曹红萧到外头去学习。随着建设新国家的全面展开，会需要一大批有文化、有能力的干部。

林子里有树枝折断的响动，两个人不由自主地停下来，向那黑黝黝的林子张望。林岚说那边好像有人。曹红萧说，是野猪，这些家伙晚上常结伴出来，在田边地头找东西吃。

两个人又朝前走，在乡政府门口分手。曹红萧看着林岚进了乡政府大院，自己继续朝东又走两百米，就到了家。夜路上“野猪”的小小插曲，成了曹红萧一生的心痛，他没有听从林岚的判断，致使一张险恶的大网，在夜的掩护下，严丝合缝地围拢，将广坪密不透风地罩住。

回到乡政府，同伴们都已经进入梦乡，林岚没有睡意，她披着衣服坐在油灯下细细地做着工作笔记。陕南初夏的夜，温暖清新，屋后溪水潺潺，有小虫子在叫，林岚歪着头仔细听了一会儿虫子们的鸣唱。她想起了冯明，想起了和他在一起的种种愉快。她参加革命以来，还没有对哪一个男同志产生过这样的感情。革命队伍中优秀的男青年不少，和她一起参加南下工作团的城市青年学生中，佼佼者也大有人在，可她偏偏对冯明情有独钟。在年轻的教导员身上，有一种让她着迷的军人气质，果断干练，勇敢机智，这是以往她从来没有接触过的。是的，个人问题应该提到日程上来了，冯明从县上开会回来，她要和他好好谈一次，如果顺利，待青木川的工作告一段落他们就打报告结婚。一想到结婚，一想到将来要成为冯明的妻子，林岚有些激动。她期待着那一刻的到来，那是她做女孩儿时反复憧憬的梦，这个梦很快要变为现实……她和他会同床共枕，枕着白缎子的绣花枕头，在被的下面，他会亲她，摸她……他们会有孩子，一个两个三个，儿子女儿，会有安定的生活，地点无所谓，贫富无所谓，只要能长相厮守……

林岚的这些想法是冯明后来从她的笔记里窥探出来的，笔记背面胡乱画出的“枕头”“儿子”“女儿”“厮守”，泄露了她那晚心底的秘密，那是一个女子梦境的延伸。

曹红萧回到家里，母亲睡下了，兄弟曹红林正在灯下试验自己制作的墨水。曹红林在乡完小读书，夏天就要毕业，准备到青木川去读中学。曹家哥俩父亲去世早，母亲将两个儿子拉扯大实在是不易。好在解放了，好日子刚刚开了头。

见哥哥进来，曹红林兴奋地告诉曹红萧，他的墨水试验成功了，用的是娘染布的染料，添加了明矾和草木灰，写出的字再不深浅不匀了。下面他再加把劲儿，争取做到不褪色，就跟县城卖的墨水一样了。曹红萧看着瘦弱的弟弟，看着他那双被染料染得蓝蓝的手，心里一阵热，拍拍曹红林的肩说，下个月发下津贴，我一定给你买一瓶墨水，真正的墨水。

曹红林说，可你还没有领过津贴。

曹红萧说，下月，我说过了，下月就给了。

曹红林说，我要上海出的“鸵鸟”牌。

曹红萧一边脱衣服一边说，我知道“鸵鸟”，蓝黑色，就像干部们用的那种。

曹红林说，我不要蓝黑，我要纯蓝，我喜欢纯蓝。

曹红萧说，纯蓝就纯蓝……

曹红萧太困太累了，一躺下就迷迷糊糊睡着了。蒙眬中弟弟在推他，让他赶快起来，他坐起来，发现曹红林还没有睡。曹红林说外面好像不对劲儿，乱得很。母亲披着衣裳也起来了。他们听见街上有杂乱的脚步声、哭喊声和零星的枪声。有人吆喝，土匪来了，赶紧跑啊！曹红萧立刻断定遭到了敌人的袭击，他二话没说，冲出门去，临走又折回来对弟弟说，抄小路，赶紧到青木川，告诉解放军，广坪出事了，火速来支援！

兄弟俩一前一后出了门，母亲追出来，往小儿子身上披了件夹袄，嘱咐说，人命关天的事，千万别耽搁！

曹红林说，妈你放心，我跑得快！

曹红萧赶到乡政府，看到武工队的同志正组织突围。部分敌人冲进了广坪街，奔乡政府而来。武工队队长李体壁组织大家往镇东河边撤离，曹红萧对李体壁说已经派曹红林到青木川报信去了。他让李体壁放心，说曹红林熟悉通青木川的道路，如果快，那边的解放军一个小时就可以赶到。

地下救国军的队伍团团包围了广坪街，控制了东北面的任家湾、东南面的羊圈梁、南面的窄垭子等几个制高点，周围都架设了机枪，枪口对准了广坪街道的各个角落。为保护宣传队员，李体壁让解放军两个班前后各一个，将十二名干部夹在中间，从政府大院冲出。为了不使群众遭受损失，他们避开人口稠密的街道，沿下街向东冲到河边。救国军不是土匪，他们是训练有素的国民党军队，南北两面的敌人迅速用机枪封锁了河岸，岸上尘土飞扬，河面像下雹子，水花四溅。见对面枪声密集，队伍又从河边折回乡政府，紧急商议，决定从小学背后冲上街西面的小山包——银锭堡。

武工队开始向银锭堡冲击的时候，林岚胸部中弹，栽倒在乡政府门口。她身后的乡长任世英立即停下脚步，托起林岚。林岚挣扎着说，别管我，快走……

跑出去的曹红萧见状，又折回来，和任乡长一起，架起伤势严重的林岚要往山上跑。还没有走下台阶，敌人的先头部队就冲进广坪乡政府，他们被土匪们撞个正着。哗啦啦一阵枪栓响，他们被围在中间。任乡长大喝，你们想干什么？与人民为敌，只有死路一条！敌人中有人认识任世英，说，找的就是你！几个土匪丧心病狂，同时向任乡长射出了子弹。

任乡长当即壮烈牺牲。曹红萧用身体护住奄奄一息的林岚，最终被捆绑起来，逼押在南墙根，等待发落。

这边，李体壁带领大家上了银锭堡。银锭堡是一个独立的山包，山上林木茂密，青冈树有碗口粗，四周山坡树木丛生，荆棘遍地，处境极其险恶。他们占领了银锭堡制高点，一个班用机枪封锁北面楼子垭豁，一个班用步枪盯住南面窄垭子，阻击敌人，等待救援。干部和宣传队的同志全部卧倒在山顶，用石头垒起掩体，其余战士迅速挖战壕，做防御准备。

黎明时，枪声一阵比一阵密集，周围树叶纷纷落下。李队长告诉大家要节约子弹，不要乱开枪，要等土匪靠近了有把握时再射击。敌人见解放军不动声色，气焰愈加嚣张，在对面山上用火力猛攻，大声吆喝，共产党，出来投降！活捉广坪工作队！

李队长起得早，冲锋时还穿着白色衬衣，目标特别明显。他在树林丛中频繁来回走动，不慎暴露目标，一阵枪响过后，头部中弹，倒下了。战士们撕下衣服包住李队长的头部。昏迷中，李队长的嘴还在轻微地嚅动着。谁都明白，队长是要战士们别害怕，要坚持战斗。通信员拉着李队长的手说，李队长，你放心！我们一定坚持战斗，人在阵地在！

李体壁因伤势过重壮烈牺牲，年仅二十岁。

李队长倒下后，通信员接着指挥。敌人从四面围攻，许多战士都受了伤，临时充当指挥的通信员又被打中，干部们和宣传队的同志们纷纷从隐蔽处跳出，拿起枪也参加了战斗。

天大亮了，战士们在树林子里看到南北两面山上到处都是敌人，足有四百多人，是我指战员人数的十倍之余。敌人在街上敲着锣大声喊叫，李老爷今天回来探家了。谁敢与李家作对，就把他斩草除根。喊一声，放一阵枪，老百姓吓得满街乱跑，找地方躲藏。

李树敏让二头目李全实趴在自家的磨盘上，写了一封让解放军缴枪投降的信，从南墙根提过曹红萧，让他上银锭堡去送信。曹红萧不去，李树敏一枪打穿了曹红萧的大腿。曹红萧只好将计就计，忍着剧痛爬上银锭堡与战友们会合，通报了街上的情况。银锭堡的同志们扳着指头算，说曹红萧的弟弟曹红林往青木川走了有几个钟头了，到现在还不见援兵到来，莫不是有了什么意外？

近中午，敌人又击中了两名干部。一名战士瞅准机会，打死了一个穿蓝色衣服的土匪。土匪们再不敢贸然向山顶上冲，双方相持，一直到太阳偏西。

广坪街内发生了血腥屠杀。

那是李树敏真实面目的大暴露，他不再遮遮掩掩，准备与新政权背水一战了。

林岚负伤，生命垂危。

同时被捕的还有区队长曹天林和没有来得及撤离的乡上其他干部。

林岚和几个干部被绑在乡政府前。这里曾经是李家的宅院，宽敞的门洞前有几个石头拴马桩。李天炳在宁羌当警察局局长时，这里是人来人往的热闹所在。解放后，李家大院就做了乡政府办公地。宅院里有两层砖砌楼房，曾是李家女眷的住处，现在一楼是办公室，二楼是武工队和干部们的住处。敌人进攻广坪，政府大院是他们的重点攻击目标，上百匪徒将院子围得水泄不通。

下午，一些没撤离出去的群众被集中在乡政府门口，大家低着头站着，谁也不敢说话。周围是面目狰狞的匪徒，是黑洞洞的枪口。后来据民歌手洪老汉回忆，那天的天空出现了“光煞”，薄云彩遮住了太阳，把阳光折射成长长的线，变作橙红，一条条从天上洒下来，将天与地渲染得很是怪诞，将熟悉的景物渲染得陌生。人们便在这陌生与怪诞中重新审视周围的一切。洪老汉说，天上一出现“光煞”，地上就有灾祸发生，他这一辈子遇着过好几回这样的天气。1950 年 6 月这回的“光煞”让他记忆尤为深刻。

乡政府前，干部们被捆绑着，三个人拴在一个桩子上，不能动弹。大部分人身上带着伤。他们艰难地站立着，愤怒地注视着忙碌的敌人。

林岚的头垂在胸前，胸口洇出一大片血迹，血还在不断淌出，顺着她的半个身子，顺着腿流到地上。林岚一次次晕厥，她已记不得自己在什么地方，发生了什么事，她不觉得疼，她只是想睡觉，躺下来好好地睡。但是她躺不下来，她被紧紧地绑在石头桩子上。

一个穿黄呢子军装、头戴船形帽、戴着面具的女人站在乡政府门前的上马石上，一手叉着腰，一手攥着裹了铜丝的马鞭，点着干部对群众说，看到了吧，这就是跟着共产党干革命的下场。想翻天覆地，想改朝换代，那是做梦！国民党并没有完全撤离大陆，这里那里，到处都有我们的人在活动，我早就想在广坪河开人肉架子，给你们一个警告，我们的人还在，我们的势力还在，今后谁敢再靠近共产党，就跟他们一样！

人群一阵骚动，大家不知道这个说着一口官话、罩着脸的女人是谁，来自何方。李家的人则认出了，这个人就是住在西跨院的“表姐”。

李树敏说话了，声音尖而细，摇头晃脑的好像缺乏自信。平时装斯文装惯了，一旦撕破了脸面不但他自己不习惯，也让大家感到陌生，原来李少爷说话是这样的嗓音，这样的腔调。李树敏将乡政府的牌子摘下来，踩在脚底下说，你们睁眼看看，挂着乡政府牌子的地方是哪儿，是我的家！不是我和乡亲们过不去，是共产党欺人太甚，杀了我爹，逼死我娘，占了我的房，还要分我的田产。他们要像关我舅那样关我，我李树敏岂能善罢甘休！今日破釜沉舟，跟共产党对着干，也是一条道跑到黑，谁也拦不住了！我要为我爹娘报仇！我李树敏不是吃素的，王三春当初敢拿人心下酒，我今天也要剖出共产党的心，吊在房梁上拿烟熏，尝尝共产的味道，看看你们的共产主义能不能救你们！

在“表姐”的示意下，几个精壮匪徒来到干部们跟前，亮出手里的尖刀，撕开干部们的衣服。曹廷林认为最后的时刻已经到来，在匪徒亮出他胸腹的一刹那，拼着力气喊了一声“打倒反革命李树敏”，也有人接着喊了“打倒国民党反动派”。他们没来得及再喊什么，便发出响亮的惨叫，那叫声不像从人的嘴里发出，像是来自可怕的地狱。他们的胸腹被锋利的尖刀划开，肚肠失了约束，顷刻滑落出来，堆在脚边的土地上……

人们惊叫着向后退去，又被后头的敌人拿枪顶着，站回原地。有的人哇哇地大口呕吐，有的人蹲了下去，不忍再看，立刻被铜丝鞭子无情地抽起来，逼着站到最前面。

林岚是最后一个受刑的，她看着她的战友一个个离她而去，她听到了利刃划开皮肉的刺啦声，她感受到了溅在她身上的温热，嗅到了人体腔内的陌生气息。那时候她在想什么，没有人知道，人们只看到她向站在跟前的“表姐”投去轻蔑的一瞥，用尽全身力气朝着那张木头脸唾出一口鲜红的血。

“表姐”恼怒了，像一只母狼，龇牙咧嘴地逼近了林岚，她要自己动手了。

“表姐”摸出一把尖刀，刀身轻巧，细而长，尾部一个圆环，拴着铁锈红的穗。人群立刻乱了，人们开始往一块儿扎，有人小声说“黄鳝尾”！

林岚美丽的胸暴露在“光煞”之中，风吹拂着她的头发。她仰起头颅，眯起眼睛，那一刻她好像分外清醒，迎着从天空散落的万千条光雨，她嘴里说着什么，却没有任何声音。

随着女匪的手起刀落，林岚胸腔的血澎湃而出，像一朵盛开的大花，在广坪河怒放。时光在那一刻凝固，广坪的人永远记住了一个女人最终留在这里的灿烂。

清溪河在呜呜哽咽，有浓浓的云从山谷涌出，覆盖了这惨绝人寰的一幕。

县上得到土匪血洗广坪街的消息。当天，解放军一七一团派部队带一门六〇炮赶往广坪河增援。从宁羌到广坪，几十里山路，部队跑步疾速前进。

地下救国军调整队伍，撤出广坪，埋伏在老鹰崖险峻的山坡两旁。一场阴谋黑幕一样缓缓张开了。

听到广坪发生反革命暴乱的消息，青木川的工作队同样以最快速度冲向了广坪，他们在临近青木川的小路上发现了曹红萧弟弟曹红林的尸体。曹红林在即将到达青木川的时候，被埋伏在小路上的匪徒杀害。少年烈士曹红林的手是蓝色的，除了他的哥哥，没有谁知道那双手为什么是那种颜色。

得到林岚牺牲的消息，青女也赶到了广坪。她到的时候林岚和其他烈士刚刚被从拴马桩上解下来。她扑过去，一把抱住林岚，呼唤、摇晃，将流出的脏器不顾一切地往肚子里塞，但是她的林姐姐却再也不会醒来，再也不会说话了。烈士们的遗体搬进了临时搭的席棚，青女为林岚清洗了血迹，梳理了头发。青女小心翼翼地做着，唯恐碰疼了林岚的伤口。那伤口还在往外流着血，新鲜而触目惊心。她将那张扭曲的面孔抚平，希望这个与她最亲密的女兵，在最后的时刻也能保持面容的姣好……

青木川往广坪的另一条山路上，奔走着魏富堂和他的民团。他知道广坪发生的事件一定是他的外甥李树敏所为，李树敏无可更改的反共决心在那天晚上就已经向他摊明了。老乌的消息灵通，老乌探来消息，李树敏的数百救国军，已经撤出广坪，以精良的美式装备，正埋伏在老鹰崖，以熟悉的地理优势伏击前来救援的解放军，一场突如其来的恶战即将发生。

魏富堂认为既已投诚，便不能摇摆，要坚定地站在解放军一方，打乱救国军的埋伏，使李树敏的阴谋不能得逞。赶到工作队驻地，工作队的同志们已经奔赴了广坪，老乌说，在这样紧急的时刻也不能汇报等待指示了，不得已我们先干起来。魏富堂同意老乌的主意，集合了民团全体人员，动用了已经封锁的枪支弹药，借助本地人道路地形的熟稔，抄小路赶往广坪河，在老鹰崖前面阻止支援广坪的解放军前进。

魏富堂的民团径直上山，一路攀爬，没一会儿便插上了去广坪的大路。

天黑了，土路幽幽在山间延伸，右侧是峻峭高山，左侧是深深林莽。老乌低声报告说，团总，咱们右后方是老鹰崖！

孙建军说，当年袭击解放军小分队也是在这儿。看来这是一伙人干的。

魏富堂看了看老鹰崖方向，那边黑沉沉没有动静，静谧的山林鸦雀无声，连风也没有。魏富堂说，甩开老鹰崖，迎着解放军跑步前进。

一队人朝着广坪河方向跑去。

许忠德没有随着魏富堂上山，他留守在魏家大院值班。半夜时分，有急促敲门声，开门一看，是杜国瑞搀扶着谢校长站在门外。校长脸色惨白，几乎站立不稳，杜国瑞更是一脸紧张，头上冒出一层细汗。许忠德惊异校长的到来，说，谢校长，这么晚了，有事？

谢校长问，魏团总不在？

许忠德说，团总带着人上广坪了，这里就我一个留守。

谢校长说，果然是这样，她设计得太准确了。团总什么时候走的？

许忠德说，擦黑走的，有两个时辰了。

谢校长问，你能追上不？

许忠德说，大概是不能。他们走得急，说是老鹰崖那边要出事。

谢校长说，赶紧把魏团总叫回来，老鹰崖是个圈套……

校长说着瘫坐在地上，许忠德反身进去要叫瞿焕贞，被校长拦住说，来不及了，快去！

许忠德撒腿往山上跑，杜国瑞赶过来说，我开车去，省一点儿路是一点儿路。

许忠德说，你能行？

杜国瑞说，我摸索得八九不离十了！

魏富堂的老爷车被杜国瑞轰隆轰隆开动，离开了魏家大院。许忠德坐在旁边副驾驶座上，顾不得汽车一蹿一蹿、蚂蚱式的行走。

汽车在林间土路上开动，嗡嗡作响，歪歪斜斜，比跑步是快多了。最终，车停在河水旁边。许忠德说，这条土路到前边就没有了，我们得从这条小道奔栈道，过黄猴山到老鹰崖。

杜国瑞说，你熟悉？

许忠德说，以前跟我爹挖药去过。

两个人弃车上山。

老鹰崖下有座老君庙，常年没有香火，尘网蛛封，断壁残垣。荒败的庙宇，神像歪斜，月亮在云中穿进穿出，庙中的光线时明时暗，为庙堂更增添了几分诡异。

更诡异的是，满是灰尘的幔帐后悄悄探出一张脸，一双眼睛，冷冷地看着静悄悄的大殿前破败的院落。

许忠德和杜国瑞穿过密林来到了老君庙。

此时此刻，老鹰崖山崖两侧，地下救国军的大网已经安排就绪，居高临下，做好了伏击战的准备。

有人向李树敏报告，青木川的民团过来了。

李树敏问，共军到哪儿了？

探子回答，还有两个山道弯。

李树敏说，放青木川民团过去。传我命令，做好战斗准备。

戴着面具的“表姐”坐在月光下，冷峻阴森，坚定地下着命令，魏富堂的民团一个活口不留。

李树敏问，我舅也不留？

“表姐”说，你没舅！

李树敏说，是！一个活口不留。

庙门口，许忠德和杜国瑞在转悠，他们迷路了，找不到通往老鹰崖的山路。许忠德焦急地说，走了半天怎么又转回来了？

杜国瑞让许忠德别慌，再仔细看看。许忠德说，走到老君庙了，看样子我们转到老鹰崖后边来了。

杜国瑞建议到庙里看看，说不定能找到路。

山路上，夜色朦胧。魏富堂的民团在快速前进，走在前面的大壮报告，前面有队伍，正朝咱们这边走，大概是增援部队。魏富堂让他到前边喊话，告诉对方停止前进。

魏富堂和民团站在道路中央。

大壮对着前边不远的队伍喊，是部队同志吧？停住！不能走啦，前边有……

大壮话没喊完，后面一排枪，大壮背后中弹，扑倒在山道上。魏富堂立即命令，散开，卧倒！

前面解放军迅速做出了战斗准备。魏富堂身后，子弹雨点般射来，打得他们抬不起头。民团猝不及防，许多人中弹。

解放军受到袭击，对着前方还击。

腹背夹击，魏富堂民团只剩下了挨打的份儿，大部分人战死。青木川民团再无声响，山道上只剩下解放军与匪徒激战。

魏富堂滚进草丛，仓皇躲避。在老乌掩护下，躲在一棵大树后面，稍作喘息，抬头发现不远处，有庙宇的残墙。

魏富堂逃进老君庙，见到了许忠德和杜国瑞，惊奇不已说，你们怎么在这里？

许忠德说，团总，谢校长让你必须离开。

魏富堂说，晚了，我上了个大当！

突然，“表姐”端着枪出现在台阶上，对魏富堂说，魏司令，正正好，一点儿也不晚！

魏富堂惊呼，刘二泉！

他朝着“刘二泉”伸过手去，二泉，跟我回家！

戴面具的“表姐”冷笑着说，姓魏的，你今天回不了家了！

魏富堂不解，问，二泉！你这是为什么……

魏富堂向着“刘二泉”再次走过去。许忠德一把拽住魏富堂喊道，她不是刘二泉。她杀死了施先生！

“表姐”狠狠地对许忠德说，看来你也回不去了。当初在山道上，我就应该办了你，放过你实在就是个错误！

就在“表姐”对魏富堂扣动扳机时，她的脑后受了重重一击，枪弹打在房梁上。“表姐”倒地，血涌出。袭击“刘二泉”的是个女人，头发披散，面容憔悴，一脸沧桑。

魏富堂看着突然冒出的女人，奇怪地问，你是谁？

那人看着魏富堂一言不发，慢慢泪水潸潸而下说，你真不认识我了？当年刘家院一场大火，让我无家可归。不是我早有预感，怕已命丧黄泉，这十几年我被她害得东躲西藏，逃避追杀……

魏富堂说，你是刘二泉！

刘二泉走到地上的“表姐”跟前，揭开那张假脸，呈现在他们面前是一张曾经熟识的面孔——刘芳！

没错，是刘二泉曾经的女佣刘芳。

魏富堂说，怎么会是她？

刘二泉说，她是国民党潜伏下来的特务。

许忠德催促魏富堂赶紧离开，魏富堂不走。庙外枪声激烈，解放军“缴枪不杀”的喊声逼近院落。许忠德再次催魏富堂离开，魏富堂说，往哪儿走？我哪儿也不去，我得跟我的弟兄们在一块儿……我得向解放军讲清楚！

许忠德说，作为证人，你必须离开，否则这个黑锅你和你的青木川弟兄得背一辈子！

魏富堂说，背着黑锅也不离开他们！他们都是跟着我出来的，我死也得跟他们在一起！

老乌从后边用枪顶住魏富堂说道，现在你是死是活都说不清楚了，永远说不清楚了。

魏富堂更加惊奇了，你——老乌！

老乌诡异一笑。

魏富堂说，这么些年我就愣没看出你来。

老乌说，让你看出来我岂不白待了这些年？今天你死在老鹰崖已经成了既定事实，明天你参加暴乱、反叛政府的罪行就会上报地区。

魏富堂还想拖延，说，老乌，你告诉我，让我死个明白……

魏富堂给许忠德使了个眼色，许忠德没反应过来，杜国瑞一下朝老乌扑了过去，老乌的枪打在杜国瑞眼睛上。刘二泉过来一把将老乌撕扯住，张开嘴便咬。许忠德这时也回过神来，扭住了老乌拿枪的手。但两个人哪里是老乌的对手，很快被老乌占了上风。魏富堂举枪要打，但三个人扭作一团。一个训练有素的特务，面对两个毫无招式又抓又咬的群众，大家都斗红了眼……

地上的刘芳慢慢苏醒过来，够到手边的枪，拼尽最后力气朝魏富堂背后射出子弹，魏富堂后背中枪倒下。

老乌踢开许忠德，拖拉着抱腿的刘二泉，来到刘芳跟前，大声喊叫，组长！

刘芳半睁着眼睛，断断续续地让老乌“不要在此……赶快到棋盘关向主任汇报，完成所交任务……”

老乌答应一声，不顾刘二泉和许忠德，隐入黑暗中，不知所终。

解放军冲进老君庙，刘芳仍企图抵抗，被击毙在大殿上。

增援部队顺长蛇梁走到羊圈子梁上，架设了六〇炮，对着土匪发射了三发炮弹。轰隆隆，惊天动地。青木川的群众听到响声，都说老鹰崖打了炸雷，起了山火，进去救火的百十号子弟一个没出来。

土匪们见部队开了炮，顿时慌了神，一时跑散了大半。李树敏见势不妙，退逃到老林去了。

有关这场暴乱，宁羌的历史是这样记载的：

解放后，李叔敏（李树敏）慑于解放军强大攻势，暗中与国民党陕甘游击总司令姜森等密谋策划暴乱，与刘芳等特务纠合一起，组成反共游击队，自任总队长，下设三个大队，造谣惑众，武装胁迫善良群众为匪，反抗人民政府，由潜伏活动转入公开叛乱。1950年6月2日，李叔敏亲率匪众四百余人，带长、短枪一百余支，包围武工队于广坪河。武工队仅三十余人，英勇奋战十一小时，队长李体壁等九人以身殉职。次日，该匪逼近街上，包围乡公署，杀害区乡干部，区大队长曹廷林等壮烈牺牲。由于距解放军大部队尚远，一时救援不及，广坪河曾一度落入匪手,农会、民兵干部十余人被匪徒绑在木桩上开膛破肚。

这次李叔敏在广坪的反革命暴乱事件，给广大人民群众带来极

大灾难。

暴乱让广坪百姓沉浸在悲哀之中，整条街上哭声不断。

如果说广坪的悲伤是抛洒开放的，青木川的悲哀则是隐晦的，不敢声张的。团总魏富堂身受重伤被抬回镇里，青木川的青壮大多殒命老鹰崖。没人讲述得清楚魏富堂在关键时刻出现在老鹰崖的动机，落下一个“阻击解放军，参与广坪反革命暴乱”的罪名。

这让人心里很憋闷。

魏富堂被送往汉中关押的时候，青木川没有一个人出去相送。只是瞿焕贞领着两个儿子站在青木川桥头，看着担架上的丈夫渐行渐远，消失在山路上。

广坪暴乱之后，解放军押解着俘虏从街上走过，青女在那群面容沮丧的人中发现了一个熟悉的面孔——黄胡子。那张细长的脸、龇露着的牙、黄鼠狼一样的表情让她记忆犹新。这个在老县城自称“共产党”的黄胡子，如今出现在李树敏的队伍里，这不是一件简单的事情。青女冲进俘虏队伍，一把揪住了黄胡子，大声嚷道，我认识你，你不是好人!

黄胡子在青女手里挣扎，却怎能挣得脱。解放军将黄胡子由俘虏中拉出。经审问，黄胡子真名李全实，就是在磨盘上为李树敏写招降信的二头目，是潜伏下来的国民党陕甘游击总队联络员，负责姜森和刘芳“黄鳝尾”分队的联系。经黄胡子交代，在老县城杀害大小赵的直接指示者是李树敏，冒充解放军是为了挑拨魏富堂和共产党的关系，造成杀妻之恨，使魏富堂永远成为解放军的对立面。为了将事情做得逼真，留下青

女做活口。她身上的四块银圆便是暗记。刘芳是国民党军统特务，伙同老乌，进入刘家大院，初始以“表姐”身份埋伏在陕南惯匪王三春身边，通报王三春活动动向，才得以让这个狡猾凶狠的山林土匪被捉拿归案。1945 年刘芳奉命继续留在陕南潜伏，暗中组织队伍，以图和共产党长期对抗。

广坪战斗，剿灭敌人三百，击毙匪首刘芳，李树敏逃遁，去向不知。

冯明在林岚牺牲的当晚赶到了广坪。街上有人在哭，燃着的房屋，火已被扑灭，冒着浓浓的烟，焦黑的房檩如同残缺的骨骼，零乱地伸展着。呛人的焦煳气味随着热风一阵阵扑来，地上到处是血，街南堆着几十具土匪尸体……

几个战士在清理乡政府前面的场子。每根拴马桩下都有一条血流成的小河。曹红萧大腿缠着绷带，坐在台阶上正指挥老乡用草木灰掩盖那一条条殷红的河。他拒绝到医院去疗伤，他的眼睛通红，口唇干裂，声音嘶哑，胸口被抓出了道道血痕，那是为了他的兄弟、他的林姐姐和那些瞬间离去的同事。他弟弟曹红林的尸体被抬回了街上，小小的少年为革命献出了生命，是广坪牺牲者中最年轻的一个。

冯明脑海里一片空白，虽然结果在县里便已知道，却总是不能相信，一路上反复地想，大半是情报的失误，不会是真的。到了广坪，看到浓艳的鲜血，他知道一切都已无法挽回。

在临时搭起的席棚里，冯明见到了林岚。林岚静静地躺在门板上，一根白色蜡烛在她的旁边燃着，使她那张苍白的轮廓分明的脸增添了凄美与生动。一碗细辛荷包蛋搁在林岚的头前，是青女给好朋友林岚的奉献。细辛的清苦与蜂蜜的甜香，掺和着浓烈的血腥，搅和成一股奇怪的让人难以忘却的气息在席棚内弥散。那么俊美那么柔和的一个女子，死得竟是这样的惨烈刚强，这样的气贯山河，让人的心里不由得产生惋惜和敬重。冯明握着林岚的手，就好像后来握着夏飞羽的手那样，紧紧地握着。林岚的手僵硬冰凉，不再温热鲜活，不再柔软灵动。生命已经离她而去，走得远了。冯明久久地凝视着林岚平静如睡的面容，眼睛渐渐模糊。他用手小心地擦去残留在林岚嘴角的一丝血迹，仿佛听到从那张秀美的嘴里发出一声轻轻的抽泣。他想，在这个时候她是应该哭的，应该扑在他的怀里放声大哭……

白缎枕头上樟脑的气味越发浓重，呛得冯明头疼，有些喘不过气来，心前区一阵阵发闷。他起了床，发现自己竟然是满面泪痕。走出房门洗了把脸，站在廊下，让青木川清凉的夜风吹拂着。楼下卧室里传来青女女婿的鼾声，李家的黄狗在月光下走动，一只猫儿轻盈地跑过墙头，消失在墙拐角……青木川的夜晚他经历了无数，却不知今天的夜晚为什么这样难熬。

青女不知什么时候走到他的身后说，睡不着吗?

冯明说，是的。

青女说，明天我陪你去看看她。

广坪烈士陵园建在广坪的东山坡上，有高高的纪念碑，有宽展的石阶和成排的松柏。虽然就在城镇内，却是一个极为清净的所在，平时几乎没有人涉足这里。

镇政府仍在当年的旧址，是李家大院。老楼房颤巍巍地站立着，木头的栏杆已经糟朽，办公的人仍旧进进出出。作为危房，这座楼在年内要被拆除，为一座新办公楼替代。那些考究的拴马桩在20世纪90年代被征收，拉进博物馆，站立在展馆前绿茵茵的草坪里，有喜爱者对上面的雕刻抚摸赞赏，背靠着它们摄影留念，却没有人能追寻出它们经历的震荡，沾染的血腥。

广坪当年的副乡长曹红萧并没有飞黄腾达，如今作为一个普通的农民在乡间种着几亩薄田，和妻儿度着平淡岁月。不知从哪里听说老首长冯明今天要来祭奠战友，早早地在陵园等着了。想的是，在广坪能和冯明对上话的，现今只有他了。他的兄弟曹红林被安葬在烈士陵园的角落里，小小的一个土堆，小小的一个碑。清明节，广坪少先队员们会为他兄弟单独献上一个小花圈，以示对同龄人的敬重。每年，曹红林花圈的旁边，都有一瓶“鸵鸟”牌纯蓝墨水，那是曹红萧给弟弟的允诺，始终如一，已经五十五年。

迎来送往，是基层的常务工作，不用吩咐，谁都知道该怎么做，按规格，说套话，让来人吃得满意，住得舒坦，首长尽兴，陪同高兴，就算基本完成任务。但是这次对冯明的到来，广坪镇谁也不敢怠慢，镇书记老汤做了充分安排，除了党委书记和政府全班人马一个不落地作陪外，招待所还备了三桌顶尖级的酒宴，安排了至少相当于“二星级”水平的住宿。他们这儿不比青木川，青木川有李青女家可以安置，他们这儿除了引起首长伤感，真是什么也拿不出了。首长来广坪的主要目的是“祭奠战友”，镇办公室想得很周全，让冥活铺子扎了一个精致的花圈，拴了两条白亮的缎带，找当地文化人写了祭奠的话——当然是以首长的名义。跟当地人使用的单调纸花圈不同，定制的花圈还有许多塑料花点缀，使首长献给战友的花圈显得更加色彩丰富，立体美观，很有档次。办公室主任还特别请示书记，要不要准备白酒供品和烧纸鞭炮，老汤说也备着，祭奠仪式采取西式的还是中式的全看首长的喜好，到时让首长自己定夺，咱们要有备无患。雇了几个农民，天刚亮就上去打扫，清除石阶上的草蔓，擦拭墓碑上的鸟粪，一来表现出镇上对烈士们的崇敬、关照，二来不希望首长看到那些荒败而神伤。

首长到来之前，汤书记先上陵园视察了一遍，发现几处石阶松动、破损，让人赶紧拿水泥补了；路边柏树上清明节残留的小纸花经过风吹雨打，也已破旧颓败，让人赶紧突击做新的替补；路上有农民浇地的塑料管穿越甬道，也责令撤去，让改日再浇。汤书记沿着几十阶台阶走上去，年纪轻轻的他竟然有些喘，有些出汗。他真不明白，当初怎的把个陵园修这么高。迎着台阶是纪念碑，上头有“革命烈士永垂不朽”几个大字，有红五角星，很是庄严肃穆。碑后头一排几座坟茔，两个农民用小铲在刮碑上的青苔。书记见了大吃一惊，问是谁让这么干的，农民说没谁让干，是他们自己要这么干的，他们觉着把碑刮干净，再用水冲洗两遍，会显得新一些，字也好认。书记让农民不要刮了，说有青苔才有历史，才有古朴和沧桑，搞得锃光瓦亮不如换块新的，心里在骂农民瞎整。看那墓碑，名字写的是“李体壁”，武工队长，还是个领导，就想这个领导一定是身先士卒，冲在前头的，否则不会躺在这里，就有几分敬重。年纪大的农民看书记在辨认碑上的字，就说他见过这个人，说河南话，年轻精干，人很和气，枪打得准，跟广坪的人都很熟，大伙儿叫他李队长。又指着旁边的一个说，这个是区大队长，姓曹，落到敌人手里，受尽了酷刑，死的时候还喊了口号……

汤书记想，都是干部，都死了……都比他年轻……他要在那个时候会怎么样呢？想到这儿脑袋有些发蒙，觉着这个问题是应该很认真地好好想想。

手机响了，民政干部接到青木川张保国的电话，说首长不到广坪来了。民政干部说这边的饭已经准备好了，张保国说，哪里没有饭？非得在你们那儿吃？

民政干部说，还准备了花圈。

张保国说，你们自己献吧。

民政干部不满地说，平白无故我们献啥子花圈！

张保国说，你们为啥子不能献？

民政干部不满地骂了一句，说花圈不好退了。汤书记说，哪个让退了，我们献嘛！

汤书记说，老张说得对，献花圈也不一定非得有首长，下午中心组的政治学习就在陵园。他让民政干部把烈士们的事迹赶紧印出来，人手一份，对照先辈检查自己。

办公室主任说，三桌饭已经准备好了。

书记说，学习完了我们集体去吃，工作餐。

冯明没有到广坪，和青女直接去了林岚的墓地。张保国、冯小羽和钟一山都跟着。看望林岚是这趟青木川之行的一项重要活动，几个人很郑重地在田埂上走成了长长的一串。

青女煮了荷包蛋，用保温盒子装了，小心地搁在筐子里，上头还盖着手巾，为的是再次保温，好像非得给林岚吃上热乎的才算尽心。冯明早晨认真地刮了胡子，换上了中山装，白领子硬扎扎地挺立着。冯小羽知道，这是父亲在很正式的场合才穿的衣裳。这件衣裳在父亲的经历里，总共没有穿几回，现在父亲穿了，足见父亲对祭奠林岚的重视和有所准备。

钟一山天不亮就到山上采了一大捧带露水的黄雏菊，他说在他的家乡给故去的亲人扫墓，所献都是菊花。这位没见过面的先辈，也是一个和唐朝杨贵妃一样多才多艺、能歌善舞的女子，却很悲惨地死去了，给这条古老的蜀道更增添了无限悲凉。冯明批评钟一山，不能把林岚和杨贵妃往一块儿拉，她们一个是封建统治者，一个是无产阶级战士，是两个极端，将两者相提并论，是对革命者的侮辱。钟一山比画着说，两个极端弯过来就是一个圆，你不让她们并她们也得并。

冯明不想再和博士争论。

冯明大步地走在前面，冯小羽紧紧地追随着她的父亲，协助他跳过一个个水坑，越过一道道石坎。

绕过一片小水塘，微微上个缓坡，就该到了。墓地是冯明当年亲自为林岚选的，位置他很熟悉。几十年在思念中，他曾经无数次地在这条路上流连踯躅，这条路留下了他梦境的重叠，留下了他深重的痛。缓坡之上，拐个小弯，有片青翠的竹林。竹林深处，一棵刻着冯明名字的竹子旁，应该有一座坟茔，一块墓碑。坟茔不高，墓碑小巧，那是一个年轻女子的长眠之地。墓碑上的字是冯明写的，与竹上林岚的字迹互相呼应。那时他还没有练习过书法，但那一笔一画都是出自真挚，出自浓浓的化解不开的情。他写了，让当地石匠刻了，怕不真切，特意将字迹加深了一倍。离开青木川之前，他到这里和林岚告别，脚步沉重得挪动不开，旁边的青女说，放心走吧，我会好好地看护她。他走了，走了五十五年……今天才回来。

他记得，坟茔旁边有条浅浅的溪水，水边长满了菖蒲，开着淡黄的花。那种花后来他在城里的花店见过，有时候人们给他献花，花束中也有菖蒲，昂贵而高雅，有的淡粉，有的嫩黄，但都不及这里的滋润清新。竹林里有雀儿们的家，它们清晨飞出，薄暮归来，叽叽喳喳尽诉日中所遇，亲近而友爱。林岚在它们之中，不会寂寞。远处是青木川川道，是焦黄的稻谷、沉沉的玉米，更远是如同波涛奔涌的层叠山峦……

冯明也想到了夏飞羽。她被装在一个狭小的木头盒子里，盒子上嵌着一张小小的照片，和众多陌生的“人”拥挤在一面墙上。从墙上那小小的窗口向外窥探，那是有一定级别的干部才能享受的待遇，跟林岚的“安息所在”比，相差太远。

上天的安排实在是公允。

冯小羽认为父亲对林岚墓地的一次次叙述充满了遐想的色彩，那些墓地景致，那些鸟儿和菖蒲花，多半是父亲在思念中的逐渐添加，是理想化的结果，实际的情景应该有所不同。

果然，冯明停住了脚步，问身后的青女那条满是叠石的小溪哪里去了。青女说1958年修水库，先在南边修了一个，后又在北边修了一个，这条溪水就干了。60年代学大寨，平整土地，沟也填了。张保国说这些活都是他父亲领着大伙儿干的，修水库的时候苦极了，冬天站在泥水里，肚子里是空的，饿得发虚，冷得打战……冯明说，先不要说你的爹，我问你，水边那些花哪儿去了？

张保国说，从来就没有什么花。

冯明说，怎会没有，宽长的叶子，大朵的黄花。

青女也说她没见过大朵黄花。

果然不出所料，刚进墓地就发生了错误。冯小羽不知后面还将有什么在等待他们，她按了按兜里的速效救心丸，一步不落地跟在了父亲后面。

没了溪水和菖蒲，冯明有些失落。钟一山说，记忆是最靠不住的，相信什么也不能相信记忆。

冯小羽问有些不知所措的张保国来没来过这里，张保国说知道这个地方，但是没注意过，就知道在这附近埋葬着一个女红军。其实青木川的山道上埋着不少革命先辈，有被活埋的，有被土匪打死的，有遭了国民党伏击的，都没有墓碑，现今连埋葬的地方也指不出来了。钟一山说，可怜无定河边骨，犹是深闺梦里人。现在连梦他们的人也走得远了，再没谁能想起他们了。

冯明气恼地说，“没人想起他们”是什么话，我们的党会记着他们，人民会记着他们，革命会记着他们。他们的精神与天地同在，与日月同辉。

张宾在后头说，言语很精彩，道理很正确，毕竟是有些虚。

冯明停下来，对走在最后的张宾说，话就是说给你们这样的人听的，怕就怕革命的接力棒到了你这一代给扔了。

张宾说，您老放心，我扔什么也不敢扔接力棒，我得靠它吃饭呢。

青女瞪了张宾一眼，张宾不说话了。

钟一山自作聪明地说，您的接力棒先得传给我，才能传给后头的张宾，不能绕过我去。

整个儿一个浑搅。

几个人走走停停，在一个小砖厂停下来。所谓的砖厂不是烧制砖坯的那种，是用水泥预制出水泥砖模，晾干了直接盖房的那种。拌制水泥的搅拌机大大咧咧、稀里哗啦地在转，到处扬撒着水泥粉末，把一片地方搞得乌烟瘴气，很不清爽。几辆拉砖的手扶拖拉机在路边，突突地冒着黑烟，呛得人想流眼泪。张保国对砖厂的人说，不是今天不让生产了吗？砖厂的人说，老板说了，停产一天损失的费用镇上要给补，老板没拿到你们给补的钱，所以还得生产。

冯明问怎的把砖厂开在大街上，张保国说原本离街还远，是街向它靠拢延伸了。问是谁开的，张保国说是佘鸿雁。生意好得很，拉砖的车天天在这儿排长队。现在大家生活好了，家家忙着盖小楼，砖的需用量很大。冯明想尽快离开这个嘈杂的地方，还要往前走，青女说，还往哪儿走啊？到了。

到了？冯明四下张望，没有青翠的竹林，也不见欢乐的雀儿，唯有喷灰扬尘的搅拌机。

青女指着墙根一块歪斜在水泥中的石头说，就在那儿。

冯明看着那块半露着的、羞怯孤单的石头，半天说不出话。他不相信这就是他当年为林岚选择的墓碑，更不相信这就是他念念不忘的安置林岚灵魂的场所。他急急地奔过去，用手抹去浮灰，隐隐看到了石碑上林岚的名字，那正是他的笔迹。当年深刻的凹槽已经模糊，碑石掉了一个角，中间出现了一大道裂纹，一看便是被人砸毁过。要不是尚可辨认的字迹，冯明绝不能相信清润秀丽的墓碑会变得如此干枯丑陋，清凉平静的墓地会变得如此陌生喧嚣，如此冷酷严厉。

冯明问是谁砸的碑，张保国说，“文革”时候外边来过红卫兵，到青木川来破四旧，听说这里有女土匪的坟，便来掘坟，砸碑。青女听说了，跑来对红卫兵小将们说这里埋的不是女土匪，是女红军，小将们才住了手。青女说她也不明白当时为什么灵机一动将林岚称作了“女红军”，后来想，也是情急之中的一种策略，倘若说“女干部”，便更说不清爽。当时所有的干部都被审查，几乎人人都有“坏蛋”嫌疑，连《沙家浜》的地下党员阿庆嫂保不齐也蹲在牛棚里为洗刷自己的特务嫌疑而懊恼。一个“女干部”的名头保护不了林岚的安然，所以就说了“女红军”——被魏富堂杀害的女红军。这招果然管用，没人敢在“红军”头上动土，红卫兵在墓前喊了一阵“向革命先辈学习”的口号，去寻找新的女土匪坟墓了。

冯明问张保国，作为青木川领导，那时候为什么不像青女一样站出来为林岚说句话。张保国说，那时候我小学还没毕业。

冯明说，你爹呢，张文鹤在干什么？

张保国说，我爹在县上牛棚里，他在那里头被关了半年，被打折了大腿骨。

冯明的脸色十分难看，张保国也很是不安，没想到在青木川镇的角落里还埋葬着一个女英烈……这应该是他的失职。

张保国怪青女没有早告诉他，青女说她跟领导说过多少遍了，跟张保国也说过不下十次，没人听，就不说了。张保国有点儿下不来台。

青女刨开堆在石碑周围的腐烂稻草和泥灰，将石碑完完整整地露出来，叫了声“林姐姐”，蹲在石碑前再说不出话来，两行热泪扑簌簌往下流。

冯明弯下身，抚摸着石头，欲哭无泪。

甭管这里变作了什么，毕竟，他回来了……回到了她的身边。

张宾们迅速将周围清理干净，一大捧娇艳的雏菊，簇拥在墓碑旁。

细辛荷包蛋腾起苦味的清香，让人嗅了只想掉眼泪。冯小羽将酒洒在地上，几只蜂儿嗡嗡地凑过来……

青女的心情有些缭乱，一座小小的墓碑，搅动了她心底郁积。她知道林岚的牺牲对她的震动之大之深，又因了这震动而使魏富堂滑向了更深的“罪恶深渊”。广坪暴乱，李树敏和刘芳的面目完全清晰，人们知道了去西安护送大小赵的那些人是被国民党杀害在并不遥远的老县城，一时群情激愤，要报仇、要申冤、血债要用血来偿的要求响彻山乡。后来工作队充分抓住了这个有利时机，发动群众，锄奸反霸，将工作推向了高潮。青女立了功，受到了县政府口头表扬，打消了藏在内心的疑虑，当上了妇女代表，全身心地投入轰轰烈烈的反霸工作中。

青女以魏家知情人的身份，揭发出正在县上关押的魏富堂在家仍旧私藏枪支和大烟这一重要情况。在青女的带领下，工作队连夜突击，将睡梦中的瞿焕贞喊起，搜出了藏匿在柜子里的科尔特手枪。大烟是从烟库的夹墙里取出来的，看似个嵌在墙上的普通柜子，推开后面的隔板，墙内还有很大的空间。从那个空间里，工作队起出了两包烟土，虽然数量不多，也有四五十斤……

只这两件事，使魏富堂的案子性质大变。几十年后有人为其辩护说，魏富堂藏匿枪支是受了李树敏的迷惑，如果没有老县城的血案，或许不会这样。也有人说，是魏富堂忽略了瞿焕贞手里的那把科尔特，他的枪实在太多太杂了，就如同后来人们频繁变换的手机，一时要全讲清楚也是有些困难。在当时，重的是证据，这些话语自然是没人会说，没人敢说的。

科尔特手枪，就是瞿焕贞本人也已忘得干干净净了，但是青女还记得。身为干部的青女径直来到瞿焕贞的房间，打开衣柜，在角落里摸出了那把小巧的科尔特。连瞿焕贞也吃了一惊。从青女的表情她明白了，她所忘记的，正是致命的，这把枪足以置她丈夫于死地。她变得慌乱不堪，哭泣着求青女网开一面，青女坚定地说，不！

青女只能说“不”，以她的身份、她的立场、她的觉悟，她只能说“不”。

当时没有律师辩护制度，有枪就是和新政权对着干，用不着什么解释。

那些私藏的烟土，魏富堂原本是为一个人而存留，却用不上了。

从林岚墓上回来，冯明把自己关在屋里，连饭也没有吃。

下午，魏元林领着一个农民来找冯明，被青女拦在院子里，青女说首长身体不好，歇了。魏元林说，那是冯教导员，哪里是什么首长，你现在也学着跟那些干部打官腔了，学会用“首长”这个词来唬人了。

农民附和着说，就是，就是，冯教导员是和我们坐在一条凳子上的人。

青女说，刘小猪，你肚子里那点儿事瞒不过我，又是为你那点儿破事。

魏元林说，怎的是破事，这是关系到国计民生、生死存亡的大事。

正说着，冯明从屋里走出来，问有什么事情。刘小猪看着眼前这个很有派头的首长，如所有的农民见了官一样，直往后缩，一时想不起要说什么，一双手不住地往裤子上搓。魏元林推了刘小猪一把说，老说想念冯教导，冯教导来了，怎的不说话了？

刘小猪竟有些激动，眼泪在眼圈里直转，嘴唇哆嗦着，半天终于抑制不住，哇的一声哭出来，抱着头蹲在地上。

青女说，你爹死了我也没见你这样哭，现在是怎的了？

魏元林说，他是太激动了。见了恩人共产党，就跟见了亲爹娘一般，千言万语，万语千言，化作相逢的热泪，这才真正是泪飞顿作倾盆雨。

冯明扶起刘小猪，让他坐在凳子上，刘小猪不坐凳子，就蹲在台阶上，说蹲着习惯。刘小猪习惯了，冯明却觉得别扭，他不习惯和一个蹲着的人说话。冯明给刘小猪和魏元林递了烟，刘小猪接了，不抽，夹在耳朵上。冯明要替他点，刘小猪说不点。魏元林说刘小猪是看冯教导的烟好，舍不得抽，要拿回去，等着哪个干部去家里了，好招待人家。刘小猪就很不好意思，也不反驳，还是搓手。那双手老茧很厚，又粗又硬，指甲缝被草汁染成绿色，不知刚才在干什么。

冯明说，也不是什么好烟，西安人都抽这个。

魏元林说，精装“好猫”，几十块一盒，乡下人只有闻的份儿。青木川农民抽的最好的也不过是“公主”，两块多一盒，“公主”怎能跟“好猫”比，要是再往上的就该抽“大中华”跟“中南海”了。“大中华”“中南海”属于紫禁城级别，是共产主义的供给制，没听说过哪个首长自家掏钱买烟的，就连镇上的干部也不会自己买烟，只有傻 × 的老百姓才花自个儿的钱买烟。国外的首长要在电视上公布自己的财产，连年终奖金几分几厘也得用字幕打出来告诉老百姓，中国就没这么一说……

冯明怕魏元林又打开话匣子神说，就问刘小猪日子过得怎么样。刘小猪擦着眼泪说还行，屋里粮食吃不完，养了两头猪、两头牛、两个儿子。猪是约克夏，老品种，膘厚，好做腊肉；牛是秦川牛，耕地有力气，卖得上好价钱；儿子一个在青海当兵，一个在汉中当工人，都混得不错。

冯明说，往后的日子会越过越好。

刘小猪说，是的，越过越好，托共产党、毛主席的福，托冯教导您的福，我也是这样想的……

魏元林说青木川能像刘小猪这样，将翻身解放牢牢记住的农民已经没有谁了。冯教导一到青木川，小猪就要过来看望，都被张保国那龟儿子给拦住了。张保国那小子不愿意老百姓直接接触首长，怕暴露问题给他们找麻烦。所以，领导要真正深入基层，也要冲破层层阻力。毛老人家说过，群众是真正的英雄，而我们自己则往往是幼稚可笑的，不了解这一点，就不能够得到起码的知识。

刘小猪立刻接过话头说，冯教导蹲点，雨中送伞；冯教导进山，地覆天翻；冯教导下马，能解疙瘩。

冯明想，这个刘小猪说话还一套一套的，不知套的又是哪首情歌。

刘小猪说了许多感激的话，以示自己还记得工作队的好处，特别提到了他们家从观音崖的破山洞住进了魏家大宅的明亮瓦房，他的娘还睡进了魏老爷的柏木棺材……那梦境一样的变化是穷人真正翻身的象征，共产党是刘家永远的恩人。这话给儿子们说，儿子们没有体会，因为他们就生在大瓦房里，他们认为刘家住在大瓦房里是天经地义的。

魏元林说，现在你儿子觉得天经地义了，当初分房子的时候，你老子还死活不要，说魏老爷是好人，怎能白拿人家的……

魏元林一说，冯明也想起来了，当初几家安排在魏家大院里的无房户谁也不敢要魏家的瓦房，他们不相信天上掉下的馅饼就砸在自家脑袋上，他们担心赤贫了几辈的穷晦之气担不起这突如其来的大富大贵。

当时林岚在旁边说，刘大叔，魏富堂当过民团团总，您说他是好人，他是谁的好人呢？

刘小猪的爹说，人家魏老爷命好，宅院占的风水好，该发，咱们天生就是穷命。房子给了咱们，过不了两年，还得给人原样交回去。

有人应和，说人比人得死，货比货得扔。魏老爷穿绫罗绸缎，喝燕窝粥，坐汽车兜风，那是人家有，是人家挣来的。

林岚就反复给大家讲地主恶霸剥削穷人的道理，讲魏富堂独霸一方、鱼肉乡里的罪恶。林岚扳着指头一项一项给大家算魏富堂每年盘剥乡亲们的费用，运输费、修路费、枪弹费、民团费、自卫费、治安费、冬防费、联保费、牙祭费……一年征几次田赋，做工不给报酬，佃户欠租加租夺佃。大家一想，也确实啊，这一算，真是让魏老爷平白地拿了自己不少钱呢！

分魏富堂东西之前魏家大院是向民众开放的，随时可以进去参观，参观地主恶霸欺压穷人、剥削穷人过的腐朽糜烂的生活，以鲜明的对比，激发人们同魏富堂斗争到底的决心。青木川不少人是第一次走进那些院落的深处，以前送柴送米，进后门，范围限于厨房、柴屋，见不到真正的内里。现在好了，可以径直坐到魏老爷嵌螺钿的太师椅上，将一脚泥痛快地往椅子腿上刮，不用担心魏老爷的脸色。屋里那些带花的砖地，也可以肆无忌惮地朝上头吐黏痰，不怕魏老爷不高兴。现在魏老爷带着伤，半死不活在县城龟孙子一样被关押着。什么是关押啊，就是先关后压，把你的威风关没了，再压你，像驯猴子一样，让你叼个黑脸你不能叼个白脸……魏家大院最让穷人们开眼的是大小赵的房间。人虽然不在了，东西还原样留着。铺着绣花桌布的圆桌、玻璃砖的大穿衣镜、描着金漆的大衣柜、红红绿绿的绸子被、厚实柔软的毛毯、一坐就陷进去的沙发、半人高的唱机、从没有使用过的电冰箱……工作队说了，这些东西将来都要一件件分到群众手里。它们本来就来自人民，还要还给人民。

大伙儿的心里对分魏富堂的财产依旧是顾虑重重，甚至有两家已经搬进去的农户，慌慌忙忙又搬出来了。人们说，魏富堂虽然在关着，他的外甥李树敏还在外头晃悠，保不准也会在青木川来次开膛破肚。

十五

从林岚墓上回来，冯明情绪一直低落，心脏不舒服，每天吃药也不能解决问题。冯小羽建议父亲早早返回西安，但是冯明不走，他不能就这样匆匆离开，他的林岚不能窝在一片脏乱的垃圾之中，再回忆情人战友时那将是何等不堪。张保国和魏元林陪着冯明散心，他们建议冯明再到赵家坝看看乡村建设，说那里是卫生先进，镇上的典范。

冯明在他们的引领下再一次来到赵家坝，没到魏元林家直接进了村。他以前在赵家坝打过一仗，还有些记忆，但是这次却根本找不到一点儿过去的感觉了，无论人还是物，他都很陌生。眼下都在搞“社会主义新农村”，家家门口种了花，整齐划一，都是草茉莉，要开花都开，要不开都不开。墙上也刷了白，村路铺了石头。正是吃饭时候，家家敞着门，人人端着碗坐在门前凳子上，边吃边看冯明，如同看一道风景。碗里的米饭是上好粳米，青木川的土产，油汪汪的，碗边上搁着四季豆和洋芋，还有腊肉，绿是绿，白是白，看上去很美丽。人们大着嗓门儿跟张保国打招呼，让他吃饭，让他尝他们刚开缸的米酒。张保国这家站站，那家停停，扯些没有咸淡的话题。冯明借机跟农民拉话，看碗里的吃食，问家里的状况。魏元林时时给冯明介绍，这是谁谁的后人，冯明虽然想不起那谁谁来，但对那谁谁仍旧表现出了熟络，为的是不让后人失望。张保国对后人们说这是当年在青木川分田分地的冯明，后人们哦着说，土地不是已经承包给各户了嘛，已经分了几年了！

张保国说不是现在的包产到户，是更早的事。

后人们说，更早就是刘少奇提倡的“三自一包”了，没有落实下来，还挨了批。

张保国说还要早，后人们摇摇头，不愿意费脑筋去追溯历史了。

一个脸上有疤的万姓老婆婆端着饭碗拦住了张保国，谈她的屋要塌的事，让村上给批一块她已经看好的宅基地。万老婆拉扯着张保国去看她的房，张保国不愿意去，说正陪着首长视察工作。万老婆说看她的房也是视察工作，现在广播里提倡现场办公，首长到她们家现场办一下公是绝对有必要的。万老婆说着将一块切得方方正正、艳丽无比的酸红萝卜用白木筷子挑进嘴里。萝卜在她嘴里滚动，散出一股浓烈的酸味，引得冯明嘴巴酸水直冒。他赶紧说，去看看吧，看看也好。

一行人就跟万老婆过去看房。房在河边，三间瓦屋，石头地基，并没有要倒的模样。万老婆说地界太潮，房檐的椽全烂了，墙的泥坯也酥了，她的意思是让张保国给村里发话，直接给她批宅基地，她要另盖新屋，躲开这地方。张保国问为什么要躲开这地方，老太婆说房在河边，洪水一来总是提心吊胆，最主要的是这块地方不利后人，她的三个孙子，一个也没考上高中。河对面老王家，也是三个孙子，都考上了大学，最差的也是汉中师院。张保国说孙子考不上高中是不好好学，不能赖房子。老太婆看了一眼冯明说，我不怕这位首长说我迷信，前日我让风水师看了，风水师说这屋有一股阴煞之气。亏了我们家三个老虎一样的孙子能压得住，换了别家，早就家破人亡了。

张保国让万老婆不要胡说，万老婆说她不是胡说，她这屋绝对是不利妇女，刘芳血肉模糊地让人从山上运下来，埋在她们家屋后，那个不让提的女人也埋在了屋旁边。万老婆本人在这儿被打穿了腮帮子，碎了七颗牙。这磨坊，到了晚上鬼影幢幢，一帮女鬼说外国话。

张保国说，你孙子的外语一准好。

万老婆说，呸，我在谈正经事，在反映情况，没有闲心扯淡。

冯明说看着这房眼熟，魏元林说原是魏富堂的水磨坊，本是给魏金玉的陪嫁，魏金玉跑了，也没大用，让长工老万照看着。河里水越来越少，水磨转不起来，这几间房就闲置了。解放以后青木川东、西修了两个水库，水磨彻底报废，房子索性就分给了老万。

魏元林这么一说，冯明想起来了，在这栋房子外面，他们曾和李树敏有过一场较量。他问魏元林，英雄老万呢？

魏元林说 1967 年死了。问是什么病，魏元林说自杀。冯明问为什么自杀，魏元林说当时内查外调，查出老万是国民党残渣余孽，是土匪在青木川的卧底。

冯明说，简直是胡整！

魏元林说，就是胡整，那时候大家都胡整，正常的人没几个。老万是残渣余孽，我是小爬虫。残渣余孽只让人关了一个晚上就抹了脖子，自绝于人民。小爬虫脸皮厚，好死不如赖活着，就活到了幸福的今天。

冯明看着嚼酸萝卜的万老婆说，这么说，这位就是……老万的……夫人……

万老婆说，啥子夫人，一个穷老婆子罢了，连批个宅基地也要低三下四的！

冯明就想那老万，挺结实挺实诚的一个汉子，从赵家坝跑到青木川只用了十几分钟……消灭青木川土匪，老万立了大功，是青木川英雄谱上应该记载的人，有功的人，“文革”时却落了抹脖子的下场。冯明不由得叹了口气。

魏元林说，你在想念老万。

冯明说他在想老万戴着大红花在台上给大伙儿做报告的情景，台下头不断地鼓掌，把个老万激动得也跟着一块儿鼓掌。有女学生上去给他献花，他把花都拿回家，给他老婆。老婆说献花不如献袋米，这些人怎的这么不会办事情。

魏元林指着万老婆说，让土匪破了相，小孩子们见了她吓得扭头就跑。现在老了，脸上的褶子多了，疤倒不怎么突出了，就是太自私，没人缘。

万老婆说，哪个太自私？我也是为革命流过血的，丢了七颗牙，我吃饭大半是在吞，你们哪个也吞一回试试。

张保国说，少了七颗牙还能把酸萝卜嚼得嚓嚓响，伟大极了。

冯明看着那房，仍旧是过去的模样，只是屋前多了肮脏的猪圈，多了四处游逛的鸡和满地的鸡屎树叶。房子旁边荒草长得有人高，草里胡乱扔着破胶鞋、烂瓷碗之类，看得出万家的人不是勤快的角色。冯明努力地摒弃那些杂乱肮脏，慢慢地找回那被雪覆盖的宁静小屋，那被风刮得低迷缭乱的炊烟和那等待中的焦虑……

广坪暴乱以后第一个冬天，下了一夜雪，一大早老万就跑到工作队报告，说李树敏从山上下来了，在水磨坊猫着，让赶快去抓。

原来老万早晨起来到磨坊外头抱柴，看见李树敏和老乌互相搀扶着从林子里钻出来。两个人都很疲惫，衣裳也破了，提着枪直奔水磨坊而来。老乌的身上挂了伤，一条胳膊溃烂发黑，不是枪伤，大约是被刘二泉撕咬的伤口发生了感染。想起广坪镇街上发生的事，老万扔了柴火，转身就跑。

李树敏喊住了他说，老万，你是我舅家的长工，我不难为你。我在你这儿歇一会儿。你要把我们告了，我就打死你跟你老婆。

老万看眼前的李树敏，戴着棉帽子，腰里缠根布带子，将棉袍的一角高高地别在带子上，手里挥舞着一把手枪，一副凶神恶煞的模样。老万沉住了气，说他不会干报告那样的事，再怎么说李大少爷也是东家的外甥，东家的外甥也是东家，大少爷想做什么尽管吩咐就是了。说着把两个人往屋里让。

老乌跟在李树敏身后，拿着一把撸子，情绪有些低落，好像在发烧，一双眼睛使劲儿朝北边的林子里看。林子里雪雾迷蒙，一片昏暗。李树敏让他赶快进屋……

老万说，那边除了一座女土匪的新坟，啥子也没有。

老乌瞪了老万一眼，想说什么，李树敏一把拉住老乌说，这么大的雪，算了吧。

老乌说，你懂什么……组长在那边歇着……

李树敏说，我怎的不懂，我什么都懂，人死如灯灭，走便走了，想也没用。

进了屋，李树敏呵斥老万老婆给做饭。老万老婆一见李树敏，如同见了吃人的夜叉，吓得直哆嗦，火也点不着了，大冷天，汗水顺着脸颊往下流。李树敏踢了老万老婆一脚说，我又不开你的膛，你怕什么！

李树敏问老万解放军是不是常上这儿来。老万说解放军从来没到磨坊来过，这儿在河边，太偏，离镇还有段距离。他也不是积极分子，人家根本没把他当个人物，连开会都极少叫他。

李树敏说这就好，我就在这儿暖和暖和，吃碗热乎饭，睡一觉，外头雪太大了。

老乌病得厉害，坐在火塘边把头抵在膝盖上一声不吭。半天抬起头，瞪着通红的眼睛对李树敏说，得找点儿药，我怕熬不过去了！

李树敏说，这个时候上哪儿去找药？

李树敏那天是饿坏了，累极了，饭还是半生，就迫不及待往嘴里填，狼吞虎咽地吃了半锅。老乌只吃了几口就离开了锅，半闭着眼靠墙坐着，塘里的火光在他的脸上跳跃，吊罐里的水发出噗噗的声音。老乌时不时发出一两声呻吟，大口喘着气。

老万两口子缩在墙角不敢动弹。李树敏说了，老万只要迈出房门半步，他的枪就会响。

李树敏问老万家有没有细辛，他知道作为烹调的佐料，青木川家家备有晾干的细辛，那是可以止痛消炎的东西。偏偏老万家没有，老万家既不打荷包蛋也不炖鸡汤。

李树敏想了想，让老万到镇上去找草药。李树敏说他现在放老万出去是没有法子的法子，他的生死全押在了老万身上，他走到了这一步，也是山穷水尽了。李树敏拿出一块怀表，交给老万，说他身上值钱的就是这个了，让老万收着，说这块表抵得上五亩水田。老万不要那表，老万这个时候万分清醒，他拍着胸脯让李树敏放心，说老婆在大少爷手里，他是一点儿风声也不敢走漏的。他老婆肚里怀着五个月的孩子，两条性命，全交给大少爷，他老万对大少爷是绝对忠心耿耿。

老乌对李树敏说，这个人肯定会去告发。

李树敏说，听天由命吧。

老万冒着大雪往镇上跑，没有一点儿犹豫，径直进了工作队驻地。他不傻，他明白，就是把药给李树敏搞回去，成全了这两个匪徒，老婆和他自己的性命也不能保全。那个心狠手辣的李树敏，百分之百会杀人灭口。那块表是什么呀，是稳住他的诱饵，土匪能白白送给老百姓东西？骗谁呀！

现在新闻界最时髦、最没有实际意义、最不能说明问题的词就是“第一时间”，第一时间被用滥了，反而让人不知第一时间究竟怎么计算。冯明的三营倒真的是在“第一时间”赶到了现场，迅速包围了水磨坊。那是一种水泄不通的包围，大树上，草丛里，连河对岸也埋伏了人，李树敏就是有天大的本事，也插翅难逃。

寒风里的磨坊静得出奇，瓦楞间有淡淡的炊烟冒出，不是老万报告，谁也不会想到房屋中藏匿着与新政权不共戴天的敌人。刘志飞开始向房内喊话，里面没有回应。老万担心匪徒害他老婆，使劲儿地喊他老婆小名。他老婆在里面答应，说是李树敏还在，李树敏说了，让解放军撤退，放他回山，大家都方便。刘志飞让李树敏放人，缴枪，顽抗到底死路一条。里面没有声响，双方在僵持，风在山林上空盘旋，吹起了阵阵飞雪，几只寒鸦掠过河面，太阳从云层中探出了头，人们的手脚冻得丝丝拉拉地疼。

刘志飞问冯明，李树敏不战不走是什么意思，下一步该怎么办？冯明突然醒悟，说不能等了，李树敏在有意地拖延时间，必须尽快结束战斗。在冯明的指挥下，包围圈缩小，几个身手矫健的战士上了房顶，开始揭瓦。老万怕他的老婆有什么意外，不住地喊叫，他喊一声，他老婆在里头应一声。老万对着屋内大声喊，大少爷，你不要害我老婆！药给你搞到了，解放军不是我领来的，是他们在我后头跟来的！

就是这句很权宜的话，几十年后成了置老万于死地的罪证，使英雄的老万成了罪恶的土匪帮凶。如果老万当时有此预见，一定会缄口不语或是高喊革命口号，可惜老万没有这个预见。

房顶很快被掀开一个洞，几支枪同时对准房内，战士们在上头高声喊，缴枪不杀！

在这千钧一发的时刻，磨坊的门猛地开了，老乌拿枪顶着老万老婆的头颅出现在门口。老乌背靠着门板，一动不动地站着，也不说话。

冯明喊，放下枪！

老乌嗓子里哼了一声，没有表情也没有动作。

几十支枪对准了老乌，谁也不知道这个匪徒下一步想干什么，都在担心他手里的枪会响。屋里还藏着一个李树敏，那是个更加阴险的人物。

没提防这个时候老万像只豹子一样蹿了过去。老万在抓住老婆的刹那，老乌的枪响了，子弹将老万老婆的腮帮击穿，老万老婆来不及哼一声就滑落在雪地上。没等众人反应过来，老乌手一扬，枪声响起，三个战士应声倒下，紧接着老乌对着自己的头颅扣动了扳机。

顾不得老乌，众人冲进屋里，只见水磨坊里空寂无人，哪里有李树敏的影子。

老谋深算的李树敏其实早做了准备，在老万离开磨坊不久，他便离去。老乌在房内的拖延，是在为李树敏的逃跑争取时间。老乌知道最终的结局是什么，跟着李树敏一同亡命山林，疾病、冻饿，不出两天，他的生命就将终结在荒山野岭。与其这样，不如让李树敏逃出一条性命。

老乌在磨坊外射杀老万老婆，到最后开枪自毙，一连串举动总共没有几秒钟，动作娴熟准确，干净利落。只是由于老万干扰，他老婆张嘴呐喊，枪弹才从口内穿出，否则老万老婆那天是必死无疑的。对老乌的死，说法不一，有人说老乌不是自己开枪打死自己的，是刘志飞开枪击中了他的头部。也有人说是众人乱枪齐发，对着老乌猛射，老乌中弹无数，血人般倒下。冯明比较倾向后一种说法，在以后的工作汇报、宣判布告中，在各种场合的言论以及文字中，包括县志记载，谈到老乌的死都是“被解放军击毙”。

大雪后的山林让李树敏无论走到哪里都留下了踪迹。三天后，三营在广坪附近吴家山山洞里擒获了缩成一团的李树敏。他在吃袍子里的棉絮。抓到他的时候他还在狡辩，你们凭什么抓我？

冯明说，你凭什么跑？

李树敏说，我知道是因了广坪的事件，那是刘芳干的，我对解放军缺乏了解。

冯明说，能说这话就说明你对解放军很了解。

现在，老万的老婆从张保国嘴里知道了来“视察”的首长就是当年救她的解放军教导员，抓住冯明的衣裳就不撒手，悲切地哭着，一口一个“请首长为老万做主”。说她的日子过得多么多么艰难，老的去了，儿子窝囊，孙子不争气，当年还不如让土匪一枪把她打死。

张保国似乎早料到会有这样的结果，和颜悦色地说，万家婆婆，前几年不是已经给万叔平反了吗？你老人家就不要再提这个事了，说得人心里很不受用。

老万老婆眼一瞪，像换了个人，尖着嗓子说，给了几百块钱，那也叫平反？老万一条命，就值几百？

张保国说，那钱也是看在万叔当过武装委员的分儿上才给补的。要是一般人，几百也没有，不管怎么说万叔是自己走的……

万老婆一蹦多高地说，你们不打他逼他，他能自己上吊？

张保国说，瞧您说的，怎么是“我们”打，我们谁打了？

万老婆说，打他的人现在在镇上吃香的喝辣的，还开着砖厂，活得比谁都滋润！

冯明问是哪一个，万老婆说，除了那个脑袋后头扎辫子的不男不女还能是哪一个！

张保国说，万老婆说的是佘鸿雁。佘鸿雁“文革”时是造反派，行动过激了点儿，不能说是坏人。万老婆说，你说他不是坏人？他可是李树敏的亲儿子，他拿皮带打贫下中农，到现在也没人算这笔账，就苦了我们孤儿寡母，连块新宅基地也批不来，老头子当年的功劳全让你们给抹了。

张保国说，万婆婆，这就是你不讲理了，批宅基地得村委会集体通过，镇上也不能干预。你有眼下这宅基，有儿有孙，还愁将来没好日子过？

万老婆说，你儿子在西安军校念书，出来是军官，你当然不愁。你要是有个缺心眼的儿子你比我还愁。我屋里的事我不出头，靠老蔫和他那三个混账儿子下辈子也解决不了。

冯明问老蔫是谁。魏元林说是老万的儿子，在娘肚子里就让土匪劫持了的，是个半傻。万老婆说是吓的，没生出来就吓傻了。

冯明知农村批准新宅基地之艰难，人们大眼瞪小眼地盯着，稍有差池，就会引出一堆事端，但是他还是对张保国说，让村里开个会研究研究老万家的宅基，住在河边，总是有些……冯明一边说一边往前走，他不希望在老万屋前再纠缠下去。老万老婆见首长发了话，面有得意之色，对张保国说，首长可是都答应了的。

张保国没说话，只是笑。

魏元林对万老婆说，首长说研究研究。知道什么是研究研究吗？

万老婆说，就是让村里商量商量给我批地。

魏元林说，你等着吧！

很快，击毙老乌、逮捕李树敏的消息震动了全县，群众的顾虑打消了，大家开始悄悄算计哪样东西分到手里可以派哪样用场，开始算计要什么不要什么。刘小猪家最穷，工作组让他父亲先挑房子。刘小猪的父亲说，工作组分给咱房，又不叫咱花钱，挑什么，给什么算什么。

就给了三间大瓦房。高台阶，大玻璃窗户，花砖地，前廊后厦……

从山洞住进了玻璃窗花砖地大瓦房，什么叫一步登天的感觉，这就叫一步登天的感觉，这是真正的翻身解放。刘小猪的爹睡不着觉，怕一睡着房就没了，怕政府变卦把房收了。在那一阶段，刘小猪和他爹一样，对政治局势特别关心，他们深切地知道政治和他们的密不可分以及他们和政治要保持高度一致。那时候刘小猪最盼望的是下雨，下雨的天气他可以不下地，可以坐在屋檐下，呆呆地看着雨水顺着房檐的滴水瓦流成一条线，那是一种太高级的享受，不必担心房顶漏雨，不必担心墙壁倒塌，静听着雨水唰唰唰。那雨跟自己没有一点儿关系……有一回冯明到那院里去，正碰上刘小猪在房檐下发呆，叫了几声没听见。刘小猪父亲说，有了房子，这孩子傻了。

冯明说，好日子才开头。

刘小猪的爹说，甭说孩子，连他自己也常常以为是在梦里，总不相信这是真的。那天，刘小猪再一次问冯明，这房是不是永远属于他们了。这个问题他已经反复问过好几回了。冯明说，连房契都给了你们，当然永远属于你们了，谁跟你们要房，让你们搬出去，那就是反攻倒算，就是反革命，首先我这儿就不能答应！

刘小猪的爹说，有了冯教导这句话，我放心了。我相信冯教导，相信党，一辈子跟党走。

后来刘小猪编了一首歌，在宁羌传唱开来：

穷光蛋来泪涟涟，住的房子是山岩。

吃饭都是半块碗，筷子用的高粱秆。

穷光蛋来有一天，分了房子三大间。

吃饭端的红光碗，筷子用的金花杆。

分田分房，是刘小猪和他父亲一辈子最辉煌的时候。住在地主的房子里，种着分来的土地，幸福得如在云端。尽管几十年来，他们对那玻璃窗、花砖地做了改造，在窗外接出棚子安置猪牛，将内里砌了炉灶，修了火塘，一改房子往日的排场考究，但房子还是好房子，变得更适合人类居住了。他的父亲到死都在感念冯明和他的工作组，没有他们，爷俩到死也只能窝在山洞里，刘小猪当然也娶不来青木川最好的寡妇。

冯明刚回到青女家歇下，刘小猪又扯着魏元林来谈房子的事。

刘小猪跟冯明念叨了半天房子几十年风雨不摧、安如磐石，念叨了半天共产党的恩情比天高比地厚。年近古稀的刘小猪说来说去，绕不出他那三间胜利果实，那三间屋，充盈了他整个一生，成为他生命的一部分。

魏元林在一边补充说，刘小猪至今对党忠贞不贰，他要求儿子们必须入党，否则不许进家门。巴基斯坦地震，挨不着边的刘小猪第一个站出来捐了十元钱，没谁号召，全是他自愿。虽说镇上没法处理这笔捐款，仍旧退给了他，但是小猪的国际主义精神很可嘉，山区农民的十块钱跟城里大款的一百万是一个级别，能做到这一步就很有水平了。国际的事就是党的事，党的事就是人民的事，人民的事就是农民的事，农民的事就是刘小猪的事……

冯明说魏元林的话应该倒过来说，刘小猪的事就是农民的事，农民的事就是人民的事，人民的事就是党的事，党的事就是国际的事。魏元林把顺序搞反了意思就变了。

魏元林说正着说倒着说一个意思，很清楚！

冯明总感到刘小猪还有别的话要说，问刘小猪还有什么困难，刘小猪说没什么困难。

青女说，有话就直接说，省得老冯走了又后悔，真到省城再去找老冯可不那么容易了。

魏元林说，这叫机不可失，时不再来，一万年太久，只争朝夕。当年的分田分地分房，那不也是你们老刘家几十辈子才遇上的事，单让你爹撞上了。

刘小猪说，要是这样我就说了。

冯明让刘小猪尽管说，不要有顾虑。镇上解决不了还有县上，还有地区，实在不行还有省城。

刘小猪说，冯教导，我的难处大了……

说罢又要哭。魏元林说刘小猪真没出息，连告御状也不会，有什么要求不趁着机会往外倒，到时镇上干部一出现，立马又傻了眼，说不出话来了。

青女说，张保国马上就来，刚才说好了，他回办公室拿桶扶贫的油和大米，要跟老冯一块儿去看赵大庆。

刘小猪一听有些急，忙不迭地说，冯教导，您得给我做主，这话也只有您去给他们说，他们不能想怎的就怎的。

冯明问“他们”是谁，刘小猪说反正是比我有能耐的，那些干部。

魏元林在旁边敲边鼓说，他们这样做是否定土改，否定历史，是全面倒退。

冯明问到底为了什么，刘小猪嘴里呜噜了半天，还是没说清楚。魏元林说，就为了那三间房。人家让他搬出去，他不愿意。

冯明说，你要是不愿意，就没有谁能强迫你。

刘小猪说，可是人家让月底必须把房腾出来。这房要是我爹拼死拼活盖起来的，我和老婆就躺在屋地上，把刀横在脖项，看谁敢动我们的房一块瓦。问题是我们没花一个钱，白白捡来的，说话就不硬气，人家让搬，我们只有眨巴眼。

冯明说，为什么不硬气？这是人民政府分给你们的，属于你们的私有财产。你们硬气得很！共产党跟土豪劣绅斗争了半个世纪，为了什么？就是为了穷人有饭吃，有衣穿，有房住，不再受剥削压迫。

刘小猪说，剥削压迫我倒是没受，我是想不明白，共产党给我挣来的房子，怎的又给收回去了。就是朋友相处，谁给谁送了礼还不兴往回要呢。丢不起人是吧！

冯明说，谁要你的房，你去向上级反映。

刘小猪说，我现在就是上你这儿来反映了，政府把布告贴到魏家大院门口，点着名要房呢。谁不交谁就是“钉子户”，要处理。

冯明这才发觉，自己被貌似笨拙、实则狡黠的刘小猪绕了进去。冯明问镇上打算怎么处理。

刘小猪说，我要是不搬，他们就上公安，架着胳膊扔出去。

冯明说，你也不是东西，怎能让他们“扔出去”？

魏元林说，你个猪，说了半天也没说明白，还是我替你说吧。是这么的，镇上要开发旅游资源，魏家大院算个景点。山西有王家大院、乔家大院，参观的人一汽车一汽车地往那儿拉，火爆得很，一张门票七八十块。咱青木川搁着现成的魏家大院，几处带楼的大房，山清水秀，还有大熊猫，不充分利用那是浪费资源，是我们的头脑还没有进入市场经济。为了进入市场经济，就要利用魏家大院为青木川挣钱，要卖票，要引人参观。既然是景点了，原来的住户就得搬出去，还要把原本分到各户的魏家老家具再往回收，照原样摆起来。

刘小猪说，现在贫下中农不值钱了，算盘珠子似的，让人拨拉来拨拉去。

魏元林说，连工人都不领导一切了，你贫下中农更得靠边站。

刘小猪说，瞿焕贞那娘儿们怎就不搬？不但不搬听说每月还要加钱，当个神供在里头。

魏元林说，瞿焕贞是魏家大院的活文物，是无形文化资产，来旅游的人百分之百是冲着她来的，这是魏家大院区别于乔家大院、王家大院的亮点之一。没了瞿焕贞，魏家大院就少了许多神奇……

冯明见两个人说得有点儿离谱，便说，国家征用房屋地产是要给补偿的，不会白占你们的。

青女在旁边插嘴说，小猪是嫌镇上给的补贴少，吃了亏。

刘小猪说，补贴的那点儿钱不够买三片瓦，其余都得我自己往里搭。我哪儿有钱？老了老了，胜利果实没了，贫下中农又得住山洞了。

青女说小猪话说得没道理，谁家的房不是自己出钱盖的，住惯了白捡的房子，一让自己掏钱盖房就觉得不正常了。刘小猪说，早知道还让搬出来，当初不如要一间牛棚，那样还踏实。

魏元林说，谁让你是青木川最穷的呢。

刘小猪说，穷人就该受人调配？

青女说，你怎不提你住进大屋时的光彩？谁看着你不眼红啊。

刘小猪说，你现在怎不眼红啦？你几年前就住进了小洋楼，我还在那四面透风的老屋里，夜里躺在床上听着顶棚上跑老鼠，长虫掉在枕头边上。

冯明说，时代在进步，人们的生活标准也在变化。记得分房的时候小猪你说过，以你的山洞和瓦屋比，以你和魏富堂比，是天上地下。人比人得死，货比货得扔，你认穷了。我当时批评了你，说你觉悟不高……

不等冯明说完，刘小猪噌地站起来，喷着唾沫说，现在是人比人不死，货比货不扔。我就这么穷赖着，看谁能把我怎么样！钉子户就钉子户，我是贫农我怕谁，我谁也不怕。把老子惹急了，放把火烧了它。我自己的东西，我想烧，谁也管不着。

刘小猪摆出了不讲理的架势，伸开大巴掌呼呼地扇着空气。冯明想象得出，这个刘小猪在镇干部跟前是怎样一副模样。

魏元林看谈话有点儿僵，将话头一绕说，开发旅游是大形势，谁也拦不住，说放火烧了那是气话，真要把房点着了，没等救火队来，公安局先把你请了去。毕竟那房原本不是你的，你凭什么烧?

刘小猪不服地说，我有房契!

魏元林说，房契算什么，盖房时你花了多少钱，用了多少工?

刘小猪咽了口唾沫，不说话了。

冯明突然觉得哪里不对了，土改时分到手里的东西，一个“分”字，倒成了把柄。刘小猪最初的隐隐担忧竟然在几十年后渐渐浮现上来。

接下来刘小猪的话更让他震惊。刘小猪说真要为了搞开发他也认了，贫下中农总要有贫下中农的觉悟，为集体而牺牲个人是党反复教导的话，这个道理他懂。问题是他交出了房子，他的房子不是用来让游客参观收门票的，而是修缮好了还给魏家的后人，让魏家的人回来居住的。要是这样，当初的土改不是白改了。

刘小猪这样一说，大家便都没了话。这是个很敏感的话题，谁也拿不准尺寸。冯明看看这个，又看看那个，他问青女到底是怎么回事。青女说，改革开放以后，许忠德跟刘二泉一直为魏富堂申诉，一趟一趟往地区跑。上边准备给魏富堂平反，说广坪反革命暴乱跟他没关系，他是真心实意的投诚人员。

冯明说，魏富堂霸占了那么多田地种大烟，伏击红军，害死贫苦百姓，私藏枪支，参与暴乱，他不是土匪恶霸是什么？铁证如山，这个案他永远翻不了。

青女说，不是全面推翻，是部分平反。

冯明说，平反就是平反，没有“部分”一说。怎么把事情搞得这么复杂？好人就是好人，坏人就是坏人，不能和稀泥。

魏元林说，现在说他是开明士绅。

冯明说，凭什么算开明士绅？

魏元林说，魏老爷修路、修桥、修堰、办学校，资助贫困子弟念书，保护地方百姓不受土匪、国民党滋扰。经过调查，他是功大于过。

冯明一拍桌子站起来，大声说，难道当初把魏富堂杀错了？

刘小猪说，没杀错，绝对没杀错，魏富堂该杀！

魏元林说，反正许忠德、三老汉那些魏富堂的旧部已经领到投诚证书了，是兰州军区发的，盖着大红印章……魏老爷要是活着也会有这个。共产党早就认可了呢！

冯明在房间里走来走去，他坐不下来，心脏突突地跳，面色通红。他知道自己有些失态，完全不像个阅历深厚、做派沉稳的老干部，倒更像当年三营年轻的教导员。他先是觉得不能容忍，继而觉得不平，不甘，不能接受。现在已经不是历史的一页被轻轻翻过去的问题，现在的问题是翻过去的那页被抹得乌七八糟，又被撕掉揉烂，掷于地上。冯明感到他周围刮起了狂飙，那风撕扯着他的衣裳，在他的耳边呼呼作响。震耳欲聋的风声让他听不见任何人的言语，看不清任何东西，他不能停下来，也停不下来了。

青女示意魏元林们赶紧离开，走到门口的刘小猪被冯明喊住。冯明用三营教导员的口气说，命令张文鹤到我这儿来！

刘小猪说张文鹤死了。

冯明说，叫他儿子来。还有镇长李天河！

十六

有人来喊青女的女婿，说瞿焕贞在呕吐，送到了卫生院，情况怕是不好。镇上的干部们都到卫生院去了。瞿焕贞病重是青木川一件大事，在改革开放的关键时候老太太不能有任何闪失。瞿家大儿子，那个叫魏漱楷的从入赘的山里赶来了，陪在他母亲身边；二儿子也立即从县上施工的工地回到了青木川。两个儿子齐刷刷地站在母亲病床前，却不知干什么好。

冯小羽第一次见到魏富堂的后人，有种似曾相识的感觉，特别是魏家大儿子，竟然让她想到了到青木川初的梦境——那个站在大厅里发号施令的魏富堂。血缘的延续，基因的传承，一切依靠瞿焕贞复制下来。而青木川的重要人物瞿焕贞已经在病床上陷入昏迷，生命渐渐远去，历史的谜团被慢慢带走，难免让人遗憾。冯小羽和张宾来到瞿焕贞住处，小屋内炭火燃尽，水罐冰冷，狗尾草干成了标本。主人刚刚离开，屋内便没了人的气息，仿佛许久没人居住过一样。瞿焕贞的东西被翻腾过了，她是个公众人物，仿佛她的私人物件自然也是公众的，不属于她自己。前院的娘儿们在匆匆往塑料兜里装东西，被张宾喝住，夺过塑料袋，竟然是几个碗两双筷子。娘儿们说瞿焕贞回不来了，这些东西撂着也是浪费，她捡回去还可以使用。

张宾说，瞿焕贞的儿子还在，这房和东西都是有主的。

娘儿们说，她儿子见了也不会说什么。

冯小羽体会到了某些人在“儿子”面前的强势，大约是已经习惯了的。

冯小羽看到堆在床上的包袱皮，褪色发黄的夹层里，角上用墨笔清清楚楚地写了“程记”两个字。掀开包袱皮，里面裹着一个相框。冯小羽一把抓过包袱皮，对张宾说，这个东西暂时给我，我有用！

包袱皮有股浓重的霉味儿，它来自箱子底，肯定是瞿焕贞不愿触动的库存。张宾说，这个门得锁了，虽然没什么值钱东西，魏家的两个儿子也是看不住的。正说着，见佘鸿雁背着手堂而皇之地进了院子，先围着那口井转了两个圈，见张宾和冯小羽都在房门口站着，便说听说他的舅婆病了，他过来看看。

冯小羽说，瞿焕贞在卫生院，要看到卫生院去看。

张宾说，瞿焕贞啥时候成了你的舅婆？以前从没见你认过这门亲。

佘鸿雁说，我那个被毙了的老子管魏富堂叫舅舅，嫡亲的舅舅。你说，瞿焕贞不是我的舅婆是啥子？我娘是被我爹强暴了的，我的出生是我娘旧社会受苦的印证。从立场上说，我和我老子站不到一块儿去；从血缘上说，是怎么也掰扯不开的。我们是没出五服的亲戚。我算来算去，出殡的时候给老太太披麻戴孝我自然是站在前边的。

张宾说，早干吗去了，魏家几十年穷困潦倒也没见你出头。

佘鸿雁并不掩饰自己的目的，单刀直入地说，我是来看看老太太的东西，看老太太的房和这口井……有披麻戴孝的义务就有继承财产的权利。

张宾说，怕还轮不上你！

佘鸿雁主人一样进了门，顺手把靠在门后的拐杖抄在手里，又用拐杖点着美人榻和雕花隔扇说，这些都是我舅婆的，我舅婆的也是我的。魏漱楷们不一定稀罕，他们不稀罕我就拉走了。

张宾说，瞿焕贞死了，她这些东西也归她儿子继承。稀罕与不稀罕、要与不要是儿子们的事。

佘鸿雁说，我是魏家的血亲，法律规定，我也是她的继承人之一。

冯小羽觉得佘鸿雁实在是精明，瞿焕贞屋里唯一有点儿价值的也就是这个拐杖和那些雕花木器了。这些雕刻造型，已经绝了后。二十四孝图，现在甭说刻，就是说，又有几个人能说得出来？这些东西在这儿当家伙使用，拿到文物市场就是价格不菲的工艺品。佘鸿雁的眼光独到极了。

其实她哪里知道，佘鸿雁在瞿焕贞几间屋上动的心思更大。开发旅游，瞿焕贞住的老屋无疑会成亮点，那时的收益绝不是一根藤子拐杖能比的。看得出，佘鸿雁根本不把干事张宾放在眼里，不把魏富堂的儿子放在眼里。

张宾说，老佘你挣的钱不少了，谁都知道你是青木川首富。你倒腾那些假文物，成了众人皆知的秘密，怎的这会儿还这么无孔不入？

佘鸿雁说，别说什么假文物，我的“鸿雁青铜工艺厂”马上就要开张了，这可是镇上扶植的产业，比烧砖文明高雅。开张的时候，挂上冯教导员题写的厂名，请县上领导来剪彩，来来往往的游人，哪个不到我的厂里转转！

冯小羽有些惊讶，她不知父亲什么时候答应了给青铜工艺厂写厂名。

张宾说，这下你的文物造假从地下走到了地上，从沟里搬到了街面，有意思！你那个砖厂恐怕得关，将来游客一来，那边是小桥流水、深宅大院，这边是轰隆轰隆的制砖厂，绝对是不和谐。

佘鸿雁说和谐不和谐全看需要。深宅大院的修缮少不了砖瓦，就近取材。他们离不开砖，到时候砖厂还是香饽饽。

张宾说，魏富堂有儿有女，还轮不上佘鸿雁在这儿东张西望。更何况魏金玉不久就要回青木川。他让佘鸿雁趁早不要做什么分财产的梦。

佘鸿雁说，那就是表姨回来了……好极了！

冯小羽让张宾找许忠德，她要跟老汉好好谈谈。

许忠德很快来了，不是张宾叫来的，是他自己来的，说是要跟钟一山谈论蜀道的事情。他积累了些重要材料，要交给钟一山，搞清傥骆道的历史遗留。这也是他在大学时的一个梦。

冯小羽说傥骆道的事明天再说，现在她要跟他说说程立雪的事。许忠德一听又是程立雪，立刻闭了嘴，脸色也变得很不耐烦，将张宾送过来的一杯滚烫的白开水转移到旁边桌上，不慌不忙，准备沉稳应对了。那双沾满黄泥、在山外已经很难见到的手工布鞋，并没有因为镇办公室擦得一尘不染的瓷砖地而有丝毫不安，几个黄泥脚印围绕在椅子四周，跟它们的主人一样，毫不遮掩地陈列于屋内。张宾问老汉的树苗栽得怎样，老汉说只要下了雨，百分之九十能活，就怕老天爷老这么艳阳高照地挺着。又说到挖猪苓的事，说到鱼腥草的价钱，说到地膜玉米的缺点，说到小鸡白痢的治法……

冯小羽咳嗽了一声，她知道她要是不咳嗽，张宾会一直跟许忠德聊下去。这小子缺心眼儿。

冯小羽拿出在瞿焕贞屋里捡到的包袱皮，将上面的字亮给许忠德，包袱皮上是明明白白的一个“程”字。冯小羽让许忠德解释解释，许忠德盯着那个字，张着嘴，脸上泛出一片呆傻，演戏的分寸拿捏得很准确。张宾说青木川从来没有过姓程的，包袱皮上的字大概是偶然。冯小羽让张宾不要随便插嘴，说这个问题许忠德应该是最清楚的。

张宾一听来了兴趣，把凳子使劲儿往前拉，要弄个明白。许忠德却对张宾说，听听她说的都是啥子哟，跟她说过多少回，我从没见过叫程立雪的人，她就是不信。我知道的早跟政府交代完了，没有隐瞒。

冯小羽说，你怎会没见过程立雪，你清楚极了。谢静仪来到青木川，你已经十四岁，这是你亲口告诉我的。那是1945年，那个程立雪到了青木川，立刻改名叫了谢静仪……

许忠德说，都是你想的，我看你每天在桥头坐着，愁眉苦脸，就是在穿缀这些事情哩。作家的演绎，不是这种演法。

冯小羽说，这个包袱皮证明，这里出现过程立雪。程立雪是北平辅仁大学西语系毕业生，所以你会说Good night，所以谢静仪很重视英语教育。

许忠德说，你不要以为青木川的辅仁中学是土豹子中学。辅仁中学在民国时候也是很正规的中学，不但有外语，还有物理化学。那些实验我们也是一丝不苟地做了不少的。学校的大礼堂里，学生们也上演过文明戏，我还演过《屈原》。

张宾补充说，老汉的话没错，现今镇上不少老头老太太还知道（a+b）的平方。

冯小羽说，魏富堂是陕南惯匪，杀人放火，无恶不作。1945 年以后，却一改性情，跟以前判若两人，这个改变源于程立雪也就是谢静仪的感召，她以她本人对世界的理解，利用魏富堂对山外文明的向往，对传统文化的推崇，感化、教育他。为这个她自愿留在了深山……

许忠德眨着眼睛，没有任何表情。

冯小羽说，青木川的老人都得了健忘症，集体得了健忘症，挽救记忆成了当前的必须。通过这个程姓的包袱皮，您和您的同伴应该想起更多。

许忠德说，你是在捕风捉影，是在把假的使劲儿往真里整。你来我们这儿，是想挖出个电影故事，就把事实往你编的故事里套。其实这些事，你完全可以在你家里编。

冯小羽说，在家里我编得出川大学生回乡当"少校参谋主任"这样精彩的内容吗？

张宾赶紧说，编不出来，编不出来！

冯小羽说，我只问您一个最关键的问题，你们最崇敬的校长谢静仪，到底去了哪里？

许忠德说，青木川几届毕业生好几百，有甘肃的、四川的，还有宁羌的，你去问他们！

冯小羽说，我不问他们，我就问你。

许忠德说，问我，我不知道。

张宾说，听你们说话，好像在审问，叮叮当当快打起来了。

许忠德对张宾说，你放心，打不起来。

冯小羽说，许先生是兵来将挡，水来土掩。很有应对经验啊。

张宾说，要不怎当得少校参谋主任！

有人跑来叫冯小羽，说他父亲跳窗户崴了脚。

冯明想去看望生产委员赵大庆，没等张保国来，自己就去了。他不希望张保国老跟着他，比如刘小猪的情况，如果张保国在跟前，谈得就不会这样透彻深入。他在青木川，走到哪里张保国都跟在后面，也未必是好事。

赵大庆是土改时第一届新政权的干部，是青木川除了青女以外尚存的另一个“老革命”。冯明还记得赵大庆当时穷得没衣裳穿，寒冬腊月穿着他老婆的一条花夹裤，在人群中显得很突出。赵大庆来工作队开会，宣传队的女兵们一见赵大庆的花裤子就笑，把赵大庆搞得一看见有女兵在，就顺墙根儿溜。经冯明细问他才说了实话，家里就这一条裤子，还是老婆嫁过来时穿的，他出来“革命”，他老婆就得在被窝里待着，有人到家里去，只是欠欠身，并不下床，用棉絮将腰以下严严地盖了，像是生了病。谁都知道，找大庆，如果大庆不在家，就不要进门，隔着房院喊话就行了，免得让他媳妇难堪。

土改分东西的时候，赵大庆抓阄，抓了一块刻着“举案齐眉”的巨匾和一箱戏装。大伙儿笑着说，这回大庆家不愁没衣裳穿了，那些霞帔紫蟒、彩袖青衫，足以让大庆夫妇穿出风采，穿出个性，与众不同。

把赵大庆弄得哭笑不得。

“举案齐眉”的匾抬回去充作了床板，两口子躺上去宽敞有余，也算一番土改收获。只是那些花花绿绿的中看不中用的戏装让两口子为难。好在大庆媳妇有主意，在铺子里买了几包煮青，将鹅黄嫩粉、葱绿淡青一律搁到大锅里去煮，最终煮成一个颜色——黑。

常见到，赵大庆套着染过的绣着海水江涯的缎袄在台上动员生产，大庆老婆穿着水袖改制的背心在河边洗衣裳。人们从他和他老婆的衣裤上，依稀可以辨认出“伍子胥”“孙玉姣”“穆桂英”……

赵大庆是个老实人，最大的毛病是认死理儿。搁别人，分一箱子戏装，跟工作队说说给换了就是，赵大庆不，赵大庆认为分了戏装就是戏装，没有不要的道理。他不要，别人就得要，他派不上用场，别人照样派不上用场，他不能“嫁祸于人”。赵大庆是个很能顾全大局的党员。青木川分了田地的当年，粮食就取得了大丰收，缴公粮全县第一，都是生产委员赵大庆带头带得好。勤勤恳恳，本本分分，务庄稼，搞生产，就得大庆这样踏实肯干的人。

冯明不知道赵大庆住在哪儿，让青女带着他去。青女还要拉着她的孙女九菊。九菊不听话，东一头西一头胡钻，又要到河滩捡花石头，又要追草里蹦出的蚂蚱，把青女累得直喘。冯明怪青女不该揽看孩子这样累人又复杂的活。青女说冯明现在是没有孙子，一旦看见自己的孙子就放不下了。冯明说老而不歇为一惑，为儿女当了一辈子牛马，不能再为孙子拉犁。青女说，话是那样说，到时候是由不得你的，见了自家的亲孙孙，心就化了，吃什么样的苦也愿意。冯明问赵大庆有几个孙子，青女说孙子有两个，一个跟着他，一个改了姓，并且嘱咐冯明见了赵大庆不要提他儿子的事，那是大庆的一块心病。冯明问赵大庆儿子怎的了，青女说大庆两个儿子，前些年一块儿到深圳，是跟沈二娃走的。沈二娃去看他闺女，赵家两个儿子跟着沈二娃到深圳打工。冯明问沈二娃是不是锄奸委员沈二娃，青女说就是。沈二娃的闺女在深圳工厂当个小领导，介绍了赵家老大老二去当临时工。不想刚去两个月，就赶上了工厂着火爆炸，赵大庆俩儿子都炸死在里头，连尸首也没找着。跟工厂索赔，却发现两个人都没签劳动合同，也没有任何进厂的手续，工厂不认这个事。赵大庆白失了儿子，有苦说不出。两个儿媳妇一商量，一个带着孩子嫁了人，一个把孙子扔给赵大庆，自己跟相好到南边去闯荡，再没了音信。赵家兄弟是跟着沈二娃一块儿走的，沈二娃就觉着不好向赵大庆交代，觉着没脸见人，再不回来了。

冯明算了算说，赵大庆八十多了，他比我大两岁。

青女说，过了年就八十二了，身体也不好，给孙子取了个名字叫赵人民。人们说这个名儿叫得太大了，他说，难道赵人民不是人民吗？赵人民就是人民。

两个人说着来到赵大庆门前，破破烂烂两间草房，连院墙也没有。窗户上没玻璃，钉着塑料布，房门钉着木头，堆着半人高的黄土。因许久没人出入，门楣上蜘蛛结了网，网上粘着一个大花蛾子。赵人民就着小凳子在院里写作业，见冯明们来了，头也不抬，照旧拿着笔在本子上画。九菊一见赵人民，跑过去夺他手里的笔，被赵人民推了个趔趄。

青女说，赵人民，你爷呢？

赵人民说，我爷在屋里睡着。

冯明弯下身看那作业本，写的是英文短句 It is a cat，满篇都是这一句，一行行写得很齐整。冯明问那英文是什么意思，赵人民说，你自己难道不会看？

冯明说，我不懂外语呀。

赵人民说，老大不小的，连外语也不会，怎么当领导？

青女说，你才跟着志愿者学了几天英文就拿大，真有了大学问还了得！

冯明问什么志愿者，青女说就是那个城里来的女学生王晓妮，到穷乡僻壤来当教育志愿者，教山里的小学生。附近几个乡都来了志愿者，王晓妮是学外语的，所以给孩子们加了英文。大庆这个孙子聪明，学习好，外国话念得很顺溜，可惜没了爹，娘也跟着人走了，娃儿可怜得很……

赵人民不愿意青女提他的爹娘，狠狠地瞪了青女一眼。青女说，你甭瞪我，你们家的事谁不知道。要紧的是学出个样儿来给你爷爷争口气。

赵人民说，不用你管。

青女说，不用我管？不用我管，镇上能给你们发救济粮食和人民币，能免你的学费？你们家哪样不是我跑去替你们张罗，替你们喊叫，你个龟儿子啥子时候变得白眼狼一样！

赵人民低着脑袋不说话。

青女说，镇上给你送来的衣服怎么不穿？

赵人民说，我不愿意穿。

青女说，你就愿意这么露着！

冯明这才注意到被叫作赵人民的孩子光着脊梁，只穿了一条小裤衩。一双小手黑乎乎的，头发很长，一看就是个没娘疼的孩子。冯明伸出手去摸赵人民的头，赵人民反感地把脑袋一甩，将冯明的手顶开了。

青女说这孩子忒倔，跟他爷爷是两个秉性，大概是像他那个往前走了的妈。

赵人民脖子一拧说，不许你说我妈！

青女说，我不跟你较劲儿，待会儿你记着上九菊他爹那儿给你爷爷拿药。你再硬，你爷爷的病也得看，不能陪着你一块儿硬。还有，上学得穿戴整齐了，不许穿着裤衩进教室，让老师揪着耳朵扔出来，寒碜不寒碜？你得长记性。

赵人民是一脸的不耐烦。

九菊学着她奶奶的口气说，你得长记性，你得长记性！

赵人民说，去，去，去！

青女说，也是怪呢，他爷爷那会儿是没衣裳穿，连戏装都往身上披，到了孙子这儿是有衣裳不爱穿，宁可光着。镇上下发的扶贫衣裳，大都给了他们，都是上好的半新。城里人追求时尚，稍有过时就不要了，有的还没上过身……

赵人民说，书记怎不穿？镇长怎不穿？

青女说，你是书记吗？你是镇长吗？你得记住，你是贫困户，你和你爷爷每个月领的是基本生活费。把你个龟儿子能的！

进赵大庆的家，不能走正门，正门拿土封了，得往后头绕。冯明问这是怎么回事，青女说是要债的人干的。赵大庆为俩儿子的事托人往深圳跑，打官司，初时人们以为官司能赢，愿意借钱给他，后来竹篮打水一场空，人们便不好说话了……债主堵了门，高声叫骂，大庆也不言语，他知道是他理亏。

青女将冯明领到房后，后窗户开着，窗户下头用砖垫了几层台阶，作为进出之路。冯明蹬砖上了窗户，翻进去，里头有大木板接着，倒也没觉着怎么不方便。

赵大庆坐在窗口借着那点儿有限的阳光晒太阳，一只脚肿胀黑紫，流着黄水，高高地架在板子上。见冯明们进来，赵大庆眯着眼睛朝他们看。

青女迈下木板说，大庆，你看谁来了！

赵大庆说，是法院的老王？

青女说，你再看看。

赵大庆端详了冯明半天，摇摇头。

青女说，是冯教导员，冯教导员来了。

赵大庆还是摇头说，冯明……想不起我们来……

冯明拉住赵大庆的手，使劲儿攥着说，老赵，我就是冯明啊，你不记得我啦？

赵大庆盯着冯明不说话，渐渐地眼睛湿了，嘴唇哆嗦着说，真是冯教导？

青女说，可不是真的，还能骗你！

赵大庆说，老了，眼睛不好，看什么都是模糊的。

现在是赵大庆攥着冯明的手了，半天没有松开，想站又站不起来，嘴里一个劲儿说，好，好，真好。他让冯明坐，冯明还真不知往哪儿坐，脏乱的屋内实在找不出一块能坐的地方。青女不知从哪儿拉出个小凳，吹了吹上面的土，让冯明坐，冯明就坐在小板凳上跟赵大庆拉话。

初看赵大庆面貌改变很多，看了一会儿，觉得还是老样子。赵大庆还是赵大庆，长方脸，下垂的眼睑，一脸的皱纹，当生产委员的时候就显得很老，现在还是那个样子。冯明问赵大庆脚怎么了，赵大庆说到文昌宫捡木头，让钉子扎了。问怎的不上医院看看，赵大庆说小毛病动辄就上医院，他还没娇到那份儿上。冯明说，肿成这样，感染得厉害，不是小病了。

赵大庆说有青女女婿送过来的药，按时抹着，不碍事。冯明说得跟镇上说说，大庆的脚不能这样拖着。青女说，小病扛，大病拖，这是农民对付病的招数。看病得要钱，报销额度有限，上医院三百五百是小数，就是腰里有俩钱的进医院也要掂量掂量。

冯明说，大庆看病的钱镇上有困难我来出。看老战友的脚成了这样，我心里不落忍。

赵大庆说也不要镇上出钱，也不要冯明出，他的脚过些日子就好了，不用谁操心。说着喊外头的赵人民给客人倒水，喊了半天也不见赵人民进来。冯明说喝水是次要的，他是来看老战友生产委员赵大庆的，不是来喝水的。赵大庆说，冯明不提这个他早忘了还当过生产委员的事了。

冯明说，但凡给人民做过一点儿事的，人民都不会忘记。在青木川的功劳簿上，你赵大庆有着浓重的一笔。

说完这话，冯明立刻觉得话说得又虚了。这些年他常常冒出些冠冕堂皇的语言，成了习惯，成了毛病。面对赵大庆，他感到，说任何话都不及送上些实在更解决问题。

面色黯淡的赵大庆，身上的衣裳却是名牌，这使得伸着脚坐在阳光里的他显得有些荒诞。上身的鳄鱼T恤衫是真正的法国鳄鱼，前襟上明显的红茶痕迹，大概是这件名贵衣衫上山下乡的真正原因。脚上的鞋也不一般，是美国耐克，高帮的旅游鞋穿在八十一岁的赵大庆脚上，虽然只有一只，也使得赵大庆的档次一下提高了不少。绝对是新潮，绝对有品位，不是归国老华侨，也是大款大腕。只是那张满是沧桑、满是风霜、满是愁苦的脸露出了底细，生产委员赵大庆这辈子活得并不顺畅富裕，实在是没什么值得大庆的人生辉煌。

接下来，赵大庆说的多是他儿子的官司，让冯明帮着他到上边找熟人，想的是有朝一日案子能翻过来。

在听赵大庆申诉冤屈的时候，冯明看这个家也是穷得可以，连件像样的家具也没有。墙角堆着一堆发了芽的洋芋，散发出阵阵霉味。火塘上吊肉的钩子空空荡荡，饭锅里是半锅凝固了的苞谷稀饭。满屋子尘土，满屋子破败。唯一的家当是堆在床上的衣裳，毛衣、羽绒服、牛仔裤、运动服，姹紫嫣红地扔着，足够赵家爷孙俩穿几年。冯明想，城里人动员捐衣捐钱，相比较，大伙儿对捐衣裳更积极。谁家都有几包陈旧，乐得送给农民兄弟，就都送到赵大庆这儿来了，武装了一个曾经穿过戏装的生产委员。

赵大庆不谈他的穷困，他穷惯了，一切都成了正常。他所谈只是儿子和官司，这成了他生活的全部，成了“悠悠万事，唯此为大”的重要。对五十多年前的土地革命，发展生产，他已所记无多，连拿着规尺丈量土地、给各户地里钉橛子这样重要的细节也不记得了。这使得冯明访旧的内容大大打了折扣，与预期相差甚远。

走的时候冯明掏出了两千块钱，这是他能对当年的老战友表示的最大友情了。青女有着她自己的幸福生活，青木川除了赵大庆再没有人需要他资助了。一想到这儿，冯明竟有些伤感：能对昔日岁月还有记忆、有共同语言的人毕竟是越来越少了。

赵大庆艰难地站起来，坚决不要冯明的钱，说镇上每月给他和孙子发生活补助，饿不着。孙子的学费全免，有吃有穿，他已经很小康了。像他这样丧失了劳动能力，还能过这样的日子，很不错了。他不指望发财致富，发财致富是下辈子的事了。

冯明一边跟赵大庆推让一边上了窗口的木板。赵大庆把钱往冯明兜里塞，冯明一躲闪，一脚踏空，掉下来，脚脖子崴了，眼瞅着脚肿了起来。

赵大庆说，都怪我！都怪我！

冯明说，这回咱俩一样了。

冯小羽和许忠德赶到赵大庆家时，张保国和青女的女婿已经在了。青女的女婿正给冯明冷敷，说冷敷的水是用秦岭草药“透骨消”熬制的，保准首长晚上就没事了。许忠德说他家里有现成的膏药，待会儿给冯教导员拿过去，那膏药消肿止痛有奇效。以前魏富堂带着队伍在山里活动，一人发一贴，以备不时之需。张保国在旁边检讨自己的失职，说没有照顾好首长，实在不好向县上交代。说着找了把锹，三两下将堵在房门口的土铲了。

赵人民在旁边看热闹，他让张保国把土扔远一点儿，张保国说，你这小兔崽子不来帮忙还指挥我！又对赵大庆说，他们堵你的门，你就让堵？

赵大庆说，总得让人出出气。

张宾背着冯明回青女家，照旧走的是窗户。张保国说房门已经打开了，让张宾走门。张宾已经上了板子，索性跨了出去。

冯小羽发现张宾脚下的板子上“举案齐眉”几个金字赫然在目，便对板子仔细研究起来。匾上所署时间是“民国三十四年”，落款是“姜树茂率众贺”。“举案齐眉”显然是一块结婚志喜的匾额，从土改分到赵大庆家就当了床板，再没见过天日，彻底被人们遗忘了。赵大庆在“举案齐眉”上“举案齐眉”了大半辈子。

十七

瞿焕贞死了，两个儿子在床前咧着嘴哭得昏天黑地。三老汉踢了魏漱楷一脚说，傻哭啥子，你是长子，得赶紧张罗丧事！

魏漱楷呜咽着说，咋操办？

三老汉说，烧倒头纸，穿老衣，打棺材，挨家磕头去报丧，预备席面……

魏漱楷说，这么多事情，怎能做得过来？

青女说，这俩人哪儿经历过这个，他们爹死的时候，他们还在娘怀里抱着。

三老汉说，没经历过还没看过吗？

青女说，以他们的身份，谁家过事他们也不敢往前凑啊。

政府由张保国出面，政协委员许忠德挑头，为瞿老太太张罗丧事。瞿老太太不是政协的人，但是老太太的身份跟政协多少能沾上关系。镇上的几个女人，翻遍瞿焕贞的旧存，找不出什么像样的衣物，好衣裳都在土改时翻箱倒柜地分完了。在她那内容有限的箱子里，找出了一套年轻时穿的粗布淡蓝薄袄，上面绣着白色的茉莉花，便拿来给瞿焕贞套上，竟然依旧合体，倒显得很时尚，很新潮，让一张清瘦的面孔回归了年轻的模样，生动了许多。关于安葬，许忠德跟魏家的儿子商定按老规矩停放三日后与魏富堂合葬一处。

儿子们没有意见，一切都听凭镇上安排。

青木川的习俗，死在外头者不能入家门。瞿焕贞死在卫生院，不能进入魏家院落，便停放在卫生院的仓库里。两个木匠匆匆忙忙在院里打造棺材，刨花卷了一地，棺材板越刨越狰狞，让人看着有些触目惊心。青女的女婿找到李天河抗议，说在医疗部门做这样的事影响太恶劣，是寒碜医院呢。李天河说瞿焕贞是公众人物，偌大年纪，是喜丧，青木川镇的老人要都能活到这个份儿上，他卫生院的工作就算做到家了。青女女婿说李天河偷换概念，李天河说，就是两三天的事儿，闭闭眼睛就过去了。

张宾在卫生院仓库门口指挥着男人们挂幛子，摆花圈。除了镇上的花圈以外，顶显眼的就是佘鸿雁送的幛子。幛子上说的是风雨无情，落花满地，舅婆驾鹤西游的言辞。瞿焕贞的两个儿子穿着孝衣顶着麻袋跪在灵前，陪着来吊唁的人一遍遍磕头，规矩认真，一丝不苟。冯小羽在已不年轻的两个儿子身上看到了内敛，看到了岁月的印痕。几十年在父亲的阴影下生活，他们习惯了避让，习惯了退缩，习惯了忍耐和看人脸色。是的，一个魏富堂占尽了家族的英锐，用完了家族的精气，留给后人的只是难以言说……冯小羽还看到，魏富堂的儿子们身后还跪着佘鸿雁。不知什么时候他自主地进入了遗属的行列，泪流满面，悲伤而真挚。

青女从卫生院回来，坐在自家竹椅上放声大哭，直哭得浑身虚弱无力，眼睛也肿了。九菊看奶奶哭，也端了个凳子在旁边陪着哭，一老一少，高高低低，粗粗细细，哭得很有韵致。家中除了九菊以外再没别人，青女就哭得肆无忌惮，无遮无挡，十分地顺畅。奶奶哭得尽兴，孙女哭得高兴。瞿焕贞死了，青女辟出专门的时间，专门的心境，为她而哭。

许忠德挑水浇树苗，从青女家门口过，听见里面的哭声，停下脚步叹了口气，想进去说些什么，摇摇头走开了。他知道青女为什么哭。魏富堂向共产党投诚，是青女传递的信息，魏富堂的结局，与青女也有关系；瞿焕贞衣柜里那把手枪的揭发，让她觉得对不起死者……

丧事的忙乱使冯小羽忽略了钟一山的存在，待她想起一块儿进山的同伴时，才发现已经好几天没见到他了。冯小羽回想钟一山最后跟他们在一起是给林岚上坟，当时钟一山抱着花走在后头，还说了“记忆是最靠不住的，相信什么也不能相信记忆”这样的话。再后来呢，再后来钟一山上哪儿去了？

向张保国们打听，才知道夺尔跟随钟一山钻了老山林，镇上派了张宾和两个山民追他们去了，怕出什么意外。许忠德说不碍事，现在山里除了熊猫、金丝猴，豹子、黑熊已经很少见到。本来他是要跟钟一山一块儿去的，因了瞿焕贞的事，没走成，但是他给钟一山画了详细的图。冯小羽问什么图，许忠德说路线图。问是什么路线图，许忠德说是傥骆古道路线图。说傥骆道是长安通四川最便捷的蜀道，那条道上唐代的遗迹最多。作为唐王朝的逃亡路线，傥骆道是最值得研究的。钟一山在青木川盘来绕去，只能找到大熊猫。

冯小羽问钟一山朝哪个方向去了，许忠德说朝东北，老县城方向，走了两天了。那条道是傥骆古道的正路。青木川川道虽然也通四川，毕竟绕偏了两个山头，不能算正路了。冯小羽想，研究蜀道的终于走上了蜀道正路，不能算是白来。

冯小羽拿出从瞿焕贞屋里找到的照片让许忠德辨认。照片上是三个女子，一个年纪大的在前面坐着，后头还站了两个年轻的。年深日久，照片受了潮，半张发着黑霉，照片上的三个人只剩了两个半，仅能看个大概轮廓。许忠德将照片横看竖看，将花镜摘下戴上，折腾半天终于说，看不清楚。冯小羽让他再看看，许忠德说年轻的半张脸看着有些眼熟，像是……冯小羽问像谁，许忠德摇摇头说不敢妄说。冯小羽鼓励许忠德说出来，许忠德说……绝对不可能！

冯小羽问什么不可能，许忠德说不可能就是不可能。冯小羽让许忠德大胆说，许忠德死活不张嘴。冯小羽说，你不说我也知道，这个年轻女子是程立雪。

许忠德不置可否。

把照片给青女看，青女有些惊异，说她早年在瞿焕贞那儿见过这张照片，是刘芳托瞿焕贞保存的，没想到变成了这样。她指着正中比较完整的女性说，前面坐着的是刘芳的妈，后头站着的是她的两个女儿，刘芳和她妹妹。冯小羽说，哪个是刘芳，哪个是妹妹？

青女摇了摇脑袋。

冯小羽说，青木川的老人都很健忘，你们在集体地忘却着什么。

镇办公室接到县上电话，说美籍华人魏金玉和她的亲属三天后回青木川。

谁也没想到魏金玉会回来得这样快，都感到有些突兀。张保国说，前两天联系不上，现在说回就回来了，这就是美国速度了。咱们得抓紧了，首要的是让刘小猪腾房子，让院里的几户农民搬出去，将那些猪圈、鸭舍清理干净，让回来的人见到老屋不要反差太大。

李天河亲自出面，准备将刘小猪几户搬迁户先安置在学校礼堂，再择地盖新屋。他知道，搬迁户们百分之百会有意见，会提要求。这个工作得让干部们分头去做，做不通也得做，要公安配合，强制执行。魏家的人马上就到，搬家的工作量很大，得搞突击，还得找人清理院落……

李天河领着干部们来到魏家大院，远远看见门口站了许多人，除了院里的住户外，还有街面上不少看热闹的。让他吃惊的是，众人前头最显著的位置站着老干部冯明。李天河对旁边的张保国说，这老头在这儿干吗？

张保国为难地说，麻烦了！

想退回去是不可能的，干部们硬着头皮走过去，很亲热地和大家打着招呼，给大家散烟，点火，没有一点儿干部架子。刘小猪们不理会李天河们的热情。

张保国拿出晚辈的谦恭说，刘叔，魏家的人要回来，您和大家暂时让一让，体谅一下镇上的苦衷……政府不会亏了大家。

冯明说，你们的苦衷是损失群众利益，换取魏家人的好感。你们这样干，老百姓会有意见的。

刘小猪说，老百姓就是有意见！

张保国说，临时挪动一下总可以吧？

冯明说，不挪。

他后边的人立即应和，不挪！

张保国说这事好商量，搞旅游开发，是大家的事情，也是每一个青木川公民的义务。政府会给每一户迁移户批地补钱，让大家盖新房。

李天河说，将来新房子大家想咋样盖就咋样盖，猪圈牛圈灶膛想往哪儿安就往哪儿安，比现在的要实惠要好。弄个小二层楼也是可以的。幸福的生活在向你们招手，你们得迅猛朝前跑，不能犹豫不决。但是现在，要委屈大家一下，希望大家顾全大局。万事开头难，住礼堂是暂时的，绝对是暂时的，我以我的人格担保，到时给大家落实不了，兑现不了，我这个镇长就不当了！

有人小声说，镇长不当，去当县长了。

冯明说，乡亲都是通情达理的乡亲，没有谁不支持青木川的旅游开发，没有谁要赖在这座宅子里不搬。大家要的是实打实的承诺和兑现，空洞的“幸福生活在招手”抵不上房脊的半片瓦，解决现实问题比预约幸福更重要。

大家说冯教导员说得对，幸福生活必须得是看得见、摸得着的。

冯明说，镇上给搬迁户新批的宅基地在哪里，每户是怎么划分的，补偿的具体金额是多少，什么时候用什么样的办法发放到各家各户？

冯明身后的人立即说，我们拿到了钱才能搬！

也有人补充，那得看拿到多少。点到为止不成，撒胡椒面也不成！

冯明说，听到了吧，这就是群众的声音。柿子不能拣软的捏，做事情得有章法，当年地主恶霸的房子分给了劳苦大众，劳苦大众就有权对房子做主，这个账翻不过来！

后边人齐声说，永远翻不过来！

李天河对张保国说，这个老头子疯了吗？瞧这架势，整个一个农会代表，他现在可是真找着感觉了。

张保国让干部去叫冯小羽，让她把她爸爸赶紧弄走，别在这儿捣乱。有人说女作家拿着瞿焕贞藏的老照片在街上正找人对证呢。李天河埋怨张保国说，你怎让她把照片拿走了？没有照片她还想把青木川翻腾个底朝天呢，有了照片不知又会生出什么花样来！

钟一山依着许忠德的指点，出了青木川，顺着回龙驿往东，进入了傥骆道老县城地界。这里是原始森林，人迹罕至，是谜一样的地方。他们沿着隐约存留的古道迤逦南行，越走林越深，越走光线越暗。林间没有风，周围散发着陈腐的气息，层层的落叶，层层的苔藓，踏上去噗噗地响。天上是绿，地上是绿，周围全是绿。看不见溪水，却听到溪水在响，水被隐藏在绿色当中。树丛后面，林子深处，时时能听到羚牛的喘息、麂子的哀鸣，这里那里随处可见熊猫的粪便。林子是深得很了。青木川在哪个方位，钟一山早已辨别不清。古道沿途，有动物保护站设立的临时标志，是为巡山方便而立，沿袭的是古道的旧日名称：骡马店、蒸笼场、牌坊沟、三星桥、辛家寨、段家沟……从老名字看，这里过去应该是一条繁忙热闹的进川大道，今天，那些店啊、场啊、桥啊，一个一个都消失了，消失在这浓重的、抹不开的绿色之中，空留下名字，变作匆忙立上去的一个个木牌，插在有形无形的“路”边。路牌下，历史的沧桑在这里得到了体现，除了那些路标，任何一个人为痕迹都可以追溯到千百年前，都掩藏着一段故事。这让钟一山兴奋，让他停留，他说他在这里嗅到了古道的气息。

夺尔对考古没有兴趣，他跟着钟一山钻山是帮着钟一山背器材，和钟一山拉拢关系。走了没两日，便觉出了行装的沉重不是他这个准备夺诺贝尔奖的人所能承受的，心里满是后悔。有了退缩的心，夺尔便常常落在后面，开始磨洋工。钟一山走出好远，不见夺尔跟上来，回去找，发现他不是在石头上躺着就是在路边歇着，把博士弄得急不得，恼不得。钟一山带的有限的肉夹馍，在夺尔毫不留情的进攻下，过早地呈现出危机状态，以致钟一山不得不自己背着粮食袋子，采取定食定量政策。两天后，张宾带着山民赶了来。有了粮食和接替，夺尔便空着手跟着大伙儿走路，跳上跳下，轻松自在，一路上摘了不少花，作了不少诗。在夺尔的诗里，唐朝公主和他们一起穿越林海，风餐露宿，是他们中的一员。大家休息，夺尔便要朗诵他新作的诗，说他跟着美丽的公主在林子里飘荡追逐，爱意缠绵，在山涧清水里洗浴，在绿草如茵的河边舞蹈，乘长风驾雾气，被薜荔驭虎豹，呼风唤雨……

张宾说公主是有了男人的，夺尔这样是第三者插足，招惹驸马，自己找死。

这天，几个人在溪水边歇息，从保护区插的标志看，这里的名字叫“庵众”。如同沿途那些牌坊沟、骡马店、蒸笼场的名字一样，“庵众”就是“庵众”罢了，在深山里一个没有任何特色的地界。大家喝着溪水吃着干粮，谈论着下午赶到老县城歇息的话。张宾说到了老县城一定要让动物保护站的炊事员给下锅长面，多放辣子多放醋，汤面上要漂着香菜蒜苗和葱花，一人再来块热锅盔，一咬掉渣……听得人口水直流。在热烈的谈论中，钟一山发现树林里有一片相对平坦的地域，走过去看，见树丛里横陈着一块巨大石头。细细辨认，认出那是一块残了的碑。石碑被绿苔覆盖，跟杂树混成了一个颜色。树丛背后是个宽阔平台，是房子的地基，南侧有石条铺就的台阶和圆形的雕花柱础，台阶前两株紫柏巍峨地挺立着，显示出这里曾经有过的肃穆和庄严。平台的后边是个长满灌木的土堆，一座砖塔，坍塌得寻不出本来的模样。这一切全部隐藏在浓密的杂树中。钟一山立刻断定此处曾经是一处庙宇，一处很排场很有级别的庙宇。一山民说，后头那土包看着像坟，钟一山说，不是像，应该就是。

石碑上的绿苔被钟一山小心拂去，一双手抠得绿迹斑斑，划了几道口子。几个人要上去帮忙，钟一山不让，说这样精细的工作非受过专门训练的人不能为，他们上手，只能添乱。

大家就坐在河边聊天。一个山民说他年轻时下套套獐子，来过这里，可从没发现这里还有庙。另一个说，他爹当年送魏老爷的大小赵上西安，就是在这儿被杀了的。魏老爷派人来，将亲兵和大小赵的尸首没往回运，就地掩埋了，那个大冢说不定就是他们的坟。这么一说，大伙儿不由得往一块儿凑了凑。

那边，钟一山已将碑清出眉目，喊大家过去看。大家过去，见碑面上“唐安寺”几个字赫然于目。夺尔夸赞字写得好，有书法家启功的神韵。张宾让夺尔再不要露怯，说启功是当代书法家，在北师大当教授，刚刚去世，怎可能到深山来写碑，这碑少说也有上千年了。夺尔讪讪地给自己找台阶下，说不过是个山间小庙罢了，没什么了不起。钟一山说，可不能小瞧了这座庙，碑额上有盘龙，是跟皇家有着瓜葛的庙，不是一般山村野庙。钟一山这么一说，大家立刻对身后的断壁残垣有了许多敬重，张宾说在青木川多年，从没考察过内里的文化，看来林子里满是历史，大有文章呢。夺尔说墓冢里准有宝贝，改日叫人来挖，就能发大财。张宾说私自挖墓是犯法，你这边一动锹，那边保护区的警察就会出动。你进入保护区，一举一动都在人家的监控下呢。夺尔说，我们也没动他们的山鸡兔子，也没抽烟点火，他们是野生动物保护区，不是野生文物保护区，管不着咱们。挖这个无主的墓冢，更没有家属来追究责任。把老先祖撂在林子里上千年不管，这后代也够有出息的了。

张宾说所有地下的宝藏都属于国家，个人无权占有。夺尔说，以你的说法，魏老爷在地下的烂骨头也属于国家了。

钟一山建议大家齐心合力将碑身翻过来，说重要的内容是记载在碑的背面的，只有看了碑文，才能弄清楚“唐安寺”是怎么回事。两个山民围着碑转了几圈，表示为难。夺尔说，偌大石碑，别说他们几个，就是再来几个也无法翻转这块汉白玉石头。

张宾说他有办法让石碑翻身，只需在碑的一侧挖个坑，到时候，人不翻它，它自己也会翻。大家都说这主意好，夺尔率先蹲在旁边开挖，只挖几下便站起来，说手疼。大家这才知道，没有工具干这样的事情几乎是不可能的。钟一山坚持要挖，大家只好找来树枝、石片，连掘带刮，天快黑了，还没挖下去十厘米。

月亮从东面山崖上升起来了，钟一山还没有罢休的意思。几个人喝了山泉，吃了几口馍馍，都躺在平台上累得不想动了，碑旁边剩下钟一山一个还在不停地劳动。

张宾枕着挎包仰望夜空，眼睛随着一颗卫星在移动。从西北到东南，卫星走得沉稳缓慢，他思索这颗卫星是谁放的，上边肯定没人，有没有狗不一定。他看卫星是那么小，那么亮，卫星看他不知是什么样子。杂志上说，从卫星上往下照，连老头坐在树底下抽烟，那烟卷是什么牌子都照得一清二楚。神了！

那边，钟一山吭吭的声音清晰地传了过来。夺尔说，这博士还真有股拗劲儿，狗熊似的，不见棺材不落泪。

张宾说，有时候我们缺的就是这股拗劲儿，咱们的脑子也是太灵活了点儿。

一山民说，我在这儿躺着觉得别扭，当年我爹就是在这儿这么躺着，看着头顶的这块天咽下了最后一口气，现在我怎么也躺这儿啦？见鬼，我爹可是死得冤，他老人家死时我还不会走路！

夺尔说，你爹来了当然先勾你，你爹在墓冢里缺个挠背的。

山民骂夺尔，说大小赵在坟里正需要个汉子暖脚，夺尔年轻，火力壮，是最佳人选……

几个人你一言我一语地调侃，听得那边轰隆一声，纷纷坐起来看，原来钟一山用木头做杠杆，硬是把碑翻过来了。大伙儿跑过去，月光下，只见碑的另一面一片昏暗，什么也看不清，用手摸麻麻扎扎甚不清爽。夺尔说怕是没戏，张宾说，有戏没戏明天天亮再说。

山民们说，博士能把碑翻过来就是伟大胜利。千百年来，碑的那一面就没见过天光。

大家都回到平台去睡觉，钟一山不睡，还坐在石碑旁边守着。张宾说碑也跑不了，睡觉是为了明天更好地工作。钟一山还是不过来。夺尔说博士的思维模式古怪之极，用正常人的头脑无法理解，由他去好了，说不定明天他会把这块碑背到青木川去。

早晨众人醒来，却见钟一山已将碑面清理得干干净净，借着晨光在给石碑照相。张宾等人过去看，见碑的背面刻满了字，没有标点，谁也断不下句子，只好请教钟一山。钟一山说这个碑记的是兴元元年皇上给他的大女儿唐安公主修庙的事。大家问兴元元年离现在有多远，钟一山说大概是一千二百多年。

公主的名字叫唐安，所以寺庙叫唐安寺。

张宾说，金枝玉叶的公主怎会到了深山老林?

钟一山就给大家读那碑文：

皇唐唐安公主，今上之长女，东宫之同母妹，元妃王氏所生也。逮年甫有行，礼及厘降，锡之美号，是曰唐安。同姓诸侯，即开汤邑，高车使者，且择勋华，聿求令族，方系韦氏。属殷忧在运，銮跸时巡，缭绕江山，逶迟禁辇，公主有疾不言倦，孝以安亲。兴元元年三月十九日薨于秦岭之行在，春秋廿有三。上爱女，悼惜之甚，建寺筑塔厚葬……

张宾让钟一山不要念了，说大概意思已经明白，唐朝皇上带着一家来这儿旅游，他的大闺女唐安半道上得了病，怕爹娘分心，也不说，后来死了，就埋在了这里。这个唐安二十三岁，是东宫太子的亲妹妹，还带了个姓韦的驸马，对吧？

钟一山说没错，不过不是旅游是逃难，是德宗皇帝为躲避京城大臣朱泚的造反，涉长谷，越高山，践险路，履冰霜，历尽万险千难到了这里，失去了自己的女儿。

当日，钟一山将众人打发回青木川，自己背着行李奔汉中去了，说是要查寻相关的历史资料。

魏金玉回青木川是当地一件大事，李天河们组织了小学生到桥头去欢迎。小孩子们晃动着红纸黄纸做的花束，在志愿者王晓妮老师的指导下练习着“欢迎欢迎，热烈欢迎”的口号。带有陕南口音的普通话，在老师跟前总是过不了关，女老师耐心地一遍遍纠正他们，是欢迎的“迎”，不是银行的“银”。小孩子说出来还是“欢银”，改不过来。

张宾显得有些疲惫，从山里刚钻出来又领着几个人将招待所的两间房子重新粉刷、布置，挂上了嫩绿的新窗帘，摆上了新台灯，派人连夜从县城宾馆借来了洁白的被套枕套，将满屋子喷足了玫瑰花气味的清新剂，又把走廊上的公用厕所用硫酸刷洗干净，用锁头锁了起来……这是美籍华人的下榻之处。张保国担忧美籍华人对蹲坑不适应，要是因为茅坑不理想而撤资，对青木川实在是一大损失。李天河说，他美籍华人未必没蹲过坑。

刘小猪们的房子处于僵滞状态，谁也没有本事在几天之内做通搬迁户的工作，更何况这些人的前头还有冯明这堵坚硬的挡风墙。镇上通知搬迁户们，暂时可以不搬，但是各家要把自家的房子收拾利落清爽，人家回来看，满院子是猪屎牛粪不成。刘小猪改了首民歌，叫他的孙子坐在门口唱：

> 太阳出山么晒脊梁，魏金玉她回乡来算账。
>
> 要算咱就好好地算，咱种的田来咱分的房。
>
> 万般做事要把理讲，美籍名头只能吓唬狼。
>
> 共产党给我撑腰杆，走遍中国咱们胆气壮。

谁听了这首歌谁都想笑，说刘小猪这个人看着笨拙，其实有内秀，是青木川的人才，可惜内秀没有充分发挥出来。李天河们对刘小猪的歌无可奈何：人家唱错了吗？没有，句句唱在理儿上。太阳出山能不晒脊梁吗？不能。有党撑腰，老百姓胆子能不壮吗？肯定壮。人家唱的是“共产党给我撑腰杆”，没唱“冯教导给我撑腰杆”，挑不出刘小猪一点儿错。

对魏金玉的回乡，许忠德、魏漱孝、三老汉们表现得很平静，他们在“众议院”甚至没有发表一点儿议论，连说也懒得说。据冯小羽分析，他们不是懒得说，是有意地回避，是没有勇气面对即将发生的事。至少，在他们的内心尚没有准备好。

欢迎的人群聚集飞凤桥头，要一睹美籍华人风采。老年精英们几乎没有谁在人群里出现，他们甚至连“众议院”门口也没有去。

许忠德站在自家开办的中药柜台后头，看冯小羽玩弄着从头上吊下的一卷纸绳。被她揪下的纸绳在柜台上堆成一堆，乱作一团。

听着外面热闹的锣鼓口号，看着在写满黄连、白芷标签的小抽屉前神思走得很远的许忠德，冯小羽有种感觉——随着魏金玉的归省，青木川五十年的扑朔迷离将揭昭于世，那铁桶般坚固的同盟，亦将瓦解。

许忠德说，这些纸绳山外头早已不用了，我也只剩了最后几卷。

冯小羽一听，赶紧站到凳子上，把纸绳缠到了线轱辘上。

许忠德侧着耳朵听了听，说人已经到了。冯小羽问何以知道，许忠德说在响鞭炮呢，炮仗一炸就说明人已经到了。冯小羽说许忠德一定盼着快点儿见到魏金玉，许忠德说他不想见魏金玉，他想快点儿见到钟一山，他要证实“唐安寺”的事情，这是他上大学时就做的一个梦，要不是回来陪魏富堂，他早把唐朝两个皇上跟这条道路弄清楚了，哪里轮得上姓钟的。冯小羽说，要是没有许忠德的提示，钟一山或许还在青木川转圈圈，唐安寺的发现许忠德功不可没。这么一说，许忠德便有些得意，说要是真实不虚，他就在政协会上给政府提个建议，要把唐安寺好好保护起来，至少那块碑得进博物馆。扔在荒山野岭，对不住唐朝的皇上。

冯小羽说，现在您得回答我一个问题。

许忠德说，你的问题太多。

冯小羽说，给魏富堂收完了尸，谢静仪究竟去了哪里？

许忠德的脸色立刻变得灰暗，为掩饰不自在，转身拉开茯苓抽屉，信手在里头翻腾，抽屉里腾起的白色粉末呛得他咳嗽起来。

许忠德说，你为什么非要问这个？

冯小羽说，因为我看到过她被劫持到青木川的报道，我要给这个人画一个完整的句号。

许忠德说，没有谁劫持过谢校长，谢校长是自己来的。

冯小羽说，到现在您还替她瞒着。这个谢静仪，程立雪，她根本就没离开青木川！

许忠德说，胡编啥子哟。

跟美籍华人一块儿回来的钟一山下了汽车一路小跑，进了许忠德的小药铺，拍着手里的电脑嚷着，都在里面！都在里面！

许忠德迎上去，让钟一山快打开机子，他要看资料。钟一山在药铺的柜台上打开了电脑，有几个从桥头回来的后生也进了药铺，要看博士的小电影。屏幕上出现了唐安寺遗址，一片苍茫浓郁的绿，几截横陈的石条，两棵疲惫的古柏，一个若隐若现的高台……有后生说，这样的地方山里到处都有，没甚新奇。紧接着，画面上出现了被绿苔覆盖的古碑，有人说这是“庵众”，他挖猪苓去过这儿。草丛里，破砖烂瓦有很多，阴天下雨能听到鬼哭。立刻有人补充说那是大小赵在叫屈，十几口人就死在了庵众，庵众的阴气太重，那些怨气至今化解不开。

屏幕翻过一页，碑面上“唐安寺”三个大字被清理出来。许忠德激动地用手摩挲着电脑屏幕说，只知道傥骆道上有“唐安寺”，却没想到是这里。“庵众”“庵众”，分明是“安冢”，是唐安公主的坟墓，千余年硬是被叫转了音，我竟然没往这儿想！

都知道老头子是学历史的，大家让许忠德说说长安的公主如何进入了深山老林。许忠德说是因了德宗的“建中之难”。唐建中四年（783年），大臣朱泚造反，皇上的泾原军倒戈于京城，唐德宗仓皇出逃，带着皇太子，王、韦二妃，唐安公主等百余人由长安西行入骆谷，进入傥骆道，向汉中方向奔逃。时值冬日，地冻天寒，滴水成冰，皇上带着他的嫔妃、皇子、皇女，行走在老林里，前有险路，后有追兵，车用不上，轿无法抬，谁也代替不了谁。金枝玉叶们面临着空前绝后的生死考验。最先倒下的是德宗的大女儿唐安。唐安是元妃王氏所生，和皇太子是同胞兄妹，为德宗之最爱。公主二十三岁，已经出嫁，所以逃难的队伍中还有她的丈夫韦宥和怀抱中的小女儿。公主一家三口随着皇帝穿林海翻高山，被拖得气息奄奄，最终死在半道上。

钟一山将电脑点到一处让许忠德看，是一段唐代历史记录：

> 缭绕江山，逶迟禁辇，公主有疾不言倦，孝以安亲。庚寅，车驾中途，唐安公主毙。上爱女，悼惜之甚，欲为公主厚葬。臣姜公辅进谏，山南非久安之地，公主之葬，会归上都，宜俭薄，以副军需之急。上怒，将公辅贬官，为公主修砖塔，造高冢，建寺庙，为唐安寺，冢称“安冢”。

钟一山和许忠德都为此而激动。钟一山说贞元十五年（799 年），唐德宗将死在傥骆道上的唐安追册为“韩国贞穆公主”。给公主赐谥号，唐安是第一人。

这于钟一山是个不小的收获，由唐安推及傥骆道，历史的古道在山林里更加清晰具体。

风雨桥头，从汽车里走出了魏家大女儿魏金玉。时隔近六十年，人们觉得眼前的妇人与头脑里的形象相差甚远。魏金玉满头浓发，波浪翻滚，银白如雪，没有一根杂色。茶色眼镜后面，当年秀美的眼睛多了些疲惫和沧桑，让人追寻到当年朱美人的影子。保养得很好的面容尽管点着红唇，终也掩盖不住松弛的下巴和鬓角隐隐若现的老年斑。衣裳是休闲装，脚上是旅游鞋，这身不显山不露水的装扮，让魏金玉在故乡的出现变得含蓄而低调。

随着魏金玉出现的是她的丈夫于四宝。当年的胡宗南副官变作了耄耋老人，头发秃顶，动作迟缓，风流不再。于四宝被一个中年人搀扶着，颤颤巍巍下了车，如果没有手里拐杖的支撑，大概随时都会倒下。中年人高个，微胖，短平头，一身笔挺西装，目光犀利，面容严峻。人群中有人惊呼，魏富堂！

酷似魏富堂的人是魏金玉的儿子，也就是魏家的嫡亲外孙。外孙朝人群挥挥手，风度里带着他姥爷的范儿。鞭炮响起来，小孩子们在王晓妮老师的指挥下用英文唱起了《青川之风》。孩子们唱得真挚而热烈，其中有赵大庆的孙子赵人民。赵人民穿着崭新的白衬衫，戴着红领巾，衬衫是英语比赛得的奖品。

熟悉的旋律让魏金玉激动，掏出手绢不住地擦眼睛，拉着王晓妮的手一遍又一遍地说王晓妮真像谢校长。李天河说了王晓妮的身份，魏金玉说当年的谢静仪就是教育志愿者的大先辈了。

魏金玉四下寻觅，李天河将隐在人群之中的魏漱楷和他兄弟推到前面，告诉魏金玉，这就是她的两个弟弟，明前和雨前。他们是青木川的好百姓，勤快朴实，一顶一的善良人。魏金玉伸开双臂，将两兄弟揽在怀中，三个人头抵着头，站在阳光下半天没有说一句话……

清爽的风从金溪河面轻轻刮过来，穿过廊桥，从已经不再年轻的三个人身上拂过，远去了。

魏金玉一手拉着一个兄弟，站在桥头，面对着青木川的青山绿水久久地站立。一切都是老样子，一切又都很陌生。流溪竹林，白墙青瓦，高大的树木，带篷的廊桥，似乎都停滞在五十年前。红砖的小楼、蜿蜒的公路、周围人举着的闪亮手机、山高处的电视信号接收塔、鲜艳的花坛，又让她惊异，让她目不暇接。她迈上风雨桥，桥上的青木川人闪出了一条路，虽然在礼仪上不失热情，可也都感到了彼此之间难以跨越的陌生。谁都知道，魏金玉是在她父亲生死攸关的时刻离家出走，投入情人怀抱的。“哀哀父母，生我劬劳”，甭管这父亲是好人还是坏人，这让青木川的乡亲多少有些看法。青年们私下思忖，魏金玉为了她身后那个伸展不开的糟老头子于四宝，背离亲情，抛家舍业，几十年背井离乡究竟是值还是不值。

照例是接风的酒宴，水陆纷呈，珍馐备具。这回接待，饭桌上除了干部和魏富堂尚存的部下、亲属外，还多了青女和冯小羽。那个自称外甥的佘鸿雁很自觉地没有出现。

冯明也受到了邀请，但是冯明照例没有参加。

席间，魏金玉吃得很少，却不住地往丈夫碗里夹菜，腊肉、嫩笋、青川鱼，把于四宝的碗里堆得往外流。于四宝努力地吃着，喃喃地说几十年没尝到这个味儿了……大家有意无意地回避着枪毙魏富堂的话题，所说多是青木川的山水风情。话题过于浮浅，不能深入，都觉得这顿接风酒喝得不够透亮。李天河请魏金玉饭后到老宅去看看，顺便讲了开发青木川旅游的计划。魏金玉说是要去看的，又问她当年住的屋还在不在。李天河问哪个屋，魏金玉说就是偏院墁着花砖地的三间屋。李天河没反应过来，张保国低声告诉他，就是刘小猪住的那三间。李天河对魏金玉说那房子正在腾，准备要大修，安置一些现代设施是必要的。

魏金玉说，房子也不必腾出，还是让人家住着好。房子跟人一样，老没人住就没了人气儿，没了人气儿很快就坏了。

李天河说，您将来还是要回来住的呀。

魏金玉说，我还会回来住吗？

张保国接上说，叶落归根，要回来的，一定要回来的。

魏金玉突然泪光闪烁说，叶落归根……我的根……让我自己给拔了。

李天河说，我们正在努力恢复，青木川永远是您的家，您想什么时候回来就什么时候回来。

魏金玉说，我离家，把我爹气坏了。说自己当年还是年轻，不懂事。父亲到路口堵截她，其实她就在青木川，很长一段时间她和于四宝跟着姜森在山里周旋。有一次，她晚上偷偷溜回家里，站在父亲的窗前，看着父亲的身影，泪流满面，默默地请求父亲的原谅。说到这里，魏金玉指了指许忠德说，这些许主任都是见过了的，他偷偷劝我回来，我怎么能够？四宝的命还在人家手里攥着……

许忠德面无表情地坐着，好像魏金玉所说与他无干。

冯小羽想，这只老狐狸，真是隐瞒了太多的事情。

冯小羽问魏金玉是什么时候离开青木川的，魏金玉说是和胡宗南的骑二旅一块儿离开的。姜森到重庆去了，她和于四宝脱离了姜森的队伍，离开了大陆。四宝是个厚道的人，魏金玉看着正在认真消灭菜肴的丈夫说，当时我爹看不上他，是没看到这个人的内里。四宝，我们是从什么时候开始恋爱的？

于四宝停止了咀嚼，端起茶杯喝了一口说，是在你们家厨房，看你们家的厨子老陈做叶儿粑粑的时候。

饭桌上，许忠德等老人们都注意到了于四宝端杯子时那高翘的兰花指，大家心里立刻涌起一股腻歪，几十年前的腻歪，对魏金玉紧接而来的有关她与于四宝的爱情阐释也听得大大打了折扣。而作为魏金玉，她知道，有关她与于四宝的事情是必须要对乡亲们做出交代的。这是对青木川、也是对她的父亲的解释。她在有生之年还要回来，大半也是为了这个解释。

1949 年 11 月，解放军攻克汉阴、石泉，迅速渡过汉江，解放了西乡、洋县、城固。胡宗南在陕南设计的三条防线相继崩溃，胡部仓皇向四川撤退。那是一种兵败如山倒的逃亡，车马人流混杂于途，通川山路尘烟滚滚，遮天蔽日。青木川东面的回龙驿，道路盘曲，山险路狭，一侧为峭壁，一侧为深渊，让人望而生畏。除非万不得已，一般人进川，不走此路。胡宗南南撤，选择这条地僻人稀的险路，为的是躲避解放军的追击。

胡宗南的车队一路颠簸摇晃，随着道路的蜿蜒甩来甩去。二师师部的王福开着卡车，紧紧地跟在师长的吉普后面，前面车腾起的灰尘一阵阵钻进驾驶室，把车里的人弄得灰头灰脸，土猴一般。驾驶室里还坐着他的助手胡汉江和师长的姨太太盛玉凤。盛玉凤怀里抱着包袱，脚底下蹬着木头箱子，占据了很大一块地方。王福和胡汉江都知道，包袱和箱子里是姨太太不能丢弃的宝贝，是比他们性命还重要的东西，在开车时便多加了小心。卡车前面的吉普车里坐着师长和大太太，车上暖壶里有热茶供应，包里有点心预备，自在舒适，这让盛玉凤心里不能平衡。不平衡的表现是开始挑卡车司机的不是，说王福不好好开车，专往坑里开；说王福的方向盘抡得太猛，成心甩她；说胡汉江挤了她，一身的汗味儿熏得她不能呼吸……

中午，车队在姚渡打尖休息，盛玉凤寻到师长丈夫诉苦，说司机助手胡汉江在路上对她多有非礼，借车辆颠簸转弯之际多次摸她的胳膊大腿。盛玉凤的目的是希望师长怜香惜玉，将她安置在前面小车上，却不料师长让盛玉凤下午继续乘坐卡车，并不通融。盛玉凤使出了撒娇哭闹的本事，将胡汉江"吃软豆腐"的细节诉说得更加绘声绘色，师长仍是不肯答应让她换车。打发走盛玉凤，师长悄悄交代手下，到了前面广元，立即将胡汉江秘密处决。一个普通士兵敢偷偷占师长姨太太的便宜，实在是活得不耐烦了。后面的行程山大沟深，道路奇险，作为师长，保护住面子、稳定住军心是非常必要的。

蒙在鼓里的胡汉江，还在擦车，给汽车添水，忙得不亦乐乎。王福匆匆走过来，将胡汉江拉在一边，让他赶紧离开车队，越快越好，越远越好。胡汉江觉得莫名其妙，不想离开，一个劲儿问师傅为什么，王福说，让你走你就走，甭再多问！

胡汉江说他跟着师傅学手艺，要是哪儿没做好，师傅打也成，骂也成，就是别赶他走。王福低声说，逃命要紧，快走吧，别让人再看见你！往后，你能记着师傅就成，师傅家在河南南阳王家坨，家里一个老婆，一个儿。儿六岁，大名王有田，小名臭蛋……

胡汉江只是看着师傅发愣。

集合出发的号子响了，车辆纷纷发动。盛玉凤挎着包袱，满脸沮丧地向车子走来。王福急得汗也下来了，催着胡汉江说，快走啊，你！

胡汉江说，师傅您不走吗？

王福朝胡汉江猛踹一脚，大喝道，你个龟孙，滚！再不要回来！

胡汉江没提防师傅这一脚，一下没站稳，顺着山坡溜下去了。

汽车队出发了，胡汉江吃力地往上爬，嘶声喊着师傅，可是师傅的车随着大队摇摇晃晃地远去了。胡汉江站在半坡，看着渐渐消逝的烟尘，哇哇大哭。他到底也不明白，一顿饭的工夫，师傅为什么突然对他变了脸。

胡汉江还没有走出山沟，就得到了前边车毁人亡的消息，掉下山涧的正是他的师傅王福驾驶的那辆卡车。胡汉江知道，凭师傅的本事，绝不至于把车开到山崖下头去。师傅拼死地赶他走，是给了他一条生路，看来师傅王福心里是有想法的。胡汉江朝着剑阁方向恭恭敬敬地磕了三个头，含着眼泪朝山外走去。

全国解放，河南王家坨的乡亲们知道了，臭蛋的爹死在了外面。从陕西过来个姓胡小伙儿，自愿入赘王家，不计较臭蛋家穷，不计较臭蛋娘大他七岁，胡姓小伙儿将臭蛋当作了亲生，安安心心跟王家娘儿俩过了一辈子，直到2001年去世。这是后话了。

向王福偷偷透露消息的人就是于四宝。他觉得王福是个义士，是值得敬佩的人。在王福尸体前，他用那高翘的兰花指，毕恭毕敬地上了三炷香，至于旁边那具丑陋的女尸，他却是连看也没看。同样为此事感动的还有魏富堂的千金魏金玉。让魏金玉感动的不是舍身救徒弟的王福，而是向王福透露消息的于四宝。通过这件事她认定于四宝是个仗义、正直的好男人。

爱情从此开始，朱美人的女儿感情之炙之猛让人无法招架，可谓“万曲不关心，一曲动情多”。魏金玉决心为这个男人一条道走到黑，任谁也拽不回来了。就跟父亲绝情，就私奔，就留下了莫大遗憾。

魏金玉问起了被父亲吓跑的杜国瑞，三老汉说杜国瑞在广坪暴乱的时候牺牲了，埋在杜家坝。他爹作为地主恶霸土改被枪毙，爷儿俩都被埋到了自家坟地里。解放以后因为杜国瑞兄弟是中国汽车制造方面的专家，他本人又是革命烈士，所以他反革命爹的墓碑，令牌帽子戴得老大老高，让青木川所有的老人羡慕。

冯小羽觉得这是一笔糊涂账。

也有人听出三老汉的话是甩给魏金玉听的。

魏金玉很郑重地对三老汉几个人说，她也要给她的爹戴令牌。

三老汉用眼睛巡视桌上的几位老人，大家不动声色地交换了目光，面色都有些严峻。末了三老汉不紧不慢地说，魏司令是我们的老上级，我们跟司令是有着生死交情的。魏司令从王三春的铁血营撤回来，在青木川安营扎寨种大烟组民团，我们都是死心塌地跟着干的。司令的心思我们都明白，娶了一房又一房，为的就是将来给自己挣个令牌。按说我们应该替司令争来些脸面，争些光彩，可是规矩终归是规矩……

李天河说规矩是可以改变的。那些老旧的东西该突破就要突破，现在一切都要为经济建设服务，为青木川的明天铺路。张宾说令牌碑本身就是老旧，就应该剔除。要不都把帽摘了，要不就都戴上，别搞那些三六九等……话没说完，被张保国狠狠瞪了一眼。张保国说修令牌碑是对文化的推崇，是激励青木川人学习奋进的地域传统文化，从正面理解，它的存在还是有积极意义的。

魏金玉说她知道她的资历不够，说到底也就是个高中毕业，让大家为难了。可她的儿子是耶鲁大学博士毕业生，现在专门搞电脑软件开发。外孙给外公修令牌碑是绝对说得过去的。说着把一直坐在角落里没说话的中年人介绍给大家。中年人向老人们点头，说着请乡亲们关照的话。外孙说国语，发音不同于说普通话的冯小羽，也不同于满是现代词汇的王晓妮，他的话让人们想起了谢静仪，想起了一个遥远的年代。其实大家一进来就看到了角落里的魏富堂外孙，对方酷似魏富堂的相貌让在座的老人们感到不自在。魏富堂在临死的时候应该就是这个年纪，仿佛时光绕了一个圈，大家都变了，只有魏富堂还是原来的样子，在一旁一言不发地看着大家。

青木川老人们在饭桌上对魏富堂外孙的微妙态度，让冯小羽找到了当年的魏富堂。魏富堂在她的脑海里再不是虚幻的符号，变作了实实在在的人。

这倒显得魏家的亲儿子魏漱楷和他兄弟好像成了局外人。两个人拘谨地坐着，不说话，不喝酒，偶尔夹一箸菜，搁嘴里嚼半天。

魏金玉提出了修令牌碑的事，大伙儿不好再说什么。虽说此地没有外孙给外祖父立令牌碑的先例，但转念一想，外孙毕竟也是魏家后代，修令牌碑是魏富堂生前一辈子的追求，为这个还曾经和施秀才闹翻过，让外孙子立令牌碑说不过去也便说得过去了。魏漱孝还没完没了地追问外孙子姓什么，想的是于四宝若是入赘了魏家，那自然另当别论。魏金玉说她的儿子姓埃德加，大家都傻了眼。

李天河说，令牌碑要修，碑文要写。将来旅游者来了，魏富堂的墓地肯定有人要去，要在这上面做些文章。又转过身对冯小羽说，林岚的墓也要修，要大修，还要塑雕像。杭州有女侠秋瑾的墓，成为人们必到的凭吊之处。青木川的林岚是比女侠还要女侠的。我们不缺资源，缺的是创意！

半天没说话的于四宝问起了老乌，这使冯小羽想到于四宝过去的身份。他竟然还惦记着他的国民党“战友”。许忠德的回答简简单单只两个字，死了。

于四宝追问是怎么死的，三老汉说是自杀，拿枪打了自己的脑袋。郑培然马上纠正说是解放军打碎了他的脑袋。魏湫孝说，是同时，同时。

许忠德说，那个人和刘芳一样，死有余辜。

魏金玉问起谢静仪谢校长，饭桌上立刻冷场，几个老人都低下了头，用眼睛的余光互相扫荡。冯小羽的神经也莫名其妙地提起来，她知道，藏了几十年的宝，到了最后该揭盖的时刻。

没有人说话，大家的目光最终都落在了许忠德身上。

许忠德拿筷子翻弄着盘子里的荷叶排骨，任着魏金玉期待，冯小羽紧张。

郑培然沉不住气了，酒杯一蹾，身子往椅背上一靠说，实话实说算了！

魏湫孝先看了许忠德一眼，才对郑培然说，那你就说。

郑培然说，让我说，你怎不说？你是怕不得好死。

魏湫孝说，你才怕！

李天河让不要争了，说就让老许说，有什么说什么，不要隐瞒，都是青木川的人，谁也不会见外。

三老汉也鼓励许忠德，说还是让参谋主任说，七八十的人了，还怕什么呢？什么也不怕了。

许忠德放下筷子，看着大家，平淡地说，死了。

魏金玉说，我料到她活不长久了。

冯小羽说，你们一直说谢静仪走了……

郑培然说，那是因为谢校长死得不自然。

问怎的不自然。

郑培然说，是自杀。

谢静仪的病大家都知道。

1949年，谢静仪初时只是腹部微微不适，并没在意，后来添加了腹疼腹胀，至晚心烦意乱，五内烧灼难耐。谢静仪私下向魏金玉说了，魏金玉不敢拖延隐瞒，让父亲找来大夫诊病。瞿家老三是宁羌医院大夫，回来探亲，给谢静仪看过病，说校长的病是神失守其位，气机紊乱，水饮停蓄，瘀血阻络，需到大城市医治才行，在青木川怕是要耽误了。瞿家老三看完病，未开药方，只是敦促校长尽快离开。魏富堂估计校长已不能骑马，预备了滑竿，准备送她回汉中住院。谢静仪不走，她知道自己的病大概是很麻烦了，到汉中未必能救得了命。

横竖是终结，在哪里都一样。

大夫的“神失守其位”“气机紊乱”倒是都点在她的病根上。几日来，她的心时时地牵扯到绵延的秦巴山中，那里有她的手足，有她的同胞姐姐刘芳。自刘芳到达青木川，她更是一刻不能安宁，不能消停。她太知道这个性情冷酷、禀性暴戾的大姐了。

刘芳原名程立珊，大学毕业后在国民政府军事委员会息烽行辕工作，是军统中的一员。息烽说是行辕实则是监狱，是国民党关押共产党和进步人士的地方。重庆的望龙门监狱被国民党称为“小学”，渣滓洞、白公馆称为“中学”，息烽则是“大学”。案情重大者从“小学”转囚于“中学”，再转囚于“大学”，用他们的说法是“升学”，被处死就是“留学”了。行辕内的“工作人员”个个是杀人不眨眼的刽子手。

1945年，国民政府教育督察霍大成来视察陕南教育。霍大成坐着汽车艰难地行驶在山道上，旁边坐着他的妻子程立雪。程立雪执意跟随，心里藏了寻找大姐程立珊、动员其脱离政治回转北京的计划。督察的车行至回龙驿，道路越发难走，司机畏于山道艰险，几次停车，建议霍督察步行。霍大成不干，司机只好勉强前行。李树敏袭击教育督察的车辆，完全是误打误撞。

1945 年的李树敏明里是校长，暗里是土匪，是一个人格截然分裂的人物。正值寒假，这天李树敏领着一帮“弟兄”在山里猎熊，见山道上来了晃晃悠悠的汽车，就动了“消遣”的念头，用枪瞄了前头的司机。司机看路中间站了个拿枪的，惊呼有人劫道。话音未落，枪声已响，血花飞溅。汽车横在路上，霍大成看司机被打死，知道遇上了土匪，开门企图逃走。匪徒们从四周包围过来，程立雪拉住霍大成衣服，要跟他一块儿逃。情急之下霍大成将妻子的手掰开，自己不管不顾钻进路边灌木丛中，不见了踪影。程立雪看着消失在树丛中的丈夫，眼里满是绝望，靠在车后座上闭了眼睛。丈夫的举动让她痛彻心扉。所谓的荣华富贵，所谓的恩爱温情，如此变换迅速，如此不堪一击，自己竟然在混沌中生活了那样多的时日而浑然不觉。看透了身边的一切，心便水一样清亮平静，面对匪徒全没了惊慌恐惧，没了杌陧不安。

李树敏原本为着消遣，却不料收获了一个文化人，并且这个人和活跃在山里的刘芳有着关系。他不敢造次，当下通知刘芳，让姐妹俩在瞿家见了面。姐妹见面结果并不理想，程立珊坚决不答应回北京，不与军统脱离干系，程立雪也不想再回汉中见她的绝情丈夫。于是程立雪改名谢静仪——那是她母亲的名字。

在瞿家大院，她彻底告别了旧日督察夫人的角色，告别了程立雪。谢静仪将新建的青木川学校定名为“辅仁中学”。说是中学，其实是从高小教起的，叫“辅仁”是对她的母校“辅仁大学”的感念。她最不能忘却的是家乡学校的培育。

辅仁中学建成以前，她住在魏家大院，和魏金玉住在一起，她们成了朋友。在青木川，她只向魏金玉透露了自己程立雪的真实姓名和对丈夫霍大成的失望。她对魏金玉说，女人对爱不能有一丝的勉强和凑合，不要为表面的现象所迷惑，更不要相信什么“冬雷震震，夏雨雪，天地和，乃敢与君绝”的海誓山盟。天下变得最快的就是情。天有不测风云，一切都得靠自己，不为记忆所迷惑，也不为环境所摧毁，把握住现在，把握住今天。

魏金玉洗耳恭听，谢静仪知识女性特有的仪态风神，让她着迷。她处处以谢静仪为榜样，刻意追随。

谢静仪将大部分时间用在青木川学校的建设上。她是一个追求完美的人，从设计到工程质量，事必躬亲。就是那些廊柱的装饰，也不许有丝毫马虎。教师办公的楼房，也体现着校长的审美，大气方正，远远地走在了时代前沿。深山老林里的学校，一点儿不逊于上海、南京的学校。学校的建设，给了魏富堂一个又一个惊喜。礼堂那些于他很生疏的浮雕，那宽展的现代讲台，让他想起了葫芦坝教堂给他的冲击。这些生疏和他在石板路上只挂一挡的福特汽车，和那只有一张唱片的留声机、那永远无法使用的电冰箱以及没有线的电话一样，成为现代文明的一部分，留在了他的身边，留在了青木川。他没事喜欢到学校来，背着手在工地上踱来踱去，看着浮雕上的小松鼠和葡萄在工匠的手下一点儿一点儿变得清晰精致，看着工匠将那些石柱刻出了一道道菱形的槽，煞有介事地在女校长展开的图纸上指指点点，说些个没有咸淡的一二三四。他觉得非常愉快，非常充实，干这个比使枪更快意。

青木川也有人希望女校长能成为魏富堂的第某个太太。用魏金玉的话说，自始至终，谢静仪和她父亲的关系清澈如水，可鉴日月。她一度曾希望谢静仪能成为魏家的一员，成为她的母亲。试探了几次，女校长都没有这方面的意思。父亲对校长除了言听计从就是一味地尊敬，成为丈夫根本不可能。慢慢地她也觉出，将粗糙孔武的父亲和细腻韶秀的女校长硬捏在一起的想法太荒唐，太不现实。

谢静仪在青木川滞留下来，魏金玉在谢静仪的校长室见到过刘芳。刘芳的出现是神不知鬼不觉的，悄悄地来，悄悄地走，神神秘秘像个幽灵。魏金玉见过的刘芳多是一身农家装束，粗布条纹褂子黑土布裤，盘绕的发髻细细的眉。即便这样的装束也遮掩不住她浑身散发出的戾气，像是一只走出领地的机警母豹，灵巧敏锐，随时处于戒备状态。

姐妹两个观点不一，甚不融洽，每回见了都发生争执，都是不欢而散。有一回魏金玉听见谢静仪问刘芳怎会找到青木川，刘芳说谢静仪就是走到天涯海角她也能找到，她们的身上流的是一样的血，彼此是有感应的。刘芳的回答是闪烁其词的，其实并没有解释清寻找到青木川的原因。让谢静仪更惊异的是，刘芳说要在青木川待一段时间，协助李树敏工作。谢静仪深知自己姐姐的政治背景，也知道抢掳她来青木川的李树敏是个什么样的角色，这样的两个人走到了一起，预示着这一地区将不再平静，预示着魏富堂将搅入复杂的政治纠纷……她再一次让刘芳离开这里。

刘芳说，不。

谢静仪说，留下来只有一种选择，脱离你的组织。

刘芳说，组织是她的生命，她会不惜一切为其献身，当然也包括亲情。

谢静仪说，我明白了，你来这里看我只是个说辞，其实你自有你的使命，只是咱们怎么都进入了这深山老林，将这穷乡僻壤作为终结。

刘芳说，不是终结，是开始。我在这里不会打搅你，你也不要过问我的事情。道不同，不相为谋。现在你姓谢，我姓刘，从今往后，我们各自好自为之。

的确，刘芳到青木川，负有更重大的军事任务。她要潜伏下来，发展国民党特务组织，依托秦巴山区，和共产党对抗。也正是因为刘芳这些国民党专干的存在，秦巴山地拼凑了几股反动武装势力，有新四军、新五军、新八军、陕保四旅、陕南暂编总队，共计两万余众，姜森的反共游击总队就是其中一股，刘芳是反共游击总队分队长，是个训练有素的国民党军统特务。

魏金玉目睹了两个相貌相似、性格迥异的姐妹交锋，结果是这对姐妹不欢而散。

许忠德带领冯小羽和魏金玉去寻找谢静仪的坟墓。

许忠德指着老万家水磨坊旁边一个隐隐约约的小土堆说，就是这儿了。

郑培然说不是这儿，是坡上林子那边。三老汉也不赞同许忠德的选择，三脚两脚将土堆蹬平了，说是流水冲下的积土，不是坟墓。他记得谢校长的坟墓在核桃树下头，埋葬校长的时候树上的老核桃叶子还不住地往坑里掉，铺了一层又一层。这样一说，几个人就同时往四周看，周围有梨树，有漆树，有橘树，有黄杨，就是没有核桃树。魏漱孝说校长将刘芳的尸体从山上运下来也是埋在这儿的，后来校长就死在了水磨坊旁边，靠着一棵青木，垂着脑袋，睡着了一样。几个学生将校长悄悄地埋了，埋在刘芳的旁边。两座坟挨着，像姐妹俩。郑培然说，本来就是姐妹俩。

三老汉说，“文革”时候红卫兵在这儿折腾了几天，要挖出国民党女特务，起开过好几座坟墓，都不知谁跟谁。

魏漱孝用胳膊画了个圈说，反正就在这一片。

张保国说魏漱孝画的范围太大，没有准头。谢校长于青木川是有功的，不能埋没了。没有谢校长就没有辅仁中学，就没有青木川的精英们，就没有青木川浓厚的文化氛围。找到校长的坟墓至关重要，谢校长是青木川一个里程碑式的人物。

大家站在磨坊前头，茫然四顾。

魏金玉问校长是什么时候走的。青女说，收殓了魏老爷。第三天，校长就将魏老爷送的那些“药”全吞了……

郑培然说，那些烟土是为了止痛，这在我们中间已经成了不是秘密的秘密，大家都替她瞒着。魏老爷有的是烟，虽然谁抽枪毙谁，可校长却是例外。魏老爷说，他的大烟给谢校长，是真正用到地方。他会为校长提供到最后，不让校长感到一丝痛苦。

对绝症的病人来说，这是一个完美的结局，但是她的学生，许忠德们不能接受这完美，他们不能接受敬爱的校长“吞烟自杀”这一残酷事实。“子为父隐，直在其中矣”。站在校长坟前，当着校长，他们约定，为长者讳，只说是校长走了。这成为他们共同遵守的说辞。

谁也不能说破。

于是就有了后来校长从大青树下离开了的情节，就有了 I will be with

you forever 这样的留言。

刻意的隐瞒，有意识的忘却，年深日久已经成了校长弟子们心底不自觉的趋避。知情者都成了“同谋”。它停留在一种集体性的回避、撒谎上，使得谢静仪在青木川的记忆中变得飘忽迷离。这个目的正是她的弟子们想要达到的，由此，关于她的许多细节在大量流失着，风儿一样地逝去了……

冯小羽庆幸自己凭借作家的执着、女人的敏锐，从一张报纸开始努力寻找，一个人与众人的谎言对峙，抗拒着众人的遗忘，挖掘出了这段蛛网尘封的旧事。

冯明在青女家一心一意为林岚撰写碑文，他对谢静仪没有兴趣。谢静仪病死也罢，吞烟也罢，跟他没有一点儿关系，跟青木川的发展也没一点儿关系。刘小猪给冯明送来一桶蜂蜜，让冯教导冲水喝，说是可以去火通便。上边下了政策，给他在新街划了宅基地，补偿的款项也还说得过去，刘小猪很高兴，正找人筹划盖个小二层楼。门面房能开商店，上头当旅舍，将来青木川开发旅游，不愁没生意。当然他自己得贴一大笔，得借贷，可细一算，用不了三年，花出去的都能赚回来。在老屋住着，只是个老屋，永远变不出钱来。

魏金玉在许忠德的陪同下来到了学校，站在大礼堂前向她的儿子介绍盖礼堂的过程。魏家的外孙欣赏着那些漂亮的廊柱，赞叹女校长的眼力和他外公的魄力，对身边的邱校长说要赞助学校 100 台电脑，资助 10 个孩子出去读书……

学生们欢呼雀跃，许忠德看着礼堂前“修道之谓教”的石碑若有所思。

魏金玉要走了，冯明也要走了。青木川学校的孩子们在王晓妮带领下准备到西安参加英语口语比赛，几辆汽车汇聚在风雨桥头。

魏金玉走过来跟冯明打招呼，说，你就是冯明？

冯明说，我就是冯明。

魏金玉说，青木川最忘不了你的人就是我。

冯明说，我永远也忘不了青木川。

张保国说，大家都是为了青木川的发展，为了辉煌灿烂的明天而携手共进，目的是一样的。

魏金玉坐进了汽车，冯明也进了汽车。车子发动，开出青木川。学校的大班车也启动了，在家长的叮咛中，在孩子们的欢快中，向前驶去。

魏漱孝说，他发现，魏金玉和冯明两人在说话的时候，冯明的手叉在腰上，魏金玉的手抱在胸前，两个人的手自始至终也没有碰一下。

郑培然说，不碰有不碰的道理，这里头意思大了。

青女说，该干啥子干啥子，哪儿那么多意思。过好日子比什么都有意思！

十八

半年后，三座坟墓被修整一新。魏富堂的墓冢是魏金玉出资修葺的，墓冢周围圈着石头围栏，碑上高大的令牌帽子，雕刻花样繁杂，做工精美。此碑成为青木川令牌碑之最。碑文是许忠德代替魏金玉撰写的，由镇上审阅，官方将一些认为不合适的词句改过，着石匠勒出：

民国中期，政乱匪患。父亲草创地方武装，发展经济，捍卫家乡。历任民团团长、司令等旧职务。父亲一生建宅众多，高楼栉比，工技精美，规模壮观。又临河建桥，取材建校，堂构凌空，工程浩大，邻无左右。后开办辅仁中学，聘校长，延名师，博收群秀，培植人才。其重教兴学之精神意志，树当时之典范。父致力地方二十年，建青木川一方之特殊局面。不泯其建树前功，后辈刻石事迹，是为志略。

碑文含蓄，这是许忠德的精明之处，不愧为少校参谋主任。碑石立好，魏金玉委托许忠德和青女筹办立碑仪式。立碑那天到坟前吊唁的，除了魏富堂两个儿子外，基本是魏富堂当年的旧部。许忠德主祭，三老汉、魏漱孝及存活的某连长和二等传令兵、团丁等，齐刷刷一茬儿白头发，每人举着一把香站立在碑前。由于平反的批件还没有正式传达下来，镇干部们不便出面，连郑培然也没有出现。佘家的人没来，说是佘鸿雁到北京参加收藏家代表大会去了。唯一的圈外人是青川楼的厨子张百顺。张百顺端来一碗红烧肘子，说这碗肘子是替他死去的爹孝敬魏老爷的。

林岚的墓由砖场围墙外迁至镇西的竹林中，一条弯曲的石子路，迤逦通向林子的深处。一条渠水，汩汩流淌着，绕过青青的竹丛，奔川里的农田而去。路的尽头有汉白玉的高台和石碑，因是民政部门拨专款建设，就做得很排场。碑很大，字很密，漂亮的行书，每个字都用金粉细细描过。这是王晓妮老师带着学生们做的工作。碑文和书法都出自冯明之手，是这位三营教导员的满意之作，也是教导员的绝笔。自碑文以后，老干部再没书写过任何文字，一月后心脏骤停，死在自家的厕所里。

金灿灿的碑文在阳光下闪烁，需仔细辨认：

林岚，陕西米脂人。1947 年参加革命，1948 年加入中国共产党。历任文化干事、师文工团演员队副队长。

1949 年 12 月，陕南全境解放，解放军一七一团三营进驻青木川地区。宁羌西部，反共地下游击队司令姜森部刘芳（特务）、李树敏拒向我解放军投降，隐藏在深山密林中，负隅顽抗。1950 年 6 月 2 日，刘芳、李树敏匪伙包围区公署，广坪街一度被占领。林岚随武工队抵御，在激战中不幸被捕，在敌人的严刑拷打下坚强不屈，英勇就义，时年二十二岁。

革命先烈抛头颅，洒热血，视死如归，大义凛然，用生命换来了青木川人民翻身解放。她永远活在我们心中。

迁葬仪式是在秋后举行的。虽只是遗骨，镇上还是做了很正规的棺材。装殓的时候青女亲自动手，将那些骨头按顺序一块不错地摆了。头下枕着散发着浓郁樟脑味儿的白缎枕头，身上盖着党旗。副县长、民政局局长和镇上领导班子都来了，送了花圈，学生们吹起了鼓号，放了鞭炮。冯明没有来，冯明和妻子夏飞羽蜷缩在小盒子里，挤挤挨挨地列在墙上的小格洞里，周围是陌生的“人群”。冯小羽也没来，冯小羽在写作她的第一部长篇小说《青木川》……

水磨坊的旁边也立了一个碑，简单朴实，没有碑文也没有多余的点缀，碑面上除了“谢静仪长眠之地”几个字之外再无其他。本地的青石，本色的字，那些字甚至没有用漆描过，但是刻得很深。

2006 年 10 月 25 日终稿于名古屋

2019 年 10 月 4 日修订于名古屋

叶广芩与青木川

一、青木川

青木川镇隶属陕西省汉中市宁强县。它形成于明代，成型于清中后期，鼎盛于民国时期，是陕西省最西的一个乡镇。因为西连四川省青川县，北邻甘肃省武都县、康县，陕、甘、川三省在此交界，青木川被称为“一脚踏三省”“鸡鸣三省响”之地。

青木川在历史上原属川地羌汉杂居区，起初这里地广人稀，林茂地荒。明以前属四川管辖，明初划归陕西，随后不断有周边地区人流迁至，在川谷沿河建房，形成村庄。明朝时始称草场坝，后建回龙寺，遂改称回龙场。清光绪年间为宁羌州西路18牌之一，据说后因当地有一棵大青木树而改名为青木川（一说因川道里树木青葱茂密而得名）。1941年，县政府将此地建制为乡，以当地最高的凤凰山命名为凤凰乡。1950年又恢复定名为青木川乡。行政区划几经变化，1996

回龙场沿蜿蜒的金溪河而建，形似一条卧龙。（郑元平 摄）

年合并青木川乡和玉泉坝为青木川镇。

因地处三省交界，地势险要，环境特殊，青木川一直是兵家必争之地。三国时期，邓艾攻蜀时曾率部从这里入境南下；明末崇祯十年（1637 年），闯王李自成农民军由青木川过境入川占领青川县；清太平天国蓝大顺部与官军曾在境内秦家垭鏖战；民国二十二年（1933 年），国民党军第一师、第六十四师驻扎在青木川，企图入四川、甘肃阻挡北上抗日的工农红军；1949 年 10 月，胡宗南骑兵第二旅旅长吕继化率残部在青木川盘踞九天，企图利用自然地形负隅顽抗，在解放军强大攻势下，溃逃入川；1950 年，人民解放军十九军一七一团一个营驻军青木川，执行剿匪及保卫新政权任务。

清朝中叶，青木川有过一段安定时期。人民休养生息，经济渐趋富庶，私塾等文化教育也随之产生，地僻人杂的地方竟然出了二十多位举人、贡生、员外，据说还有进士。有经济和文化垫底，青木川人开始修路布街，修建庙宇，开凿栈道。文昌宫、回龙寺、关帝庙及一些戏楼、望族祠堂等建筑均在这一时期建成。仅保留至解放后的石碑就有一百多通。

好景不长，清光绪年间，罂粟不知被什么人带入，百姓先种植，随之吸食，最后开始贩卖。此时正值官府腐败，列强入侵，这个山高皇帝远的地方更是无人顾及，致使这里匪盗丛生，烟赌泛滥。民国初年，地方豪强徐鸿基、许家清为争夺统治地位，多次发生大规模群殴械斗。还有一些大大小小的盗匪不时骚扰，他们杀人越货，打家劫舍。百姓饱受祸乱之苦，居无宁日，曾经富庶安逸的小镇变得民生凋敝。在此情况下，官府责成地方组织民团，维持治安。当地士绅魏征先当上了青木川的首任民团团总。民国十五年（1926年），魏辅唐当上团总，掌握了大权。就这样，传奇人物魏辅唐出现在青木川的历史舞台上，开始了在青木川二十余年的统治。

魏辅唐出生于1902年，本名魏元贵，世居当地魏家坝。祖上不是有权有势的名门富户，家中只有三间瓦房，少量田产，家业单薄。父亲魏达帮农民出身，除种地外还在街上挑担卖油补贴家用。母亲杨氏系四川人。弟兄三人他排行第三，被称为魏老三。魏辅唐曾上过私塾，但生性顽劣，勇猛好斗，不肯专心读书。

魏征先成立民团，魏辅唐和他的二哥魏元富率先加入，一个当了排长，一个当了管带，兄弟俩掌握了民团内外实权。魏辅唐身边有了一帮死党，形成了自己的势力。后来魏征先被杀，魏辅唐当上了团总。上任不久，魏辅唐接受县府征调，参加南山等地剿匪战斗及协助邻境抗匪保民，因参战有功，在当时的三省边区声威大震。他也从中获得了大批枪支钱财，壮大了自己的力量，名利双收。他对辖区管理严格，对盗窃敲诈勒索者施以酷刑。他结交绿林，培植羽翼，对反抗他的人实行镇压，与官府紧密联系。此外，他还开始兼并土地，扩张了二百多亩良田和大片森林，方圆近百里都有他的土地和佃户。他以供给团防开支为由占据了青木川的文昌宫、回龙寺及广坪的柴山等，以获取利益。他利用青木川三省交界的特殊地理位置，在山上山下种了大片的罂粟，使这里一时间成了三省最大的大烟交易中心。官府来此查烟禁烟，由于魏辅唐的武装实力强大和他的狡黠应变，几次未果。魏辅唐通过贩卖鸦片积累了丰厚的资金，然后去四川买枪壮大自己的武装。他手下有团丁千余人，枪四百多杆，其中不乏先进的洋式枪械。由于

洋房子“唐世盛”。外为石拱圆门，里面是四合院，建筑为中西结合的砖木结构。当年里面有沙发、电话、留声机、穿衣镜等。

他的苦心经营，青木川地方安宁，商贸繁荣。民国三十一年（1942 年）的宁强《全县经济调查报告书》里记载：“往昔全县迭遭匪患糜烂时，此一区独得保全。市镇、村落均呈富庶气象，田园肥美，甲于西路各处。”此时的魏辅唐，真正有钱有势，声名显赫，雄霸一方。他的民团成为陕甘川边界一支强大的地方武装。

实力强大后的魏辅唐开始发展地方商业经济。他筹集资金办了“唐世盛”绸缎商店，销售油盐布匹，收购山货土产，客商南来北往，规模宏大。后来唐世盛还用来接待官府来人。唐世盛外面是石拱圆门、圆顶窗的西式风格，里面是中式四合院，迎门有石刻的对联“深院风和燕雀相贺，高斋日丽麟凤时来”。中西结合的建筑，高大宏伟，俗称“洋房子”，在陕川甘一带名气非常大。针对山区广出牛、羊、马、骡和野兽皮毛，他又开设了名为“辅友社”的手工皮革厂，生产皮鞋、皮箱等皮革产品，同时还经营茶馆、旅店。这里还设钱庄，印发小额银票在三省一带流通使用，是魏辅唐对外经济往来的中心点。为了能长期留住客商而建的休闲娱乐场所“荣盛魁”，是魏辅唐大哥的产业。其外形像一艘巨舰，里边的包厢也仿照轮船的格局排列，俗称“旱船房”。如今它是青木川的标志性建筑。在招引四方客商的同时，魏辅唐强调严格的诚信经营，不准欺负外地客民，如有纠纷，先处罚本地人。如果在他的管辖区客民被欺诈劫掠，他会一查到底，严惩不贷。据说有人买了一斤肉发现只有八两，告到魏辅唐那里，卖肉的人便被鞭打以示惩戒。他还开了“同济堂”中药铺，设有土榨油坊及水磨坊。另外还有水磨油坊。有顺口溜曰：“七十二行，三辅（辅友社、辅仁剧社、辅仁中学）一唐（唐世盛）。”足见魏辅唐几乎占据了当地所

汉船房“荣盛魁”外景。屋顶像乌篷船，里面是仿轮船格局的包厢，按船舱等级排列。（程文徽 摄）

有的商业活动。这时的青木川，店铺摊点鳞次栉比，房屋庭楼精巧别致，买卖商客繁忙交易，盗贼敛迹，地方安稳，小镇显现出盛极一时的繁荣景象。

魏辅唐并不满足于单纯的商业繁荣，又开始兴修水利，建学校，办剧社，筑路修桥。他开凿堰渠四条，修建石桥三座，修通青木川至广坪河道路。在他的多次要求下，1941 年宁强县政府在赵家坝文昌宫办起小学。由于小学毕业后的孩子只能到宁强上中学，很不方便，1942 年魏辅唐大兴土木修建私立辅仁中学。魏辅唐重金邀请名建筑师设计，技术工人从四川聘请。在山区各种条件异常艰苦的情况下，工程艰巨的程度可想而知。这是当时宁强县的第二所中学，也是唯一的

辅仁中学教学楼

辅仁中学高大气派的大礼堂。外廊柱子上有巴洛克式的浮雕。是学校例会、春节自卫队集会及辅仁剧社唱戏的地方。

一所私立中学，在宁强的教育史上前无古人。当宏伟壮观的学校竣工落成时，各地官绅上千人前来祝贺，住满了青木川的街前街后，送的牌匾有“培育英才”“厦庇群英”等。学校中西合璧，有教室数十间，还有可容纳近千人的大礼堂和高大考究的办公楼，即便是大都市当时也少见。魏辅唐担任校长。他高薪聘请了外地学有专长的老师任教。教师的待遇很高，每月薪水七至十二个大洋不等。他要求当地皮革厂每年给每位老师送一双劳保皮鞋，卖肉的每杀一头猪都要给学校送三斤肉，用以改善老师和住校生的伙食。他将原文庙、五谷庙等私塾学生招进辅仁，还要求青木川所有的适龄儿童都要上学，家长不得让孩子帮工，不从者不但要罚钱粮，还要把家长关禁闭室。学校不但有常规文化课，还有外语（英语、俄语）、戏曲、武术等课，深受学生欢迎。同时，不管是当地还是外地学生，在辅仁中学读书，学费全免。一时间陕甘川近百名学生求学于此。辅仁中学的建立，不仅对村民，也对魏辅唐的一生产生了深远的影响。半个世纪以来，学校几经变迁。1989 年，辅仁中学礼堂两边的教室被拆除重建；2005 年学校扩建，仅保留了原礼堂和教学办公楼。

为了培植地方人才，除了在当地办学，一生未出过山的魏辅唐还选送乡里贫困聪明的孩子出外念书深造。前后派送过三批学生。如今健在的徐种德就是第一批被派送出去的学生。徐种德家境清贫，魏辅唐资助他去汉中上中学，后又上了四川大学历史系，那时青木川数他学历最高。1949 年夏天，魏辅唐扩编“宁西人民自卫总队”，徐种德回到家乡，当了魏辅唐的少校参谋主任。后随魏辅唐一起到县上缴枪投诚。“文革”中因为这段历史徐种德曾受到强烈冲击。20 世纪 80 年代以来，他连任第一至第五届县政协委员。几十年风雨坎坷，现已八十多岁的徐种德在家中安度晚年。

青木川民国历史的见证人徐种德。

1944年，为了显示实力吸引客商，魏辅唐派人到成都置办了一百多套戏装。演员是老师、学生和社会青年，演技虽不高，却赢得了喝彩叫好。魏辅唐爱看戏，凡有演出他每场必到，从不缺席，一直要看到闭幕为止。有时候，他还在后场帮忙。他不主张用演戏来给别人祝寿、拜年、贺喜、吊丧，只是鼓励学生学演学唱。辅仁中学成立时这些戏装派上了用场。白天演戏，晚上提灯游行拿这些戏装打扮角色和灯船，热闹非常。解放前夕，魏辅唐在青木川成立“辅仁剧社”，连续演戏两个多月，慕名而来的观众很多。

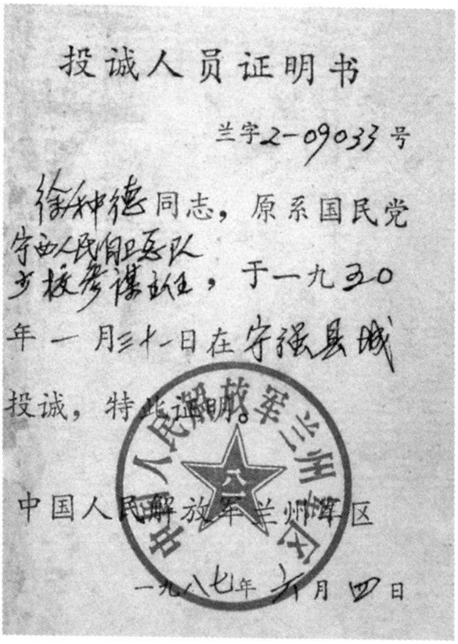

投诚人员证明书

兰字2-09033号

徐种德同志，原系国民党宁西人民自卫队少校参谋主任，于一九五〇年一月三十一日在宁强县城投诚，特此证明。

中国人民解放军兰州军区

一九八七年六月四日

徐种德的投诚人员证明书

1938年，魏辅唐在街中巷子口修了一个简单的石桥，不久被洪水冲垮，于是他从四川请来十多名技术人员准备修一座砖砌的拱桥。不料快建成时桥拱坍塌，桥下六名工人被砸死在河中。魏辅唐当时不会想到这六条人命成了后来枪毙他的理由之一。他收拾残局，调来大量

2002年，拆掉模板廊桥“风雨桥”后新建仿古水泥“飞凤桥”。平日遮风挡雨渡河，逢集时这里便成了交易市场，人来人往，热闹非常。（叶广芩 摄）

民工，决心再次修桥。这次他亲自坐镇监工，有时都不回家吃饭。不到一年时间，一座十多丈长的石拱桥建成，古雅质朴，方正坚实，起名“济川桥”。还在桥头立碑记载建桥的始末，据说文辞华美，书刻俱佳。魏辅唐三次修建桥梁，便利了来往行人，可惜解放后这座桥被一场特大洪水冲毁。1957年当地政府在此桥原址上修了木板廊桥“风雨桥”，2002年又将风吹雨淋、岁月侵蚀的风雨桥拆除，修建了褒贬不一、雕梁画柱的仿古水泥桥，并且更名为“飞凤桥”。平日里，此桥只起个渡河的作用。逢集时，这里便成了交易市场，沿桥摆放着农副特产、日杂百货，人来人往，热闹非常。

飞凤桥横跨金溪河两岸，连接着青木川的老街和新街。老街和新街被金溪河分开。老街即通常所说的回龙场，始建于明初，鼎盛于民国年间。老街沿蜿蜒的金溪河而建，自下而上逶迤延伸八百余米，形似一条卧龙，故旧称回龙场。青木川的故事和建筑大都在此。魏辅唐时期，回龙场店铺林立，商贾云集，是陕甘川三省交界地带最繁华有名的商贸场所。远近闻名的唐世盛、辅友社、辅仁剧社、荣盛魁、荣盛昌等商业、文化机构都在这里，魏辅唐的宅子与之遥遥相对。辅仁中学就坐落在回龙街背后的山上。回龙场建筑既有传统的雕梁画栋的两进两出的天井四合院、旱船式房屋，也有独特大气的西洋风格建筑。整条街道原为青石板铺成，1993 年维修时改为水泥路面。现有住户

回龙场的房子大都是二进二出的两层结构。古风古韵，错落有致。

一百多户，徐种德家就住在这里。留有古建筑房屋二百多间，以民国时期的为主，是不可再造的历史文化遗产。

2004年的瞿瑶璋。2005年去世。

魏辅唐前后娶过六个女人。原配罗氏早年难产死亡，生有两个女儿。长女魏树金，嫁给了四川广元市青川县姚渡镇权势大户杜礼堂的儿子，算是一桩郎才女貌、门当户对的婚姻。她结婚后到四川成都益州女子中学读书，解放后在学校教书多年，现年逾八旬，退休在四川家内养老。二女儿魏树玉嫁四川郭姓，已去世多年。魏辅唐的第二个女人叫唐明贞，甘肃大家出身，没有生养过。魏辅唐死后，唐明贞因体弱无力，生活无靠，嫁给了本地农民王姓，已去世多年。第三房赵葆贞是本地赵家坝大户的女儿，人称大赵，生有两个女儿。长女魏树满嫁甘肃碧口郭姓大商人，“文革”中虽受折磨，至今健在。次女魏树庭嫁甘肃碧口张姓，因父亲连累受打击最大，生活一直困难。父亲平反后子女有了工作，条件才有所好转，几年前已因病去世。魏辅唐被枪毙后赵葆贞嫁给河南药商李荣昌并迁回原籍，早已病逝。第四房杨氏，婚后生有一子乳名国庆，四五岁时患病死去。杨氏解放前病死在魏家。第五房瞿瑶璋生有两个儿子。瞿瑶璋在魏辅唐死后，上有老母下有两个幼儿，一个人难以养家，招了一个上门的乐姓湖北商人，帮助养家糊口。后乐去

魏辅唐大儿子魏树武。据说和父亲长得很像。

魏辅唐小儿子魏树楷。

世，瞿又寡居，直到2005年年底去世。长子魏树武解放时才四五岁，抱给邓姓为儿，现已年近六旬，是个老实农民。次子魏树楷，现在魏家坝生活，魏辅唐缴枪投诚时他还没有出生，现也已五十多岁，瞿瑶璋去世前一直和他住在一起。第六房赵静好是第三房赵葆贞的亲妹妹，人称小赵。提亲时人说娶两亲姊妹不合适，魏辅唐说，那有啥关系，人不做怪事不出名，过去历史上娶两姐妹的事多着哩。魏辅唐死时赵静好还年轻，后嫁家内长工叶玉亭，离开魏家另外过活。赵和叶都已去世多年。赵静好生有一个女儿叫魏树静，嫁阳平关赵姓商人。

魏辅唐家原在魏家坝，和罗氏结婚后举家迁至罗氏的娘家上坝水槽沟，在这里修了一座两院相连的楼房。随着势力的扩大，加上听人说这里风水不好，民国十八年（1929年），他开始在魏家坝选择吉地建房。新宅院坐北朝南，背倚山峦，面向河水，整个坝子及回龙街都能看到。先建的宅院分前后两进加一个过厅，有房屋六十一间，是典型的中式建筑。宅院雕梁画栋，飞檐翘角，门窗雕花镂空，饰有花虫鱼鸟，做工精细，布局完美。地面用白石灰、油黄泥、桐油、糯米粥等混合铺就，光滑有弹性且坚固，至今没有磨损。宅院的台阶上铺有六七米长的青石条，不知当年如何采取又如何运至这里。后院正厅是魏辅唐老母亲念经拜佛的佛堂。老太太在儿子被枪毙后两年八十多岁才去世。太太们各有门户，有小婢侍候。女人们不得干预地方政事，不能替别人说人情。女人间谁对谁有什么意见，必须先向魏辅唐说明，听候处理，私人间不能争吵斗嘴谩骂动手。这类事情如有发生，双方都要挨打罚跪。下人住在外房和楼上。瞿瑶璋去世前一直住在这里。2005年瞿瑶璋去世时汉中媒体报道说："我市最后一个姨太太去世了。"宅院前原有小桥流水的鱼池，现小桥流水已看不到。庭院里对称放着两口青石水缸，上刻"太平池"，平日养鱼赏心悦目，急时取水救火保屋。这个宅院现在被称为老院子。在这里，魏辅唐生养了五个女儿。因"地仙"说这里背倚凤凰山，

老宅后院。顺着青石阶上去，迎面的正厅是魏辅唐母亲念经拜佛的佛堂。

雕花镂空的木门，历经风雨，仍完好无损。

老宅正方门前两根木柱子的基石是对一公一母、精美生动的石狮子。

怀对龙池山，凤凰戏龙池，只能生女不能生男，加上他觉得这里不够安全，于是又在老院子的右边建了新宅，即现在人称的新院子。

新宅院是西洋建筑风格，高大气派，简洁宽大，有宫殿的庄重肃穆。原有三进院，第一进用于粮食加工和存储，现已被拆除。整个宅院呈对称布局，砖木结构，共有两层。地面用青石板铺就，至今完好。它的生活和防御体系非常完整，高墙上端四周都有枪眼，易守难攻。背倚山峦，正面是宽敞的空场坝。据说后院还有暗道机关，如防守出了问题，可从暗道出院，从后山脱逃。两套宅院，在当时的宁强县也属最豪华。新宅建成后，成为魏辅唐的政务活动中心，而老宅成了生活区。现在镇上有机关在新宅办公。新宅的右边还建有两进小院。前面是给路人或穷人开舍饭的舍膳房，后面是下人做饭吃饭的用膳房。舍饭有规定，不舍闲人，只舍一次，想吃第二次就得干活。紧靠膳房的右边，就是当地有名的辅唐泉，用地下暗道引流一公里外的山岩水，泉水清澈，水位平稳，用于平时及被围困时饮水。尽管已经有了自来水，人们还习惯饮这里的泉水。

民国三十八年（1949 年）秋，魏辅唐接受国民党汉中十八绥靖区司令官曹日晖的命令，将原有武装扩编为“宁西人民自卫总队”，官兵达千余人。魏辅唐为宁西人民自卫队大队长，李叔敏为副大队长。李叔敏，本名李守霖，广坪河寺坝里人。其父李天丙当过旧时宁强警察局局长。兄弟六人，李叔敏排行第五，小学文化。因弟兄勾结，人多势众，横行于广坪河、玉泉坝石瓮子一带。川人李大美之妻刘芳风骚机灵，言语犀利，被李叔敏看中霸占过来。刘芳有一定胆量和头脑，很快学会了双手打枪。她心狠手辣，谁有冒犯，轻者痛骂，重者必施以皮肉之苦，一时成为李氏家族

新宅是中西合璧的砖房，拱门、廊柱、砖雕。楼梯、楼板、门窗、栏杆均为手工木制。厅前的台阶是长达 7 米的青石板。

中的女强人，虽未明媒正娶，但都得称她“五婆婆”。不久，李叔敏将自己的自卫队员从魏辅唐自卫大队中撤出，至解放时，李叔敏兄弟纠集自卫队员四百余人，编制四个中队，配备枪支三百余支。

解放前夕，秦巴山地拼凑了几股反动武装势力，有新四军、新五军、新八军、陕保四旅、陕南暂编总队，共计两万余众，号称“十万地下军”。姜森的“反共游击总队”就是其中一股。

1949 年年底，陕南全境解放。解放军十九军五十七师一七一团进驻宁强。一营进驻广坪。慑于解放军强大攻势，又见魏辅唐已缴械投诚，李叔敏一方面指派其弟李守和带三十人和三十支破旧枪支去宁强“接受整编”；一方面暗中与国民党残余势力及川陕邻近的刘青云、张占柏等惯匪纠合，密谋暴乱。李叔敏被“陕甘川反共游击队”总司令姜森委任为“陕甘川反共游击队”总队长。1950 年 5 月，他纠合兄弟和刘芳等，由潜伏活动转入公开叛乱，包围剿匪驻军于广坪河。刘芳叫嚣“我早就想在广坪开人肉架子”，疯狂之极。当时解放军仅三十余人，奋战 11 小时，队长李体壁等九人以身殉职。次日，李叔敏率匪众逼近街上，包围区公署，血洗广坪河。区队长曹廷林等壮烈牺牲。由于距解放军大部队尚远，一时救援不及，广坪河落入匪手，解放军广坪驻军血洒阳石岩，喋血老林沟，造成震惊全省的广坪反革命暴乱。李叔敏在广坪八天内四次偷袭解放军驻军和乡政府，杀害区乡干部，伏击驻军官兵，致使七名区乡干部捐躯，三十四名解放军指战员牺牲，广坪人民生活在血雨腥风之中。

后剿匪部队赶至，布下天罗地网，围追堵截，李叔敏匪部解体，匪徒大部被歼。1950 年 10 月 15 日，匪首李叔敏在甘肃庙子沟一个大石洞里被解放军擒获，刘芳也在山里被俘。1951 年 2 月，人民政府判处李叔敏、刘芳等匪首和骨干匪徒死刑，立即执行。

1983 年，原广坪区公所在宁强县民政局资助下，修建了广坪烈士陵园，立纪念碑一座，安放了李体壁、曹廷林、李怀宝三位烈士的遗骸。1995 年 3 月，原汉中地委、汉中地区行署把广坪烈士陵园命名为“汉中地区爱国主义教育基地”。2002 年 12 月，广坪镇人民政府在汉中市民政局、宁强县民政局的资助下，对烈士陵园进行了修整，新建了入园踏步台阶和可容纳三十余人的瞻仰台。

1950 年 1 月 29 日，在解放军的政策感召和进步人士黎民觉、刘甲三的说服下，魏辅唐带所部三百余人到宁强县向人民政府和驻军缴

2002 年修整后的广坪烈士陵园

械投诚，接受整编，结束了在青木川二十多年的统治。

魏辅唐先后当过宁强县独立自卫队大队长、宁西人民自卫队总队长、陕甘川三省九县联防办事处副处长。

1952 年 4 月 27 日，宁强县人民法院以反革命恶霸杀人罪判处魏辅唐死刑，解回青木川处决。同时被枪毙的还有魏辅唐的大哥魏元臣（号良佐）。处决的地点就在辅仁中学的操场边。

1986 年 4 月，陕西省委将原国民党宁西人民自卫总队定为投诚部队，宁强县委对魏辅唐一案进行复查。1986 年 7 月，宁强县法院对此案重新审理，认为魏辅唐解放前虽有历史罪恶，但解放后未犯新罪，且向人民政府缴械投诚，属投诚人员，拟撤销 1952 年的判决。1986 年 12 月，陕西省高级人民法院批复，同意宁强县法院的复查报告，对魏辅唐按投诚人员看待，不追究刑事责任。

2001 年清明，魏辅唐小儿子魏树楷为父立碑。碑文由徐种德以立碑者的口吻写就。碑文为："民国中期，政乱匪患，民无宁日。父倡办团练捍卫家乡，当权主政。任至宁西自卫总队长暨陕甘川三省边境联防办事处副处长等旧职，上校军衔。一生建宅墅多处，高楼栉比，工艺精美，规模壮观超前人。复大兴水利，开凿堰渠四条，灌田数百亩，丰粮以裕农。临河建三桥，修路保商，行业熙攘，货财市贸，繁荣胜往昔。继之取材建校，堂构凌空，气势壮阔，工程浩大，邻无出其右者。开办私立辅仁中学，任校长，延名师，博收群秀，培植人才，其重教兴学之精神意志，树当时之典范。父致力地方二十年，建宁西一方独立之特殊局面，社会安定，百事井然，亦一代有为之士。今人民主政之时，不泯其建树前功，惟时移事久，恐听视乖误，嫡嗣等谨泐石事迹。庶来者可鉴其真实，是为志略。”

二、《青木川》

上一部分，只是一个资料整理，不带任何评价。这是为了给读者一个真实的而不是已经被个人感受过的青木川。踩着历史的脚印，我们可以看到一个作家是如何把一段史料用生花妙笔演变为文学作品并且赋予作品更深刻更广大的含义。于读者，于作者，这都是一件有意义且有意思的事情。

关于叶广芩和青木川的渊源，在她的《老县城》中已有叙述：

“我与青木川的接触带有戏剧性质，20世纪80年代初，我要写一篇叫《洞阳人物录》的小说，其中涉及土匪，那时我不知道陕西哪里有土匪，就在地图上找，找最偏僻最复杂的地方，于是我的笔就沿着陕西的边缘走，走到了川、陕、甘三省的交界处，正好，地图上的这里有个小圈，标明是个镇，叫青木川，在秦岭山地，归汉中宁强县管辖。青木川，名字很像是土匪出没的地方，就用了青木川。而后，青木川这个地方老在我心里萦绕，我不知道地图上的那个被我选中的小圈是个怎样的地方，我也不知道出现在我小说里的青木川和实际的青木川相差多少，有没有土匪。总是个谜。

“有一年到阳平关的铜矿去采访，这里离青木川有几十公里。我跟铜矿的人谈到了这个地方，他们告诉我青木川过去有个大土匪叫魏辅唐，在外头坏极了，在乡里却是净干好事，建小学，建中学，修桥铺路，是个善人。这个魏辅唐非常向往山外的文明，在山外买了汽车，拆成零件，让背工背到深山再组装起来，在镇子里嘟嘟地开。那个镇子至今古色古香，保持着清末民初的风貌。土匪的压寨夫人还在老屋里住着，是个大美人……我听了当时就很冲动，马上就要到青木川去。可是道路太难走，根本没有车，计划只好搁浅。这一搁浅就是二十年。

“2001 年年底，我厚着脸皮跟周至县要钱，要车，不管怎么说我也要到青木川去。到了汉中，一些人听说我要去那儿，哗地都来了，他们要跟我去，声称不给我添麻烦，并自己带着车……于是一伙人打狼似的奔青木川去了。”

2001 年的经历变成了《老县城》的一个章节。写长篇小说的念头就是从那时萌生的。2004 年 12 月，我陪叶广芩第二次去青木川。这次，

我与叶广芩在三省交界点秦家垭。我们面对的是陕西，背后是甘肃，右面是四川。

我们是为了小说《青木川》而去的。她是小说的作者，我是编辑。

从西安经太白县、勉县一路盘旋至宁强，小车换成了镇里来接我们的吉普车，司机是青木川镇的人大主席张正富。当时路还没修好，张主任车技非凡，一路翻坡蹚水，颠坑簸石，吉普车在我的一阵阵尖叫声中狂奔。到镇上已经是晚上九点，镇书记王志明等四五人还在饿着肚子等候。饭桌上一番交谈，我才知道《老县城》里一段短短的描述，已使这个曾经不为人知的小镇受到外界广泛关注，镇上希望借着《青木川》的问世开发这里的旅游资源。

其实青木川发展旅游业的条件非常好。青山秀水，古建民居，魏辅唐的传奇经历，天然的地理位置——从镇上往北走十公里就到了马家山自然保护区，山上有大熊猫、金丝猴、猕猴、羚牛等二十多种国家级保护动物；往西走二百多公里可到著名的风景区九寨沟，是汉中至九寨沟的必经之地。还有木耳、香菇、天麻、核桃、蜂蜜等山货土特产。缺的就是个宣传。叶广芩的出现，解决了镇上最头痛的一个难题。这使我对作家的社会作用有了更深刻的理解。

清脆的鸟叫声把我们从沉睡中惊醒。冬天的青木川，空气如山泉般清冽。从住的新街往东走几十米左拐，看到了悠悠的金溪河。净水柔波伴随着鸟儿的啼唱，薄雾缥缈氤氲着起伏的山峦，对面的老屋随着蜿蜒的河水古韵流转，有“绿树村边合，青山郭外斜”的意境，令人沉醉。新街和老街被金溪河从中分开，同时分开的还有青木川的过去和现在。顺着河边漫步，到了盖顶华丽的新桥“飞凤桥”。桥并不长，三四十米，描红绘彩，颜色鲜艳，有无梦可寻的感觉，心中隐隐地失望。叶广芩上次来时见到过原来的木板“风雨桥”，极为欣赏，夸它比《廊

青山秀水青木川

桥遗梦》里的桥漂亮。现在站在这个水泥桥上，她不住地说，可惜了可惜了。

去老宅看望魏辅唐的五姨太瞿瑶璋。门口的荷花池塘里几只猪在泥里快乐地抢食。这个宅院早在土改时已经有村民住进。一些生活用品杂乱地堆在青石地面和镂空雕花的门边，说不出的落寞萧条。瞿瑶璋一直和小儿子生活在一起，儿子对她很好，逢年过节镇上的人也会来看她。12月的天气，已经寒冷。看穿着一层层旧棉服的瞿瑶璋，神情淡然地坐在炕头边的一盆温火旁和叶广芩说话，恍若梦境。五十年前的那个早晨，年轻的瞿瑶璋背着幼年的儿子，站在路旁等待即将被处决的丈夫。魏辅唐被押着经过时，只匆匆看了妻儿一眼就转过了头。这就是他们最后的告别。这个在电影里会被定格或处理成慢镜头的场景，不知在瞿瑶璋的记忆深处会不会回放？时光流转，衰老的她可否记得曾经的锦衣玉食？淡然或许是大喜大悲后的最好表情。这样想来，为她舒了一口气。

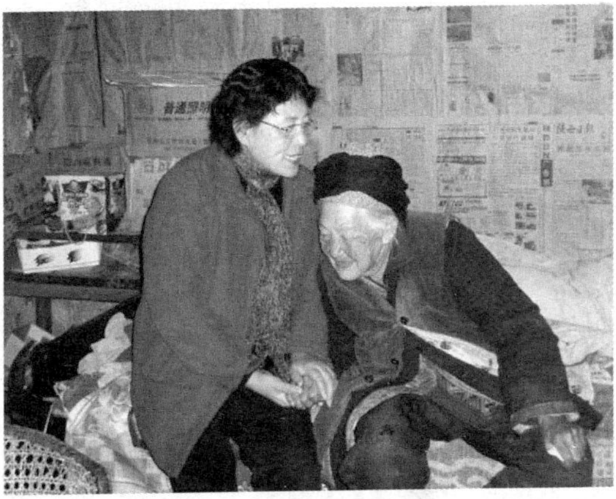

2004年12月，叶广芩去老宅看望瞿瑶璋。

走时，我看到叶广芩悄悄地把二百块钱放在瞿瑶璋的手里。

我们又去了离青木川三十多公里的四川广元青川县姚渡镇。魏辅唐的大女儿魏树金当年嫁给了这里的大户杜家。杜家的庄园不亚于魏辅唐院落，可惜现在不被关注保护。我们还去了更远的青川县木鱼镇，

离青木川不远的四川青川县姚渡镇杜家院与魏辅唐的旧宅相似。魏辅唐的大女儿魏树金嫁给了杜家的儿子，曾在这里生活。

魏树金和丈夫在这里安度晚年。“七八岁的时候，父亲就要求我每天天一亮就得起床练字，直到吃早饭为止。十岁家里办了私塾，请了一个老先生教我们，先是《三字经》《百家姓》，后教《大学》《中庸》。来上学的有一二十人。除了姑姑、舅舅等自家亲戚，还有外面的人。”后来，说起当年回去给父亲收尸，八十岁的老人好像在讲别人的故事。那份沉静，让五十年后走近这个故事的我们浮想联翩。曾经是呼风唤雨的父亲的掌上明珠，有一个郎才女貌的美满婚姻，随着父亲的命运突变，她的生活也在一夜之间发生改变。读过书当过教师的她会比别人更多地体味理解，面对风云变幻的时代大潮，个人的命运是多么神秘莫测难以把握。

在采访中，我们听到的魏辅唐是这样的人：

他不抽烟不喝酒不喝茶，却每顿离不了肉，穿衣讲究。

他生性顽劣，不喜读书，却办私塾、办学，要求适龄孩子必须上学。

他一生没出过大山，却在20世纪40年代就从山外买回电话、留声机、沙发、黄包车。

他种大烟，但自己不抽也不准身边人抽。违者要关禁闭或者罚款。

还有一些细节：不准妇女骂街，违者以不守妇道论处，吊起来用苎麻打嘴；男子打架要罚做苦工；禁止青壮年酗酒，如酒醉乱闹，要拉到河边去给灌屎灌尿，老年人不在此列；禁止随地小便，如随意乱撒，一被抓获就地罚跪，要把尿印跪干；不准暗宿嫖娼，如有人告发，要戴尖帽游街或打扫公共厕所和街道；平时只许打麻将、赌纸牌，每年正月初一到十五才准开红宝摇单双、掷骰子，除此时间外，一律不准赌大钱；不准小偷小摸，如出现偷盗，一经查实，立即打个半死，并不准偷盗者再上街赶场；不准欺负客民，如本地人打外来人，不管有理无理先要处罚本地人，并派武装护送来往过路行商；年底时给穷苦而没有依靠的人发钱，让其好好过年。

真是一个立体而传奇的人物。

魏树金与丈夫杜贵祥。当年郎才女貌的一对，现在年纪大了，依然有大家出身的气质。

魏辅唐被枪决的前一晚，和他的大哥被关在青木川，离他的家人不算远。这一晚他睡没睡觉想了些什么我们不知道。但，当他被五花大绑地押至他亲手建造的辅仁中学，面对曾经受他福荫的人群，跪下，那一刻，他一定是百感交集的。这个画面的冲击力不亚于任何一部艺术作品的高潮部分，它让每一个没有亲历这个场景的人坠入时空的隧道，随着情节的变化体验魏辅唐的感受：震撼，迷惑，或者清醒。现实生活有时真的比艺术更有想象力。

1952 年发生在青木川的那一幕，隔着悠悠的岁月长河，已如河对岸的风景那般虚实不定。然而当年的太阳依然高悬在魏辅唐修建的学校、街道上空，苍茫而鲜亮，刺痛了我的眼睛。

辅仁中学的操场北边一角。1952 年魏辅唐在这里被枪毙。

叶广芩有比我更多的感触。想象在书里她会用娴熟的文笔来渲染这种感觉。但她没有，她把故事的高潮和自己的喜怒都用散文化的悠扬淡远化解了。水面波澜不惊，所有的高潮，都在深深的水底，如果你不能潜下去，你就体验不了水底的波涛汹涌。老子曰“大音希声，大象无形”，就是这种意思吧。

毫无疑问，《青木川》是一部优秀的长篇小说。题材阔大厚重，文笔淡定优美。但它不仅仅只是一部文学作品，它的意义要深远许多。从书中，我们可以看到一个成熟的作家轻松驾驭横跨五十年时间的历史题材，一个理性的学者思考古建筑开发与保护的两难选择问题，一个充满人文关怀的心理学家参解“土匪”对文明的向往、对山外文化追求的复杂人性，一个有责任心的文化人反思历史功过，一个社会学家对地域、民俗、自然的理解。一个涵盖了多学科的思考被她巧妙地糅入二十多万字的小说，且情节紧凑有趣。这一切，来自她的聪慧睿智和文化人的使命感。

2005 年 5 月，我们又去青木川。叶广芩再次和镇上的老人座谈，了解一些历史的细节。魏树孝是魏辅唐的本家，把魏辅唐叫三爸。“我爸不让我念书，认为天上下乌纱帽都下不到我们家。三爸把他在禁闭室关了一个月。”徐种德讲了和魏辅唐一起投诚的细节。徐种德已经八十多岁了，他是青木川的一个重要人物，一生的荣枯沉浮都与魏辅唐有关。多年来，镇上的对联、标语基本上都出自他手。叶广芩第一次到青木川就是他陪着采访。后来他们就像朋友一样了。逢年过节叶广芩会给他打个电话，听到青木川的什么消息也会先和他交流。因涉及历史原型，《青木川》完稿之后，宁强县委曾在青木川开了一个征

听老人讲青木川的历史。

求意见座谈会，征求当事人的意见。徐种德看后，给作品以高度评价。并说："要求人、事、时、地都真实，那是历史而不是小说。小说可以由作者虚构。这是小说和历史的严格区别。"毕竟上过大学历史系，在文化上很容易沟通。

见了魏辅唐的大儿子魏树武，叶广芩拉着他粗糙的手感叹不已。

去广坪了解当年广坪暴乱的情况，刚进广坪镇地盘，我们的车和一个当地逆行的摩托车相撞。瞬间围上来一群和骑摩托人有关系的人，开始要求赔钱。我慌了，迅速和宁强领导联系，解决的过程漫长而耗人。其间，叶广芩参观了广坪烈士陵园，采访当年的亲历者，从容不迫。我想起上次从魏树金家去广元的路上，车坏在前不着村后不着店的山里，快半夜才修好。我对山里的黑夜充满恐惧，其他的人也心急如焚，她依然不急不躁，说，这大概是魏辅唐在挽留我们吧。正是这种沉稳的心态，才有了《青木川》里淡定的文笔。文如其人。这种素养里有岁月和阅历的积淀。

镇上的人好客，吃饭时没完没了地劝酒劝肉，感觉自己快忍受不了这种热情了，我的神情有些游离。而那个叶广芩，依然喝每个人敬的不知道已经是第几遍的酒，吃他们盛情推荐的腊肉。在城里，她是不喝酒的。知道她那时有病，我心中更替她着急，就挡。她说，不要拂了乡亲的好意，入乡随俗，山里人就是这样表达情感的。

王书记的女儿九菊活泼可爱，见到叶广芩就叫奶奶。王书记说，让奶奶给你重新起个名字吧，这个名字太乡气。叶广芩说，生在九月的女儿，还是叫九菊好，叫什么都盖不过这个。信手拈来，叶广芩把这用在小说里，就有了九菊这个淘气、任性、呼之欲出的小角色。

开着有年头的吉普带着我们到处跑的镇人大主席张正富是青木川的老户，上一辈和魏辅唐是远亲。乡镇基层干部在家门口工作的不多，就算不是自己的七大姑八大姨，本土本乡的，工作也难展开，但张正富完成上面安排的工作，解决下面遇到的问题，都做得很到位。这除了经验还需要智慧。看得出来，

2005年7月叶广芩在青木川又见到徐种德。

从左到右：王志明（青木川镇书记）、魏树模（辅仁中学第一届学生）、徐种德（魏辅唐的少校参谋主任）、叶广芩、高定元（魏辅唐的侄女婿）、魏元霖（当年的文书）、张正富（青木川镇人大主席）

他很敬重文化，知道挖掘整理青木川历史资料的重要性。叶广芩几次去青木川他都全程陪同。热心周到的同时，他心有忐忑：“我整天领着你们到处跑，要是书写得不好，我不知会被骂成什么样。”他就是小说里张保国的原型。

当年的文书魏元霖推着自行车带我们去辅仁中学。他一心一意想要个摩托车，儿女坚决不给已经八十岁的父亲买。他的苦恼，变成了《青木川》里有趣的细节。

现实生活和艺术创作究竟应该是一种什么样的关系，见仁见智。在叶广芩的理解里，真正的好素材在基层。著名的年轻导演贾樟柯也说，大城市是花瓶，真正的中国在小县城。可见不同类别的艺术家对艺术的认知是一致的。一个作家不深入生活，不关注、读懂社会，只躲在自己的狭小圈子里进行所谓话语的试验和文本的创新，是不会有真正的艺术作品的。叶广芩在周至挂职当副书记，整天“徜徉于秦岭山林之中，混迹于豆架瓜棚之下”，收获的是秦岭深山的动物小说《老虎大福》，是《老县城》，而不是官场内幕。那字里行间，深山老林的鲜活草木青气代替了弥漫在家族小说里大宅院的婉转叹息。她说，文学创作得有深厚的文化铺垫。作家得把自己当作文化人，因为文化人比作家的职责更广。因了职责，她像明星一样笑眯眯地给周至的猕猴桃做了免费的宣传形象大使。也因了她，多年消失于人们视野的老县城游者如云。她把《老县城》的全部稿费换成书赠送给老县城保护站。当回到老县城，远远看见“广芩你好”的横幅在衰草离离的城门

叶广芩在青木川实地采访。远处为凤凰山，路尽头的房子就是魏辅唐的新宅。

2004 年 12 月，从青川县木鱼镇看望魏树金返程的路上。夕阳中的叶广芩，温婉微笑，明快且优雅。

上迎风飘动时，她知道自己所付出的一切都值得了。

《青木川》也和在周至挂职有关系。她是为写《老县城》研究民国土匪历史时关注到魏辅唐的。她多次去青木川采访，资料扎实全面，不只是为小说积累素材，更是为当地做历史文化的整理保存。青木川的过去与现在，都牵动她的心。她在省人代会上做了保护开发青木川的提议，这已经不是一个单纯的作家关注的问题了。

以为自己是热爱历史懂得大自然的，因了《青木川》的博大深厚，才知道那只是风花雪月般的浮躁轻飘；以为自己是体验独特理解深刻的，因了叶广芩的自然率真，才知道那是自恋般苍白浅薄。这就是叶广芩的魅力。她使我们那飘浮在云端的人生稳稳地落在泥土大地上，她使此刻、流年在我们的生活里变得意味深长。在午夜低回的体味中，有生命万物的了悟，有淡淡的温暖飞扬。她说，人生的平淡，文章的平淡，那才是将人做到了极致，将文做到了极致。因了她，我们的内心超越平庸，自由、丰富而有意义。

韩霁虹

2006年12月

注：本文青木川资料部分参考了《羌州古镇青木川》一书，并得到孙启祥、徐种德、程文徽、张正富等人的大力支持，在此致谢。照片除署名外，均为韩霁虹拍摄。

首版《青木川》专家评论摘录

高洪波（著名作家，中国作家协会副主席）

这本书所表现的内容以及叙事视角，使我非常惊异。它基本上是真实的历史故事，但一些巧妙的设计，包括以三条线索、不同的视角叙述历史的扑朔迷离，非常吸引人。这就是小说家的才华。

陈建功（著名作家，中国作家协会副主席）

《青木川》是对叶广芩小说家天赋的有力证明。她写出了人的丰富性与复杂性，将一个故事讲得风生水起、杂花生树，却又波澜不惊。她了解悬念的作用，也重视细节的力量。这些元素都使得《青木川》成为一个可以让我们流连其间、展开诸多话题的艺术世界。

陈忠实（著名作家，中国作家协会原副主席，陕西省作家协会原主席）

《青木川》是生活真实与艺术真实的完美创造，既呈现了当下生活的原生态，又呈现了一种令人惊讶的理性的艺术升华。这是叶广芩独自体验的一种展示，也是她的艺术风格最具魅力的地方。在我理解，能达到这样艺术境地的叶广芩，其人格修养是一个重要的因素。

周明（著名作家，中国现代文学馆原副馆长，中国散文学会名誉会长）

《青木川》是一部好读的小说，有意义的小说。从小说的结构、情节的安排、人物的刻画、环境的描写中，我感觉到六个字：新颖、奇巧、独特。如此曲折的故事，如此复杂的人物，如此漫长的时间跨度，在叶广芩的笔下运用自如。这部作品一改她过去的风格，跟她以往的路子是不一样的。

何西来（著名文艺理论家、文艺评论家，中国社会科学院研究员）

《青木川》是一部奇书：一奇在题材，二奇在人物，三奇在叙事方式。有了这三奇，就有了无论对于叶广芩个人的小说创作，还是对于当代小说创作，都不可替代的、独特的艺术质素。《青木川》再一次向读者证明，叶广芩是一位小说叙事的奇才。作家多维多向的叙事角度，历史空间与现实空间的交错，语言运用的机趣，细节捕捉的传神、妥帖，使整部小说充满魅力。你不可能不感慨，叶广芩是专为小说叙事而生的天才写手。

艾克拜尔·米吉提（著名作家、翻译家，中国作家杂志社原主编）

读完《青木川》以后，我重新认识了叶广芩。她从文化上已经归于陕西，她把陕西偏远角落村镇的历史文化，通过作品表现出来。她从一个独特角度来发现并切入，写出这部充满了历史智慧的作品。反过来，陕西边远山区的人们，从文化和心灵上接受了她。叶广芩完全成了陕西文学界一颗耀眼的明星。

雷达（著名文艺评论家，中国作家协会创研部原主任）

《青木川》是一部能让人陷入沉思、遐想，思路不羁、兴味绵长，且不时为之陶醉的小说。发掘深埋已久的历史文化及精神遗存，如同撩开历史的面纱，浓墨了半个世纪前的生生死死、恩恩怨怨，以及文明与愚昧的纠缠；又如层层递进，一步步挖开了一口记忆的深井。我最欣赏的是叶广芩把历史写活了，让人感受到历史的气息、体温、魂灵和情绪。那种执着的追寻、还原和想象的能力，对一个作家是至关重要的。这才是属于作家的空间和领地。

白烨（著名文艺评论家，中国社会科学院文学研究所研究员、中国当代文学研究会会长）

从文学的角度看，《青木川》具有超越传统思维定式的突破性。它在超越传统的思维定式上，表现出了相当的胆识与勇气。这对于一个女作家而言，尤其难能可贵。审视人性之复杂，需要高远的眼光；反思历史之迷雾，需要博大的胸怀。叶广芩正是由此表现自己的非凡魄力与强劲腕力的。

吴义勤（著名文艺评论家，中国作家协会党组成员、书记处书记）

这是一部能够呈现我们新时期中国小说艺术进步的小说。先锋小说的一些元素在这部小说里面得到了很好的体现。这还是一部充满艺术张力的小说。历史和现实的张力，时间和空间的张力，人物性格的张力，在这部小说里都得到了很好的体现。这部非常饱满的小说是这几年长篇小说在纯文学领域里面非常重要的收获。

肖云儒（著名文化学者，文艺评论家）

《青木川》的叙事从容、冲和，在散文化的笔调中，端庄而时有调侃，淡定又常显热烈。叶广芩在《青木川》中力图以一种新的文化历史观来取代多年来我们所习惯的政治历史观，其中有对这一段中国近代史的再认识，有对中国草莽文化的再认识，也有对中国现代化进程的再认识。叶广芩以多重文化眼光写出了别样魅力。多重文化坐标和文化视野在书中交织，时时碰撞出火花。

胡平（著名文艺评论家，中国作家协会小说委员会副主任）

我喜欢《青木川》的主题。历史题材创作中，关于真相的主题总是富于魅力的，这是因为相对于现实，历史是最容易被遮蔽、曲解和重构的。正是在这个意义上，我格外尊重叶广芩的写作，她通过冯小羽等人执着的探究，复活了一段尘封的历史，还原了一种不同于通常历史叙述的社会面貌，塑造了一批生活在历史中而无法生活在叙述中的人物，体现了作家和知识分子的精神高度。

李星（著名文艺评论家，小说评论杂志社原主编）

长篇小说《青木川》，将一个偏僻边远的秦巴山脉深处的古镇青木川，历史而又美学地呈现在当代读者面前，使其从此声名远播。《青木川》也因此成为标志叶广芩小说艺术成熟和新高度的、近几年间中国文坛最引人注目的长篇小说之一。作品的成功在于多维视角中的长篇叙事艺术、文明视野中的现代性反思和现代意识观照下的复杂人性。

文羽（梁鸿鹰）（著名作家、评论家，文艺报社总编辑）

《青木川》从容、睿智的温暖叙事，得自叶广芩对题材的熟悉。叶广芩以细致、淡定和纯净的叙事，凭当年革命者冯明对故地的深情探访，串联起了许多为人们所忘怀的人与事，把历史与现实交叉起来，塑造了一个血肉丰满、性格复杂多面的地方"大人物"的形象。作品的最大特点是打通历史与现实，让读者不断地往返于既往与现实间的时间隧道，穿越空间的障碍，把过去与现在、传统与新潮、虚幻与真实巧妙地连接在一起。

阎晶明（著名文艺评论家，中国作家协会党组成员、副主席、书记处书记）

这部小说不是严格写历史的小说，而是对青木川这片土地复杂性、多元性的描写，以至最后采用穿梭往来这种不定性的表达。我觉得这可能恰恰使这部小说多了一点特别的含义。

彭学明（著名作家，中国作家协会创联部主任）

小说以青木川匪首魏富堂的传奇经历为主线，从解放前夕的兵荒马乱一直写至改革开放。历史与现实的交替轮回，前世与今生的沧桑变幻，真是波谲云诡、苍生沉浮。叶广芩对人的敬重和怜悯，对历史的尊重和追问，对文化的敬意和解读，都使作品具有较好的高度和深度，具有较好的诗性和史性。作者对人和历史的包容和仁厚，也显示了一个大作家的文学胸怀。可以说，《青木川》是叶广芩以文学的形式，安放在岁月深处的一颗心脏，虽有暗伤和隐痛，却依然顽强而鲜活地跳动。

范咏戈（著名文艺评论家，文艺报社原总编辑，中国作家协会影视文学委员会副主任）

《青木川》是一个很纯粹的小说文本。它纯粹，首先在于它达到了形态的完备。尘封的历史在叶广芩知性优雅的笔墨下被复活，诸种小说元素的魅力被充分展示。它纯粹，更在于对历史的思索和对人性的深度开掘。这也许是更重要的小说精神。

牛玉秋（著名文艺评论家，中国作家协会创研部创研处原处长）

《青木川》我读了三遍，每一遍都像是初读，这在我作为专业小说读者的阅读史中是很罕见的。许多命运的捉弄、人生的遗憾成了我心中放不下的牵挂，似乎再读一次就能了却一些。情节悬念、命运悬念极具吸引力，人性无尽的秘密又令人掩卷长思慨叹。审美同情几乎遍布每一个人物的身上，让人从中读出了作家的大悲悯。

施战军（著名文艺评论家，人民文学杂志社主编）

重读这部作品，我觉得《青木川》带着一种经典的气息。这部小说最重要的一个收获，就是给我们当代的文学经典人物画廊贡献出一个非常有光彩的人物，这个人物就是魏辅唐。

注：书评摘于2009年7月《文艺报》“中国作协、陕西省委宣传部主办‘叶广芩长篇小说《青木川》研讨会’”专版评论